DIE DÄMONEN DER BOURBON STREET

JADE CALHOUN SERIE, BUCH 3

DEANNA CHASE

Übersetzt von
ANNA DRAGO

BAYOU MOON PRESS, LLC

ÜBER DIESES BUCH

Die New York Times-Bestsellerautorin Deanna Chase bringt Ihnen das dritte Buch der Jade Calhoun-Reihe.

Jade Calhoun, die Anführerin des Hexenzirkels von New Orleans, begibt sich auf eine im wahrsten Sinne des Wortes höllische Mission. Vor einer Woche hat sich ihr Ex der Hölle geopfert, um Jades Mutter zu retten. Solange er leidet, wird Jade vor nichts zurückschrecken, um ihn nach Hause zu bringen, ... selbst wenn das bedeutet, mit Lailah zusammenzuarbeiten, einem Engel, dem sie nie vertraut hat.

Aber der Einsatz wird noch höher, als Jade entdeckt, dass ihr Freund Kane von einem Dämon gezeichnet ist. Demselben, der versucht hat, ihn direkt vor Jades Augen zu verführen. Jetzt steht Kanes Leben auf dem Spiel, und entsprechend ist Jades Seele kompromittiert. Sie wird alle Hilfe brauchen, die sie bekommen kann, einschließlich der von Lailah, während sie sich durch die Hölle kämpft, um ihren Ex und Kane zu retten – und ihre eigene Existenz.

KAPITEL EINS

*D*as Elternhaus meines Ex-Freundes ragte vor mir auf. Einst hatte der Anblick des alten Bauernhauses mein Herz mit Freude, Trost und sogar Zufriedenheit erfüllt. Drei Emotionen, die ich mir nicht leichtfertig zugestand. Jetzt dominierten Schuldgefühle und Angst.

Als ich durch den starken Regen spähte, entdeckte ich einen Schatten am Fenster. Die Vorhänge öffneten sich und enthüllten eine mollige Frau mittleren Alters.

Ich drehte mich um, um Kat auf dem Rücksitz des Mietwagens anzusehen. „Dans Mutter starrt uns an."

„Dann ist es an der Zeit, mit dem Hinauszögern aufzuhören." Sie schnallte sich ab und packte den Türgriff.

„Warte. Gib mir eine Sekunde."

„Wir sitzen schon seit zehn Minuten hier."

„Sie hat Recht, Liebes." Kane streckte sich über den Sitz, seine breiten Schultern füllten den Raum zwischen uns aus. Er drückte meine Hand. „Es ist besser, das hinter sich zu bringen."

„Ich ... brauche nur eine Minute." Ich hatte Dans Eltern nicht mehr gesehen, seit wir uns vor fast zwei Jahren getrennt

1

hatten. Mrs. Toller, die mich einst als ihre Tochter betrachtet hatte, beschuldigte mich, das Herz ihres Sohnes zerfetzt zu haben. Ich denke, er hat den Teil, in dem er mich betrogen hat, praktischerweise ausgelassen, als er ihr von unserer Trennung erzählt hat. Nicht, dass ich vorgehabt hätte, es ihr zu sagen. Sie wiederzusehen war, als würde ich mein eigenes Herz als Nadelkissen benutzen. Winzige kleine Stiche, einer nach dem anderen.

Nichts davon spielte jetzt eine Rolle. Dan war verschwunden, weil er sich geopfert hatte, um meine Mutter vor einem Dämon zu retten. Doch ich wollte ihn retten, und Mrs. Ts Freundin würde helfen.

Donner grollte am Himmel über Idaho.

Der Regen musste aufhören. Zumindest lange genug, um auf die Veranda zu kommen. Das Letzte, was ich tun wollte, war, Dans Mutter gegenüberzutreten, und dabei aussehen wie eine ertrunkene Ratte. Mein schwankendes Selbstvertrauen hing von stylischem Haar und einem trockenen Outfit ab.

Der vertraute Funke in meiner Brust reagierte in der Sekunde, in der ich danach rief. „Bereit, Kat?"

„Schon die ganze Zeit", sagte sie mit deutlicher Ungeduld in der Stimme.

Magie wollte aus meinen Fingerspitzen platzen. Ich stieß die Beifahrertür auf und rief: „Halt!"

Ein weiteres Donnergrollen übertönte meine Stimme. Und gerade, als ich entschieden hatte, dass der Zauber nicht spezifisch genug war, hörte der Regen auf, und ein Sonnenstrahl kam hinter den Wolken hervor.

„Beeil dich, es wird nicht lange so bleiben!", rief ich Kat zu, während ich zum Haus lief.

Sie holte mich auf den Stufen der Veranda ein, gerade als sich der Himmel wieder öffnete.

„Regenschirme wären einfacher gewesen." Sie presste sich

dicht an das Haus und versuchte, dem horizontalen Regen zu entkommen.

„Ich habe sie aus Versehen in Gwens Flur gelassen."

Sie strich ihre leuchtend roten Locken glatt und ging zur Tür. Bevor sie anklopfen konnte, schwang sie auf.

„Katrina! Ich bin so froh, dass du hier bist." Dans Mutter zog sie in eine Umarmung und drückte so fest, dass meine Rippen vor Mitgefühl schmerzten. Sie presste ihr Gesicht an Kats Schulter, während ihr Körper von gedämpften Schluchzern bebte.

„Oh, Mrs. Toller. Weinen Sie nicht. Wir tun alles, um ihn zu finden", beruhigte Kat sie.

Die ältere Frau ließ Kat los und schniefte.

„Es tut mir so leid, Mrs. T." Ich nahm ihre Hand und drückte sie.

Ihre Lippen verzogen sich zu einer Grimasse. Sie entzog sich meinem Griff und schien alle Emotionen bewusst aus ihrem Gesicht zu tilgen. Doch die Verachtung, die von ihr ausströmte, prickelte auf meiner Haut und in meinem Herzen. Manchmal war es scheiße, ein Empath zu sein. Vorbei waren die Zeiten, in denen Mrs. T. eine Ersatzmutter für mich war. Ich hatte sie verloren, nachdem ich Dan verlassen hatte. Doch auf so eine persönliche Ablehnung war ich nach all der Zeit nicht vorbereitet. Ein dumpfer Schmerz breitete sich in meiner Brust aus.

„Jade." Sie nickte mir kurz zu und wandte sich dann wieder Kat zu. „Kommt rein. Izzy wartet."

Ich warf einen Blick auf den Mietwagen und wünschte, ich hätte nicht darauf bestanden, dass Kane draußen warten sollte. Ein vernünftigerer Mensch wäre bei Tante Gwen geblieben, doch seine überfürsorgliche Natur hinderte ihn daran, etwas so Vernünftiges zu tun. Ich winkte in der Hoffnung, dass er mich durch den starken Regen sehen konnte, und folgte Kat ins Haus.

Das Geräusch meiner Stiefel hallte von den weißen Holzböden wider, als ich das geräumige Wohnzimmer betrat. Nichts hatte sich geändert. Ein rustikales Sofa mit Kiefernholzrahmen und pflaumenvioletten Kissen, und der dazu passende Zweisitzer rahmten einen schneeweißen Teppich. Ein vom Boden bis zur Decke reichendes Bücherregal säumte eine Wand, und ein Zehnender hing mittig über dem steinernen Kamin.

Eine Welle der Traurigkeit erfasste mich. Das letzte Mal war ich im Haus gewesen, als Dan mir einen Heiratsantrag gemacht hatte. An dem Tag, an dem ich ihm das Herz gebrochen hatte.

Das Bild seines schockierten Gesichts, als ich ihm von meiner Gabe erzählte, tauchte vor meinem geistigen Auge auf und machte schnell der Empörung Platz, als ihm bewusst geworden war, dass ich seine Gefühle seit Jahren ausspioniert hatte. Scham stieg in mir auf.

Ich schüttelte die Erinnerung ab. Das war nicht die Zeit, mich in Reue zu suhlen. Dan war von einem Dämon entführt worden. Und die Seherin Izzy Frankel hatte einiges zu erklären. Ich sah sie in der Nähe des vorderen Fensters stehen. Ich ging hinüber und streckte ihr meine Hand entgegen. „Sie müssen Ms. Frankel sein."

Die große, dünne Frau ignorierte meine angebotene Hand und starrte mich neugierig an. Sie neigte den Kopf und strich ihr langes, krauses graues Haar über eine Schulter. Sie schob es zurück und kniff ein Auge zusammen. „Du hast viel Macht, aber sie ist zu ungezügelt. Du wirst ihn nie retten können."

Mrs. T. keuchte hinter mir. Ich warf einen Blick zurück. Kat hielt sie und legte ihre Arme um die zitternde Frau.

„Wie können Sie es wagen, Dans Mutter solche Angst zu

4

machen?", schalt ich Izzy, mehr als ein wenig beleidigt, dass sie meine Fähigkeiten derart abgetan hatte. „Sie kennen mich nicht. Oder die Leute, die uns helfen werden."

Verdammt nochmal, ich hatte meine Mentorin, die zufällig die stärkste Hexe war, die mir je begegnet war, einen ganzen Zirkel und einen Engel, der bereit war, mit uns zu kämpfen. Ganz zu schweigen von einem Freund, der ein Traumwandler war, einem Geisterjäger und zwei besten Freundinnen, die mir, wenn nötig, in die Hölle folgen würden, um Dan zurückzubringen. Was wusste diese alte Betrügerin schon?

Ich machte einen Schritt auf sie zu und drang in ihren persönlichen Raum ein. „Was mich angeht, sind Sie der Grund, warum Dan in Schwierigkeiten steckt. Sie sind nicht in der Position, irgendjemanden zu kritisieren."

Izzy wich zurück und packte die Leiste des Fensterrahmens. Ihr Gesicht wurde aschfahl. „Jede Lesung hat Konsequenzen", flüsterte sie. „Ich wusste es nicht. Ich konnte es nicht sehen …"

Mist. Ich hatte einer alten Lady Angst gemacht. Einer, von der ich Antworten brauchte. Ich ergriff ihre Hand. Ihre Schuldgefühle drangen in meine Sinne ein und lasteten schwer auf meiner Haut, während ihre unterdrückte Panik Schockwellen durch meine Finger schickte. Ich ignorierte das Gefühl und zog sie zum Sofa.

„Ms. Frankel." Ich senkte meine Stimme. „Izzy, woher hatte Dan die Porträts und Voodoo-Puppen?"

Ihre tiefblaugrauen Augen, die von unvergossenen Tränen feucht waren, begegneten meinem Blick. „Ich habe sie ihm gegeben."

„Welche Porträts?", fragte Mrs. T. Kat mit gedämpfter Stimme.

Kat murmelte etwas zurück, und ich war dankbar, als sie Dans Mutter durch die Küchentür hinausbrachte. Ich hatte nicht die Energie zu erklären, wie die Seelen und Geister von drei Schwestern getrennt und dann in lebensgroße Voodoo-Puppen und groteske Pappmaché-Porträts gesperrt worden waren. Und dass eine dieser Schwestern, Meri, ein Dämon war, von dem Dan durch seine Berührung eines der Porträts besessen war.

Fassungslos lehnte ich mich zurück. „Warum sollten so mächtige Relikte in der Obhut einer Seherin sein?"

Izzy verschränkte die Hände auf ihrem Schoß und starrte sie an. „Ich war mit dem Rest des Zirkels dabei, als Philip, Meris Gefährte, die Trennung von Seele und Geist vollzogen hat. Nicht lange danach hatte ich die Vision, dass eines Tages ein Mann die Porträts haben wollen und er die Macht mitbringen würde, deine Mutter freizulassen. Der Zirkel entschied, dass es am besten wäre, wenn ich über die Voodoo-Puppen und Porträts wache, bis dieser Mann kam."

„Eine Vision von Dan?", keuchte ich.

Sie lehnte sich zurück. „Nicht genau. Die Vision hat nicht verraten wer, nur dass jemand kommen und alles klar werden würde. Ich konnte es nicht glauben, als Dan an diesem Tag aufgetaucht ist. Das Déjà-vu hat mich so stark getroffen, dass ich fast umgefallen wäre. Es war wieder die Vision." Sie hob ihre Hände mit den Handflächen nach oben. „Ich hatte ihn im Laufe der Jahre unzählige Male gesehen. Er ist mein Patensohn, wissen Sie?"

Ich schüttelte den Kopf. Laut Dan war sie nur die seltsame alte Freundin seiner Mutter.

Sie winkte ablehnend. „Er hat nicht gerne über mich gesprochen wegen meiner Fähigkeiten. Er wollte nie, dass ich mich in irgendetwas einmische – nicht, dass ich jemals absichtlich in seine Privatsphäre eingedrungen wäre."

Schuldgefühle stiegen wieder in meiner Brust auf. Ich hatte genau das getan. Viele, viele Male.

„Nun, ich hätte nie gedacht, dass Dan der Mann war, der wegen der Schwestern kommen würde. Wenn ich es gewusst hätte, hätte ich einen Weg gefunden, ihn besser vorzubereiten. Gott weiß, ich habe es an dem Tag versucht, als er in mein Haus gekommen ist, doch er ist so schnell wieder gegangen … ich konnte nicht viel tun."

„Dann ist er nach New Orleans gezogen", sagte ich.

„Ja", seufzte sie.

Ich musterte sie und entspannte mich, damit ich ihre Aura so wahrnehmen konnte, wie es Bea, meine magische Mentorin, mir beigebracht hatte. Das Licht verschwamm zu einem wolkigen Weiß und hellte sich dann auf, als sanfter Lavendel um die Umrisse von Izzys Körper glühte.

Es war das Zeichen einer intuitiv begabten Person, doch die Gabe war nicht stark ausgeprägt. Ich blinzelte und ihre Aura verschwand. „Sie haben gesagt, Sie waren dabei, als die Seelen und Geister der Schwestern getrennt wurden. Wieso? Sie sind keine Hexe, oder?"

Ihre grauen Locken wippten, als sie den Kopf schüttelte. „Nein. Anscheinend hat meine Intuition ausgereicht, um den Kreis zu schließen. Nachdem ich die Vision hatte, bestand Philip darauf, dass ich der Hüter der Puppen und Porträts sein sollte."

Philip. Der Engel, der Meris Gefährte und das Objekt ihres Zorns war. Wenn ich ihn nur finden könnte. „Izzy? Wissen Sie, wo Philip lebt?"

Ihre Augen weiteten sich erschrocken. „Dan hat es Ihnen nicht gesagt?"

„Oh nein. Ich glaube nicht, dass Dan ihn kannte."

„Izzy Frankel, hör sofort auf!", rief Mrs. T., als sie aus der Küche hereinstürmte. „Sag kein Wort mehr."

Kat stürmte hinter ihr her. „Mrs. T?"

„Nicht jetzt, Katrina. Ich denke, es ist an der Zeit, dass du und Jade nach Hause geht. Izzy hat genug gesagt."

Izzy stand auf und richtete sich auf, einen ganzen Kopf größer als Mrs. T. „Renee, wenn du deinen Sohn jemals wieder in die Arme nehmen willst, musst du es Jade sagen. Sie kann helfen."

„Nein", sagte Mrs. T. in einem eisigen Ton. „Sie tut es nicht, und sie kann nicht. Der Zirkel von Boise kann ihn zurückbringen."

Ich wirbelte herum. Mrs. T. wusste von dem Zirkel? Es war nicht gerade ein Geheimnis, doch Hexen machten normalerweise auch keine Werbung für ihre Gaben bei der Laienbevölkerung.

„Wenn sie Hope nicht zurückbringen konnten, wie kommst du darauf zu glauben, dass sie das für deinen Sohn tun können?", fragte Izzy mit verschränkten Armen.

Kats Blick traf meinen. Ihr schockierter Gesichtsausdruck glich meinem. Mrs. T. hatte die ganze Zeit gewusst, dass meine Mutter aus einem Zirkelkreis verschwunden war und hatte kein Wort gesagt. Wusste sie etwa auch, dass sie von einem Dämon entführt worden war?

„Wir haben Hope gesagt, dass sie sich nicht einmischen soll. Es war ihre eigene Schuld, dass sie in der Hölle gelandet ist!" Wütende Tränen strömten über Mrs. Ts Gesicht, als sie sich mir zuwandte. „Und es ist deine Schuld, dass mein einziger Sohn jetzt dort verrottet!"

Sie hatte es gewusst. Das intensive Gefühl von Verrat durchzuckte mich. Ich ballte meine Fäuste und zitterte vor Wut. In all den Jahren hatte ich gedacht, dass Mom einfach vermisst wurde. Und die ganze Zeit hatte Mrs. T. gewusst, dass ein Dämon sie gefangen genommen hatte.

„Mrs. T!", zischte Kat. „Ist es definitiv nicht! Jade hat Dan nicht gebeten, sich für ihre Mutter zu opfern. Er hat es getan, weil er ein guter Mann ist. Das muss man ihm zugestehen. Wenn er, Gott bewahre, nicht zu uns zurückkehren sollte, müssen wir ihn und sein Opfer ehren. Und uns nicht gegenseitig die Schuld zuweisen."

Ich zog mich zur Tür zurück. Trotz Kats Verteidigung traf das, was Mrs. T. sagte, einen Nerv. Einen großen. Wenn ich nicht in Dans Leben getreten wäre, wäre nichts davon passiert. Er würde wahrscheinlich jetzt sicher zu Hause sitzen, hier auf dieser Farm.

„Er hat es für *sie* getan", schluchzte Mrs. T. „Sie hat ihm das Herz gebrochen, und er hat es trotzdem getan." Dans Mutter sackte in Kats Armen zusammen und sank auf das Sofa.

Kats sah mich an und schickte lautlos einen verzweifelten Hilferuf. Ich zog mich immer weiter zur Tür zurück. Ich konnte nichts anderes tun, als zu gehen. Meine Anwesenheit machte alles nur noch schlimmer.

Ich hatte meine Hand am Türknauf, als Izzy plötzlich zu krampfen begann und dann erstarrte. Ihre Augen verblassten von einem tiefen Blaugrau zu einem hellgrauen Nebel.

Was geschah, war mir nicht unbekannt. Meine Tante Gwen war auch eine Seherin. Ich hatte ein oder zwei Mal eine Trance bei ihr gesehen. Ich ließ meine Hand sinken und ging auf sie zu.

Izzys Mund bewegte sich, als wollte sie sprechen, doch es kamen keine Worte heraus. Ein leises, miauendes Geräusch drang aus ihrer Kehle.

Ich spannte mich an und stand stocksteif da. Izzy Frankel sah aus, als wäre sie besessen.

Alle Spuren von Mrs. Ts kürzlichem Zusammenbruch verschwanden, als sie Izzys Hand ergriff. Ihre Berührung schien die Seherin zu beruhigen, und das Miauen hörte auf. „So ist gut, Izzy", beruhigte Mrs. T. sie. „Alles ist gut. Sag uns, was du siehst."

„Dan." Izzy rang das Wort von ihren Lippen.

„Sehr gut. Lass den Rest jetzt raus. Du kannst das." Mrs. T. streichelte ihrer Freundin den Rücken. Ihre Berührung beruhigte die andere Frau sichtlich. So etwas hatte ich noch nie gesehen. Einmal hatte ich den Fehler gemacht, Gwen während einer ihrer Visionen zu berühren. Ich würde das nicht wieder tun. Sie hatte sich so erschreckt, dass sie aufgesprungen und beinahe durch eine Glasscheibe gerannt war.

Izzys Gesicht entspannte sich, und als sie diesmal sprach, klang sie fast wie sie selbst. „Sie hat die Macht, ihn zurückzubringen. Ihre Liebe wird ihn retten."

Ihre Augen wurden wieder tiefblaugrau und die Trance endete. *Ihre Liebe wird ihn retten.* Verdammt richtig. Sie musste entweder Kat oder mich meinen. Jeder von uns würde für Dan fast alles geben.

Ich wandte mich Mrs. T. zu. „Haben Sie sie gehört? Wir werden nicht aufhören, bis wir ihn sicher zu Hause haben. Sie haben mein Wort."

Die mittelgroße, rundliche Frau, die dieselben schmalen Lippen und dieselbe kantige Nase wie ihr Sohn hatte, baute sich vor mir auf. Schmerz, die Art, die einem das Herz verwundet, streifte meine Sinne. „Ich kann dir nicht vertrauen."

Ihre Worte waren ein unsichtbarer Schlag. Ein knallharter Schlag direkt in meine Seele. Ich öffnete meinen Mund und schloss ihn wieder. Was sollte ich sagen? Ich hatte ihren Sohn schon einmal enttäuscht. Warum sollte sie denken, dass ich es nicht wieder tun würde?

Kat trat neben mich. „Mrs. T.? Vertrauen Sie mir?"

„Natürlich tue ich das, Süße. Du bist immer für meinen Dan dagewesen."

Meine beste Freundin schenkte Mrs. T. ein Lächeln. „Dann

vertrauen Sie meinem Wort. Ich kenne Jade besser als jeder andere Mensch. Sie wird nicht aufhören, bis Dan in Sicherheit ist. Ich werde es nicht zulassen."

Mrs. T. suchte lange in Kats Gesicht. Etwas bewegte sich, und ich hatte den Eindruck, dass eine Wand durchbrochen wurde. Sie drehte sich zu mir um. „Enttäusch mich nicht noch einmal, Jade. Ich habe bereits eine Tochter verloren. Den Verlust meines Sohnes werde ich nicht überleben."

„Eine Tochter …?" Dan hatte eine Schwester? Warum hatte er mir nie von ihr erzählt?

Ein Zittern tiefsitzender Traurigkeit berührte mich. „Dich, Jade. Du warst in jeder Hinsicht meine Tochter. Als du und Dan Schluss gemacht habt …" Sie schluckte. „Als du ihn verlassen hast, hast du auch mich verlassen." Sie wandte sich mit hängenden Schultern von mir ab.

„Ich ... Mrs. T.?" Mir war nicht bewusst gewesen, dass sie auch unter unserer Trennung gelitten hatte. Ich hatte sie schrecklich vermisst, aber ich konnte das Gefühl nicht abschütteln, hintergangen worden zu sein, da sie von meiner Mutter gewusst und nie etwas gesagt hatte.

Sie drehte sich um, um mich anzusehen. Eine einzelne Träne rollte über ihre Wange. „Bring ihn zu mir zurück."

Izzy trat zu uns und schloss einen kleinen Kreis. „Renee, ich habe Philip dort gesehen. Du musst es ihr sagen. Die Information ist wichtig. Die Tatsache, dass Dan entführt wurde … der Grund, warum er entführt worden sein *könnte* … Es ist wichtig. Gib ihr alle Werkzeuge, die sie braucht, um ihn zu retten."

Mrs. Ts Gesicht wurde weiß. Sie starrte auf ein Bild auf dem Kaminsims. Es war eines von Dan, auf dem er lachte, gleich nachdem er das College abgeschlossen hatte. Kat und ich waren beide an diesem Tag dort gewesen. Wir waren der Grund für sein Lachen, da wir an seiner Seite gestanden und

Witze über seine Berufsaussichten als Philosophieabsolvent gemacht hatten. Dieser Tag schien eine Ewigkeit her zu sein.

Schließlich drehte sie sich um, holte tief Luft und begegnete meinem Blick. „Der Engel, Philip, ist Dans biologischer Vater."

KAPITEL ZWEI

*E*ine Stunde später saßen Kat und ich in Tante Gwens Wintergarten und sahen zu, wie der Sturm gegen die Fenster trommelte. Ich hielt eine heiße Tasse Chai in meinen Händen und versuchte, die Kälte zu vertreiben, die sich in meinen Knochen festgesetzt hatte. Würde Philip die Hölle riskieren, um seinen Sohn zu retten? Er hatte nichts für seine Gefährtin Meri getan und den ehemaligen Engel zu einem Leben als Dämon verurteilt, ein Schicksal, das ein tiefsitzendes Bedürfnis nach Rache ausgelöst hatte.

„Glaubst du, Meri weiß, dass Philip Dans Vater ist?", fragte ich Kat.

Kat nahm den Sterlingsilber-Talisman, den Dans Mutter in ihre Hände gedrückt hatte, bevor wir gegangen waren. Ihr lockiges rotes Haar fiel über ein Auge, als sie mit den Fingerspitzen über den keltischen Knoten in der Größe einer Quartermünze strich, der fast einer Sonnenblume ähnelte. Sie seufzte und schloss ihre Faust fest um den Anhänger. „Ich bezweifle es. Mir scheint, wenn sie von der Verbindung gewusst hätte, hätte sie ihn benutzt, um Philip zu jagen.

Stattdessen hat sie Dan benutzt, um sich auf ihre Schwestern zu konzentrieren."

Ich nickte. Vor zwölf Jahren hatten Meris Schwestern meine Mutter überredet, Meri aus der Hölle zu retten. Nur war es zu spät gewesen. Die Hölle verdarb die Seele eines Engels schnell. Als sie versucht hatten, sie zu verbannen, hatte sie ihre beiden Schwestern und meine Mutter gefangen genommen, in der Absicht, auch ihre Seelen in der Hölle verderben zu lassen. Doch Philip hatte ein Ritual durchgeführt, um die Seelen der drei Schwestern von ihrem Geist zu trennen, indem er ihre Geister in Voodoo-Puppen und ihre Seelen in Porträts eingeschlossen hatte. Nachdem Meri neutralisiert worden war, war meine Mutter im Fegefeuer gelandet.

Doch letzte Woche hatte ich mit Hilfe des Zirkels von New Orleans ihre Seelen und Geister vereint und die Schwestern aus ihrem unsterblichen Gefängnis befreit. Nachdem Meri sich in unserem Kreis materialisiert hatte, hatte sie sich nur darauf konzentriert, ihren Gefährten zu finden. Zum einen, um ihn wiederzusehen, und zum anderen, um sich zu rächen.

Kat hatte Recht. Meri hätte Dan benutzt, um Philip zu finden, wenn sie von ihrer Verbindung gewusst hätte. Stattdessen hatte sie versucht, Dan dazu zu bringen, den Geist ihrer Schwestern zu zerstören. Dan war Gott sei Dank nicht dazu in der Lage gewesen, doch er war dabei in der Hölle gelandet.

Die Enge in meiner Brust, die jedes Mal stärker zu werden schien, wenn ich daran dachte, was Dan getan hatte, kehrte zurück. Er hatte alles riskiert, um meine Mutter aus Meris Klauen zu befreien.

Wir mussten ihn retten. Ich würde nicht ruhen, bis wir genau das getan hätten. „Sieht so aus, als müssten wir den ersten Flug zurück nach Louisiana nehmen."

Kat nickte in Richtung Küche. „Was ist mit deiner Mutter?"

Ich seufzte. „Gwen wird sich um sie kümmern."

„Mädchen!", rief Mom. „Wir haben das Baguette vergessen. Kann dein Freund euch zum Laden fahren, um welches zu holen?"

Ich stand auf, und Kat folgte mir. Wir blieben in der Tür stehen. „Kane muss über Nacht Papierkram für einen Kunden erledigen." Ihm gehörte nicht nur das *Wicked*, ein Stripclub im French Quarter, sondern er war auch als unabhängiger Finanzberater tätig.

Meine Tante Gwen hielt beim Kneten ihres Kuchenteigs inne und wischte sich die Hände an ihrer roten Schürze ab. Sie trug ihr typisches rotes T-Shirt und eine Latzhose. So, wie sie ihre grauen Locken zu einem Dutt gebunden hatte, sah sie aus wie eine Bauersfrau. Nur hatte sie keinen Ehemann und kümmerte sich allein um die Farm. „Ihr könnt mein Auto nehmen."

„Bei diesem Wetter?", keuchte Mom. „Jade hat keine Erfahrung mit dem Fahren in so starkem Regen."

Kat und ich tauschten vorsichtige Blicke aus. „Mom –"

Gwen hob eine Hand und unterbrach mich. Sie trat an Moms Seite und legte einen Arm um ihre Schultern. Sie waren grundverschieden. Moms glattes dunkles Haar wurde zu ihrem für sie typischen Pferdeschwanz zurückgebunden. Ihre etwas schrägen Augen waren jadegrün, während Gwens haselnussbraun waren. Gwen hatte gut zwanzig Pfund mehr auf den Rippen als Moms schlanke Figur. Doch vor allem sah Gwen aus, als könnte sie meine Mutter sein, mit Fältchen um den Augen, während man Mom leicht für meine Schwester halten konnte. Dreizehn Jahre im Fegefeuer, wo die Zeit stillstand, hinterließen ihre Spuren – in diesem Fall im positiven Sinne.

„Mach dir keine Sorgen, Hope", sagte Gwen. „Ich habe Jade

alles beigebracht, was sie über das Navigieren auf stürmischen Straßen wissen muss, während du weg warst. Genau wie Dad es uns gezeigt hat."

Auf Moms Wangen blühte Farbe auf, und sie wandte den Blick ab. Sie hatte vergessen, dass ich eine siebenundzwanzigjährige Frau war, nicht die Fünfzehnjährige, der sie vor all den Jahren entrissen wurde. „Natürlich. Tut mir leid." Sie winkte in meine Richtung. „Dann geht. Das Abendessen ist bald fertig. Wer Knoblauchbrot zu seiner Lasagne haben will, sollte sich beeilen."

Gwen gab mir ihre Schlüssel, und ich lächelte Mom zu. „Wir sind zurück, bevor der Tisch gedeckt ist."

„Nicht zu schnell, junge Dame", sagte Mom. „Nur weil die erlaubte Höchstgeschwindigkeit 55 ist, heißt das nicht, dass es bei diesem Wetter sicher ist, so schnell zu fahren."

„Ja, Mom." Ich verdrehte die Augen, doch mein Lächeln wurde zu einem Grinsen. Verdammt, es war schön, sie wieder zu haben.

NACH DEM ABENDESSEN saßen Kane und ich auf meinem alten Bett, gegen das Kopfteil gelehnt. Ich tippte ein paar Tasten auf meinem Laptop. „Um sechs Uhr geht ein Flug."

Kane ignorierte meine Worte und streichelte mit der Hand über meinen Hals. Mein ganzer Körper prickelte. Es war das erste Mal seit Tagen, dass wir allein waren. Sein Blick begegnete meinem, dann wanderte er meinen Körper hinab. Ich biss mir auf die Unterlippe, um sie nicht erwartungsvoll zu benetzen.

„Stopp", flüsterte ich ohne jede Hitze. Wir waren für eine Woche bei Gwen gewesen. Durch die beengte Wohnsituation hatten wir keine Privatsphäre gehabt. Die körperliche

Trennung hatte nur dazu geführt, unser gegenseitiges Verlangen zu steigern.

Er beugte sich vor und presste einen Kuss auf meine wartenden Lippen. „Du willst nicht, dass ich aufhöre."

Die Hitze wuchs und schmolz fast mein Lieblingshöschen von Victoria's Secret. Ich zog mich gerade weit genug zurück, um etwas Luft zu bekommen, und atmete tief durch.

Er lächelte dieses wissende Lächeln, wie er es immer tat, wenn er bemerkte, dass er alle richtigen Knöpfe gedrückt hatte. Er rückte näher, doch im letzten Moment hob ich eine Hand und legte einen Finger auf seinen Mund. „Wenn wir wieder zu Hause sind?"

Wir saßen ein paar Augenblicke wie eingefroren da. Dann nahm Kane sanft meinen Finger von seinen Lippen und senkte seinen Mund auf meinen, den er langsam und kunstvoll mit jeder köstlichen Bewegung seiner geschickten Zunge erforschte. Ich verschmolz mit ihm, glückselig verloren in seiner Umarmung.

Als Kane sich zurückzog, legte er seine Stirn auf meine und flüsterte: „Verlass dich drauf."

„Hm?" Ich seufzte atemlos.

Er lehnte sich zurück. „Wenn wir zu Hause sind."

Der Raum wurde wieder scharf. Mein Verstand begann zu funktionieren, und ich erinnerte mich, dass Mom und Gwen jeden Moment vorbeikommen konnten. „Richtig. Wenn wir zu Hause sind."

Grinsend konzentrierte er sich auf seinen Laptop. „Und was hast du zu diesem Flug gesagt?"

Ich warf einen Blick auf den Bildschirm. „Da ist einer um sechs Uhr morgens."

„Wir müssten um vier aufstehen." Er runzelte die Stirn und scrollte weiter. „Hier ist noch einer um elf. Das gibt uns Zeit, mit deiner Familie zu frühstücken, bevor wir abreisen."

Ich beugte mich vor und betrachtete die Informationen auf seinem Computer. „Du meine Güte. Für diesen Flug gibt es nur noch Sitze in der ersten Klasse. Ich kann mir das nicht leisten, und Kat auch nicht."

Er stand auf und ging anmutig durch den Raum, um meine Farmhaus-Fotosammlung an einer Wand zu inspizieren. „Ich habe genug Meilen auf meiner Karte. Ich kann die Tickets übernehmen."

Ich zupfte an dem alten Quilt auf meinem Bett. Elf Uhr vormittags klang verdammt viel besser als sechs Uhr früh. Ich kniff die Augen zusammen. „Hast du wirklich genug Meilen für drei Last-Minute-Tickets erster Klasse?"

„Sicher." Er richtete seine reichen schokoladenbraunen Augen auf mich. „Das ist meine Geschäftskarte. Die, die ich für alle Ausgaben des Clubs verwende."

Ich war mir nicht sicher, ob ich ihm glaubte, doch wenn er die Karte für die zweiwöchentlichen Alkoholbestellungen des Clubs benutzte, kam sicher so einiges zusammen. „Okay."

Er nickte und wandte sich wieder den Fotos zu. „War das ein Schulprojekt oder sowas?"

„Nein. Ich wollte immer in einem großen alten Haus aus der Zeit um die Jahrhundertwende wohnen. Etwas an der Geschichte fasziniert mich. Ich habe Fotos gemacht und mir vorgestellt, wer dort gelebt hat und was ihre Geschichten waren."

„Ich mag das hier." Kane zeigte auf eines meiner Lieblingshäuser. Das großzügige weiße Haus hatte eine riesige umlaufende Veranda und jede Menge Fenster. Er kam zurück und nahm seinen Platz neben mir auf dem Bett wieder ein. „Eines Tages werden wir in so einem Haus leben."

Ich zerzauste sein dunkles, welliges Haar und lachte. „Und New Orleans verlassen? Unwahrscheinlich."

Er zuckte mit den Schultern. „Man weiß nie."

„Sicher. Was immer du sagst." Ich klappte meinen Laptop zu. „Ich muss Kat anrufen." Sie war nach Hause gegangen, um ein bisschen Zeit mit ihren Eltern zu verbringen, bevor wir nach New Orleans zurückkehren würden.

„Ich werde mich mit Lailah wegen der Suche nach Philip in Verbindung setzen." Kane zog sein Handy aus der Tasche, doch ich riss es ihm aus der Hand.

„Das brauchst du nicht. Ich kann mich darum kümmern."

Zwei Dinge: Lailah war Kanes Ex-Freundin und obwohl sie ein Engel war, traute ich ihr nicht über den Weg. Aus gutem Grund.

Letzte Woche hatten wir aus Versehen eine psychische Verbindung aufgebaut. Kurz bevor wir nach Idaho aufgebrochen waren, hatte ich sie dabei erwischt, wie sie Kane auf eine ausgesprochen wenig engelhafte Art bewundert hatte.

Ich wusste es zwar zu schätzen, dass Kane mir half, doch der Gedanke, dass er Lailah anrief, vor allem wegen meines Ex … na ja, nennt mich lächerlich, aber ich würde lieber barfuß durch die Sümpfe laufen, als Lailah um einen Gefallen zu bitten.

„Jade", warnte Kane. „Du kannst nicht alles allein machen. Ruf Kat an. In der Zwischenzeit melde ich mich bei Lailah. Sie kann anfangen, Hinweise auf Philips Aufenthaltsort zu suchen."

Über meine verwesende, von Alligatoren zerfressene Leiche. Izzy hatte uns erzählt, dass er draußen im Bayou lebte. Dan war der Einzige, der genau wusste, wo. Wenn die Hölle keine Null-achthundert-Nummer hatte, würde jemand einen Findezauber wirken müssen. „Warum muss sie es sein? Warum können wir nicht Lucien fragen?"

„Könntest du, aber Lailah hat viel mehr Erfahrung, und sie hat eine Verbindung zu Dan."

Lucien war neben mir der stärkste Hexenmeister im Zirkel

von New Orleans. Er hatte die Fähigkeit, den Findezauber zu wirken, doch Kane hatte Recht. Er hatte so gut wie keine persönliche Verbindung zu Dan, und das war wichtig. Lailah war die bessere Wahl.

Ich hob mein Kinn. „Ich kann den Zauber von hier aus wirken."

Kane zog skeptisch eine Augenbraue.

Ich verzog das Gesicht und sprang vom Bett. Nachdem ich in meinem Koffer herumgewühlt hatte, zog ich das ledergebundene Zauberbuch meiner Mentorin hervor. „Bea hat es mir gegeben. Sie sagt, ich solle es benutzen, da ich jetzt die Anführerin des Zirkels bin."

„Wenn du dir sicher bist", sagte Kane schulterzuckend.

„Ich brauche nur ein paar Minuten, um die Beschwörung zu finden." Ich ließ mich im Schneidersitz auf dem Boden nieder, blätterte schnell durch die Seiten und suchte nach dem richtigen Abschnitt.

Das alte Bett quietschte, als Kane aufstand, um sich zu mir zu setzen.

Einen Moment später platzte Mom herein. „Jade, du weißt, dass du keine Jungen – äh … Freunde bei geschlossener Tür hier oben haben darfst." Sie griff nach dem hölzernen Schreibtischstuhl und benutzte ihn, um die Tür aufzudrücken. „Du willst deiner Tante gegenüber nicht respektlos erscheinen."

Ich unterdrückte einen Seufzer und wedelte mit der Hand, um sie darauf hinzuweisen, dass wir beide vollständig bekleidet und einen halben Raum voneinander entfernt waren. „Mom, hier passiert nichts."

Kane begegnete meinem Blick. Seine Lippen zuckten.

Er fand das tatsächlich lustig. Ich funkelte ihn an und forderte ihn heraus, auch nur ein einziges Kichern auszustoßen.

Er zwinkerte in meine Richtung, bevor er sich umdrehte, um Mom anzulächeln. „Ms. Calhoun, tut mir leid. Ich bin hier hochgekommen, um einen geschäftlichen Anruf anzunehmen, und dann haben Jade und ich unsere morgige Reise geplant."

Die Anspannung, die um meine Mutter schwirrte, ließ nach. Sie trat einen Schritt vor und senkte ihre Stimme: „Oh, schon gut. Es ist nicht so, dass ich euch beiden nicht vertraue, aber Gwen kann altmodisch sein. Du weißt, wie sie ist."

Unfähig, mich zu beherrschen, schnaubte ich ungläubig und hustete schnell. Gwen hatte versucht, Kane und mich für unseren kurzen Besuch im selben Raum unterzubringen, doch meine Mutter hatte darauf bestanden, dass es nicht angebracht war, dass wir ein Zimmer teilten. Da das Haus nur zwei Schlafzimmer hatte, schlief Mom mit Gwen in ihrem Zimmer, und ich war in meinem alten Zimmer.

Das hatte Kane auf das Sofa verbannt.

Als ob auf einem quietschenden Bett aus der Hölle mit meiner Mutter und Tante im Nebenzimmer jemals etwas passieren würde.

„Ja, Gwen kann manchmal ein bisschen archaisch sein." Ich unterdrückte ein Schmunzeln und ging an Mom vorbei. „Ich bin draußen auf der Veranda. Muss Kat anrufen."

„Mach nicht zu lange, Jade. Es wird kalt draußen."

Ich brauchte all meine Willenskraft, um mich nicht wieder in den launischen Teenager zu verwandeln, der Komplexe von der Größe des Mt. Shasta hatte und mit „Ja, Mutter" geantwortet hätte. Ich schüttelte den Kopf und zog eine Wolljacke an. „Mach ich nicht."

Ich ging in den Wintergarten. Bevor ich etwas anderes tat, musste ich Kat anrufen. Ich setzte mich auf denselben Stuhl, auf dem sie vorhin gesessen hatte, und berührte ihren Namen in meinem Telefon.

Sie nahm den Anruf an, bevor es überhaupt geklingelt hatte. „Was ist los?"

„Kane hat uns um elf Uhr Sitzplätze für einen Flug besorgt. Erste Klasse, doch er sagt, dass seine Kreditkartenmeilen für uns drei reichen. Ist das okay für dich?"

„Erste Klasse? Kostenlos? Himmel, ja!" Kat stieß einen übertriebenen Schrei aus und senkte dann ihre Stimme. „Ich hoffe, du hast Pläne für ein angemessenes Danke."

„Kat! Nein. Mit meiner Mutter und Gwen im Haus wird hier nichts passieren."

Sie seufzte ins Telefon. „Ja. Das ist klar ein Stimmungskiller."

„Hör zu, ich bereite mich auf einen Zauberspruch vor, um Philip zu finden, und ich brauche was von Dan, um eine körperliche Verbindung herzustellen. Hast du irgendwas? Ich habe ihm alles Wichtige zurückgegeben, nachdem wir uns getrennt haben, und den Rest habe ich weggeworfen."

„Klar, den Talisman, den mir seine Mutter heute Nachmittag gegeben hat. Gib mir einen Moment … Hmm, das ist seltsam. Er ist nicht in meiner Handtasche." Ein hektisches Rascheln übertönte ihre nächsten Worte.

„Was?", fragte ich.

„Sorry, ich kann ihn nicht finden. Warte."

Wieder hörte ich Wühlgeräusche. Ich biss mir auf die Lippe und nahm eine Zeitschrift vom Beistelltisch. *Jenseits der Scheune.* Großartig. Ich warf das Landwirtschaftsmagazin wieder auf den Tisch und ein glänzendes Stück Metall erregte meine Aufmerksamkeit. „Kat?", rief ich ins Handy.

„Einen Moment!", rief sie zurück. Nach einer kurzen Pause hörte ich ein gedämpftes „Scheiße!"

Ich hob den silbernen Anhänger auf und betastete das vertraute Design. Die auf der Rückseite eingravierten

Buchstaben waren rau unter meinem Daumen. DPT. Dan Pearson Toller.

Dan hatte mir gesagt, sein zweiter Vorname sei ein Familienname. Ich hätte nie gedacht, dass er von Philip Pearson kam oder dass sein Vater nicht sein leiblicher Vater war. Hatte sein Vater es gewusst? Doch das war jetzt egal. Dans Vater war vor ein paar Jahren gestorben, doch ich konnte nicht anders, als mich zu fragen.

„Kat!", rief ich.

„Tut mir leid", hauchte sie ins Telefon. „Ich habe keine Ahnung, was ich damit gemacht habe."

„Er ist hier. Du hast ihn im Wintergarten gelassen."

„Gott sei Dank! Willst du, dass ich rüberkomme und bei dem Zauber helfe?"

„Würde es dir was ausmachen?" Kat besaß keine Magie, also würde sie in dieser Hinsicht keine Hilfe sein. Sie konnte mir jedoch helfen, mich zu konzentrieren, und mir Kraft geben, wenn ich mich hinreißen ließ und zu viel Energie verbrauchte. Und, seien wir ehrlich, ich war dafür bekannt, ein oder zwei Zaubersprüche in den Sand gesetzt zu haben.

„Mach dir keine Sorge. Meine Eltern sind schon schlafen gegangen. Sie werden mich nicht einmal vermissen. Bin gleich da."

Ich legte das Handy auf den Tisch, nahm das Zauberbuch und schlurfte nach draußen. Während der Regen noch in den Blättern raschelte, hatte der Wind endlich nachgelassen. Ich nahm mir einen trockenen Plastikstuhl von der Seite des Hauses und stellte ihn ein paar Meter von der Treppe, die zur Rückseite der Farm führte, ab.

Ich zog meine Wolljacke fester um mich und atmete tief durch. Schlamm und Kiefernduft erfüllten meine Sinne. Erinnerungen an Dan und mich, die durch den benachbarten Wald liefen, überfluteten mein Gehirn. In jener Nacht waren wir unter dem strahlenden Mond losgegangen, nur um in einen Spätsommersturm zu geraten. Eine Gänsehaut breitete sich auf meinen Armen aus.

Ich hatte keine Gefühle mehr für Dan. Wir hatten unsere Beziehung vor ein paar Jahren beendet, doch er war mir immer noch wichtig. Auf keinen Fall würde ich ihn die Ewigkeit in der Hölle verbringen lassen.

Wir mussten Philip finden. Er war unsere beste Hoffnung, Meri aufzuspüren.

Magie flatterte gegen mein Brustbein und wollte etwas tun. Irgendetwas. Ich öffnete Beas Zauberbuch für den Findezauber.

Erster Schritt: Finde einen persönlichen Gegenstand der vermissten Person. Nun, der Anhänger gehörte nicht Philip, aber er war so nah dran, wie irgend möglich.

Zweiter Schritt: Stell dir gesuchte Person vor. Schwierig, da ich ihn noch nie getroffen hatte.

Dritter Schritt: Zünde eine Kerze an, um den Weg zu erhellen. Endlich etwas Leichtes! Ich rannte ins Haus und nahm mir ein paar Streichhölzer und die Kerze, die auf dem Küchentisch stand. Sie war noch nicht angezündet, doch Gwen hätte sicher nichts dagegen. Sie hatte viele Kerzen im Haus. Seher benutzten sie fast so oft wie Hexen.

Zurück auf der Veranda zog ich den kleinen Tisch vor meinen Stuhl und stellte die Kerze in die Mitte. Wie schon viele Male zuvor zündete ich ein Streichholz an und hielt es an den Docht der Kerze.

Vierter Schritt: Die Beschwörung singen. Kerze ausblasen.

Das würde den Zauber vervollständigen. Ich tippte mit dem Fuß, ungeduldig, wann Kat kommen würde. Es konnte nicht schaden, ein wenig zu üben, oder?

Magie erwachte in meiner Brust zum Leben. Üben war eine gute Idee. Laut Bea konnte ich nicht genug üben. Also gut.

Ich legte das Zauberbuch auf den Tisch und konzentrierte mich auf den Anhänger in meiner Faust. Ich richtete den Blick auf die flackernde Kerze und sprach: „Von Nord nach Ost nach Süd nach West, finde den Geist, enthülle sein Nest. Durch Schatten und Licht, zeig mir den Engel Philip, mein Funke, enttäusche mich nicht."

Mein magischer Funke erwärmte sich und schickte ein Prickeln durch meine Gliedmaßen. Ich lächelte. Die Übung hatte geholfen. Noch letzte Woche hätte ich den Zauber überladen. Heute Nacht hatte ich der Beschwörung einen sanften Schubs gegeben. War es genug?

Die Flamme flackerte und erlosch dann, auch wenn kein Wind mehr wehte. Der vertraute, verrottende, schlammige Gestank des Mississippi überflutete meine Sinne, als der Regen aufhörte. Die Temperatur schoss in die Höhe, und ich schwitzte in meiner Wolljacke.

Ich ging auf die Stufen der Veranda zu, zog die Jacke aus und blinzelte. Die Kiefern hatten sich gelichtet und zeigten mir den Kreis des Zirkels von New Orleans, der zwischen einem halben Dutzend riesiger Eichen ganz in der Nähe des Mississippi lag. In der Mitte lag Lailah in den Armen eines Mannes, den ich noch nie gesehen hatte, doch ich hätte mein Leben darauf verwettet, dass er Philip Pearson war.

KAPITEL DREI

*I*ch rannte die Treppe hinunter und ging direkt auf die Lichtung zu. Mit dunkelbraunem Haar, gedrungener Statur und einem unheimlich vertrauten Gesicht war es unmöglich, dass dieser Mann nicht mit Dan verwandt war. Mein Blick wanderte zu Lailah, die schlaff in seinen Armen lag, die Augen geschlossen.

„Philip?", rief ich, als der Mann ging, Lailah an seine Brust gedrückt.

Ich rannte, um ihn einzuholen, doch als er durch die Eichen trat, verblasste die Szene, und ich blieb im knöcheltiefen Schlamm stehen, meine Jeans und mein dünner Baumwollpullover vom Regen durchnässt.

„Jade?", rief Kat von der Veranda. „Was machst du da draußen?"

Ich stand wie erstarrt da, Angst packte meine Glieder. Lailah war verletzt. Was hatte Philip mit ihr getan? Mein Körper begann sich zu bewegen, bevor mein Verstand es ihm befahl. Ich versuchte, zurück zur Veranda zu sprinten, doch der Schlamm hielt meine Füße fest, sodass mein Oberkörper

27

nach vorne zuckte. Fast in Zeitlupe taumelte ich und landete mit dem Gesicht voran im Matsch.

Hustend und spuckend blickte ich in Kanes hübsches Gesicht auf. „Verdammte ... argh."

Er bot mir eine Hand und zog mich auf die Füße. „Anmutig", sagte er, und seine Augen tanzten amüsiert.

„Ich brauche mein Handy." Hektisch riss ich mich los und versuchte noch einmal, zur Veranda zu rennen, doch ich rutschte aus, und diesmal wäre ich auf dem Po gelandet, wenn Kane mich nicht aufgefangen hätte.

„Wow. Langsam. Ich bringe dich rein." Trotz meiner Proteste hob er mich in seine Arme und trug mich genauso, wie Philip Lailah in meiner Vision getragen hatte.

„Lailah ist verletzt", sagte ich. „Wir müssen Bea oder Lucien anrufen."

Auf der Veranda angekommen blieb Kane neben Kat stehen und stellte mich wieder auf die Beine. „Was meinst du damit, sie ist verletzt?"

„Sie war in der Vision des Findezaubers."

„Was genau hast du gesehen?", fragte Kat.

Ich ging zur Tür und warf einen Blick auf mein Handy, das auf dem Beistelltisch lag. Dann blickte ich meinen schlammverkrusteten Körper hinab. „Kann einer von euch mein Handy holen ... und vielleicht ein Handtuch?"

„Hier." Kane reichte mir sein Blackberry.

Ich schüttelte den Kopf. „Nein. Ich habe Beas Nummer in meinem Handy gespeichert."

„Ich hab sie auch." Er blätterte in seinen Kontakten und rief Beas Nummer auf.

Natürlich hatte er ihre Nummer. Sie hatte ihm geholfen, mich vor einem verrückten Geist zu retten, nachdem der mich in einer anderen Dimension gefangen gehalten hatte.

Ich nahm das Handy. „Danke."

„Ich hole dir ein Handtuch", sagte Kat und verschwand im Haus.

Ich drückte auf *Wählen* und zuckte zusammen. Meine schlammigen Fingerabdrücke waren überall auf Kanes schwarzem Telefon. „Tut mir leid."

Er zuckte mit den Schultern.

Beas Handy klingelte dreimal, bevor ich auf die Mobilbox weitergeleitet wurde. Ich legte auf und fing an, in Kanes Kontakten die Ls zu durchsuchen. Lacy, Lailah, Landon, Liam, Lloyd. Kein Lucien. Ich scrollte zurück zu Lailah und drückte die Wähltaste. Es klingelte zweimal, dann meldete sich ihre Voicemail.

„Doppelt verdammt!" Ich tippte eine kurze SMS. *Ruf mich so schnell wie möglich an. Jade hat was gesehen. Muss wissen, dass es dir gut geht.*

Kat erschien mit einem Handtuch und meinem Bademantel. „Hier. Du solltest die Klamotten ausziehen, bevor du ins Haus kommst."

Ich blickte noch einmal an mir hinab. Ja. Gwen würde mich umbringen, wenn ich eine Gallone Schlamm im Haus verteilen würde. Also fing ich mitten auf der Veranda an, mich auszuziehen.

„Jade!", rief meine Mutter. „Was ist hier draußen los?"

Ich ließ meinen schlammigen Pullover auf die Veranda fallen und sah meiner Mutter nur in BH und Jeans entgegen.

„Oh mein Gott." Mom eilte herbei, nahm Kat das Handtuch aus der Hand und wickelte es um mich. „Geh sofort ins Haus", flüsterte sie scharf.

„Mom." Ich trat von ihr weg, und das Handtuch fiel zu Boden. „Ich bin mit Schlamm verschmiert. Ich muss zuerst meine Klamotten ausziehen."

Ihr Gesicht wurde rot, und sie ballte ihre Fäuste. „Honey, du bist nicht allein hier draußen. Sicher kannst du es ins

Badezimmer im Erdgeschoss schaffen, ohne zu viel Schmutz zu verteilen."

Kat warf mir einen „Oh-oh"-Blick zu und zog sich in die Sicherheit der Schatten zurück. *Feigling.*

Ich sah meine Mutter an und streckte einen Fuß aus. „Im Ernst? Von meiner Jeans tropft der Schlamm. Ich ziehe sie hier aus. Das ist sicherer."

Sie warf mir einen Seitenblick zu und zeigte hinter vorgehaltener Hand auf Kane, als könnte er nicht sehen, was sie tat. Doch wie sollte es ihm entgehen? Er stand direkt neben mir.

Ich unterdrückte einen Seufzer. „Mom, so leid es mir tut, dir das sagen zu müssen, aber Kane hat mich schon mit viel weniger an gesehen."

Mom blinzelte, doch bevor sie etwas sagen konnte, räusperte sich Kane. „Ich werde reingehen und euch Ladys ein bisschen Privatsphäre geben."

Ich legte eine Hand auf seinen Arm. „Das musst du nicht."

Er küsste meinen Kopf. „Schon gut. Ich werde in der Küche sein."

Kane verschwand im Haus. Ich wandte mich meiner Mutter zu. „Mom, ich bin siebenundzwanzig Jahre alt. Bitte hör auf, mich so zu behandeln, als ob ich …" Ich brach mitten im Satz ab. Wir hatten noch nicht über ihre Zeit im Fegefeuer gesprochen. Ich schlang das Handtuch um meinen jetzt zitternden Körper. „Tut mir leid. Ich weiß, dass es nicht leicht ist."

Mom starrte mich fünf sehr lange Sekunden lang an, dann machte sie auf dem Absatz kehrt und ging leise wieder ins Haus.

„Verdammt." Ich sank auf einen der weißen Plastikstühle und vergrub mein Gesicht in meinen schmutzigen Händen.

„Das regelt sich schon. Ihr zwei braucht nur Zeit, um euch

anzupassen." Kat kam wieder aus dem Schatten und zog mich auf die Füße. „Zieh deine Hose aus. Du bist eiskalt."

In dem Moment, als sie die Worte sagte, begannen meine Zähne zu klappern. Bis dahin war ich zu abgelenkt gewesen, um die Temperatur wirklich zu bemerken. Mit zitternden Fingern zog ich meine Jeans aus. Nachdem ich sie von meinen Beinen gepellt hatte und in meinen Bademantel gehüllt war, ging ich in die Küche.

Kane saß am Tisch, zwei dampfende Tassen Chai warteten. Anstatt mich auf einen Stuhl zu setzen, rollte ich mich auf seinem Schoß zusammen und küsste ihn. Gründlich. Okay, vielleicht war unsere Knutscherei etwas gewagt für Gwens Küche, aber verdammt, ich brauchte ein bisschen Hitze. Als ich mich wieder von ihm löste, flüsterte ich „Danke."

Er lächelte und zog mich wieder zu sich.

„Ähem", hüstelte Kat von der Tür aus.

Ich schenkte ihr ein schuldbewusstes Lächeln. „Tut mir leid."

„Schon gut. Aber du hast gerade eine SMS bekommen." Sie hielt mein Handy hoch. „Sie ist von Lucien. Er sagt, Lailah ist gerade vor seiner Tür aufgetaucht und kann sich nicht an die letzten zwölf Stunden erinnern."

AN SCHLAF WAR NICHT zu denken.

Ich konnte nicht aufhören, mir Sorgen um Lailah zu machen. Lucien kümmerte sich um sie, also wussten wir, dass sie in Sicherheit war, aber was war passiert? Warum war sie mit Philip zusammen gewesen, und warum konnte sie sich an nichts erinnern?

Nach scheinbar stundenlangem Hin- und Herwälzen stand ich endlich auf. Der kalte Dielenboden knarrte unter meinen

Wollsocken, als ich den Flur entlang zu Gwens Arbeitszimmer ging. Mom hatte das Zimmer benutzt, um an verbesserten Einschlafhilfen zu arbeiten, seit sie zu Hause war. Ich war nicht überrascht. Sich an ein normales Leben zu gewöhnen, fiel ihr nicht so leicht, wie wir es uns erhofft hatten.

Ich bog um eine Ecke und sah ein Leuchten unter der Tür zu Gwens Arbeitszimmer. Ich war erleichtert. Obwohl wir uns immer noch aneinander gewöhnten, hatte Mom immer schon ein Händchen dafür gehabt, mich zu beruhigen. Ich klopfte leise an und öffnete die Tür.

„Jade?" Mom ließ eine brennende Kerze in eine weiße Schüssel fallen. Was auch immer in der Schüssel gewesen war, ging in Flammen auf.

Ich verzog das Gesicht. „Tut mir leid. Wollte dich nicht erschrecken."

Sie goss Wasser über das Minifeuer und machte eine Handbewegung, um den Rauch zu ersticken. „Mach dir keine Sorgen. Ich habe experimentiert. Warum bist du so spät noch wach?"

„Kann nicht schlafen. Ich habe eins deiner Schlafmittel gesucht."

Sie öffnete eine kleine Holzschatulle und zog eine grüne Pille heraus. Alle Mittelchen, die Mom herstellte, waren grün. Was sollte man auch sonst von einer Erdhexe erwarten?

Sie stand auf und drückte sie in meine Handfläche. Sie ließ mich nicht los, schloss meine Hand zu einer Faust und umklammerte sie. „Ich werde dich vermissen, Shortcake."

Die Plötzlichkeit ihrer Emotionen trieb mir die Tränen in die Augen. „Kommst du mit mir?" Ich hatte sie nicht fragen wollen. Es rutschte einfach so heraus. Wie konnte ich nur so egoistisch sein?

„Oh, Jade." Moms Augen füllten sich mit Tränen. „Ich glaube nicht…"

„Vergiss es." Ich winkte mit beiden Händen ab. „Ich versteh schon." Und ich tat es. Sie hatte gerade eine zweite Chance bekommen. Wie konnte ich sie bitten, mir zu helfen, einen Dämon zu bekämpfen?

Ihr intensiver Blick bohrte sich in meinen. „Ich weiß, dass du tun wirst, was immer du musst, aber bitte lauf nicht ohne einen soliden Fluchtplan in die Hölle ... oder besser zwei."

Ich starrte sie mit offenem Mund an. Das war das erste Mal, dass sie mich nicht wie einen Teenager behandelt hatte, seit wir in Idaho angekommen waren. „Werde ich nicht."

„Versprich es mir."

„Ich verspreche es", flüsterte ich und hatte Mühe, die Worte über den Kloß in meiner Kehle zu bekommen.

„Und wenn du gegen Meri kämpfst" – ihr Gesicht wurde mitfühlend – „denk daran, dass es nicht ihre Schuld ist, dass sie sich so verhält."

Ich trat erschrocken zurück. „Was soll das heißen?" Natürlich war es ihre Schuld. Sie hatte meine Mutter und Dan entführt und versucht, einem Haufen anderer Menschen, die ich liebe, wehzutun.

„Sie ist ein Opfer der Umstände. Versuch, dich daran zu erinnern, dass sie einmal ein Mensch war."

Ich kniff die Augen zusammen. Warum verteidigte sie ihre Entführerin?

„Hör einfach auf dein Herz. Du wirst es verstehen." Sie nahm mich in die Arme. „Ich liebe dich. Vergiss das nie."

Ich vergrub meinen Kopf an ihrer Schulter, immer noch verwirrt und ein wenig wütend, doch trotzdem getröstet von ihrer Berührung. „Das werde ich nicht."

Als wir einander losließen, versuchte sie, mich wieder ins Bett zu schleppen, doch ich hielt inne. „Warte. Ich habe was für dich." Einen Moment später kehrte ich mit einer Glasperle zurück, aus der ich einen Anhänger gemacht hatte. Ich hatte vorgehabt, sie ihr zu geben, bevor wir nach Hause gingen. Nach der Vision von Lailah hatte ich es fast vergessen. „Die habe ich für dich gemacht."

Mom betrachtete sie in ihrer Hand. „Sie ist voll von deiner Energie. Deiner Liebe."

„Du kannst es spüren?"

Sie nickte mit erstaunter Miene.

Perfekt. Ich hatte noch nie zuvor eine mit Magie durchdrungene Perle gemacht, also war es ein Experiment gewesen. „Sie soll dich schützen. Du trägst sie über deinem Herzen, und wenn du einen zusätzlichen Kraftschub brauchst, kannst du auf ihre Kraft zurückgreifen."

Sofort nahm Mom die Silberkette ab, die sie immer trug, fädelte den Anhänger auf und befestigte die Halskette wieder um ihren Hals. „Er ist wunderschön. Danke!"

Sie umarmte mich ein letztes Mal, bevor sie mich ins Bett schickte. Als sie die Tür hinter mir schloss, hätte ich schwören können, Tränen über ihr Gesicht strömen zu sehen. Glückliche Tränen, voller Stolz und Liebe.

Mit Hilfe der kleinen grünen Pille schlief ich innerhalb von Minuten ein. Normalerweise wartete Kane in meinen Träumen auf mich. Fast jede Nacht, ob wir zusammen waren oder nicht, kam er.

Doch diese Nacht war anders.

Jemand war bei mir, aber es war nicht Kane.

Ich hob meinen schweren Kopf von einem kalten Zementboden und wollte zurückschrecken, doch mein Körper gehorchte nicht.

Mein Kopf sank auf den Boden zurück, und ich starrte Dan mit knochenmüder Erschöpfung an.

Er sah nicht viel besser aus, als ich mich fühlte. Er saß so weit wie möglich von mir entfernt, sein Hemd war zerknittert und mit mehr als nur ein paar Schmutzschichten beschmiert.

Sein normalerweise glattrasiertes Gesicht hatte einen jetzt mindestens eine Woche alten Bart.

„Wasser?", fragte ich tonlos, denn mein Hals war ausgetrocknet.

„Hinter dir." Dan deutete in die grobe Richtung.

„Oh." Es schien zu mühsam, mich zu bewegen.

Ein paar Augenblicke vergingen, dann seufzte Dan und holte die Wasserflasche. Er kniete nieder und hob behutsam meinen Kopf. Eine schwarze Haarsträhne fiel über meine Augen.

Hm, seltsam. Ich habe rotblonde Haare.

In Träumen passierten seltsame Dinge.

Dan strich sie zurück und goss die süße Flüssigkeit vorsichtig über meine rissigen Lippen.

„Danke", krächzte ich, als er mich losließ.

Er schüttelte den Kopf. „Du solltest mich besser nicht anlügen, oder ich bringe dich selbst zum Teufel."

Unruhe drang von irgendwoher in meinen Traum ein, und einen Moment später öffnete ich meine Augen und sah Kat und Kane, die auf mich herabstarrten.

„Wach auf, Sonnenschein", sagte Kat und zog den Quilt weg. „Wir haben dich so lange wie möglich schlafen lassen, aber wir haben einen lächerlich frühen Flug zu erwischen."

Ich warf einen Blick zum Fenster. Immer noch stockdunkel. „Heißt das, dass wir auf den Sechs-Uhr-Flug gebucht sind?" Nachdem ich von Lailahs Amnesie erfahren hatte, hatte ich Kane gebeten, den frühesten Flug zu buchen, den er finden konnte.

Kane reichte mir eine dampfende Tasse Kaffee. „Ja. Bedauerlicherweise." Er sah auf seine Uhr. „Das heißt, du hast eine halbe Stunde, dich fertigzumachen."

Ich stöhnte und führte die Tasse an meine Lippen. Das Aroma setzte sich in meiner Nase fest, als ich den Duft inhalierte. Wenigstens wusste mein Freund, wie man mich angemessen aufweckte.

~

DER FLUG WAR VOLL und unsere Last-Minute-Umbuchung hatte zur Folge, dass wir getrennt saßen. Ich Glückspilz. Mein Ticket brachte mich auf einen Mittelplatz mit einer jungen Mutter und einem schlechtgelaunten Säugling am Fenster und einem nervtötenden, übernervösen Mann, der den Mund nicht halten konnte, auf dem Gangsitz.

Nicht das, was ich im Morgengrauen ertragen wollte.

„New Orleans ist eine wunderschöne Stadt, aber sie sollten wirklich was gegen die Bourbon Street unternehmen", zeterte der Mann weiter. „Die bringt nichts als Sünde hervor. Es ist empörend, dass die Stadt Menschen dulden würde, die mit moralischer Korruption Geld verdienen. Ich sage Ihnen, die Bourbon Street und Las Vegas sind die Spielplätze des Teufels."

Ich gab einen unverbindlichen Laut von mir und steckte mir die Ohrhörer meines iPhones in die Ohren.

Doch das hielt ihn nicht davon ab, weiterzusprechen.

Er fuhr lauter fort und sprach gedehnt mit seinem tiefen Südstaatenakzent. „Junge Leute wie Sie haben keine Hoffnung, produktive Mitglieder der Gesellschaft zu werden, wenn Sie sich auf all die Unmoral einlassen. Oh sicher, ich weiß, Sie denken, es ist alles nur Spaß, aber merken Sie sich meine Worte, eines Tages werden Sie sich in der Hölle wiederfinden, wenn Sie das Licht nicht sehen."

Junge Leute wie ich? Ich musterte ihn. Er konnte nicht älter als dreißig sein. Attraktiv. Groß, schlanke Statur, braune Augen, die angenehm gewesen wären, wenn er mich nicht gerade beleidigt hätte.

Ich zog die Ohrhörer aus meinen Ohren. „Haben Sie mich gerade unmoralisch genannt?"

Er zog eine Augenbraue hoch. „Das habe ich nicht gesagt ... nicht genau." Sein Ton deutete darauf hin, dass er genau das meinte.

„Entschuldigen Sie mich." Ich bewegte mich und versuchte, weiter von ihm wegzurutschen, wobei ich versehentlich die Mutter neben mir anstieß. Das Baby fing wieder an zu schreien. Ich ignorierte sie und richtete meinen Zorn auf den Mann und seine Vorurteile. „Sie kennen mich nicht. Ich habe Sie nicht um eine Predigt gebeten. Wenn ich Sie wäre, würde ich den Mund halten, bevor Ihnen jemand Pocken an den Hals wünscht."

Der Schlafmangel, das Weinen des Babys die gesamte letzte Stunde und meine Angst um Lailah hatten mir den Flug ruiniert. Und meine Geduld geraubt.

Wut kroch aus den Tiefen des Mannes neben mir und kroch über meine Haut. Ich schauderte und schrumpfte in mich zusammen. Seine Miene wurde finster, und sein Gesicht verfärbte sich fast lila. Wer auch immer er war, er war es offensichtlich nicht gewohnt, dass eine Frau sich zur Wehr setzte. Er hob die Hand und drückte den Rufknopf.

Ich wandte mich von ihm ab und konzentrierte mich auf das Baby. Die Mutter hatte es aufgegeben zu versuchen, das hysterische Kind zu beruhigen. Ich schloss meine Augen, betete um Ruhe und atmete tief und beruhigend ein. Es wollte nicht funktionieren. Ich hatte meine letzten Nerven verloren.

Eine gut gelaunte Flugbegleiterin mit einem entspannten Lächeln kam. „Womit kann ich Ihnen helfen, Sir?"

„Ich kann nicht länger neben dieser, dieser ... *Person* sitzen. Sie müssen mir einen anderen Sitzplatz suchen."

„Tut mir leid, Sir." Hilflos runzelte sie die Stirn. „Der Flug ist ausgebucht. Es gibt keine freien Plätze."

„Es muss jemanden geben, der bereit ist, den Platz zu tauschen", sagte der Mann gedehnt und trug seinen Südstaatencharme dick auf. „Sagen Sie, es ist für Reverend Goodwin."

Ich hielt ein Schnauben zurück. Ganz typisch für mein Glück. Ich saß neben dem rechtsradikalen Hardliner, der derzeit jeden Sonntagmorgen die Nielsen-Ratings auf dem Sender seines Großvaters, des Mega-Medienmoguls Fredrick Goodwin, anführte. Was in aller Welt hatte er in der Holzklasse zu suchen?

Die freundlichen Augen der Flugbegleiterin verengten sich, und Ärger strahlte von ihr aus. „Sir, der Flug ist voll. Da kann ich nichts tun."

Goodwin sprach lauter und wollte sie eindeutig einschüchtern, doch stattdessen klang er nur gereizt. „Zuerst überbuchen Sie diesen verdammten Flug, und ich lande in dieser Sardinenbüchse anstatt in der ersten Klasse. Dann setzen Sie mich neben dieses respektlose, unverschämte, unchristliche …"

„Sir, es ist nicht nötig, ausfallend zu werden." Sie winkte jemandem hinten im Flugzeug zu.

Goodwin wischte sich über die Stirn und deutete auf den Fensterplatz, während er seine Tirade fortsetzte. „Ganz zu schweigen davon, dass sie das arme Kind ganz unruhig macht. Ich muss zwanzig Minuten nach der Landung einen Vortrag halten. Ich kann mich hier nicht konzentrieren."

„Entschuldigung", mischte ich mich ein. „Ich habe nur hier gesessen."

Ein Mann mit einem TSA-Abzeichen am Arm trat zu der Flugbegleiterin. „Gibt es ein Problem?"

„Ja", sagte Goodwin mit Erleichterung in seiner Stimme. „Ich brauche umgehend einen anderen Platz. Diese Frau hier verursacht Unruhe." Er nickte mit dem Kopf in meine Richtung.

„Mir scheint, dass Sie derjenige sind, der die anderen Passagiere stört." Er warf der Flugbegleiterin einen Blick zu. Sie nickte knapp. Mr. TSA wandte seine Aufmerksamkeit wieder Goodwin zu. „Sie kommen mit mir."

„Danke." Der Reverend erhob sich anmutig von seinem Sitz. „Wenn Sie etwas in der ersten Klasse arrangieren könnten, werde ich ein gutes Wort für Sie bei dem guten Mann da oben einlegen."

Der Offizier warf ihm einen stählernen Blick zu. „Sir, Sie befinden sich jetzt im Gewahrsam der TSA, bis Ihnen etwas anderes gesagt wird. Bitte treten Sie in den hinteren Teil des Flugzeugs."

„Was?" Goodwin versuchte, zurückzuweichen, doch da die Flugbegleiterin im Weg stand, konnte er nirgendwo hin.

„Wenn Sie sich weigern, meinen Anweisungen Folge zu leisten, werde ich Sie verhaften. Ich empfehle Ihnen dringend, in den hinteren Teil des Flugzeugs zu gehen."

Ich schmunzelte, und Goodwin warf mir einen tödlichen Blick zu. „Aber Reverend, das ist nicht sehr christlich von Ihnen."

Der TSA-Agent versetzte ihm einen Stoß, und die beiden Männer verschwanden im hinteren Teil des Flugzeugs. Meine Schultern entspannten sich, und Erleichterung sprudelte aus der jungen Mutter neben mir. „Tut mir leid", sagte ich.

Sie wiegte ihr jetzt wimmerndes Kind an ihrer Brust. „Muss es nicht. Ich wünschte, ich hätte den Mut gehabt, ihn zurechtzuweisen. Ich bin mir sicher, dass Katy unter anderem deshalb so unruhig ist, weil dieser Mann mich so wütend gemacht hat. Babys spüren sowas."

Natürlich taten sie das. Leute wurden dauernd von den oberflächlichen Emotionen anderer beeinflusst. Dabei hatten sie Glück. Ich hatte das Vergnügen, alles, was sie empfanden, aus nächster Nähe mitzuerleben. Das auszublenden war anstrengend. Es gab jedoch etwas, das ich tun konnte, um zu helfen. „Darf ich sie halten?" Ich lächelte dem Bündel in ihren Armen zu.

„Ähm ..." Die Mutter warf ihrem Kind einen Blick zu und hielt es mir dann zögernd entgegen. Das Baby begann zu schreien. „Sie ist nicht gut mit Fremden."

„Kann nicht schaden, es zu versuchen." Ich nahm das in eine Decke gewickelte Baby und schmiegte es an meine Schulter. Das kleine Mädchen weinte weiter und schluchzte und hickste abwechselnd. Ich rieb ihr den Rücken und gurrte ihr leise ins Ohr. „Schon gut, Süße. Er ist weg."

Mein magischer Funke erwärmte sich in meiner Brust, doch ich rang ihn nieder. Das Kind brauchte keinen Zauber. Es brauchte nur ein bisschen beruhigende Energie. Es wäre besser, sie von jemand anderem zu nehmen und zu übertragen.

Ich konnte es selbst tun, doch ich hatte immer noch Probleme damit, nicht versehentlich meine eigene Essenz zu übertragen. Das war keine gute Sache. Wenn ich zu viel gab, würde ich meine Seele kompromittieren. Dann würde die Schwärze die Oberhand gewinnen, und ich würde nicht versuchen, in die Hölle zu kommen, um Dan zu retten; Ich würde mit Begeisterung versuchen, jeden, den ich kenne, für immer in die Unterwelt zu bringen.

„Nah, sieh dich an", sagte eine bekannte männliche Stimme.

Ich drehte mich um und sah Kane neben mir sitzen. „Wo kommst du denn her?"

Er lächelte. „Ich hatte den Platz neben dem TSA-Agenten. Sieht dir ähnlich, eine Szene zu verursachen, damit sie mich bitten, den Platz mit diesem Typen zu tauschen."

Ich lachte. „Natürlich, was sonst hätte ich tun sollen?"

Kanes leichte Ruhe legte sich um mich. Ich streckte die

Hand aus und berührte sein Bein, sammelte seine Energie an meinen Fingerspitzen, dann schob ich sanft die Ruhe durch meinen Körper von einer Hand in die andere. Das Weinen des Babys hörte abrupt auf, und es schmiegte seinen Kopf an meine Schulter und atmete gleichmäßig.

„Oh mein Gott. Sie haben es geschafft", flüsterte die junge Mutter. Sie ließ sich gegen das Fenster sinken und schloss erleichtert die Augen.

„Danke", flüsterte ich Kane zu.

Er warf mir einen zärtlichen Blick zu, und als er die Hand hob und das hellblonde Haar des Babys streichelte, schmolz mein Herz.

KAPITEL VIER

*K*ane hielt seinen Lexus vor Luciens Schrotflintenhaus an. Leuchtend rote Hibiskusblüten wuchsen aus üppig bepflanzten Blumenkästen, und kunstvolle schablonierte Ranken zierten die Tür- und Fensterläden. Das Haus auf der rechten Seite hatte bunte Mosaikglasfenster auf der Straßenseite, und das Haus auf der linken Seite war mit einer Reihe von handgefertigten Windspielen aus gebürstetem Aluminium geschmückt.

Das Bywater-Viertel, ein paar Meilen östlich des French Quarter, war das Zuhause einer Gemeinde von Künstlern und Hexen. Lucien passte perfekt hinein. Er leitete eine Kunstgalerie und war der zweitmächtigste Hexenmeister im Zirkel von New Orleans.

Ich sprang aus dem Auto und rannte die Stufen der kleinen Veranda hinauf. Die Tür schwang wie von selbst auf. Ich blieb in der dunklen Tür stehen und blinzelte, während ich darauf wartete, dass sich meine Augen an die Dunkelheit gewöhnten. Alle Fensterläden waren geschlossen, um die Nachmittagssonne auszusperren.

Ich machte einen vorsichtigen Schritt hinein. „Warum tut dein Wohnzimmer so, als wäre es ein Vampirnest?"

„*Lumen.*" Luciens Stimme ertönte aus der Tiefe des Hauses. Durch den Torbogen des Nebenzimmers erwachte ein sanftes Licht zum Leben. Schrotflintenhäuser haben keine Flure. Jedes Zimmer liegt direkt hinter dem anderen, nur durch halbe Wände oder Türen getrennt.

Gefolgt von Kane und Kat ging ich durch das Wohnzimmer direkt in Luciens Büro. Das Licht, das er beschworen hatte, schwebte nahe der Decke, keine Lampe in Sicht. Lucien saß an seinem Schreibtisch. Sein Kinn war stoppelig und sein blondes Haar ungewöhnlich ungekämmt.

„Geht es Lailah gut? Wo ist sie?", fragte ich.

„Abgesehen davon, dass sie nicht weiß, was sie über einen Zeitraum von zwölf Stunden getan hat, geht es ihr gut. Sie arbeitet in der Küche an einem Erholungstrank." Er warf kaum einen Blick in meine Richtung, bevor er sich wieder dem Computer zuwandte. „Ich recherchiere eine Ahnung."

Ich blieb hinter ihm stehen und spähte über seine Schulter. Er hatte alte Erinnerungszauber in die Suchmaske eingegeben. „Glaubst du, Philip hat sie mit einem Zauber belegt?"

„Philip wer?" Endlich drehte er sich um.

„Philip Pearson. Der Engel, von dem ich dir erzählt habe. Ich habe ihn in meinem Findezauber gesehen."

Lucien starrte mich an. „Wie kannst du dir sicher sein, dass er es war? Du hast den Mann doch nie gesehen."

„Ich bin sicher." Ich verschränkte meine Arme vor meiner Brust und forderte ihn heraus, mit mir zu streiten.

Er holte tief Luft. „Okay, doch es wäre besser, wenn du das erst einmal nur als Arbeitstheorie betrachtest."

Zweifelte er meine magischen Fähigkeiten an?

Ich öffnete meinen Mund, um zu protestieren, doch Kane legte seine Hand auf meinen Arm. „Wahrscheinlich hat er

Recht. Bis wir seine Identität bestätigt haben, sollten wir keine Annahmen treffen."

Es gefiel mir nicht besonders, dass sie sich so gegen mich verbündeten. Wer trug hier nochmal die Verantwortung?

„Ich bin fertig", sagte eine vertraute Frauenstimme hinter mir.

Ich fuhr herum und fand Lailah im Torbogen, der zur Rückseite des Hauses führte.

„Der Trank ist fertig", sagte sie. „Jade? Ich könnte deine Hilfe gebrauchen." Sie drehte sich um und verschwand in dem Raum, aus dem sie gekommen war.

„Kat, kannst du Lucien erklären, was wir von Izzy erfahren haben?", fragte ich.

„Sicher." Sie setzte sich auf einen Futon mit Holzrahmen und schlug die Beine übereinander.

Kane beugte sich zu mir. „Soll ich mitkommen?", flüsterte er.

Ich schüttelte den Kopf. Absolut nicht. Kane wäre nur eine Ablenkung für uns beide. „Setz dich einfach. Ich komme schon klar."

Bevor er protestieren konnte, flüchtete ich in den angrenzenden Raum und blieb wie angewurzelt stehen.

Offensichtlich musste man durch Luciens Schlafzimmer gehen, um in die Küche zu gelangen. Zur Linken stand ein schmiedeeisernes französisches Bett, auf dem eine wunderschöne violette Tagesdecke mit zarten, aufgestickten Orangenblüten lag. Auf dem Nachttisch stand eine Vase mit frisch geschnittenen Astern. Ein paar bunte 3D-Acryl-Blumenbilder zierten die gegenüberliegende Wand. Ich ging weiter, um zu Lailah zu kommen, blieb aber neben seinem offenen Schrank stehen.

Ich konnte nicht anders. Soweit ich wusste, hatte Lucien keine Partnerin. Doch der Raum war so … feminin. Hielt er jemanden geheim? Ein kurzer Blick verriet mir, dass keine Frauenkleider zwischen seinen Hemden und Anzügen hingen.

„Jade?", rief Lailah.

Oops. Ich warf einen Blick zurück ins Büro. Leise Stimmen drangen durch die Tür, und ich betete, dass sie Lailah nicht gehört hatten. Aus Angst, dass jemand nachsehen könnte, eilte ich in die Küche.

„Wurde aber auch Zeit. Wo warst du?" Sie stellte eine Schüssel mit einer klaren Flüssigkeit auf den Tisch.

Ich biss mir auf die Lippe und versuchte, meine Gedanken abzuschalten.

Es funktionierte nicht. Lailah begann zu lachen. „Ich weiß, nicht wahr? Sein Schlafzimmer ist unglaublich."

„Ähm …"

„Bei dem Dekor dürfte es ihm schwerfallen, ein potenzielles Date zu überzeugen, dass er nicht schon vergeben ist."

Kein Mann, den ich je gekannt hatte, würde sich freiwillig für fliederfarbene Bettwäsche entscheiden. Das musste eine Frau ausgesucht haben. Vielleicht hatte er eine Freundin.

„Hat er nicht", sagte Lailah und verdrängte den Gedanken aus meinem Kopf.

„Hör auf damit." Ich setzte mich an den Tisch. „Was soll ich tun?"

Ihre Miene wandelte sich von neugierig-verspielt zu finster und grübelnd. „Da der Erinnerungszauber für mich ist, kann ich ihn nicht selbst wirken. Das könnte nach hinten losgehen. Alles, was du tun musst, ist die Beschwörung zu wiederholen und einen Tropfen deines Blutes hineinfallen zu lassen."

„Blut?" Ich stand abrupt auf und warf dabei meinen Stuhl um. „Auf keinen Fall. Ich praktiziere keine Blutmagie."

Ihre Verzweiflung erfüllte den Raum, und ich wollte durch die Hintertür fliehen.

Sie seufzte. „Du wirst nicht gehen. Ich habe Antworten, die du willst. Beschwöre einfach den Zauber, damit wir damit weitermachen können."

„Hör auf, meine Gedanken zu lesen", verlangte ich. „Ich lese deine ja auch nicht."

Sie hob eine Augenbraue.

Okay, manchmal schon. Doch sie versuchte nicht einmal, sich aus meinem Kopf herauszuhalten.

„Ich kann nicht anders. Du projizierst zu stark", sagte Lailah.

„Ugh! Gibt es eine andere Möglichkeit, dein Gedächtnis zu finden, für die du nicht mein Blut brauchst?"

„Nein", sagte sie leise. „Keine, die mir bekannt ist." Plötzlich war sie ganz die verängstigte Frau, die Hilfe brauchte. Verzweiflung klebte an ihrer Aura. „Bitte, Jade. Ich muss meine Erinnerungen zurückbekommen. Ich kann das nicht noch einmal durchmachen."

Mist. Das wurde zur Gewohnheit bei ihr.

Letzte Woche, als Lailah den Auftrag hatte, Dans Seele zu retten, hatte der Dämon Meri diese Verbindung genutzt, um Lailah unter ihre Kontrolle zu bekommen. Meri hatte dann Lailah gezwungen, Bea zu vergiften und einen widerwilligen Kane zu verführen. Eine Nebenwirkung des Zwangs war Gedächtnisverlust. Lailah hatte keine Erinnerung an ihre bösen Taten. Noch mehr Stunden vergessen zu haben, musste sie zu Tode erschreckt haben.

Sie sah mich an. „Wirst du jetzt den Blutzauber machen?"

Mein Widerstand brach. Obwohl mir ein Schauer über den Rücken kroch, zuckte ich mit den Schultern. „Okay." Ich rückte den schweren Holzstuhl zurecht und zog die Schüssel vor mich.

Lailah reichte mir eine dicke weiße Kerze. „Erklär deine Absichten, bevor du sie anzündest."

„Ich weiß." Da Lailah ein Engel war, erlaubte ihr ihre Magie, Zauber zu wirken, ohne die rituellen Schritte zu befolgen. Bei mir funktionierte das nicht.

Nun, technisch könnte ich es versuchen, doch die Ergebnisse wären wahrscheinlich katastrophal. Als ich das letzte Mal spontan einen Zauber gewirkt hatte, war ich geistig mit dem allerletzten Wesen verbunden worden, das ich in meinen Gedanken haben wollte – Lailah.

„Tut mir leid. Nur eine Erinnerung." Sie lehnte sich zurück und schloss die Augen. „Gedanken lesen ist übrigens auch kein Picknick für mich."

„Hör auf, darüber zu reden", blaffte ich sie an. „Wenn du mich nicht aussperren kannst, tu einfach so, als würdest du mich nicht hören."

Sie murmelte etwas, das sich anhörte wie: „Wenn das nur möglich wäre."

Ich sagte nichts, doch in Gedanken schrie ich: Siehst du, wie das funktioniert? Versuch einfach, deine unerwünschten Kommentare das nächste Mal für dich zu behalten.

Sie schnaubte.

Ich wandte meine Aufmerksamkeit der Kerze zu. „Göttin über uns, höre meine Worte. Wenn mein Blut fließt, sollen Lailahs Erinnerungen wiederhergestellt werden." Ich nahm ein Streichholz aus der Schachtel, und mit einem sanften Schubs meiner inneren Kraft zündete ich es an.

Eine kleine Flamme erschien ohne den leisesten Funken.

Zufrieden zündete ich den Docht an. „Während diese Kerze brennt, soll die Flamme ein Symbol des Schutzes sein. Leite meine Magie, lass sie keinen Schaden anrichten, keinen Schaden suchen oder Schaden zufügen."

Die Flamme loderte auf, wurde groß und stark.

„Gut." Lailah reichte mir ein Blatt Papier mit einer

handgeschriebenen Beschwörung. „Jetzt sag das, und dann lass einen Tropfen Blut in den Trank fallen."

Ich nahm den kleinen Zeremoniendolch, der neben der Schüssel lag, und sprach die Worte. „Von der Reinheit der weißen Hexe, lass mein Blut das Opfer für die gestohlenen Erinnerungen sein, wiederherstellen, was genommen wurde, die Lücke füllen, die im Engel Lailah hinterlassen wurde. Lass ihren Geist ganz sein. Mit diesen Worten bezahle ich den Preis."

Ich stach mit dem Dolch in die Kuppe meines Daumens und zuckte zusammen. Blut sammelte sich und sickerte aus der Wunde. Ich verzog das Gesicht, drehte meine Hand und ließ einen einzelnen Tropfen in die Schüssel tropfen. Mein Daumen pochte, und ich wickelte ihn schnell mit einem Taschentuch ein. „Hat der Zauber gewirkt?"

Lailah stöhnte und ließ den Kopf sinken. „Nein. Du musst was falsch gemacht haben."

„Ich, falsch gemacht? Ich habe genau das getan, was du mir gesagt hast. Wahrscheinlich war es dein Trank." Ich rutschte vor und starrte in die Schüssel. Mein Blutstropfen saß wie eine rote Perle auf der jetzt erstarrten Flüssigkeit. Ich widerstand dem Drang, meinen Finger zu benutzen, um es zu mischen, nahm die Schüssel und schaukelte sie hin und her, bis der dünne Film zerriss. Mein Blut breitete sich in spinnenartigen Adern aus und schlängelte sich langsam durch die Flüssigkeit.

Dunkelheit breitete sich am Rand meines Sichtfeldes aus. Verdammt. Nicht schon wieder! Ich würde nicht ohnmächtig werden. Dieses Mal nicht. Seit ich nach New Orleans gezogen war, hatte ich die schlechte Angewohnheit, jedes Mal das Bewusstsein zu verlieren, wenn ich mich auf etwas Mystisches einließ.

Ich saß da und hielt meinen Kopf in den Händen. Die

Schwärze zog sich zurück. Doch als ich aufblickte, saß ich nicht mehr in Luciens Küche.

Doppelt verdammt. *Das schon wieder.*

Auf dem Boden mitten in einem bunten Wohnzimmer sitzend streckte ich die Hand aus, hob eine schwarze Kerze auf, überlegte es mir und ersetzte sie durch eine weiße. Ich stellte mir einen brennenden Docht vor, und die Flamme erwachte zum Leben und beleuchtete einen rosa Teppich und rote Sofas.

Bereit, den Zauber zu beenden, streckte ich meine Arme aus. Überraschung durchzuckte mich. Die Hände waren nicht meine. Auch die Arme gehörten nicht mir.

Ich stöhnte innerlich.

Der kurze Rock mit den Leggings und der Bluse mit Gürtel, die ich trug, konnten nur eines bedeuten; der Körper, den ich geistig bewohnte, war der von Lailah.

Verflixt und zugenäht … Ein Mann betrat den Raum, seine Augen hatten eine sehr vertraute Schattierung von blassem Smaragdgrün. Als er sprach, keuchte ich. Obwohl mich niemand hören konnte, da ich nur in Lailahs Gedanken existierte.

Er hörte sich an wie Dan. Das musste Philip Pearson sein.

Lailah saß da und starrte ihn an, als stünde sie unter einem Unterwerfungszauber. Als Philip ihr befahl aufzustehen, tat sie es.

„Engel des Lichts, führe mich zu seinem letzten Aufenthaltsort", sagte Philip in einem kalten Befehlston.

Lailah ging zur Tür. Als sie ihn streifte, berührte er sie an der Schulter und flüsterte: „Ich weiß, dass du da drin bist, Hexe. Halt dich aus Lailahs Erinnerungen raus. Deine Magie funktioniert hier nicht."

Meine Welt drehte sich, und mein Magen verkrampfte sich. Ich tastete nach etwas. Irgendetwas, damit der Schwindel aufhörte. Abrupt endete die Szene. Ich fand mich in Luciens Küche wieder und klammerte mich an Luciens glänzendem Tisch fest.

Ich blinzelte und entspannte meine Finger.

Lailah starrte mich mit offenem Mund an. „Du …"

„Was?" Ich versteifte mich.

„Warum warst du in meiner Erinnerung?" Sie stand auf, Wut strömte von ihr aus. „Kannst du nichts richtig machen? Ich habe dir gesagt, du sollst den Erinnerungszauber wirken, nicht, dass du ihn modifizieren sollst! Meine Güte, Jade. Behalte deine Magie beim nächsten Mal für dich. Wer weiß, was für Konsequenzen das haben wird."

„Entschuldigung?" Ich stand auf und baute mich vor ihr auf. In der Woche zuvor hatte ich als Anführerin des Zirkels von New Orleans die Weisung erhalten, Lailahs magische Fähigkeiten wiederherzustellen. Sie war zu einer magischen Auszeit verdonnert worden, nachdem sie Bea versehentlich vergiftet hatte. Leider war ich ein bisschen zu weit gegangen und hatte einen Teil meines magischen Funkens mit Lailah geteilt. Das war der Grund für unsere psychische Verbindung. Definitiv kein Fehler, den ich noch einmal machen würde. „Die einzige Magie, die ich benutzt habe, war, die, mit der ich das Streichholz angezündet habe. Wenn der verdammte Zauber schiefgegangen ist, liegt es an dir. Alles, was ich getan habe, war, was du verlangt hast. Nicht mehr, nicht weniger."

„Der Trank hat gewirkt. Du warst da. Meine Erinnerung ist zurückgekommen … zu dir!" Sie trat auf mich zu und zeigte mit dem Finger auf mich. „Alles, was ich bekommen habe, waren deine Gedanken!" Ihre Stimme wurde lauter, bis sie fast schrie.

Blut rauschte in meinen Ohren, und ich trat einen Schritt zurück, bevor die Auseinandersetzung körperlich wurde. Ich ballte meine Fäuste, um ihren Finger nicht in eine Brezel zu verwandeln.

„Probleme?", fragte Lucien vom Bogen aus.

„Oh nein. Überhaupt keine", schnaubte Lailah. „Außer, dass deine Anführerin einen einfachen Gedächtnisabrufzauber vermasselt hat." Sie hielt inne und starrte mich an. *Wenn du weniger Zeit mit Kane im Bett verbringen würdest, hättest du mehr Zeit, deinen Job richtig zu lernen.*

„Was hast du gerade gesagt?", keuchte ich.

„Du hast mich verstanden." Sie warf ihr honigblondes Haar über die Schulter und verließ das Zimmer.

Ich musste etwas gegen diese verdammte Verbindung zu ihr unternehmen. Und zwar bald. Emotionen zu spüren war eine Sache, aber Gedanken lesen? Inakzeptabel. Vor allem, wenn die betreffende Person mich offensichtlich genauso wenig mochte, wie ich sie.

Lucien hob die Glasschüssel auf und trug sie zu einem Spülbecken in der Nähe der Hintertür. Er goss den Inhalt aus und machte sich daran, sie zu desinfizieren. „Was ist mit dem Erinnerungszauber passiert?"

Ich starrte aus dem Fenster in die verblassende Nachmittagssonne. „Etwas Seltsames."

Er schmunzelte. „Irgendetwas ist immer seltsam, wenn du involviert bist."

Ich zuckte mit den Schultern. „Ich denke schon, doch das war anders. Ich habe nur Magie benutzt, um ein Streichholz anzuzünden, und das war, bevor ich überhaupt meine Absichten erklärt hatte. Ich verstehe nicht, wie ich in Lailahs Erinnerung gesogen wurde. Oder wie Philip es geschafft hat, mich wieder rauszudrängen."

Schritte erregten meine Aufmerksamkeit. Ich drehte mich um, und eine Welle der Erleichterung durchströmte mich.

Kane. Er schaffte es, mich durch seine bloße Anwesenheit zu beruhigen. „Wo ist Kat?", fragte ich.

„Versucht, Lailah zu beruhigen." Er legte einen Arm um meine Taille. „Willst du mir sagen, was passiert ist?"

Lucien stellte die jetzt saubere Schüssel zurück in den Schrank und bedeutete uns, ihm nach draußen zu folgen. Die milde Novemberluft wärmte meine Haut, doch als Luciens Gesichtsausdruck ernst wurde, wurden meine Glieder zu Eis.

Er blickte mit seinen grünen Augen in meine, intensiv und besorgt. „Ich glaube, Lailah ist wieder besessen."

KAPITEL FÜNF

*B*evor mein Verstand verarbeiten konnte, was Lucien sagte, sprach Kane. „Wie kommst du darauf?"

„Jade ist in ihr Gedächtnis eingedrungen. Dass das möglich war, deutet auf eine Schwächung ihrer Aura hin. Mit ihrem Gedächtnisverlust bin ich mir fast sicher, dass sie kompromittiert ist."

„Meri ist zurück?", keuchte ich und umklammerte Kanes Arm. Er spannte sich an, und ich hielt ihn fester. Ich hatte ihn gerade aus ihren Fängen zurückbekommen. Ich würde nicht zulassen, dass sie ihn noch einmal bekam.

„Nicht unbedingt. Doch das einzige Wesen, das stark genug ist, um die Aura eines Engels zu durchdringen, ist ein Dämon oder ein anderer Engel."

„Philip?" Meine Augen weiteten sich.

Warum konnten Engel nicht gut sein? War denn gar nichts heilig?

Lucien schüttelte den Kopf. „Wahrscheinlich nicht. Wir wissen nicht, ob derjenige, den du in deiner Vision gesehen hast, Philip war. Engel wenden sich nicht gegeneinander. Sie sparen ihre Energie für Dämonen."

Ich starrte auf ein Unkraut, das zwischen den Ziegelsteinen der Terrasse wuchs. Bevor Lailah Bea vergiftet hatte, hatte sie sich seltsam verhalten. Ich hatte gewusst, dass etwas an ihr nicht stimmte, doch keines der Mitglieder des Zirkels hatte es gewagt, anzunehmen, dass ein Engel weniger als … nun, ein Engel sein könnte. Und sieh an, was mit ihr passiert war. Sie war von einem Dämon kontrolliert worden.

Mein Bauchgefühl sagte mir, dass der mysteriöse Mann Philip war. Bis mir jemand das Gegenteil bewies, würde ich mit dem Eindruck arbeiten, dass er nichts Gutes im Schilde führte. Solange ich hier war, würde niemand Opfer von Besessenheit werden.

Ich löste mich von Kane und nahm meine autoritärste Haltung an. „Ich möchte, dass du mir mit einem Suchzauber für alle Engel im Umkreis von zweihundert Meilen hilfst. Neben der Suche nach Philip brauchen wir Hilfe bei der Rettung von Dan. Kannst du das?"

Lucien zog sich zur Hintertür zurück. „Lieber nicht. Engel können unangenehm werden, wenn man in ihre Privatsphäre eindringt."

So viel dazu, ein netter Boss zu sein. „Pech für ihre Privatsphäre. Sofern du keine offizielle Kontaktliste für Engel zur Hand hast, führen wir den Zauber aus, wenn sich der Zirkel um Mitternacht trifft."

Er presste die Lippen aufeinander und holte tief Luft. „Sag nicht, ich hätte dich nicht gewarnt."

„Dann wäre das geklärt." Ich fegte an ihm vorbei und zerrte Kane ins Haus. „Lass uns gehen, bevor er mit dem nächsten Argument ankommt."

Kane blieb mitten in der Küche stehen. „Wir können Lailah nicht hierlassen. Was, wenn sie wirklich besessen ist? Du bist die Einzige, die stark genug ist, um irgendetwas auszurichten, wenn sie abdreht."

Verdammt, er hatte Recht. „Okay. Aber du sagst es ihr. Wenn ich es tue, steht uns die nächste Auseinandersetzung bevor."

～

LAILAH KOCHTE den ganzen Weg zurück zu Kanes Haus stumm vor sich hin. Ich hätte sie gerne ignoriert, doch sie schleuderte mir immer wieder gedankliche Beleidigungen zu.

Zumindest war sie kreativ. Wer hat jemals von einem Engel gehört, der die Anführerin eines Zirkels eine magiestehlende Mösenwaffel nennt?

Nachdem er Kat in ihrer Wohnung abgesetzt hatte, hielt Kane vor seinem Haus im viktorianischen Stil in einer der ruhigeren Straßen des French Quarter an. Ich hatte meine Hand schon auf den Türgriff gelegt, als Kane einen Knopf drückte, der die Türen automatisch verriegelte.

„Bevor wir aussteigen, möchte ich um etwas bitten", sagte Kane.

Lailahs Neugier kroch meinen Hals empor, und ich sehnte mich nach einer Dusche. Nach ihrem mentalen Angriff wollte ich ihre Energie nicht in meiner Nähe haben. Ich sah Kane misstrauisch an. „Und was wäre das?"

Er drehte sich um, um Lailah anzusehen, und sah mich dann demonstrativ an. „Einen Waffenstillstand. Bis wir sicher sind, dass Lailah nicht kompromittiert ist, haben wir drei einander an der Backe. Ich weiß, nach dem, was im Club passiert ist ..." Er verstummte, da er zweifellos entschied, dass jetzt nicht die Zeit war, über die Knutscherei zu sprechen, bei der ich die beiden in Kanes Büro erwischt hatte.

Sicher, sie hatten damals beide unter dem Einfluss eines

Dämons gestanden, doch das bedeutete nicht, dass ich meinen Schock, sie zusammen zu sehen, auf magische Weise überwunden hatte. Auf der Verstandesseite wusste ich, dass ich ihnen nicht böse sein sollte. Zu dumm, dass mein Herz immer noch angepisst war. Auf Lailah. Wahrscheinlich, weil sie ihn immer noch zwischen die Laken zerren wollte.

„Um der Göttin willen, Jade. Das tue ich nicht!", protestierte Lailah vom Rücksitz aus. „Kane, mach die verdammte Tür auf. Ich muss hier raus."

„Und wohin willst du gehen?", fragte ich kühl.

„Beas Haus. Sie kann mich babysitten. Ich will nicht in euer Liebesnest eindringen."

„Nein. Bea erholt sich immer noch." Meine Mentorin und ehemalige Anführerin des Zirkels von New Orleans war die mächtigste Hexe, die mir je begegnet war. Unter normalen Umständen hätte ich nichts gegen Lailah in ihrem Haus. Doch es war erst eine Woche vergangen, seit Bea gefährlich nahe daran gewesen war, ihre Seele zu verlieren. Das Letzte, was sie jetzt brauchte, war eine weitere Krise. „Du bist hier willkommen. Außerdem müssen wir lernen, zusammenzuarbeiten."

Sie schloss die Augen und lehnte den Kopf gegen das Fenster. „Gut, aber wir sollten besser einen Weg finden, uns aus unseren Köpfen zu bekommen, sonst wird das nie funktionieren."

„Einverstanden." Ich streckte meine Hand aus.

Sie zögerte einen Moment. Ich wartete geduldig. Sie wusste, wenn sie mich berührte, würde ich in der Lage sein, ihre Gefühle zu lesen und ihre Gedanken klarer zu hören. Es war nicht einfach, das mit jemandem zu teilen. Vor allem der Frau, die mit ihrem Ex zusammen war. Sie straffte ihre Schultern und ergriff meine Hand.

„Waffenstillstand", sagte sie.

Erleichterung überflutete sie. Die Anspannung in meinen Schultern ließ nach, und ich schenkte ihr ein zaghaftes Lächeln. Sie wollte sich genauso wenig streiten wie ich.

Wir würden das schaffen. Irgendwie.

„Können wir jetzt aussteigen?", fragte ich Kane.

Er schnaubte. „Du hättest gehen können, wann immer du gewollt hättest, und das weißt du."

„Wahr. Doch ich versuche, mich nicht aus jeder Situation herauszuzaubern." Ich grinste und ließ meinen magischen Funken fliegen. Sofort öffneten sich die Schlösser.

Lailah lachte. Ich wartete mit ihr auf dem Gehsteig, und wir gingen zusammen zum Haus und überließen es Kane, das Gepäck zu bringen.

KANE WURDE KURZ nach unserer Ankunft zu einem Kunden gerufen und ließ Lailah und mich allein. Perfekt. Mit ihr in seinem Haus war alles, woran ich denken konnte, dass die beiden irgendwann in der fernen Vergangenheit sein Bett geteilt hatten.

Ich sehnte mich danach, mich in meinem Glasatelier zu verkriechen und Perlen zu drehen. Nichts beruhigt mich besser, als mich in den Miniaturkreationen zu verlieren. Es war mein Zufluchtsort, der einzige Ort, an den ich gehen und alles und jeden aussperren konnte, der mich störte. Doch ich konnte Lailah nicht allein lassen.

Um meine Gedanken zu beschäftigen, nahm ich Beas Zauberbuch und flüchtete in die Küche. Es musste irgendetwas geben, das eine psychische Verbindung durchtrennen konnte. Je früher ich Lailah aus meinem Kopf bekam, desto besser.

„Du wirst nichts finden", sagte Lailah.

Ich zuckte zusammen. Verdammt, sie konnte schleichen, dieser Engel. Holzböden in Kombination mit ihren Stiefelabsätzen hätten mich auf ihre Anwesenheit aufmerksam machen sollen, lange bevor sie die offene Tür erreichte. „Woher willst du das wissen? Ich dachte, du arbeitest nicht auf traditionelle Weise mit Zaubersprüchen."

Sie zuckte mit den Schultern. „Tue ich nicht, aber das heißt nicht, dass ich es nicht weiß. Ich komme aus einer Hexenfamilie."

„Ach so?" Wieso hatte ich das nicht gewusst? Weil wir keine Freunde waren. Unsere Beziehung war geprägt von einer unangenehmen Situation nach der anderen. Zuerst hatte ein Exorzismus, durchgeführt von Lailah, Pyper, eine meiner besten Freundinnen, in ein Koma geworfen. Dann, während Lailah (ohne eigenes Verschulden) von einem Dämon kontrolliert worden war, hatte sie Bea vergiftet, Kane sexuell angegriffen und ihn dann ins Fegefeuer entführt.

Kein Wunder, dass ich keine Wärme und flauschigen Gefühle für sie empfand. Trotzdem war sie Beas Freundin und Angestellte. Ich hatte beschlossen, dass das ausreichte, um ihr einen Vertrauensvorschuss zu geben, doch das bedeutete nicht, dass es leicht für mich war.

Sie runzelte ungläubig die Stirn. „Engel werden in magische Familien hineingeboren. Mein Vater ist ein Hexenmeister, und seine Mutter ist ein Engel."

„Was ist mit deiner Mutter?" Ich stand auf und ging zum Kühlschrank. Nachdem ich den Krug mit Eistee herausgeholt hatte, füllte ich zwei Gläser und kehrte zum Tisch zurück.

Lailah saß auf meinem Platz und blätterte mit ausdruckslosem Gesicht im Zauberbuch.

Ich stellte eins der Gläser vor sie und setzte mich. „Lailah?"

„Hmm?"

„Bist du okay?"

Ihre normalerweise zurückhaltenden Emotionen glitten über ihre Barrieren hinweg und stachelten mich mit Distanz. Ihre emotionalen Wände brachen zusammen, und sie blickte auf. „Fein. Danke für den Tee."

„Gern geschehen." Wir saßen schweigend da und nippten an unseren Getränken. Ich verstand den Hinweis. Sie wollte nicht über ihre Mutter sprechen.

Nachdem ich Jahre damit verbracht hatte, nicht zu wissen, was mit meiner eigenen Mutter passiert war, konnte ich es nachvollziehen. Es war nie ein Thema gewesen, über das ich gern gesprochen habe. Was auch immer der Grund war, warum sie nicht darüber reden wollte, ich würde ihre Privatsphäre respektieren.

Sie nahm einen Stift und fing an, in das Notizbuch zu schreiben, das ich offengelassen hatte. „Es gibt einen alten Zauberspruch, den mein Vater benutzt hat, um Seher daran zu hindern, in seine Zukunft einzudringen. Wir können ihn vielleicht ändern, um unsere Verbindung zu beenden."

Ich runzelte die Stirn. „Er hat sich auf die geringe Wahrscheinlichkeit hin, dass er einem Seher begegnen könnte, mit einem Zauber belegt?" Statistisch gesehen waren die Chancen, einen echten Seher mit einer Vision zu erleben, unglaublich gering. Mikroskopisch. Die meisten Menschen würden so etwas nie erleben, im Gegensatz zu denen von uns, die – wie ich – mit einem in der Familie aufgewachsen sind. Ausnahmen waren Leute, die Seher suchten.

Sie lächelte. „Dad ist … exzentrisch. Er legt großen Wert auf seine Privatsphäre." Ihr Lächeln verschwand. „Er hat seine Gründe."

Okay. Dan und ich waren nicht die Einzigen mit seltsamen Familiengeheimnissen. „Gut. Hast du schon einmal einen Zauberspruch modifiziert?"

„Natürlich." Sie band ihr Haar zu einem Knoten zusammen

und befestigte ihn mit dem Stift. „Das ist Hexenchemie für Anfänger."

Ich schluckte den Kloß in meinem Hals herunter und versuchte, den Anflug von Unzulänglichkeit zu ignorieren, der mir durch den Kopf ging. Ich konnte kaum einen Zauberspruch ausführen, geschweige denn einen modifizieren. Oh, ich hatte die Macht. Eine Menge sogar. Das war das Problem. Ich wusste nicht, wie ich meine Magie kontrollieren konnte. „Vielleicht sollten wir Bea bitten, uns zu helfen."

Sie hörte auf zu schreiben und starrte mich mit harten Augen an. Sie ließ ihre Verärgerung durch ihre emotionale Rüstung leuchten. „Ich weiß, was ich tue. Hast du eine Ahnung, was ich für Bea in ihrem Laden mache?"

„Kunden bedienen? Regale auffüllen? Mit Zulieferern verhandeln?" Das tat ich im Grunde im *The Grind* gemacht, dem Café, das Pyper gehörte.

Sie biss die Zähne aufeinander. „Du denkst, ich bin Verkäuferin?"

Beas *Herbal Connection* war ein Laden. Was sollte ich also denken? „Ähm ..."

Sie stand mit einem übertriebenen Schnauben auf. „Ich betreibe die Forschung und Entwicklung für alle Zauber, die sie anbietet. Erinnerst du dich an den Zauber, wenn du den Laden betrittst? Der, der jedem Kunden einen Duft zuweist? Ich habe ihn entwickelt. Ich. Nicht Bea." Frustriert hob sie die Hand. „Ich weiß verdammt nochmal, was ich tue."

Sie stürmte davon und sprach ihren letzten Gedanken nicht aus. Natürlich hörte ich ihn trotzdem. *Anders als du. Wenn du nicht jemanden tötest, bevor wir Dan finden, dann wird das ein verdammtes Wunder sein.*

Autsch. Ich weiß nicht, was mich mehr schockierte, Lailah – ein Engel –, die so gehässig sein konnte, oder die Erkenntnis, dass sie den beruhigenden Duftzauber erfunden hatte. Jedes

Mal, wenn jemand *The Herbal Connection* betrat, änderte sich der Duft in der Luft zu dem, was denjenigen am glücklichsten machte. Mein Duft hatte sich von einer frischen Meeresbrise zu Kanes Aftershave verändert. Als ich den Laden zum ersten Mal betreten hatte, war ich sehr beeindruckt gewesen und hatte angenommen, es sei Beas Zauber. Meine Einschätzung von Lailah und ihren Fähigkeiten änderte sich schlagartig. Es schien, dass ich viel über den Engel lernen musste.

Trotz meiner Versuche, mich zu entschuldigen, und meines Angebots, Abendessen zu machen, blieb Lailah im Gästezimmer eingesperrt, bis kurz, bevor wir gehen mussten, um Lucien und den Rest des Zirkels zu treffen.

Selbst dann ignorierte sie mich.

Ich versuchte es ein letztes Mal. „Kane hat Po'boys mitgebracht. Im Kühlschrank ist eins für dich."

„Nein, danke", schnaubte sie, doch ihr Interesse streifte meine Psyche. Ich unterdrückte einen Seufzer und holte das Sandwich heraus.

„Falls du Hunger bekommst." Ich hielt ihr das Shrimps-Sandwich entgegen.

Sie betrachtete es und nickte dann. „Okay." Sie wandte sich Kane zu. „Danke, das war nett von dir."

„Kein Ding." Er lächelte und bot uns beiden jeweils einen Arm an. „Wollen wir?"

Und obwohl ich ihn dafür ohrfeigen wollte, sagte ich nichts, als wir uns beide unterhakten und uns auf den Weg zum Zirkel machten.

KAPITEL SECHS

$\mathcal{D}$ ie Luft, die vom Mississippi herüberwehte, war ein wenig kühl, und ich schauderte, als wir durch die alten Eichen zum Kreis des Zirkels gingen. Eine schwache Spur von Öl und Gas vermischte sich mit dem schlammigen Gestank des Flusses. Ich hielt mir den Ärmel meines Pullovers vor die Nase und wünschte mir Lailahs beruhigenden Duftzauber.

Die Bäume machten der versteckten Lichtung Platz. Kerzen flackerten hell um den Rand des Zirkelkreises herum und beleuchteten Lucien und Rosalee, während sie weitere Kerzen in die Mitte stellten.

„Was ist das alles?" Ich gestikulierte und deutete auf die riesige Menge an Teelichtern.

Rosalee, eine kleine Hexe Anfang zwanzig mit großen Augen, sah mich an. Sie hielt ein Diagramm hoch. „Wir machen eine Karte des Zweihundert-Meilen-Radius', den du absuchen willst."

„Mit Kerzen?", fragte ich.

Lucien kam durch den Kreis und achtete darauf, keine

Teelichter umzustoßen. „Ja. Siehst du, wie wir jede Stadt markiert haben?"

Rosalee reichte mir das Diagramm. Ich betrachtete es und fand einen Kerzenmarker im Kreis für jede größere Stadt in unserem Zielgebiet. Ich nickte.

„Nachdem wir den Zauber gewirkt haben, wird sich, wenn sich andere Engel in der Nähe befinden, das Bild des jeweiligen Engels über der Kerze materialisieren, die die Stadt repräsentiert, der er am nächsten ist. Das wird uns einen Ausgangspunkt geben." Lucien nahm mir das Diagramm aus der Hand und verglich es mit den Kerzen am Boden. „Ich glaube, wir sind fast fertig."

„Wirklich?" Ich sah mich um. „Wo ist der Rest des Zirkels?" Wir waren dreizehn. Zaubersprüche hatten eine viel bessere Erfolgsquote, wenn die gesamte Gruppe anwesend war. Wir konnten den Zauber mit uns dreien und Lailah wirken, doch ich hätte ein kleineres Kollektiv, aus dem ich schöpfen konnte. Es war wahrscheinlich, dass unsere Reichweite nicht so weit wäre, wie ich gehofft hatte.

Lucien blickte auf seine Uhr. „Sie sind unterwegs."

„Jade!", rief eine vertraute Stimme. Ich wirbelte herum und sah, dass Kat auf mich zukam. „Warum hast du mich nicht angerufen? Du suchst nach Philip und hast nichts gesagt?"

Ich starrte Kane mit fragend hochgezogenen Augenbrauen an.

Er schüttelte den Kopf und hob seine Hände in einer „nicht ich"-Bewegung.

„Tut mir leid, Kat", sagte ich. „Es ist nur ein Informationssuchzauber. Ich wollte dich morgen über die Details informieren."

Gereiztheit wirbelte um sie herum und verflog dann. Sie hatte eine unheimliche Fähigkeit, ihre Emotionen zu kontrollieren, etwas, das die meisten Menschen ein Leben lang nicht lernten. „Bitte. Hast du jemals einen Zauberspruch ausgeführt, der nicht auf irgendeine Weise schief gegangen ist?"

„Hey! Das ist nicht fair. Ich habe Käfer aus Kanes Garten verbannt. Bea hat es mir beigebracht." Ich sah den schweigenden Mann neben mir an. „Nicht wahr?"

Ein verlegenes Lächeln breitete sich auf Kanes Gesicht aus. „In gewisser Weise."

Ich stöhnte. „Was?"

„Du hast sie verbannt, doch als sie zurückgekommen sind, waren es dreimal so viele. Ich musste den Kammerjäger rufen." Er ergriff meine Hand und drückte sie sanft. „Man sieht keine mehr, weil sie alle tot sind."

„Mist", murmelte ich. Der Zauber sollte jede Art von Käfern vorübergehend umsiedeln. Moskitos, Sandflöhe, rote Ameisen. Sobald die Menschen den Garten verlassen, würden sie zurückkehren. Mein Fehler hatte zu einem Massenmord an Insekten geführt. Widerliches Kriechgetier, aber trotzdem.

Kat unterdrückte ein Lachen. „Siehst du? Du brauchst moralische Unterstützung."

Die Worte „die kannst du dir sonst wo hinstecken" lagen mir auf der Zunge, aber ich entschied schnell, dass es gut war, sie bei mir zu haben. Sie war meine beste Freundin und hatte genauso viel Interesse daran, Dan zu finden, wie ich. „Hey, woher wusstest du, dass sich der Zirkel trifft?"

„Ich habe es ihr gesagt", sagte Lailah neben mir.

Ich zuckte zusammen. Sie hatte seit unserer Ankunft kein einziges Mal gesprochen. Ich hatte fast vergessen, dass sie da war. „Wieso?"

Sie zuckte mit den Schultern. „Ist es wichtig? Es ist nicht so, als wäre es ein Geheimnis." Sie ging in Luciens Richtung davon.

„Hat sie dich angerufen?", fragte ich Kat.

„Ja. Vor zwei Stunden. Sie hatte ein paar Fragen, die sie beantwortet haben wollte." Sie berührte den Sterlingsilber-Eichenanhänger an ihrem Hals. Kat war eine talentierte Silberschmiedin; sie hatte ihn selbst gemacht. „Das Gespräch ist zufällig auf den Zirkel gekommen. Ich glaube nicht, dass sie versucht hat, sich einzumischen."

„Spielt keine Rolle." Ich senkte meine Stimme. „Was hat sie dich gefragt?"

Kat bekam keine Gelegenheit zu antworten. In diesem Moment kam der Rest des Zirkels auf die Lichtung. Freundliches Geplapper erfüllte die Luft, als sie sich auf den Weg zu ihren Plätzen im Kreis machten.

„Showtime", sagte ich.

Kane packte mein Handgelenk und hielt mich auf, bevor ich den Kreis betreten konnte. Er zog mich an sich und presste seinen Mund auf meinen. Der heiße, leidenschaftliche Kuss erhitzte mich bis in die Zehenspitzen.

„Wofür war das?", fragte ich atemlos, nachdem er mich losgelassen hatte.

„Glück."

„Was soll mit so viel Glück schon schief gehen?", witzelte ich. Dann runzelte ich die Stirn. „Tut mir leid. Ungeschickte Wortwahl."

Er schüttelte den Kopf und ging auf eine schmiedeeiserne Bank zu, die vor einer der großen alten Eichen stand. Kat umarmte mich und setzte sich zu ihm.

„Okay. Lasst uns das machen." Ich wandte mich Lucien zu. „Hast du die Beschwörung parat?"

Er zog ein gefaltetes Blatt Papier aus seiner Hosentasche. „Das sollte reichen."

Ich konzentrierte mich auf die anderen Mitglieder und bemerkte zum ersten Mal ihre Freizeitkleidung. „Keine Roben?"

Er zog eine Augenbraue hoch, als sein Blick über meinen Körper wanderte.

„Ja, ja. Ich trage meine auch nicht. Sie ist zu Hause, und ich war seit unserer Landung nicht in meiner Wohnung."

Er lächelte. „Entspann dich. Du hattest Recht, als du Kat gesagt hast, dieser Zauber sei keine große Sache. Wirklich unbedeutend im großen Ganzen. Es sollte nur ein paar Minuten dauern, und dann haben wir einen Plan."

Er wollte seinen Platz im Kreis einnehmen, doch ich berührte seinen Arm, um ihn aufzuhalten. „Was ist mit den Engeln, die wir finden? Du hast gesagt, sie können es gar nicht leiden, wenn ihre Privatsphäre verletzt wird. ‚Wütende Engel' klingt für mich nicht unbedeutend."

„Stimmt. Aber darum musst du dich erst kümmern, wenn du dich mit ihnen auseinandersetzt."

„Na, also das ist was." Ich folgte Lucien und nahm meinen Platz am nördlichsten Punkt des Kreises ein. Emotionen drangen von den Mitgliedern zu mir, von Aufregung über Langeweile bis hin zu Gleichgültigkeit. Und vielleicht sogar ein wenig Irritation. Ich würde mich wahrscheinlich ärgern, wenn die Anführerin meines Zirkels mich in letzter Minute zu einem Treffen rufen würde.

Ich klatschte in die Hände und räusperte mich. „Danke, dass ihr gekommen seid. Tut mir leid, falls ich irgendwelche Pläne gestört habe, doch ich hätte nicht um eure Anwesenheit gebeten, wenn es nicht wichtig wäre."

Die meisten murmelten ein beiläufiges „Gern geschehen" oder „Kein Problem". Nur einer blieb stumm, und die Verärgerung, die ich gespürt hatte, wuchs.

Emotionale Energie ist leicht zuzuordnen. Ich kann sie ähnlich wie eine Stimme oder einen Geruch erkennen. Ich folgte dem Faden gereizter Energie in Gedanken zu einem jungen Hexenmeister. Bisher war er fast immer begeistert gewesen, mit dem Zirkel zu arbeiten.

„Joel?", fragte ich. „Alles okay?"

„Sicher … ich meine … ja. Alles bestens", stammelte er, Verwirrung gesellte sich zu der wachsenden Frustration, die von ihm ausging. Er fuhr sich nervös mit der Hand übers Gesicht und scharrte mit den Füßen.

Rosalee verließ ihren Platz und nahm Joel beiseite. Sie beugte sich vor, um ihm ins Ohr zu flüstern. Er nickte, nahm aber mit niemandem Blickkontakt auf. Ich biss mir auf die Lippe. Seine Stimmung hatte sich nicht im Geringsten verbessert. Rosalee legte einen Arm um ihn, umarmte ihn halb und sprach wieder. Diesmal schien das, was sie sagte, ihn zu beruhigen. Sie trat einen Schritt zurück, nahm ihn bei den Schultern und sah ihm in die Augen. „Bereit?"

Sein Blick fand meinen. „Ja."

„Okay." Rosalee ging zurück zu ihrem Platz neben mir. „Lasst uns ein paar Engel finden."

Hm, was könnte das gewesen sein? Was auch immer es war, ich nahm mir vor, Rosalee zu danken.

Ich streckte ihr und Anne, einer großen, anmutigen Hexe in den Sechzigern, die Hände entgegen. Als wir uns berührten, erwachte der Kreis strahlend zum Leben, angetrieben von der kollektiven Macht des Zirkels.

Luciens Stimme hallte klar in der stillen Nacht. „Göttin des Lichts, sende deinen Schutz in unseren Kreis. Leite uns auf unserer Suche nach Wissen. Schütze uns vor der Macht der schwarzen Magie. Unsere Herzen sind rein, unsere Absichten gerecht. Von Nord nach Süd, von Ost nach West, segne unsere Suche."

Der Zirkel wiederholte sein Gebet, stark und vereint.

Der magische Funke erwachte in meiner Brust zum Leben.

Die Wärme breitete sich durch meine Glieder aus und schickte Elektroschocks durch mein Innerstes.

Ich fühlte mich so lebendig. In diesem Zustand konnte ich alles tun.

Jetzt brauchte ich nur noch den Zauberspruch zu sagen, den Lucien für mich gefunden hatte. „Von hier und dort, nah und fern, Engel dieser Nacht, zeigt euch mit all eurer Macht."

Der Kreis begann zu leuchten, wurde strahlend weiß und blendete mich fast. Ich kniff die Augen zusammen und versuchte, die Aktivität innerhalb des Kreises zu erkennen. Schwache, vertraute Energie pulsierte, Energie, die an keinen aus dem Zirkel gebunden war. Sie wurde stärker und rief mit ihrer Reinheit nach mir. Tränen schossen mir in die Augen. Ich blinzelte sie zurück und wartete, bis die Schatten sich zu durchscheinenden Formen materialisierten.

Rosalees Hand schloss sich fester um meine, und jemand keuchte von der anderen Seite des Kreises. Das strahlende Licht teilte sich langsam und schien sich zu zwei Wesen zu materialisieren. Da es verschiedene Gestalten waren, blieb meine Aufmerksamkeit auf diejenige gerichtet, die mir am nächsten war. Die Energie, die mir so vertraut und doch fremd war, hielt mich gefangen. Ich konnte die Signatur nicht zuordnen, doch etwas in mir erkannte sie trotzdem.

Eine Decke aus elektrisch blauer Magie blitzte über den Kreis und verschwand dann wieder. Die Kerzen erloschen und ließen uns im Dunkeln stehen, fasziniert von den beiden leuchtenden Gestalten.

Die, die mir am nächsten war, begegnete meinem Blick.

Der stämmige Körperbau des einen Wesens und seine blasssmaragdgrünen Augen waren genauso, wie in Lailahs Erinnerung. Darauf war ich vorbereitet. Doch ich konnte nicht ahnen, dass seine emotionale Signatur den Teil meines Herzens berühren würde, den ich vor langer Zeit verschlossen hatte. Dem von Dan, den ich all die Jahre gekannt und geliebt hatte, so ähnlich. Rein. Einladend. Gut.

Ich schluckte das Schluchzen herunter, das sich in meiner Kehle bildete, und holte tief Luft. Er war nicht mein Dan. Nicht, dass Dan noch mir gehörte oder dass ich ihn wollte. Doch dieser Mann – Philip, Dans biologischer Vater – hatte all die emotionale Güte, die ich an dem Teenager, mit dem ich aufgewachsen war, so sehr geliebt hatte. Er brachte all die Hoffnungen, Träume und Ängste des jungen, verängstigten Mädchens zurück, das ich gewesen war.

Mit einer Beschwörung war ich zu jemandem geworden, der ich nie wieder zu sein gehofft hatte.

„Philip", sagte Lailah direkt hinter mir.

Philip stand neben der Kerze, die die Stadt New Orleans repräsentierte, und neigte den Kopf. „Lailah."

Sie zwang Rosalee, meine Hand loszulassen, und drängte sich durch unsere Arme in den Kreis. „Das Protokoll sieht vor, dem ansässigen Engel deine Anwesenheit mitzuteilen, wenn man in eine Stadt kommt. Du weißt das."

„Tut mir leid. Du hast natürlich Recht."

„Wärst du nicht in meinen Raum eingedrungen und hättest mir meine Erinnerungen genommen, wäre ich geneigt, dich mit einer Warnung gehen zu lassen. Stattdessen denke ich, dass ich dir befehle, zu kooperieren und dich an mich zu binden, bis eine offizielle Untersuchung durchgeführt werden kann."

Philip nahm sich einen Moment Zeit, um sie zu studieren, und seine Belustigung ging in Strömen von ihm aus. „Du denkst, du besitzt solche Macht?"

„Ja. Und ich werde es beweisen, sobald ich deinen erbärmlichen Arsch gefunden habe." Sie klang eher empört als wütend. Wie gut kannten sie einander?

Er lachte. „Ich freue mich auf die Herausforderung."

Lailah trat zurück, Ärger hüllte ihre Gefühle ein. Sie wandte ihre Aufmerksamkeit dem anderen Engel zu und stöhnte. „Jade, wir haben die Informationen, die wir brauchen. Du kannst den Zauber beenden."

Ich folgte ihrem Blick zum zweiten Engel. Er war von mir abgewandt und schwebte über der Kerze, die Baton Rouge darstellte.

Großartig.

Obwohl die Hauptstadt nicht allzu weit entfernt war, war sie die zweitgrößte Stadt im Südosten von Louisiana. Es konnte Tage dauern, ihn zu finden.

Seufzend ließ ich die Magie fallen und wartete darauf, dass die Engel verschwanden. Stattdessen schwebten sie zu Boden, und ihre Bildnisse veränderten sich von durchscheinenden zu soliden.

„Ähm ..." Ich starrte auf das Profil des zweiten Engels. Verwirrt rieb er sich die Schläfe. „Sieht so aus, als ob der Zauber nicht ganz nach Plan gelaufen ist. Anstelle von Illusionen haben wir sie mit Körper und Geist *gerufen*."

Im Zirkel brach überraschtes Keuchen aus.

Lailah nahm sich einen Moment Zeit, um die Lage einzuschätzen und ging dann auf Philip zu. Sie schnippte mit den Fingern und sagte: „Durch die Verbindung, die du geschaffen hast, bist du jetzt an mich gebunden, bis deine Geheimnisse gelüftet sind."

Ein silbernes Band tauchte aus dem Nichts auf und legte sich um sein Handgelenk. Er runzelte die Stirn und zog daran. „Das war wirklich nicht nötig."

Er bewegte sich vorwärts und streckte die Hand nach ihr aus, doch sie sprang zurück und stellte sich neben mich. „Spiel keine Spielchen mit mir, Philip. Ich bin nicht in Stimmung." Sie funkelte ihn an. „Hast du bemerkt, was diese Hexe getan hat? Sie hat dich hierher transportiert. Hast du eine Ahnung, was das bedeutet?"

Er entspannte seine Haltung und lächelte. Einer dieser großspurigen, herablassenden Typen. „Ja. Du?"

Sie ignorierte seine Frage und schrie in meinem Kopf, *Gute Göttin, Jade! Du hättest jemanden mit dieser Nummer töten können. Leute sterben bei magischen Transporten!*

Ich zuckte zusammen, mehr wegen der Angst und Sorge hinter ihrem Tadel als wegen der eigentlichen Worte. Was hatte ich getan?

Der andere Engel entdeckte mich schließlich und fand seine Stimme. „Du! Wie kannst du es wagen, mit deiner blasphemischen Hexenmagie die Tore der Hölle zu meinen Füßen zu bringen?"

„Mr. Goodwin", sagte ich zu dem Mann, den ich Stunden zuvor im Flugzeug getroffen hatte. „Anscheinend sind Sie doch ein Gesandter Gottes in Gestalt eines Engels."

„Himmel", flüsterte Kane hinter mir.

Genau mein Gedanke.

KAPITEL SIEBEN

„*J*onathon", sagte Lailah mit verächtlicher Stimme. „Welchem Umstand verdankt der Staat Louisiana das Vergnügen? Hier, um uns alle wieder zur Hölle zu verdammen?"

„Du kennst ihn?", flüsterte ich.

Später, sagte sie in meinen Gedanken zu mir.

Ich warf einen Blick in ihre Richtung, doch ihre Augen blieben auf Goodwin gerichtet.

„Nun, Lailah", sagte er gedehnt. Sein gesamtes Verhalten veränderte sich, als die Anspannung und Wut aus seinem Gesicht verschwanden. Kerzenlicht glühte um ihn herum und glänzte auf seiner sonnenverwöhnten Bronzehaut. „Meine einzige Mission im Leben ist es, Seelen zu retten. Sieht so aus, als hätte Gott eine neue Aufgabe für mich."

„Und wer genau sollte deiner Meinung nach der unglückliche Empfänger deiner Aufmerksamkeit sein?" Sie hob das Kinn und verschränkte die Arme vor der Brust.

Reverend Goodwin hielt seinen intensiven Blick auf sie

gerichtet, während er sich durch den Kreis bewegte. Lailah trat einen Schritt zurück.

Als er stehenblieb, streckte sie die Hand aus und hielt ihn auf Armeslänge. „Das ist nah genug."

Ein Blitz amüsierter Entschlossenheit flackerte in seiner Energie auf. „Wir werden sehen."

Der Rest des Zirkels stand beieinander und flüsterte leise miteinander, als Kane und Kat zu mir kamen. Philip trat beiseite und beobachtete schweigend den Austausch zwischen Lailah und Goodwin.

Ich räusperte mich, bereit, Lailah zu verteidigen, doch Kane legte einen Arm um mich und schüttelte den Kopf. Was wusste er, was ich nicht wusste?

„Dein Auftrag?" Lailah blieb hartnäckig.

Ein langsames Grinsen breitete sich über seine perfekten Gesichtszüge aus. „Du natürlich."

Sie spottete. „Verzieh dich, Goodwin. Ich brauche nicht gerettet zu werden. Und selbst wenn dem so wäre, wärst du der Letzte, den ich um Hilfe bitten würde."

Sein Grinsen verschwand, und sein Gesicht wurde hart. „Das hast du schon bei früheren Gelegenheiten deutlich gemacht. Deine Weigerung ändert nichts an der Tatsache, dass du und dein Hexenzirkel *mich* hierher gerufen habt. Du weißt, wie das funktioniert. Alles passiert aus einem Grund. Ich bin mir sicher, dass meine Befehle im Hotel auf mich warten."

Lailahs Gedanken schossen mir durch den Kopf, als wäre ein Damm gebrochen. *Egoistisches, nutzloses Stück Engelscheiße. Womit habe ich das verdient? Wie hatte ich jemals glauben können, dass er mein Gefährte sein könnte?*

Ich unterdrückte ein Keuchen. *Dein Gefährte?*

Verschwinde aus meinem Kopf, Jade! Sie richtete ihre eisblauen Augen auf mich, Wut und Frustration verschlangen jeden Zentimeter ihrer Aura.

'Tschuldigung, murmelte ich und drückte mich näher an Kane. Ihr Gefährte? Ich hatte vor kurzem erfahren, dass Engel Seelenverwandte haben, und sobald sie gefunden wurden, waren sie für die Ewigkeit als Gefährten aneinander gebunden. Ich warf Goodwin einen Blick zu und schauderte. Wie schrecklich, mit jemandem verbunden zu sein, der so ... dogmatisch ist.

Ich denke, die Worte, nach denen du suchst, sind „voreingenommen und intolerant".

Wer ist jetzt in wessen Kopf? Ich löste mich von Kane und schloss mich den unruhigen Mitgliedern meines Zirkels an. Wir waren alle immer noch ein wenig argwöhnisch, seit wir gegen einen Dämon gekämpft hatten.

Joel, der junge Hexenmeister, mit dem Rosalee vorhin gesprochen hatte, trat von einem Fuß auf den anderen und rang sich die Hände. Ich berührte sanft seinen Arm und schob ein wenig Ruhe in seine Richtung. Es war keine Energieübertragung. Eher ein Vorschlag.

Sofort hörte er auf zu zappeln. Hmm, leicht zu kontrollieren. Ich musste ihn in schwierigen Situationen im Auge behalten. „Mach dir keine Sorge. Das scheint eine persönliche Sache zwischen den beiden zu sein. Ich bin sicher, Lailahs Seele ist nicht in Gefahr."

„Bist du sicher?" Joel sah in ihre Richtung, seine besorgten Augen erinnerten mich an einen verlorenen Welpen.

Ich unterdrückte den Drang, ihm den Kopf zu tätscheln, und nickte. Die Hauptaufgabe eines Engels war es, Seelen vor Gefahren zu schützen. Ich hatte den Eindruck gehabt, ihre Mission waren menschliche Seelen, doch Lailah hatte eine schreckliche Tortur durchgemacht. Es war nicht ganz abwegig, dass der Engelsrat einen Befehl erlassen würde, einen der ihren zu beschützen.

„Warum sind dann drei Engel in New Orleans?" Joel ballte

die Hände zu Fäusten und kniff die Augen zusammen, als er mich anstarrte. „Du verschweigst uns was."

Der Rest des Zirkels verstummte bei seiner Anschuldigung. Misstrauen drängte von allen Seiten auf mich ein. Ich drehte mich zu Lucien um und fragte stumm, ob er wusste, was los war.

Er schüttelte den Kopf und stellte sich unterstützend neben mich.

Gemeinsam stellten wir uns den Hexen. Obwohl keiner von ihnen so mächtig war wie jeder einzelne von uns, konnten sie zusammengenommen Schaden anrichten. Vor allem, wenn ihre Macht auf jemanden ohne magische Verteidigung gerichtet war.

Kane und Kat zum Beispiel, die neben mich traten.

„Jade", sagte Rosalee mit gefährlicher Stimme. „Was genau ist hier los?"

„Bitte bleibt alle ruhig." Das Unbehagen des Zirkels nahm zu und machte es mir schwer zu atmen. Mein Blick begegnete dem von Rosalee. „Ich weiß nicht", keuchte ich. „Wir haben bereits erklärt, was wir tun. Doch der Zauber hat nicht wie geplant funktioniert."

Schmerz durchzuckte meine Brust. Ich presste meine Hand auf mein Brustbein und wünschte mir, ich hätte Heilfähigkeiten, die es nicht erforderten, einen Trank zu brauen.

„Jade?" Kat legte ihre Hand auf meine Schulter. Ihre liebevolle Energie hüllte mich ein und bildete einen dünnen Schild vor dem Zirkel. Ich konnte ihre Feindseligkeit immer noch spüren, doch zumindest erstickte sie mich nicht mehr.

Ich legte meine Hand auf ihre und drückte sie. Meine beste Freundin wusste immer, was ich brauchte. Kanes Sorge streifte meine Psyche, doch er schwieg. Ich wusste das zu schätzen, da ich wusste, dass er zu meiner Verteidigung eilen würde, wenn ich ihm ein Zeichen gäbe. Das war mein Zirkel. Mein Problem. Ein weißer Ritter würde nicht helfen.

Ich stand aufrecht mit gestrafften Schultern und strahlte so viel Gelassenheit und Ruhe aus, wie ich aufbringen konnte. „Ich weiß nicht, was dieses plötzliche Misstrauen verursacht hat, aber seid versichert, dass ich nichts verheimliche. Wir wollten nur das Bild der Engel in der Nähe herbeirufen. Es war nicht unsere Absicht, sie hierher zu transportieren. Als Hexen haben wir gelernt, dass alle Zaubersprüche Risiken in sich bergen. Der Ort, die Beteiligten und die Absichten aller Beteiligten sind beim Zaubern von großer Wichtigkeit. Es wird nicht immer alles gut gehen, wenn wir so viele Variablen im Kollektiv haben."

Ich hielt inne und begegnete jedem der elf misstrauischen Mitglieder, die vor mir standen. „Wir sind ein Zirkel. Vertrauen ist wichtig. Ich vertraue euch. Ich vertraue Lucien. Die Frage ist, vertraut ihr mir?"

Ich hielt den Atem an. Ich war erst seit zehn Tagen ihre Anführerin. In dieser Zeit hätten sie Bea, die geliebte frühere Anführerin des Zirkels, fast verloren, und sie waren mit einem Dämon aus der Hölle konfrontiert gewesen. Zum Glück hatten wir den Dämon besiegt und sowohl Bea als auch meine Mutter gerettet, doch dabei hatten wir Dan verloren. Um auch nur die geringste Chance zu haben, ihn zu finden, brauchte ich ihre Hilfe.

„Nein", sagte Alan über die murmelnde Menge hinweg.

„Ich nicht!", rief jemand anders.

„Warum sollten wir?", fragte Rosalee trotzig. „Du hast nichts getan, außer uns Ärger zu machen."

„Rosalee!", schalt Lucien. „Das glaubst du nicht."

Ihre Augen färbten sich von Karamell zu fast schwarz, als sie mit erhobenen Armen auf uns zukam.

„Genug!" Ein lautes Krachen ertönte, und Philip tauchte

direkt vor mir aus dem Nichts auf. Vor einer Sekunde war er auf der anderen Seite der Lichtung gewesen.

Stille erfüllte die Nacht, und die Mitglieder des Zirkels starrten ihn angesichts des beeindruckenden Transportzaubers an.

Ich warf Lailah, die immer noch dort stand, wo ich sie kurz zuvor zurückgelassen hatte, einen Blick zu. Goodwin stand neben ihr und betrachtete die Szene mit mildem Interesse. Ich drehte mich um und schenkte Philip meine volle Aufmerksamkeit.

Er stand da, die Beine leicht gespreizt, die Hände auf den Hüften. Macht und Autorität strömten von ihm aus. „Raus aus dem Kreis, und zwar alle."

Als sich niemand bewegte, bellte er: „Jetzt!"

Ich konnte nicht sagen, ob hinter dem Befehl Magie steckte oder ob er sie nur zum Handeln gebracht hatte. So oder so marschierten sie alle aus dem Kreis, auf die Eichen zu. Unterwegs fing ihr normales Geplapper wieder an, und ich hörte sogar Gelächter.

Was in aller Welt …?

„Willst du das erklären?", fragte ich Philip.

Er deutete auf den Zirkel. „Frag sie."

Ich warf ihm einen empörten Blick zu und joggte, um Rosalee einzuholen. „Hey, warte einen Moment."

Sie blieb stehen.

„Sprich mit mir. Was war das da eben?"

Verwirrt runzelte sie die Stirn. „Was war was?"

Ich runzelte die Stirn und suchte in ihrer emotionalen Energie nach Hinweisen. Keine Wut. Kein Frust. Nur ein wenig Sorge. Um mich.

„Geht es dir gut?", fragte sie und kam näher. „Brauchst du eine Energiepille? Magie laugt mich manchmal ziemlich aus, wenn ich nicht aufpasse." Sie fing an, in ihrer violetten Designerhandtasche herumzustöbern.

Ich legte meine Hand auf ihren Arm, um sie aufzuhalten. „Rosalee, mir geht's gut. Erinnerst du dich nicht, was gerade passiert ist?"

Sie neigte den Kopf, und Sorge huschte über ihr Gesicht. „Hat der Zauber nicht funktioniert?" Sie blickte an mir vorbei. „Sind das nicht die Engel, nach denen du gesucht hast?" Bevor ich antworten konnte, rief sie den anderen Mitglieder zu. „Leute, wartet! Jade braucht vielleicht noch unsere Hilfe."

„Nein, nein. Mach dir keine Sorgen. Geht nach Hause oder tut, was auch immer ihr vorhattet." Ich winkte ab, als Lucien sich uns anschloss. „Irgendwas stimmt nicht", sagte ich zu ihm.

„Das habe ich auch bemerkt." Er nickte zurück in Richtung des Kreises. „Philip redet immer noch nicht, und Goodwin gräbt Lailah an. Zumindest denke ich, dass er das tut. Sieht nicht so aus, als ob er sehr weit kommt."

Reverend Goodwin folgte Lailah, während sie die Kerzen einsammelte, und redete ununterbrochen. Ihr Schweigen schien ihn nur anzustacheln. Auf der anderen Seite des Kreises schien Kat Philip zu bedrängen, ohne Zweifel wegen Dan. Kane stand neben ihr und verkörperte die Rolle eines beschützenden älteren Bruders. Gut. Bei Kane war sie sicher … es sei denn, Philip verzauberte ihn.

„Leute?", fragte Rosalee. „Ich tappe hier total im Dunkeln."

Richtig. „Kannst du mir einfach sagen, was deiner Meinung nach heute Nacht passiert ist?"

Sie runzelte die Stirn und sah mich fragend an. „Was ist los?"

Ich hob meine Schultern und Hände in einer „Ich weiß nicht"-Bewegung. „Das versuche ich herauszufinden."

„Also." Sie warf einen Blick auf den Kreis. „Lucien hat das Eröffnungsgebet gesprochen. Du hast die Beschwörungen rezitiert und dann sind diese beiden Engel aufgetaucht. Lailah scheint beide zu kennen, doch das ergibt einen Sinn, da sie ein Engel ist. Nachdem sie aufgetaucht sind, hast du uns gesagt, dass wir gehen können. Ende der Geschichte. Abgesehen von der Tatsache, dass die beiden Jungs körperlich hier sind, obwohl wir nur versucht haben, ihre Bilder zu beschwören. Doch sowas kann passieren, oder?"

Lucien und ich tauschten einen vorsichtigen Blick aus. „Ja, sowas kann passieren", sagte ich.

Sie fuhr sich mit der Hand über ihr dunkles Haar und strich ihren Pony zur Seite. „Da ist noch mehr, nicht wahr?"

Ich nickte. „Ja, aber wir können beim nächsten Treffen darüber reden. Zuerst muss ich herausfinden, was genau passiert ist."

„Bist du sicher? Ich kann bleiben und helfen, wenn du willst." Ihr Blick wanderte zu ihrer Uhr, doch sie schüttelte den Kopf, als wollte sie sich davon abhalten zu gehen.

„Nein, alles in Ordnung. Geh nur." Ich umarmte sie kurz und wusste das Angebot wirklich zu schätzen.

Als ich sie losließ, begegnete sie meinem Blick, und ihre hellbraunen Augen weiteten sich. „Ruf an, wenn du irgendwas brauchst."

„Werde ich. Danke." Als sie ging, blitzte das Bild ihrer geschwärzten Augen durch meinen Kopf. Ich hatte so etwas bisher nur zweimal gesehen. Und beide Male war es von schwarzer Magie verursacht gewesen. Ich ergriff Luciens Ärmel und zog daran. „Komm."

Als wir uns der verbleibenden Gruppe anschlossen, warf mir Goodwin einen verächtlichen Blick zu und sagte: „Du bist zurück."

„Und *du* bist immer noch hier", erwiderte ich und wünschte mir, er würde verschwinden. Eine Kooperation mit ihm konnte ich mir nicht vorstellen.

„Mitten in der Nacht ist es recht schwierig, hier wegzukommen. Mein Mietwagen ist in Baton Rouge. Eine von euch –" er warf Lailah einen Blick zu, „– wird mich im Hotel absetzen müssen."

Wir ignorierten ihn. Ich wandte mich Philip zu und verschränkte meine Arme, sicher, dass er die Ursache dieser Situation war. „Sie erinnern sich an nichts. Ich denke, du hast einiges zu erklären."

Lailah erstarrte, eine Kerze in jeder Hand.

„Du scheinst es dir in letzter Zeit zur Gewohnheit zu machen, die Erinnerungen anderer zu *modifizieren*." Ich schob mich zwischen Philip und Kat. Wenn er etwas versuchen sollte, wollte ich nicht, dass sie es abbekam.

Philips Gesicht wurde hart. „Ich besitze diese Fähigkeit nicht. Selbst wenn ich sie hätte, würde ich sie sicherlich nicht verwenden."

„Aber du hast es letzte Nacht mit mir gemacht", schnaubte Lailah. „Jade hat dich gesehen, als sie einen Findezauber gewirkt hat. Du warst der einzige andere dort. Dann bist du in meiner Gedächtniswiederherstellung aufgetaucht. Ich habe zwölf Stunden verloren!"

Er drehte sich in ihre Richtung, und seine Augen wurden weich. „Ich war da, aber das ist nicht der Grund, warum du dich nicht erinnerst."

Sie presste ihre Lippen zu einer dünnen Linie aufeinander.

„Warum dann?", fragte ich und brach das Schweigen.

„Es ist der Kreis." Er machte eine Geste über die Lichtung. „Er ist kompromittiert."

„Was?" Ich machte unbewusst einen Schritt zurück, um Distanz zwischen mich und den Kreis zu bringen.

„Er ist unrein. Alle Zauber, die ihr hier wirkt, können ernsthaften Schaden anrichten." Er hielt inne und drehte sich wieder zu mir um. „Die anderen können sich nicht erinnern, weil sie von der Magie des Kreises infiziert wurden. Sie hat ihre bewussten Gedanken übernommen, mit nur einem Ziel vor Augen."

„Und das wäre?" In meinem Magen bildete sich eine Grube von der Größe eines Kraters.

„Den zu zerstören, der ihn verdorben hat."

Ich hörte auf zu atmen und presste heraus: „Mich?"

„Ja." Mitgefühl und nicht geringe Sorge strahlten von ihm aus. „Deine Magie hat den Kreis verdorben. Deine schwarze Magie."

KAPITEL ACHT

*C*haos brach aus. Alle sprachen durcheinander, während ich Philip anstarrte, starr vor Schock. Er begegnete meinem Blick, eine Spur von Traurigkeit in seinen hellgrünen Augen. Ein Blinzeln, und die Emotion verschwand, ersetzt durch steinerne Entschlossenheit.

Goodwins Stimme erhob sich über die anderen. „Wir müssen sie binden. Jetzt."

„Jonathon, sei nicht lächerlich", schnaubte Lailah. „Offensichtlich stellt Jade keine Gefahr dar. Kein Grund, überzureagieren."

Mich magisch zu binden würde verhindern, dass meine Seele korrumpiert wurde. Es würde mich allerdings auch in ein Koma versetzen. Bis in alle Ewigkeit. Es sei denn, jemand schaffte es, die schwarze Magie zu neutralisieren. Und ich war die einzige Hexe, die ich kannte, die stark und dumm genug war, um so etwas zu versuchen.

Goodwin kam auf mich zu, und ich funkelte ihn an. *Erst binden, und später Fragen stellen, was? Ja, das kannst du vergessen.*

Kat und Lailah traten neben mich und flankierten jeweils eine Seite.

Kane trat Goodwin in den Weg. „Dreh dich um, und geh weg."

„Wer bist du?", fragte Goodwin mit Ungeduld in seiner Stimme.

„Der Typ, der dich in deine eigene spezielle Version der Hölle schicken wird, wenn du dich nicht von meiner Freundin fernhältst."

Goodwin fing an zu leuchten, als sich Magie um ihn herum aufbaute. Er machte einen kleinen, herausfordernden Schritt auf Kane zu. „Nur zu, versuchen kannst du's ja."

„Jonathon!", bellte Lailah. „Schluss damit!"

Keiner der Männer schenkte ihr Beachtung. Kanes Arme spannten sich an, und Goodwins Magie waberte um ihn herum. Jonathon hob den Arm, bereit, zum magischen Äquivalent eines Schlages auszuholen.

„Kane!", schrie ich, als er allen Ernstes einen Kirchenmann angreifen wollte. Nicht, dass Goodwin es nicht verdient hätte.

Ein gleißendes weißes Licht materialisierte sich zwischen ihnen und zwang sie zwei Meter auseinander, bevor sie einander Schaden zufügen konnten. Kane stolperte zurück und verzog das Gesicht, während er seinen Oberschenkel umklammerte – den, den Meri während seines Aufenthalts im Fegefeuer verletzt hatte –, doch es gelang ihm, aufrecht stehenzubleiben. Goodwin stolperte über seine eigenen Füße und landete auf seinem Allerwertesten.

Sie starrten mich beide an.

Ich hob meine Hände. „Ich war das nicht." Ich drehte meinen Kopf zu Lucien und fügte hinzu: „Das ist seine magische Signatur."

Lucien stürmte herüber und baute sich vor mir auf, immer noch voller Kraft in seinen Fingerspitzen. „Genug. Wir binden

Jade nicht. Zumindest nicht, bis wir herausgefunden haben, was passiert."

Goodwin rappelte sich auf, eine Herausforderung formte sich bereits auf seinen Lippen.

„Noch ein Wort, und ich verfluche dich", blaffte Lucien, von dem eine eisige Ruhe ausstrahlte.

Ich hatte ihn noch nie allein so viel Magie wirken sehen. Etwas, das Stolz verdächtig nahekam, stieg in meiner Brust auf. Mein Stellvertreter wurde stärker.

Philip, der zurückgeblieben war, um die Dynamik zu beobachten, beugte sich zu Lailah vor und flüsterte ihr etwas zu. Sie blickte auf und musterte ihn. Schließlich wandte sie den Blick ab und räusperte sich. „Vielleicht sollten wir alle irgendwo hingehen und das herausfinden."

EINE WELLE der Erschöpfung überrollte mich. Ich hob eine dampfende Tasse Kaffee an meine Lippen und lehnte mich in Kanes Wohnzimmer auf dem Sofa zurück.

Die drei Engel standen in der Ecke und stritten mit gedämpften Stimmen. Kane saß neben mir und behielt Goodwin schweigend im Auge. Kat saß auf meiner anderen Seite auf einem Holzstuhl, den sie aus der Küche geholt hatte. Von ihrer Angst wurde mir übel. Um zu vermeiden, mir mein Abendessen noch einmal durch den Kopf gehen zu lassen, zog ich mich in mein imaginäres Glassilo zurück und sperrte die emotionale Energie aller aus. Mein Magen beruhigte sich, und ich seufzte erleichtert.

Lucien ging vor uns auf und ab, seine Stirn nachdenklich gerunzelt. „Wenn wahr ist, was Philip gesagt hat, warum habe ich mich dann nicht gegen dich gewendet?"

„Du denkst, Jade ist verdorben?" Kat warf ihm einen harten Blick zu.

„Nein. Ich meine, ich weiß es nicht." Er hielt inne und warf Philip einen Blick zu. „Wir können nichts, was er sagt, unbesehen glauben. Er ist ein Fremder. Der Gefährte eines Dämons. Er könnte Meri helfen."

Mein Kopf begann zu dröhnen. Ich rieb mir mit den Fingern die Schläfen. „Er hilft Meri nicht. Er hat sie ignoriert, nachdem sie gefallen war, erinnerst du dich?"

„Das heißt nicht, dass er seine Meinung nicht geändert haben könnte." Lucien blieb stehen und wandte seine Aufmerksamkeit den Engeln zu. „Worüber streiten sie?"

Ist sie zu retten? Lailahs Gedanken drangen in meinen Verstand ein.

Mit einem schweren Seufzer lehnte ich mich gegen Kane. „Sie versuchen zu entscheiden, was sie mit mir machen werden."

„Was soll das heißen, was sie mit dir machen werden?", fragte Kane und streichelte meinen Arm.

Ich begegnete seinen besorgten mokkabraunen Augen. „Wenn es wahr ist, dass ich von schwarzer Magie korrumpiert wurde, dann bin ich eine Bedrohung nicht nur für die magische Gemeinschaft, sondern für alle Menschen um mich herum. Sie versuchen, sich zu einigen, wie sie am besten damit umgehen sollen."

„Und?", fragte Kat.

„Goodwin schlägt vor, mich in die Hölle zu schicken. Er ist der Meinung, dass ich hoffnungslos bin." Soweit er wusste, gab es keine Möglichkeit, den Halt schwarzer Magie umzukehren. Sobald sie sich festsetzte, fraß sie schließlich die Seele des oder der Betroffenen auf. Dann wäre der einzige sichere Ort für mich die feurige Unterwelt.

Nur, dass ich Bea, die ehemalige Anführerin des

Hexenzirkels von New Orleans, nur eine Woche zuvor vor dem Einfluss schwarzer Magie gerettet hatte.

„Das ist verrückt!" Kat stand auf und ging durch den Raum. „Jade ist nicht hoffnungslos. Ich kann nicht glauben, dass ihr Pläne für ihre Zukunft schmiedet, wenn wir nicht einmal wirklich wissen, was hier vor sich geht." Sie stemmte die Hände in die Hüften, die Füße kampfbereit auseinander. „Ihr drei habt einiges zu erklären, bevor wir weitermachen. Philip, wir fangen mit dir an."

Seine blasssmaragdgrünen Augen verzogen sich amüsiert, und er warf ihr ein Lächeln zu. „Du hast Feuer."

Sie trat mit einem besorgten Gesichtsausdruck zurück, offensichtlich überrascht. Ich konnte fast ihre Gedanken hören. Seine entspannte Reaktion auf Kats Ausbruch war so unheimlich vertraut, dass ich meine eigenen erschütterten Gefühle beruhigen musste, denn genauso hatte Dan sich früher benommen. Die Sorge verschwand aus ihrem Gesicht, ersetzt durch Entschlossenheit. „Genug. Sag uns jetzt genau, warum Jade deiner Meinung nach kompromittiert ist. Und wenn ja, warum hat sich Lucien nicht auch gegen sie gewandt?"

Philip nahm seine Kaffeetasse vom Kaminsims und setzte sich mir gegenüber auf einen der Sessel. Er trank einen Schluck und warf Lucien einen Blick zu. „Er ist stärker als die anderen Hexen. Wenn sich die Fäden tiefer durch den Kreis winden, wird auch er irgendwann betroffen sein." Dans Vater wandte mir seinen festen Blick zu und starrte mir eindringlich in die Augen. „Normalerweise arbeiten Engel unbemerkt, doch ich brauche deine Kooperation, wenn wir eine Chance haben wollen, das Böse, gegen das wir kämpfen, zu besiegen. Ich glaube, es wäre zu deinem Nachteil, meine Absichten hier geheim zu halten."

Wusste er schon von Dan? War er hier, um ihn zu retten? Ein kleines Prickeln der Hoffnung bildete sich in meiner Brust.

„Vor einer Woche habe ich erfahren, dass deine Seele in Gefahr ist. Ich wurde dir zugeteilt", sagte Philip und hielt meinen Blick immer noch fest.

Kat keuchte.

Lailah starrte ihn an, die Erkenntnis dämmerte in ihren Augen. „Deshalb hast du zugelassen, dass der Zauber dich in den Kreis transportiert hat, nicht wahr?"

Er nickte. „Ich musste da sein, um die Situation zu entschärfen."

„Nun, mich hättest du nicht mitnehmen müssen", schnaubte Goodwin.

Philip zuckte die Achseln und schenkte seiner Beschwerde kaum Beachtung.

„Ich sage immer noch, dass sie zu gefährlich ist", sagte Goodwin, plötzlich ruhig. „Doch da sie dir zugeteilt worden ist, gebe ich dir drei Tage, bis ich beim Nationalen Orden Anzeige erstatte."

Diesmal nickte Philip. „Verstanden."

„Gut." Er wandte sich Lailah zu. „Wir sehen uns bald, *Gefährtin*."

„Zähl bloß nicht darauf", sagte sie angewidert.

Eine Sekunde später krachte die Tür ins Schloss und ließ die Fenster zittern.

„Der Nationale Orden?", fragte ich Lailah.

„Der Rat der Engel. Sie sind für die Seelen der Menschen zuständig. Wenn deine kompromittiert ist, haben sie die Macht, dich zu binden."

„Oh." Drei Tage, bis möglicherweise ein ganzer Haufen von Engeln über mein Schicksal entschied? Großartig.

Lailah starrte Philip an. „Du hast immer noch einiges zu erklären. Was ist in diesen zwölf Stunden passiert, die mir fehlen?"

„Ja, das tut mir leid." Er seufzte, in seinen Augen zeigte sich plötzlich Müdigkeit. „Ich musste dich vorübergehend in Trance versetzen, um dich davon abzuhalten, den Kreis zu benutzen. Ich habe ihn seit dem Verstoß mit der schwarzen Magie letzte Woche im Auge behalten. Ich musste sichergehen, dass du nicht Teil des Problems bist. Nach deinem Ausflug ins Fegefeuer war ich mir nicht sicher."

„Jemand hat einen Verstoß bemerkt?", fragte ich. Wurde etwa alles beobachtet, was wir taten? Mehr Schmerz pochte über meinem rechten Auge.

„Nicht jemand. Ich." Seine Stimme wurde hart. „Ich bin an dem Tag angekommen, nachdem du gegen Meri gekämpft hast."

Lailah ergriff seine Hand. „Es tut mir leid. Das muss ein Schock gewesen sein, als du den Kreis untersucht hast."

Er nickte kurz und wandte sich wieder mir zu. „Was Lailah gesagt hat, ist wahr. Der Rat könnte dich magisch binden, wenn er dich für gefährlich genug hält. Aber es ist noch schlimmer. Sie beaufsichtigen alle magischen Wesen, einschließlich der Hexen. Wenn sie entscheiden, dass du ein williger Benutzer schwarzer Magie bist, doch deine Seele nicht gefährdet ist, kann das schwerwiegende Folgen haben."

„Welche?", fragte ich, und Angst kroch in mein Herz.

„Sie könnten dich einsperren und dir deine Macht nehmen."

Ein Schauer kroch über meinen Rücken. Ich hätte beinahe schwarze Magie benutzt, als ich gegen Meri gekämpft hatte. Sie war in meinen Fingerspitzen gewesen. Ich hätte sie auf sie losgelassen, wenn Kane und meine Freunde mich nicht zurückgebracht hätten.

Der Stundenzeiger der Wanduhr sprang auf zwei Uhr um. Morgens. Ich sagte nichts und konzentrierte mich auf den Sekundenzeiger, der stetig über das Zifferblatt wanderte. Tick. Tick. Tick.

„Aber wie ist das passiert?", fragte Lucien. „Ich habe noch nie gehört, dass ein Kreis kompromittiert wurde."

„Keiner von uns ist jemals einer so mächtigen Hexe wie Jade hier begegnet." Ich konnte Philips Antwort kaum hören, während die Uhr in meinem Kopf tickte.

Weitere Stimmen gesellten sich zu seiner. Sie stiegen auf und verschwanden in meinem Bewusstsein. Jemand schrie. Ich glaube, es war Lailah, doch ich konnte ihren Worten nicht folgen. All das ging mir durch den Kopf. Ein Frösteln kroch über meine Haut und machte mich taub.

Eine Hand drückte meine, und Wärme drang von außen in mich ein. Kane. Ich sah ihn an und bemerkte, dass sein Gesicht von Sorge gezeichnet war.

„Bring mich hier raus", flüsterte ich.

Kane stand auf und zog mich auf die Füße. „Jade muss das verarbeiten. Ihr könnt alle gerne hier bleiben, wenn ihr wollt. Aber ich bringe sie für die Nacht nach Hause."

Philip stellte sich vor die Tür. „Das kann ich dir nicht erlauben. Es ist zu gefährlich."

Ausgerechnet Lailah kam zu meiner Rettung. „Lass sie gehen. Ich sehe keine Anzeichen dafür, dass Jades Aura verfällt. Sie glüht weiß, mit einem Hauch von Violett. Kein Schwarz in Sicht. Und Kane kann auf sich selbst aufpassen."

Zu Lailahs Fähigkeiten gehörte das Lesen von Auren. Sie hatte einmal einen schwarzen Schatten identifiziert, der mit Pyper verbunden gewesen war. Wenn jemand den Verfall einer Seele sehen könnte, dann sie.

„Das ist gegen das Protokoll." Philip rührte sich nicht.

„Deine Gefährtin in der Hölle schmoren zu lassen und nicht einmal um Hilfe zu bitten, um sie zu befreien, auch." Lailahs blaue Augen blitzten trotzig. „Ja, ich weiß alles, was mit Meri passiert ist. Wenn du nicht willst, dass ich den Rat darauf aufmerksam mache, lässt du meine Freunde für die Nacht gehen."

Ich starrte sie an, als wäre sie eine Fremde. Warum drohte sie einem mächtigen Engel? Vor allem, um mir zu helfen?

Weil wir, ganz gleich, was hier gerade vor sich geht, Freunde sind. Auch wenn wir uns nicht so benehmen. Das hast du nicht verdient. Geh nach Hause. Verbringe Zeit mit Kane. Wir kümmern uns morgen um alles.

Tränen brannte mir in den Augen. Ich wusste nicht warum, doch dass Lailah nach allem, was wir durchgemacht hatten, das Wort Freunde benutzte, berührte mich. Einen Großteil meines Lebens war es mir schwer gefallen, Freunde zu finden. Jetzt, da ich eine Gruppe hatte, auf die ich mich verlassen konnte, behielt ich sie in meinem Herzen. Ich hatte Lailah vorher nicht vertraut. Doch sie vertraute mir. Ich schwor mir im Geiste, diesen Fehler nicht noch einmal zu machen.

War aber auch Zeit, erklang Lailahs fröhliche Stimme in meinem Kopf.

Philip trat widerstrebend beiseite, doch Wut schoss aus ihm in Lailahs Richtung.

Kane zog mich nach draußen. Ich schickte Lailah eine letzte mentale Nachricht: *Danke.*

DUKE, mein Geisterhund, sprang und sabberte bei unserer Ankunft. Wenn er ein lebender Hund gewesen wäre, hätte er mich sicher umgeworfen. „Runter, Duke", befahl ich.

„Er hat dich vermisst." Kane zog mich ins Zimmer und schob mich auf mein ausgesessenes Sofa.

„Ja."

Seine Schritte klapperten über meinen Kieferndielenboden, als er in die Küche ging.

Ich schloss meine Augen und lehnte mich zurück. Nur eine gefühlte Sekunde später kehrte Kane mit einem getoasteten Bagel mit Butter, einem Glas Wasser und Ibuprofen zurück. Ich schluckte die Pillen und nickte auf den Bagel. „Wo kommt der her?"

„Ich bin ins Café gelaufen, nachdem ich mir deinen Würzsaucenschrank da angesehen habe." Er nickte meinem Kühlschrank zu.

Da ich nicht gewusst hatte, wie lange wir weg sein würden, hatte ich bewusst alles Verderbliche weggeworfen. Das Letzte, wozu ich nach Hause kommen wollte, war eine Penicillin-Farm. „Du warst weg?"

„Nur für einen Moment." Er küsste meine Schläfe. „Du bist eingeschlafen."

Ich biss in den Bagel und stellte den Teller ab. Nach der Szene in Kanes Haus war ich überhaupt nicht hungrig.

Kane zog mich vom Sofa hoch. Anstatt mich zum Bett zu führen, brachte er mich ins Badezimmer. Drinnen erfüllte das süße Aroma von Jasmin den winzigen Raum. Er ließ ein Bad einlaufen und hatte mein Lieblingsschaumbad benutzt.

Ich lächelte. „Perfekt."

Er neigte seinen Kopf und berührte meine Lippen, küsste mich langsam und zärtlich. Seine Liebe strahlte durch diesen Kuss.

Ich schmiegte mich in ihn, ließ meine Hände über seinen Rücken gleiten und biss sanft in seine Unterlippe, bevor ich tief in den Kuss versank. Sein sauberer Regenduft, vermischt mit dem Jasmin in der Luft, jagte einen Pfeil der Begierde direkt in mein Innerstes. Ich zog mich zurück und hob meinen Kopf, um ihn anzusehen. „Es ist eine Weile her."

„Eine Woche", murmelte er und bückte sich, um an meinem Ohr zu knabbern.

Ein intensiver Schauer prickelte auf meiner Haut. Die

Angst und das, was mir womöglich in den kommenden Tagen bevorstand, brachten mich dazu, mich in ihm verlieren zu wollen.

Mit geschlossenen Augen lehnte ich mich zurück und erlaubte ihm Zugang zu meinem Hals. Er verteilte heiße Küsse, während er seine Hände hob und meine Bluse aufknöpfte. Er schob sie auf, und meine Brüste quollen über meinen schwarzen Spitzen-BH. Er schob sie zusammen und küsste sanft die entblößte Haut. Sofort wurden sie schwer und meine Brustwarzen schmerzten, ungeduldig nach Aufmerksamkeit.

Ich vergrub meine Hände in seinem dicken, welligen schwarzen Haar und stöhnte vor Vergnügen. Ich spürte, wie sich seine Lippen zu einem zufriedenen Lächeln verzogen, und dann strich seine Zunge über meinen erigierten rechten Nippel. Ich presste mich an ihn und verlangte mehr.

Mit einer schnellen Bewegung fielen meine Bluse und mein BH zu Boden. Seine Lippen schlossen sich über meiner linken Brust und saugten hart, während seine Hand die andere knetete und neckte. Ich keuchte, und er kratzte mit den Zähnen über meine empfindliche Brustwarze. Wellen herrlicher Hitze glitten durch mich.

„Kane", sagte ich mit belegter Stimme.

Er hob seinen Kopf, legte seine Hand auf meine Hüfte und zog mich an seinen harten Körper. „Ja, Liebes?"

„Bring mich ins Bett."

Seine braunen Augen verwandelten sich vor glühender Leidenschaft in geschmolzene Schokolade. Ich musste nicht zweimal bitten. Er hob mich hoch und trug mich in das andere Zimmer.

Er ließ sich Zeit und befreite mich vom Rest meiner Kleidung. Zuerst meine Jeans, und dann legte er beide Hände um meine Taille. Er wanderte langsam hinunter, zog langsam die letzten meiner Kleidungsstücke mit und küsste eine Spur zu meinem Bauch. Auf einem Knie kniend, vermischte sich sein heißer Atem mit der Hitze zwischen meinen Schenkeln.

Ich atmete tief ein und wartete. Tage. Es war Tage her. Er hatte mich nicht einmal in meinen Träumen besucht, während wir weg waren. Meine Reaktionen auf Kanes Traumwandeln waren viel zu intim, wenn man bedachte, dass ich die Schlafzimmerwand mit meiner Familie geteilt hatte.

Er strich mit seinen Händen über meine Beine, drückte einen sanften Kuss auf die Innenseite meines Oberschenkels und blickte dann zu mir auf.

Ich zog eine Augenbraue hoch.

Ein leises Grollen ertönte in seiner Brust, als er aufstand. „Wenn ich dich das nächste Mal berühre, will ich, dass du dabei liegst."

„So?"

Seine Lippen verzogen sich zu einem raubtierhaften Grinsen. „Bei dem, was ich vorhabe, vertraue ich nicht darauf, dass deine Muskeln dich aufrecht halten werden."

Ich machte einen kleinen Schritt nach vorne und schob meine Hände unter sein Hemd. „Was ist, wenn ich dich verführen will?"

Sein Blick wurde intensiv. „Was die Lady will, bekommt sie."

„Gut", murmelte ich und presste meine Handflächen auf seine Hüfte. Gott, ich liebte es, ihn dort zu berühren. Ich hob langsam meine Hände und ließ meine Finger über seine Muskeln streichen. Er hob die Arme, und eine Sekunde später zog ich sein Hemd aus.

Ich betrachtete seine schöne Figur. Über eins achtzig groß, sanft gebräunt, der Körper eines Mannes, der sich im Fitnessstudio auskannte. Er war wunderschön. Ich legte sanft meine Hand auf sein Herz, da ich wusste, dass ich das am meisten an ihm liebte.

Ich hielt mich nicht länger mit Verführungsversuchen auf, schlang meine Arme um ihn und hielt ihn fest. Er war mein, und ich war sein.

Seine starken Arme legten sich um mich, und er flüsterte: „Ich liebe dich auch, hübsche Hexe."

„Ich weiß", flüsterte ich zurück und legte meine Lippen für einen weiteren langsamen, zärtlichen Kuss auf seine. Doch sobald sich unsere Zungen trafen, zündete der Funke wieder. Wieder durchflutete mich diese starke Hitze. Ich griff nach dem Knopf seiner Jeans und Sekunden später waren wir beide nackt. Seine harte Länge drückte gegen meinen Bauch und ließ meiner Kehle ein ersticktes Stöhnen entfleuchen.

Ich bog mich zurück.

Seine Augen funkelten wieder, als er mich beobachtete. „Leg dich hin, Jade."

Seine raue Stimme jagte genau an den richtigen Stellen Schauer der Vorfreude über meinen Körper. Ich tat, was er verlangte.

Er war über mir, und ich zog ihn an mich, Haut auf Haut. Spannung schoss durch meinen ausgehungerten Körper. Unsere Lippen trafen sich, unsere Zungen schossen hervor, unsere Zähne kratzten.

Hitze brannte in meinem Inneren und pulsierte vor Verlangen.

Ich schob meine Hand zwischen uns und schloss meine Finger um seinen samtigen Schaft.

Sein Atem stockte, doch er ergriff mein Handgelenk und zog meine Hand sanft weg. „Nein. Heute Nacht will ich dich anbeten." Er verteilte Küsse meinen Körper hinunter, seine Zunge tanzte über meine Haut. Und diesmal, als seine Lippen meinen Oberschenkel berührten, folgte seine Zunge.

Feucht und zitternd packte ich die Laken, als Kane meine Beine spreizte. Er hielt nur für eine Sekunde inne und stieß einen heißen, verlockenden Atemzug aus. Er hob den Kopf und sah mir zu, während er langsam und bedächtig mit dem Finger über meine Öffnung strich. Ich hob meine Hüften, mehr als bereit.

Er lächelte zu mir auf und tauchte seine Finger in mich. Ein gedämpfter Schrei entkam meinen Lippen, als sich sein Mund über meiner empfindlichsten Stelle schloss, seine Zunge mich im Tandem mit seinen geschickten Fingern liebkoste. Intensives Vergnügen pulsierte und ließ meine Gedanken zu nichts anderem als dem Druck verschwimmen, der sich unter Kanes fachkundiger Berührung aufbaute.

Mein Atem kam in kurzen Stößen, als sich die doppelten Empfindungen zu einer feurigen, intensiven Flamme vermischten. Winzige Stoßwellen durchfluteten mein Innerstes, während sich meine Muskeln anspannten. Kane hielt inne, und als ich wimmerte, stieß er wieder seine Finger in mich und strich gleichzeitig mit seinen Zähnen über meinen Hügel. Lust explodierte in mir, flüssige Blitze elektrisierten jeden Nerv. Ich stieß den letzten Schrei aus, als mein Körper träge und vollkommen zufrieden auf die Laken sank.

Kane legte seinen Kopf auf meinen Bauch und zeichnete Kreise über meine Hüfte. Ich legte eine Hand auf seinen Kopf und fuhr mit meinen Fingern durch sein zerzaustes Haar. Ein paar Minuten später stand Kane auf, ließ sich schweigend über mir nieder und wartete. Mit einem winzigen Nicken hieß ich seine dicke, harte Länge in meinem zarten Fleisch willkommen.

Er drang ein und füllte jeden Zentimeter von mir aus. Langsam begannen sich seine Hüften zu bewegen. Ich wiegte mich mit ihm, wieder getrieben von einem intensiven Bedürfnis. Seine Hände bewegten sich zu meinen Hüften und hielten mich still, während er hart und tief zustieß, immer und immer wieder, bis sein Atem unregelmäßig wurde. Seine

Finger gruben sich in mein Fleisch, und ich ließ los und schrie auf, als die Welle mich mitriss. Mit angespannten Muskeln vergrub er sich ein letztes Mal in mir, bis ein gutturales Stöhnen tief in seiner Kehle grollte.

Sein Griff entspannte sich. Er zog mich an sich, immer noch tief in mir, und küsste meine Schulter. Er schmiegte seine Wange an meine und sagte: „Ich werde nicht zulassen, dass dich mir je wieder jemand wegnimmt. Nie wieder."

Ein bittersüßer Puls flatterte in meinem Herzen. Ich strich mit meinen Lippen über sein Ohr und flüsterte: „Darauf zähle ich."

KAPITEL NEUN

ir hielten einander stumm, während sich unsere Atmung wieder normalisierte. Nach ein paar Minuten rollte Kane von mir herunter, setzte sich auf und stellte seine Füße auf den Boden. Er ergriff meine Hand und zog. „Komm."

„Wohin?"

„Baden." Er stand auf und verzog das Gesicht, als er sein rechtes Bein beugte.

„Bist du okay?"

Er lächelte. „Ja, nur steif. Ein Bad wird helfen."

Ich folgte Kane ins Badezimmer, wo er das heiße Wasser aufdrehte und in die antike Badewanne mit Klauenfüßen stieg. Er lehnte sich an, die Knie angezogen, und klopfte auf das Wasser und lud mich ein. Seifenblasen klebten an seiner Brust.

Ich betrachtete Kane, der in das Schaumbad getaucht war. Wie sollte ich widerstehen? Ich ließ mich in das warme Wasser sinken und lehnte mich zurück. Das heiße Wasser, das in die Wanne strömte, verbrannte mir die Zehen. Ich bewegte das

Wasser, um die Temperatur auszugleichen, schloss meine Augen und seufzte tief.

„Willst du darüber reden?" Kane strich mit seinen Händen zärtlich über meine Arme.

Ich drückte meine Zehen gegen den Wasserhahn und stellte das Wasser ab. „Ich weiß nicht, was ich denken soll."

„Worüber?"

Es war viel passiert. Jonathon und Lailah waren mögliche Gefährten? Wie gruselig war das? Sie tat mir ernsthaft leid. Kein Wunder, dass sie über Kane fantasierte. Und dann war da noch Philip. Konnte man ihm vertrauen? Wenn das, was er gesagt hatte, wahr war …

„Der Teil über meine Seele, die verdorben sein soll." Ein Schauder lief über meinen Körper.

Kane legte seine Arme fester um mich, als wollte er mich vor jeglichem Schaden bewahren. „An dir ist nichts verdorben. Wenn schwarze Magie deine Seele zerfressen würde, glaubst du nicht, dass einer von uns es bemerkt hätte?"

Ich zuckte mit den Schultern. „Was ist mit dem Kreis? Ich habe schwarze Magie angezapft, als ich gegen Meri gekämpft habe. Gott sei Dank habe ich sie nicht benutzt." Ich hielt inne und dachte darüber nach. „Glaubst du, als ich die Dunkelheit losgelassen habe, hat der Kreis die Magie absorbiert?"

Er hielt inne und strich mit dem Daumen über meine Wange. „Darüber solltest du besser mit Bea reden."

Meine Mentorin, Bea, war die frühere Anführerin des Hexenzirkels von New Orleans. Während eines Kampfes mit Meri hatte sie sich der seelenfressenden Magie geopfert, um den Rest von uns zu retten. Wir mussten sie auf magische Weise binden, um sie davon abzuhalten, zu einer bösen Hexe zu werden, doch wir hatten es geschafft, sie ganz und rein zurückzubringen. Zumindest dachten wir das.

Kane hatte Recht. Ich musste mit ihr reden.

„Gleich morgen früh", sagte ich.

Kane küsste mich auf den Kopf. „Du meinst später." Er deutete auf die sonnenförmige Uhr an der Wand.

Vier Uhr morgens. Wir waren seit vierundzwanzig Stunden wach. Meine Augen tränten vor Müdigkeit. Ich stand auf und streckte eine Hand aus, um Kane aufzuhelfen. „Zeit, schlafen zu gehen. Wir brauchen wenigstens ein paar Stunden Schlaf, bevor wir uns in die nächste Runde stürzen."

IN MEINEM EIGENEN Bett mit Kane neben mir schlief ich fast augenblicklich ein. Doch anstatt Kane im Traum zu sehen, fand ich mich auf einem großen Doppelbett wieder, das mit violetter Seide bezogen war. Ich sah mich in dem fensterlosen Raum um. Passend zu den holzgetäfelten Wänden waren die edlen Kirschholzmöbel auf Hochglanz poliert. Der Raum schrie dunkel und elegant. Wo war ich?

Eine als Wandpanel getarnte Tür schwang auf. Ein silberner Teewagen kam herein und rollte lautlos über den dicken Teppich. Einen Moment war alles still, dann ... tauchte Dan auf. Was tat er in meinem Traum?

„Du musst essen." Er schob den Karren neben das Bett und verriegelte das Rad.

„Nur ein bisschen Tee. Ich habe keinen Hunger", sagte mein Traum-Ich.

Er warf mir einen strengen Blick zu. „Das hast du jedes Mal gesagt, wenn ich dir Essen gebracht habe. Du brauchst deine Kraft."

Ich stützte mich auf. „Wofür? Du scheinst nicht daran interessiert zu sein, uns hier rauszulassen." Verwirrung wirbelte in meinem Bewusstsein. *Wen meinte ich, und wo waren wir?*

Er goss sich eine Tasse schwarzen Tee ein und fügte dem Earl Grey ein Stück Zucker hinzu. „Wir werden einen Weg finden." Er reichte mir die Tasse und strich mir eine schwarze Haarsträhne hinters Ohr. Schwarzes Haar? Ich warf einen Blick auf ein silbernes Messer auf dem Tablett und erhaschte einen Blick auf mein Spiegelbild. Graue Augen, langes, schwarzes Haar, kantige Nase.

Meri.

Ich träumte, ich sei Meri, und Dan wollte mir helfen.

„Du musst Kraft tanken. Dad wartet auf uns", fuhr Dan fort.

Eine schwere Traurigkeit machte sich in meiner Brust breit. „Philip kümmert sich nicht darum, was aus mir wird. Vergiss mich und rette dich."

Er seufzte. „Lass uns nicht schon wieder darüber streiten. Du weißt, dass ich nicht ohne dich gehe."

Ich starrte auf meine schlanken Finger, die um die Teetasse geschlungen waren. „Gut, aber es braucht viel mehr als Äpfel und Käsescheiben, um nennenswerte Energie zu tanken."

„Es ist ein Anfang", sagte er und verschwand durch die Tür.

Im frühen Morgenlicht riss ich meine Augen auf, Schweiß lief über meine Stirn. Ich richtete mich auf und hielt meinen Kopf in beiden Händen. Was zum …?

„Jade?", murmelte Kane neben mir und strich mir mit der Hand über den Rücken. „Bist du okay?"

Ich legte mich wieder hin und schmiegte mich an ihn, getröstet von seiner Berührung. „Ja, mir geht's gut. Nur ein seltsamer Traum."

Er zog mich näher und küsste meinen Hals. „Schlaf weiter, Liebes."

In seine Arme, meinen sicheren Platz, gekuschelt, drückte ich seine Hand und zwang mich, wieder einzuschlafen.

~

EIN LAUTES GEHÄMMER riss mich aus meinem unruhigen Schlaf. Ich richtete mich auf und sah verschwommen Kane, der die Tür öffnete, halbnackt nur in seiner verwaschenen Jeans.

Pyper, meine Chefin und Kanes beste Freundin, betrat den Raum, ihr dunkles Haar war mit leuchtend pinkfarbenen Strähnchen durchzogen. Sie trug schwarze Jeans und eine pinkfarbene Bluse, ein paar Nuancen dunkler als ihre frisch gefärbten Locken. Wortlos nahm sie die Fernbedienung und schaltete den Fernseher ein.

„Ist im Café alles in Ordnung?", krächzte ich, als ich mich aufsetzte, und zog die Decke um meinen nackten Körper. Pyper hatte mir von meinem Job bei *The Grind* freigestellt, damit ich mich darum kümmern konnte, Dan zu finden. Doch durch meine Abwesenheit war das Café stark unterbesetzt.

„Alles gut da. Holly macht das schon." Sie zeigte auf den Fernseher und befahl: „Schau dir das an."

Ich blinzelte und versuchte, mich auf den kleinen Fünfzig-Zentimeter-Bildschirm zu konzentrieren. Eine große, dünne, blonde Reporterin, ein Hollywoodtyp, stand vor einer riesigen Eiche und sprach in die Kamera. Ich zog die Decke hoch herum und stand auf, um näher an den Fernseher heranzutreten.

„Neben mir", sagte die Reporterin, „steht der bekannte Prediger Reverend Jonathon Goodwin." Die Kamera zoomte heraus, und Goodwin kam in Sicht, ein selbstbewusstes Lächeln im Gesicht. „Reverend, heute Morgen haben Sie eine Beschwerde bei der Stadt eingereicht, dass letzte Nacht hier auf dieser Lichtung", sie gestikulierte, und die Kamera schwenkte und zeigte nichts anderes als den Kreis des Zirkels – „eine Gruppe sogenannter Hexen irgendwelche schwarze Magie ausgeübt hat"

„Das ist korrekt, Sybil." Goodwin nickte. „Das habe ich."

Die Augen der Reporterin weiteten sich vor Neugier und

Unglauben. „Das ist eine ziemliche Anschuldigung, Reverend. Haben Sie Beweise?"

„Offensichtlich sind da die Brandspuren in Form eines Pentagramms und des Kreises drum herum. Das ist ein sicheres Zeichen für das Werk des Teufels."

„Des Teufels?" Sybils Augenbrauen hoben sich. „Ich dachte, Sie sagten, Hexen seien die Schuldigen?"

Goodwins Ton wurde herablassend. „Was glauben Sie, wo die dunkle Magie herkommt, Sybil? Wir als Gesellschaft müssen zusammenkommen, um gegen diese fehlgeleiteten Leute zu kämpfen." Er starrte direkt in die Kamera. „Heute Abend um achtzehn Uhr veranstalte ich eine Kundgebung auf dem Jackson Square. Ich fordere alle Kinder Gottes auf, sich mir anzuschließen, um gegen derart verwerfliche Praktiken zu protestieren."

„Noch eine Frage, Reverend?"

Er nickte.

„Seit Jahren kursieren Gerüchte über Hexerei in New Orleans. Warum jetzt gegen die Praktizierenden in die Schlacht ziehen?"

Goodwins Augen wurden hart. „Die wunderbare Stadt New Orleans ist seit Jahren ein Nährboden für sozialen und moralischen Verfall. Gott hat mich gesandt. Es ist an der Zeit aufzustehen, für das, was richtig ist. Da die Stadt kein moralisches Fundament hat, wird die Jugend korrumpiert. Wir alle müssen versuchen, Gottes Wort zu befolgen. Das bedeutet, dass die Unzucht der Bourbon Street in Frage gestellt, die Jugend über Richtig und Falsch aufgeklärt und die Benutzer dunkler Magie neutralisiert werden müssen. Das Böse hat viele Gesichter. Wenn wir morgen ein sichereres New Orleans wollen, ist es jetzt an der Zeit zu handeln."

Jubel erhob sich von irgendwo hinter der Kamera. Mir drehte sich der Magen um, und ich konnte nicht anders, als mich zu fragen, ob er seinen eigenen Soundtrack mitgebracht hatte.

„Da hören Sie es, liebe Zuschauer aus New Orleans", sagte Sybil fröhlich. „Kommen Sie heute Abend um achtzehn Uhr zum Reverend auf dem Jackson Square, um gegen moralischen Verfall und dunkle Magie in die Schlacht zu ziehen." Ein Lächeln erblühte auf ihren vollen Lippen. „Wenn wir Glück haben, taucht vielleicht ein gewisser Junge mit einer Narbe auf der Stirn auf und kämpft für uns gegen das Böse. Das ist Sybil Tanner für WNNO, die sich bis morgen abmeldet. Zurück zu dir, Mike."

Die Nachrichtensendung kehrte ins Studio zurück, wo ein anderer Reporter einen Überblick über das Wetter gab.

Schock lähmte meine Glieder, meine Gedanken rasten. Hexen waren kein Geheimnis. Die Leute wussten, dass wir existierten und dass wir Zauber wirken konnten, obwohl die meisten davon ausgingen, dass wir harmlos waren oder nur so taten, als ob. Wir gingen diskret mit den großen Sachen um. Nutzer ohne angeborene Magie waren ein zu großes Risiko.

Verdammter Goodwin! Er hatte der ganzen Stadt verraten, wo sich der Zirkel üblicherweise traf, und unseren Kreis geoutet.

Ich ging durch den Raum und zerrte die Kaffeekanne aus der Kaffeemaschine. „Er hat es live im Fernsehen herausposaunt, damit wir nicht zurückkehren und einen verdorbenen Kreis benutzen können."

„Hätte er nicht einfach bitte sagen können?" Kane zog sich ein T-Shirt über den Kopf.

Ich riss mit mehr Kraft, als ich beabsichtigt hatte, am Wasserhahn, und der Griff löste sich in meiner Hand. Wasser spritzte heraus und duschte mich. „Sohn einer Dämonenhure!"

Kane griff ruhig unter die Spüle und stellte das Wasser im

Handumdrehen ab. Ich hatte nicht einmal gewusst, dass das Absperrventil dort war.

„Will mir jemand was über diesen gruseligen Bibelschwenker erzählen?", fragte Pyper und reichte mir ein Handtuch.

„Er ist ein Fernsehprediger aus Georgia." Sehnsüchtig beäugte ich die Kaffeekanne. Kein Wasser, kein Kaffee. „Ich hatte das Pech, im Flugzeug neben ihm zu sitzen, und … Überraschung! Es stellt sich heraus, dass er auch ein Engel ist."

„Nicht irgendein Engel", sagte Kane und reichte mir eine Cola aus dem Kühlschrank. „Er sagt, er ist Lailahs Gefährte."

Pypers Mund blieb offenstehen, und ein leises Geräusch blieb ihr im Hals stecken. Sie hustete. „Wie bitte?"

„Verrückt oder?" Mein Handy fing an zu vibrieren. Ich warf einen Blick auf den Bildschirm und nahm den Anruf an. „Bea?"

„Jade?" Die besorgte Stimme meiner Mentorin kam durch die Leitung.

„Gott sei Dank. Wir haben mehr Probleme." Ich ging zu meiner Kommode und holte eine saubere Jeans heraus, während Kane und Pyper sich zusammensetzten und Kane sie über die Ereignisse der Nacht informierte.

„Das kann ich sehen, Liebes", sagte Bea gedehnt, ihr Akzent dicker als normal. „Wie ist Goodwin da reingeraten?"

Ich schauderte und biss die Zähne zusammen. Mein Fehler. Wieder einmal. „Äh, wir haben nach anderen Engeln in der Gegend gesucht und … Nun, wenn ich gewusst hätte, dass wir Goodwin beschwören, hätte ich den Zirkel nie gebeten, diesen speziellen Zauberspruch zu wirken."

Sie seufzte. „Engel gibt es leider in allen möglichen Größen und Gestalten."

Ich warf ein sauberes T-Shirt auf meine Jeans auf dem Bett. „Ich muss mit dir über etwas reden. Persönlich. Ist jetzt okay?"

„Natürlich. Und Jade?"

„Ja?"

„Wirke vorerst keine Zaubersprüche, egal wie gutartig." Sie beendete das Gespräch, bevor ich noch etwas sagen konnte.

Meine Güte. Hatte Lailah sie bereits aufgeklärt? Ich nahm meine Klamotten und ging ins Bad. „Ich bin in zehn Minuten fertig", sagte ich zu Kane.

Eine halbe Stunde später hielten wir vor Beas Kutschenhaus im Garden District an. Das kleine weiße Haus strahlte in der Novembersonne.

„Irgendwas ist anders", sagte Pyper vom Rücksitz von Kanes Lexus. Sie hatte darauf bestanden, mitzukommen, und Holly das Café überlassen.

„Es sind die Blumen", sagte ich und betrachtete die leuchtenden Reihen blühender Ringelblumen vor ihrer Veranda. Nachdem Bea einen Geist in die Hölle verbannt hatte, war sie im Sommer zu schwach gewesen, um ihre Gärten zu pflegen. Ich hatte drei Monate Übung gebraucht, doch ich hatte endlich meinen magischen Funken gefunden und ihre Energie wiederhergestellt. „Ich bin froh, dass sie sich wieder erholt."

„Ja, aber für wie lange?" Pyper stieg aus dem Auto.

Ein Schauer kroch über mein Herz. Es bestand kein Zweifel, dass ich Beas Hilfe brauchen würde, selbst wenn sich Philip irrte. Man geht nicht einfach so in die Hölle und erwartet, wieder herauszukommen, ohne dass eine Hexe auf der anderen Seite einen Ankerzauber wirft. Und Bea war die einzige, von der ich wusste, dass sie stark genug war, um mit solch anspruchsvoller Magie umzugehen.

Kane legte seine Hand auf meinen Oberschenkel und drückte sanft. „Bist du okay?"

Ich holte tief Luft. „Ich denke schon."

Er beugte sich vor und drückte mir einen sanften Kuss auf die Schläfe. „Ich werde an deiner Seite sein, egal, was passiert."

Emotionen brodelten in meiner Brust. Ich nickte, zu ängstlich, um zu sprechen. Einen Moment später stieg Kane aus dem Auto und kam dann auf meine Seite, um meine Tür zu öffnen. Ich nahm seine Hand und stieg mit zitternden Beinen aus. „Danke."

Entschlossen herauszufinden, ob ich tatsächlich von schwarzer Magie befallen war, zwang ich mich, einen Fuß vor den anderen zu setzen. Wenn jemand die Fähigkeit hätte, den Makel zu sehen, dann Bea.

„Sie sind hier!", rief Lailah von der Haustür.

Philip tauchte hinter ihr auf, sein Gesicht ungeduldig. „Endlich. Wir sind schon seit Stunden hier."

Ich winkte Lailah zu und bedachte Philip mit einem kalten Blick. Wen interessierte es schon, ob er auf uns gewartet hatte?

Lailah nickte zur Begrüßung, als ich an ihr vorbeiging, um zu Bea ins Esszimmer zu gehen.

„Benimm dich, Philip", sagte Lailah. „Wir werden zusammenarbeiten müssen, besonders jetzt, wo Jonathon in der Stadt ist."

Ich saß neben Bea und bemerkte ihre frisch gefärbten kastanienbraunen Locken. In ihrer beigen Leinenhose und der violetten Seidenbluse war sie durch und durch eine Südstaatenlady. Stark und selbstbewusst, genauso wie sie es gewesen war, als ich sie das erste Mal getroffen hatte. „Hast du die Nachrichten gesehen?"

Sie nickte und reichte mir einen Notizblock. Es war eine einfache, vier Zeilen lange Beschwörung.

„Wofür ist das?", fragte ich.

Ihre mitfühlenden braunen Augen starrten in meine. „Es ist der Zauber, der uns wissen lassen wird, ob deine Seele unrein ist."

Panik breitete sich in mir aus, und ohne nachzudenken schob ich den Block von mir.

„Jade, du musst dich für nichts schämen. Nach unserer Begegnung mit Meri hätte ich früher daran denken sollen, doch ich war nicht ganz ich selbst, und du warst nicht in der Stadt. Wir sprechen die Beschwörung zusammen. Wir sind beide gefährdet. Wenn stimmt, was Philip sagt, könnten wir beide kompromittiert sein."

Ihre Worte brachten wenig Trost. „Niemand hat einen Engel geschickt, um über dich zu wachen."

Ein kleines, bitteres Lachen entfleuchte ihren Lippen.

Erschrocken drehte ich mich um, um ihr meine volle Aufmerksamkeit zu schenken. „Bea?"

„Warum glaubst du, habe ich dir die Leitung des Zirkels übertragen?"

„Du hattest keine andere Wahl. Du wurdest von schwarzer Magie verzehrt."

Sie schloss die Augen und schüttelte den Kopf. „Ich hatte Gelegenheit, die Position zurückzunehmen, als du sie mir angeboten hast. Es war mein Recht und ehrlich gesagt meine Pflicht. So mächtig wie du bist, solltest du keinen Zirkel führen. Du weißt kaum, wie man richtig einen Reinigungszauber durchführt."

Ich sagte nichts. Sie hatte Recht. Ich hatte mein ganzes Erwachsenenleben damit verbracht, die magische Gemeinde zu meiden, da ich nicht gewusst hatte, welche Macht ich besaß. Erst vor kurzem war ich gezwungen worden, mich meiner Hexenseite zu öffnen. Doch ich wusste so gut wie nichts, und fast alles, was ich versuchte, endete in einer Katastrophe.

Bea betrachtete ihre alternden Hände. „Weißt du, Lailah arbeitet für mich, weil sie geschickt wurde, um über meine Seele zu wachen."

Mein Blick wanderte zwischen Lailah und Bea hin und her. Schließlich konzentrierte ich mich auf Lailah. Sie hatte keine sehr gute Arbeit geleistet. Vor ein paar Wochen hätte sie Bea beinahe mit Gift getötet. Lailah zuckte zusammen. Ich schenkte ihr ein entschuldigendes Lächeln und sah dann Philip an. Welchen Mist sollte ich von ihm erwarten?

„Moment", sagte Pyper und brach das Schweigen. „Lailah ist dein Schutzengel?"

Bea nickte.

„Ich dachte, sie wäre Dan zugeteilt gewesen." Mein Herz drückte. Bedeutete das, dass Dan bereits verloren war? Ich stand auf und warf den Stuhl mit einem lauten Krachen um. „Warum hat mir das keiner gesagt?"

Philip stellte sich neben mich. „Schutzengel publizieren ihre Aufgabe in der Regel nicht."

„Du scheinst kein Problem damit zu haben, allen zu sagen, dass du meiner bist." Ich funkelte ihn an, frustriert, dass ich seine Gefühle nicht spüren konnte.

Er zuckte mit den Schultern. „Du bist in Gefahr. Du hattest ein Recht darauf, es zu wissen."

Eins. Zwei. Drei ... Ich holte tief Luft und zählte im Geiste bis zehn. Es half nicht. Mit zusammengebissenen Zähnen fragte ich: „Und Dan? Ist er ... ich meine, da er weg ist, heißt das ...?" Ich konnte mich nicht dazu bringen, die Worte auszusprechen.

„Er ist mir immer noch zugeteilt", sagte Lailah mit einem Anflug von Ungeduld. „Ich bin durchaus in der Lage, über mehr als eine Seele gleichzeitig zu wachen. Zu deiner Information, ich bin Bea jetzt seit ungefähr einem Jahr zugeteilt. Lange vor Dan."

Ich starrte sie an. „Aber warum?"

Bea legte beruhigend eine Hand auf meine und drückte sie. „Weil du gekommen bist, Liebes."

KAPITEL ZEHN

*H*eilige Scheiße. Was war ich? Die personifizierte Zerstörung?

Nun, bisher war Lailah ziemlich nutzlos gewesen. Ich war diejenige gewesen, die Bea geheilt hatte, als sie ihre Lebensenergie kompromittiert hatte, nachdem sie Roy in die Hölle verbannt hatte. Ich war auch diejenige gewesen, die sie vor Meris schwarzer Magie gerettet hatte.

Was hatte Lailah getan, außer Pyper einem wahnsinnigen Geist auszusetzen, Kane ins Fegefeuer entführen zu lassen und Bea zu vergiften? Sie war ein Engel. Hoffentlich teilte Philip nicht ihr Talent, alles zu vermasseln.

Wut peitschte mir von der anderen Seite des Raumes entgegen. Ich blickte auf und sah Lailahs Blick. *Du hast da ein paar Details vergessen,* spie sie. *Zum Beispiel, dass Bea ohne meine Hilfe nie in der Lage gewesen wäre, Roy zu verbannen, oder dass Kane immer noch im Fegefeuer wäre, wenn ich ihn nicht zurückgebracht hätte. Du bist alles andere als perfekt, Jade.*

Scham packte mich. Ich hatte vergessen, dass sie meine Gedanken hören konnte. Und sie hatte Recht. Sie war kaum schuld an all dem Wahnsinn, dem wir ausgesetzt waren. Ich holte tief Luft. *Tut mir leid. Scheißtag. Ich denke nicht rational.*

Offensichtlich. Sie wandte ihren Blick ab, und ein Anflug von Verzweiflung durchdrang ihre Wut.

Scheiße. Ich war ein schrecklicher Mensch.

„Jade." Bea legte sanft ihre Hand auf meinen Arm.

Ich betrachtete die Finger, die sich um mein Handgelenk schlossen, blickte jedoch erst auf, als sie meinen Namen noch einmal sagte.

„Nichts davon ist deine Schuld", fuhr sie fort.

Kopfschüttelnd presste ich die Lippen aufeinander. Ich wollte nicht mit ihr streiten, doch es war klar: wenn ich nicht nach New Orleans gezogen wäre, wäre nichts von alldem passiert.

Doch wenn du es nicht getan hättest, wäre deine Mutter immer noch vermisst. Diesmal war es nicht Lailah, die in meinen Kopf eindrang. Es war mein eigenes Unterbewusstsein, das mich an die eine gute Sache erinnerte, die aus all dem entstanden war.

Mein Blick wanderte zu Kane. Okay, zwei.

Bea sah mich eindringlich an. „Weiße Hexen ziehen diejenigen an, die Macht suchen. Angesichts deiner Macht ist es keine Überraschung, dass du im Zentrum dieses Chaos' stehst."

Ich schenkte Bea meine volle Aufmerksamkeit. „Was ist mit dir? Warum ist Lailah erst Monate vor meiner Ankunft aufgetaucht? Du bist doch auch sehr mächtig."

Bea unterdrückte ein leises Lachen und räusperte sich. „Ich habe ein langes Leben gelebt. Lailah ist nicht der erste Engel, der an meiner Schwelle auftaucht."

„Bin ich nicht?" Lailah rutschte auf dem Zweisitzer nach vorn.

Bea schenkte ihrer Angestellten ein sanftes Lächeln. „Wie gesagt, ich habe viele Jahre gelebt."

Kane und Pyper starrten Bea an, zweifellos genauso neugierig wie Lailah und ich auf Beas Vergangenheit. Doch jetzt war nicht die Zeit, in Erinnerungen zu schwelgen.

„Okay. Also ziehe ich Ärger an. Ich denke, ich sollte mich besser daran gewöhnen, Feuer zu löschen." Ich holte tief Luft und wappnete mich. „Ich brauche deine Hilfe."

„Ich weiß." Bea betrachtete die zierliche Uhr an ihrem Handgelenk und stand auf. „Ian sollte jetzt für uns bereit sein."

„Ian?" Pyper sah sich um, nervöse Energie strömte in Mikrostößen von ihr aus. „Er ist hier?"

Ian war Beas Neffe, ein halbprofessioneller Geisterjäger und Pypers derzeitiger Angebeteter. Zuletzt hatte ich gehört, sie hatten ein oder zwei Dates gehabt. Seit Dan verschwunden war, hatte ich nicht mehr alle Details mitverfolgt. Pypers besorgter Miene nach zu urteilen, lief es vielleicht nicht so gut, wie ich gedacht hatte.

Bea nahm ihre elegante, cremefarbene Ledertasche vom Beistelltisch und schüttelte den Kopf. „Nein. Er sorgt dafür, dass die Menge aus dem Kreis verschwindet."

Ich beugte mich in meinem Stuhl vor. „Wieso?"

Bea öffnete die Haustür. „Weil wir da Philips Theorie auf die Probe stellen werden."

Kane stellte sich hinter mich und legte seine Hände auf meine Schultern. „Du meinst, herausfinden, ob Jade von schwarzer Magie verdorben ist?"

„Genau." Bea machte ein paar Schritte und rief über ihre Schulter: „Jetzt kommt! Wir haben nicht viel Zeit."

ICH ERINNERE mich nicht einmal daran, Beas Haus verlassen zu haben oder in Kanes Auto gestiegen zu sein. Zehn Minuten später saß ich auf einem Parkplatz, umgeben von gelbem Absperrband, auf das *Production Studios #13* gestempelt war.

„Jemand dreht einen Film?", fragte ich, als Kane meine Hand nahm und mich aus dem Auto zog.

„Sieht so aus."

Irgendwie waren wir an den Metallabsperrungen, die eine kleine Menschenmenge zurückhielten, vorbeigelassen worden. Die Leute hielten Schilder mit der Aufschrift *Jesus hasst Magie* hoch und sangen: „Vertreibt die Hexen, beseitigt das Böse. Rette die Menschen von New Orleans."

Ich verdrehte die Augen. Goodwin hatte heute Morgen seine Zielgruppe mit Sicherheit erreicht.

Drei Produktionstrucks standen nebeneinander und blockierten den Weg zum Kreis. Ein paar Arbeiter mit Kopfhörern und Klemmbrettern liefen herum.

Einer von ihnen, eine Frau mit einer Saints-Baseballmütze, beobachtete den Parkplatz und winkte uns dann zu einem auf der Seite geparkten Trailer. „Beeilt euch", sagte sie. „Ihr habt weniger als eine Stunde Zeit."

„Wartet!" Kat kam hinter uns hergelaufen. „Ian hat angerufen und gesagt, dass wir uns hier treffen sollen."

Verdammter Ian. Ich hatte gehofft, Kat von alldem fernzuhalten, was wir heute machen würden. Ihre Liebe zu Dan machte sie zu volatil. Wenn sich die Gelegenheit dazu bot, würde Kat nicht zögern, an vorderster Front zu stehen. Verdammt, das war, was ich vorhatte, und sie wusste es. Keine Möglichkeit, sie jetzt dazu zu bringen, nach Hause zu gehen.

Ihre Laufschuhe machten kaum ein Geräusch auf dem rissigen Gehweg, als sie uns einholte. Sie hatte sich zumindest passend angezogen. Jeans, ein langärmeliges T-Shirt und bequeme Schuhe. Ich hingegen hatte mir nicht die Zeit genommen, anständiges Schuhwerk zu planen. Die Pumps mit Keilabsatz, in die ich geschlüpft war, hatten direkt neben meinem Bett gestanden. Ich hoffte, dass ich nicht laufen müssen würde. Meine Knöchel würden das nie überleben.

Außer Atem und mit rotem Gesicht ging Kat neben mir her, während Pyper und Kane folgten. „Das ist das zweite Mal, dass du mich nicht angerufen hast", schnaubte sie.

„Tut mir leid." Schuldgefühle bildeten einen kleinen Knoten in meinem Bauch. „Nachdem wir heute Morgen die Nachrichtensendung gesehen haben, ging alles so schnell. Ich hatte keine Ahnung, dass wir hier landen würden. Außerdem will Bea nur Philips Behauptung bestätigen oder widerlegen."

„Nur." Sie blieb stehen und sah mich ernst an. „Du denkst, ich weiß nicht, wie beängstigend das für dich ist? Versuch nicht einmal, mich wegzustoßen, wie du es normalerweise tust, wenn irgendwelche verrückte Scheiße passiert. Denn das kannst du diesmal vergessen." Ich öffnete den Mund, um mich zu verteidigen, doch sie schüttelte den Kopf und hakte sich bei mir unter. Wir gingen weiter. „Nichts, was du sagen kannst, wird meine Meinung ändern, also mach dir keine Mühe. Egal was passiert, ich bin dabei."

Ihre wilde Entschlossenheit lies mich schweigen. Ich wollte Ian mehr als alles andere befehlen, sie nach Hause zu bringen, doch ich wusste, dass keiner von beiden gehen würde. Ich würde nicht gehen. Warum sollten sie? Freunde. Ich konnte sie nicht zwingen, sich meinem Willen zu beugen. Nun, ich könnte … mit dem richtigen Zauberspruch. Ich schüttelte den Kopf und verbannte den Gedanken.

„Hat Kane sich am Bein verletzt?", fragte Kat.

„Nein. Ich glaube nicht." Ich runzelte die Stirn und bemerkte ein leichtes Hinken in seinem Gang. „Er sagte, sein Oberschenkel sei steif. Vielleicht hat er sich einen Muskel gezerrt."

„Er sollte Beas Heilkräuter nehmen."

Ich stieß einen unverbindlichen Laut aus. Meine Meinung

zu Hexenheilkräutern war dieselbe wie zu verschreibungspflichtigen Medikamenten: nur, wenn es nicht anders geht.

Kane verschwand im Schatten der alten Eichen, und plötzlich streifte eine vertraute Energie mein Bewusstsein. Ich presste die Hand auf meine Brust und versuchte, das Pochen meines Herzens zu beruhigen. „Komm", flüsterte ich Kat zu, während ich sie unter den Baldachin zerrte.

Mein Fokus verengte sich auf den Pfad, auf dem hier und da Gras wuchs. Mit ihren langen Beinen war sie schneller als ich, und sie verschwand auf die runde Lichtung. Ich blieb wie angewurzelt stehen, allein zwischen den Eichen.

Die Energie jedes Menschen war einzigartig. Wenn ich jemanden gut kannte, konnte ich ihn überall spüren.

Dan war bei mir zwischen den Bäumen.

Ich wirbelte herum, öffnete mich und versuchte, mich an dem verblassenden Faden festzuhalten, von dem ich wusste, dass er ihm gehörte.

„Dan?", flüsterte ich in die Schatten.

„Jade!", rief Kat.

Der Klang ihrer Stimme störte meine Konzentration, und Dans Energie verschwand. Ich ignorierte sie und rannte durch die kleine Baumgruppe. Wenn Dan im Radius einer halben Meile war, würde ich ihn finden. Ich sandte mein Bewusstsein aus, doch Kats besorgte Ungeduld warf mich fast um.

Ich fluchte leise, ging in ihre Richtung und achtete darauf, die Augen offenzuhalten. Ich spürte niemanden außer Kat und meinen Freunden, die sich bereits in der Nähe des Kreises versammelt hatten. Hatte ich mir Dans Signatur eingebildet? Es war möglich, doch irgendwie glaubte ich es nicht.

„Was machst du?", fragte Kat, als ich in ihr Blickfeld trat.

„Ich dachte, ich hätte jemanden gespürt, aber ich kann mich geirrt haben."

„Oh." Sorge huschte über ihre Züge. „Sie warten auf dich, aber ich gehe mich umsehen."

Ich wollte den Kopf schütteln, weil ich nicht wollte, dass sie allein herumlief. Dann änderte ich meine Meinung. „Kannst du Ian bitten, dir zu helfen? Zwei sind besser als einer."

Sie nickte und verschwand wieder auf der Lichtung. Ich öffnete meine Sinne und schickte eine Sonde aus, immer noch auf der Suche nach Dan. Ein kaum spürbarer Energiefaden materialisierte sich. Zu schwach, um ihn zu identifizieren, wurde die Verbindung plötzlich unterbrochen, als Kat und Ian näherkamen.

Ich beschloss, Kats Hoffnungen nicht zu wecken, unterdrückte einen Seufzer und sagte nichts. Wie konnte ich Dan spüren? Ich hatte mit eigenen Augen gesehen, wie Meri ihn in die Hölle gebracht hatte. Der ganze verdammte Zirkel hatte die Szene miterlebt. Obwohl Meris Macht später gebrochen worden war, hätte er der Hölle nicht allein entkommen können. Oder doch? Er war der Sohn eines Engels. Wollte er mich irgendwie erreichen? Erst die Träume und jetzt das. Nur hatte ich keine Ahnung, wie ich ihn kontaktieren sollte. Ich nahm mir vor, Bea zu fragen.

Kat kehrte mit Ian an ihrer Seite zurück. Mit seiner großen, schlanken Gestalt überragte er sie um einen Kopf. Er trug seine typische schwarze Jeans, ein T-Shirt und Chucks. Irgendwie tröstete mich dieses kleine bisschen Normalität.

„Geh." Kat gab mir einen sanften Stoß. „Wir haben nicht viel Zeit. Wir werden nach Neugierigen Ausschau halten."

„Bea ist bereit für dich." Ian tätschelte mir unbeholfen den Arm und schenkte mir ein Lächeln, bei dem Mitgefühl aus seinen blauen Augen strahlte. „Ich bin mir sicher, dass alles gut ist."

Ich schenkte ihm ein angespanntes Lächeln und drehte mich um. Kane wartete an der Baumgrenze auf mich. Seine ernsten Augen und die gerunzelte Stirn verrieten mir, dass er mich beobachtet hatte.

„Bereit?", fragte er und legte seinen Arm um meine Taille.

„Ich glaube schon." Er hielt mich fest. „Ich habe bemerkt, dass du hinkst. Dein Bein tut immer noch weh?"

„Ja, ich hole mir später eine Pille von Bea, bevor sie mir eine in meinen Eistee mischt."

Ich lachte. Bea war dafür bekannt, dass sie meinen Tee hin und wieder verzauberte, wenn sie der Meinung war, dass ich einen Schub brauchte. Da ich mich normalerweise hartnäckig weigerte, ihre Pillen zu nehmen, improvisierte sie. Was sollte ich sagen? Ich vertraute der Magie einfach nicht. Zu oft ging etwas schief. Ich fand mich gerne damit ab, meine jeweiligen Beschwerden auszusitzen.

Kane hatte dieses Problem nicht. Er nahm bereitwillig, was sie ihm gab.

„Wenn ich weiterhin mit dir rumhänge, muss ich wahrscheinlich einen Vorrat anlegen", neckte er.

Ich schlug ihm mit gespielter Verärgerung auf den Arm. Trotzdem diskutierte ich nicht. Wie Kat zu sagen pflegte, passierte in meiner Gegenwart seltsame Scheiße, und Heilkräuter waren so zahm, wie es nur ging.

Der Wind drehte sich und trieb den modrigen Gestank des Flusses vor sich her. Der Gestank erinnerte mich immer an Tod, an am Straßenrand zurückgelassene überfahrene Tiere, die nach dem Regen in der Sonne gebacken wurden. Ich atmete flach und versuchte, nicht zu würgen. Sogar die Hölle musste besser riechen.

„Da bist du ja!", rief Bea von der nördlichsten Position des Kreises. „Du musst in der Mitte des Pentagramms stehen. Und Kane, steh mir direkt gegenüber in der südlichen Position."

„Wieso?" Ich packte Kanes Arm und drückte ihn fest, als wollte ich ihn vor der Antwort schützen.

„Wir können keine Mitglieder des Zirkels gebrauchen, nach dem, was das letzte Mal passiert ist. Sie sind zu empfindlich gegenüber Magie. Kane, Pyper und Kat sind die beste Wahl, um den Kreis zu schließen, da du ihnen am nächsten stehst."

„Was ist mit Philip?" Ich sah mich nach meinem sogenannten Schutzengel um. „Und Lailah? Sie sind nicht gekommen?"

Bea schüttelte den Kopf. „Sie hatten mit dem Rat zu tun. Außerdem brauchen wir sie dafür nicht. Das kann ich allein."

„Schon gut." Kane zog sanft seinen Arm aus meinem Todesgriff und nahm seinen Platz im Kreis ein.

„Gut. Pyper, du nimmst die östliche Spitze", befahl Bea, als sie eine schwarze Stumpenkerze in die Hand nahm.

Ich wollte mich streiten. Ich wollte sie beide nehmen und in Kanes Haus verstauen, bis das alles vorbei war. Nicht, dass ich glaubte, dass sie nicht auf sich selbst aufpassen konnten. Sie waren jedoch beide vor nicht allzu langer Zeit Opfer paranormaler Verrücktheiten geworden. Wenn einem von beiden etwas passieren würde, konnte ich nicht funktionieren. Genug war genug.

Doch Kat und Ian tauchten wieder auf, bevor es mir gelang, eine Antwort zu formulieren. Kat schüttelte den Kopf, um zu signalisieren, dass sie niemanden gefunden hatten, und nahm dann ungefragt die westliche Position ein. Offensichtlich hatten sie das Verfahren besprochen, während ich noch zwischen den Bäumen gewesen war. Sie warf mir einen entschlossenen Blick zu, offensichtlich bereit für die bevorstehende Diskussion. Ich atmete tief aus, da ich wusste, dass ich diese Runde verlieren würde.

Bitte, Göttin. Beschütze sie. Tu mit mir, was du willst, aber beschütze sie vor der Dunkelheit.

„Was macht Ian?", fragte ich, während ich langsam meine Füße in die Mitte des Pentagramms zwang.

„Ich halte Wache, falls etwas schief geht." Er hielt ein kleines Gerät in der Hand, das verdächtig nach einem seiner EMF-Lesegeräte für die Geisterjagd aussah. Nachdem er einen Schalter umgelegt hatte, ging ein grünes Licht an. Er nickte und stellte sich neben Kane. „Ich bin soweit."

Ich stemmte meine Hände in die Hüften und starrte ihn an. „Was machst du?"

Ian fummelte an einem Knopf an dem schwarzen Gerät herum, und als mir niemand antwortete, nahm er endlich Blickkontakt auf. „Ach, du meinst mich. Ich habe dir doch gesagt, ich halte Wache."

„Nein, Ian." Ich machte mir nicht die Mühe, die Ungeduld in meiner Stimme zu unterdrücken. Er hatte die schlechte Angewohnheit, jedes letzte seltsame Ereignis in meinem Leben zu studieren. Obwohl seine Messwerte manchmal nützlich waren, änderte es nichts daran, dass ich mir wie eine Laborratte vorkam. „Was machst du mit dem Ding?"

Röte kroch über seine Wangen. „Man weiß nie, wann einige Messwerte nützlich sein könnten. Macht es dir was aus?"

Die Zerknirschtheit in seiner Stimme, verbunden mit der Wolke Angst, die an ihm hing, verdrängte meine Irritation. Warum war ich so launisch? Das tat Ian nun einmal. Ich sollte es zwischenzeitlich erwarten. Verdammt, ich hatte ihn sogar mehr als einmal um Hilfe gebeten. Ich winkte ab. „Schon gut. Du hast mich gerade nur überrascht. Mach dir keine Sorgen."

Die leichte Anspannung in seinen Schultern ließ nach. Er nickte Bea zu. „Fang besser an. Das Produktionsteam kann uns nur noch zwanzig Minuten lang decken."

„Kein Film?", fragte ich.

Ian schüttelte den Kopf. „Nicht hier. Sie filmen auf dem Unigelände. Ich habe sie nur um einen Gefallen gebeten."

Ich schämte mich, weil ich so genervt auf ihn reagiert hatte. Meine Reaktion auf seine Messung war mehr auf meine eigenen Probleme mit dem Paranormalen zurückzuführen. Ian war einer der Guten. Ich erwischte Pyper dabei, wie sie mich anstarrte, die Augen vorwurfsvoll zusammengekniffen. Ich warf ihr ein entschuldigendes Lächeln zu und konzentrierte mich auf Bea. „Lasst uns das durchziehen."

„Stell dich mir gegenüber", sagte Bea und hielt die Kerze hoch. „Nachdem ich die Beschwörung gesprochen habe, zünde sie mit deinem Verstand an."

Ich nickte. „Was ist das Ziel des Zaubers? Woran sehen wir, ob ich infiziert bin?"

„Mach dir keine Sorgen. Du wirst es wissen, wenn du es siehst."

Inmitten des Pentagramms, umgeben von meinen Lieben, hätte ich nervös sein sollen. Das war der Moment, in dem ich herausfinden würde, ob meine Seele in Gefahr war.

Stattdessen konzentrierte ich mich auf die Liebe, die mein Herz erfüllte. Diese Leute waren meine Familie. Emotionen stiegen in meiner Brust auf. Nachdem ich jahrelang niemandem außer Kat und Tante Gwen vertraut hatte, hätte ich nie gedacht, dass ich jemals Teil einer solchen Gruppe sein würde. Sie würde zu mir stehen, ganz gleich was geschah.

Bea schloss die Augen und hielt mir die Kerze entgegen. „Von den Spitzen von Nord nach Süd, von Ost nach West, lass das Leuchten der Kerze das innere Licht darstellen. Such nach der verborgenen Dunkelheit mit dem Funken der Flamme."

Ihre Augen flogen auf, dunkelbraun und intensiv. Magie ging in engen, kontrollierten Wellen von ihr aus. Sie hielt ihre Macht zurück und wartete auf mich. Mein Funke stieg aus meiner Brust und raste durch meine Glieder, pulsierte an meinen Fingerspitzen.

Ich hob eine Hand und zielte auf die schwarze Kerze. „Brenne."

Die Kerze erwachte zum Leben, eine perfekte Flamme, die hell in der Nachmittagssonne leuchtete.

Dünne Fäden der Sorge sprudelten von meinen Freunden um mich herum, doch ich konnte meinen Blick nicht von der Flamme lösen, die jetzt mit jeder Liebkosung der sanften Brise wuchs.

„Such jetzt", sagte Bea mit heiserer, doch fester Stimme.

Ranken von grauem Rauch stiegen aus dem Mini-Inferno auf und schlängelten sich um den Kreis. Kat schauderte, als sie durch sie hindurchzuwehen schienen. Pyper blieb wie angewurzelt stehen, als wollte sie das Eindringen ignorieren. Kanes Körper bebte, als der Rauch in ihn eindrang.

Und dann schoss der Rauch direkt auf mich zu.

Eisige, prüfende Finger drückten sich in meine Haut und griffen tief in meinen Körper. Ich wand mich, geblendet vom Rauch, und presste die Hände auf meine Brust, als etwas, das einem Eispickel ähnelte, in mein Herz stach. Ich schrie entsetzt auf, als lähmendes Feuer durch meine Adern brannte.

Doch niemand hörte mich über den herzzerreißenden Schrei hinweg, der aus dem Osten kam.

„Pyper!", rief ich und stolperte in ihre Richtung. Meine Haut erwärmte sich, linderte den eisigen Schmerz, und der Rauch verschwand, sodass ich einen klaren Blick auf Pypers leeren Platz im Kreis hatte.

Ich wirbelte herum und erhaschte einen Blick auf ihr pink gesträhntes Haar. Sie lag auf dem Boden, die Arme um Kanes Schultern. Schwarze, durchscheinende Seile hatten sich um seine Gliedmaßen gewickelt und banden ihn an die Erde.

„Kane?" Meine Stimme klang schwach, nutzlos.

„Jade." Sein Blick begegnete meinem, kurz bevor er in Pypers Arme sank.

KAPITEL ELF

*B*etäubt vor Entsetzen starrte ich Kane und Pyper an. An der übertriebenen Bewegung ihrer Lippen konnte ich erkennen, dass sie mich anschrie, doch ich war in einem Kegel der Stille gefangen. Die Welt blieb für einen Moment stehen, bis Beas Worte in meinem Kopf aufblitzten. *Du wirst es wissen, wenn du es siehst.*

Irgendwie schaffte ich es, meine Füße zu bewegen. Ein Schritt. Zwei. Dann drei. Pypers Panik brach durch meine Schutzmauern. Lärm rauschte in mein Gehirn. Ich konnte nichts davon verstehen.

Kanes Seele war in Gefahr.

Ich fiel neben ihm auf die Knie, die Hände ausgestreckt. Die Dunkelheit hatte einmal gedroht, mir Kat zu nehmen. Damals hatte ich die korrumpierte Magie auf mich umgeleitet; Dasselbe könnte ich jetzt auch tun. Meine Kraft brach aus meinen Fingerspitzen, was dazu führte, dass sich dünne schwarze Fäden von den Fesseln lösten, die Kane banden. Sie klammerten sich an meine Hände und krochen in einem komplizierten Netz an meinen Armen empor und webten ein enges Muster um meine Haut.

Unsichtbare Messer bohrten sich tief in meine Muskeln. Ich konzentrierte meinen magischen Funken und begrüßte das Eindringen. Ich würde es auf die eine oder andere Weise bekämpfen.

Verzweifelt, Kane zu befreien, packte ich die Seile, die sich um sein Handgelenke geschlungen hatten. In dem Moment, in dem ich sie berührte, traf mich ein feuriger Energieball in meiner Brust, schleuderte mich zurück und brach meinen Halt an der verdorbenen Magie. *Nein!*

Frustration verzehrte mich, als mein Atem in flachen Zügen kam. Ich griff in die groben Grasbüschel, und meine Hände zuckten vor Anstrengung. „Kane?"

„Es geht ihm gut", sagte Bea von irgendwo in der Nähe. Dann sah ich ihr Gesicht, und ihr kastanienbraunes Haar fiel ihr in die Stirn. „Tut mir leid, dass ich dich mit diesem Zauber so hart getroffen habe, aber mit weniger hätte ich euch nicht beide befreien können."

Meine Sicht verschwamm. Ich blinzelte. Ihre ruhigen Worte verbargen nicht die Sorge, die von ihr ausging. Ich stützte mich auf die Ellbogen und blickte in Kanes Richtung. Er saß aufrecht und hielt mit kalkweißem Gesicht sein verletztes Bein. Ich kroch an seine Seite. „Was ist passiert?"

Seine dunklen, ernsten Augen bohrten sich in meine. Er senkte den Blick und nahm seine Hände von seinem Bein. Ein schwarzes, versengtes Loch in seiner Jeans enthüllte eine Stichwunde an genau derselben Stelle, an der Meri ihn mit einem Holzpflock verletzt hatte, als sie ihn ins Fegefeuer entführt hatte.

Mein Mund wurde trocken. Ich versuchte zu schlucken und presste hervor: „Ich dachte, die Wunde wäre verheilt."

„War sie auch."

Pyper zog ihre Baumwollbluse aus, unter der sie ein knappes Trägertop trug, und fing an, den pinkfarbenen Stoff in Streifen zu reißen. Mit geschickten Händen verband sie schnell Kanes blutende Wunde und band die Enden zu einer ordentlichen Schleife.

„Gut gemacht, Pyper." Bea inspizierte ihr Werk.

„Was ist passiert?", fragte ich noch einmal und stand auf.

„Nicht hier." Ian sah sich um. „Wir haben keine Zeit mehr. Die Produktionsfirma muss weg, und wenn Goodwin uns hier findet, landen wir mitten im Medienzirkus." Er streckte Kane die Hand entgegen.

Kane starrte sie an, und einen Moment lang dachte ich, er würde sich weigern. Doch dann griff er zu. Ian zog ihn auf die Beine. Ich seufzte erleichtert und legte einen Arm um seine Taille, um ihn beim Gehen zu unterstützen.

Er biss die Zähne jedes Mal zusammen, wenn er einen Schritt machte. Als wir die Eichen erreichten, standen ihm Schweißperlen auf seinem gequälten Gesicht.

„Das ist dämlich", murmelte ich und blieb stehen, um meine Keilabsatzpumps auszuziehen, und versuchte, nicht an irgendwelche zehenhungrigen Käfer zu denken, die herumkrabbeln könnten. Ich sollte verdammt sein, wenn ich Kane noch eine Minute länger leiden ließe. Heilzauber waren die Spezialität meiner Mutter. Ich hatte sie als Kind tausendmal gesehen. Alles, was ich brauchte, war ein bisschen Erdmagie. „Halt still", sagte ich zu Kane.

Er lehnte sich keuchend gegen den nächsten Baum.

„Das ist gut." Ich bohrte meine Zehen in die Erde und rief meine Magie. Mein zweites Gesicht erwachte und enthüllte seine Aura. Das leuchtende Gold wurde nur von der Schwärze getrübt, die um seine Wunde pulsierte.

Erdmagie kitzelte meine Fußsohlen. Ich nahm sie auf, ignorierte Kanes Zucken, als ich meine Hände auf seinen

Oberschenkel legte, und sagte: „Alte Eiche, leihe deine heilende Kraft. Aus deinen tiefen Wurzeln bitte ich nur um das, was du geben kannst. Nicht mehr und nicht weniger. Bei der Kraft der Erde, Mutter alles Guten, befehle ich dir."

Reine, saubere Magie rauschte durch meine Glieder und sammelte sich in meinen Handflächen. Mit einer Berührung verschmolz grünstichiges weißes Licht mit Pypers pinkfarbenem Blusenverband und leuchtete im Schatten der Eiche. Langsam begann das Licht zu verblassen. Als der Zauber erlosch, verblasste die Aura um Kanes Wunde von Schwarz zu einem unattraktiven Dunkelorange.

„Besser?", fragte ich hoffnungsvoll.

Er stieß sich vom Baum ab und machte vorsichtig einen Schritt. Diesmal schnitt er keine Grimasse. „Viel besser."

Er ging vor mir her. Ich betrachtete die Eiche. Die frisch verwelkten Blätter wehten traurig in der sanften Brise. Ich berührte ihren Stamm. „Danke. Erhol dich schnell."

Nachdem ich meine Füße wieder in meine Schuhe gequetscht hatte, ging ich das kurze Stück zu Kane, der auf mich wartete.

„Das war beeindruckende Magie." Er nahm meine Hand und küsste meine Handfläche, bevor sie in seine schloss.

Ich zwang mich zu einem Lächeln. Die Wunde war nicht geheilt. Der Orangeton wurde bereits wieder dunkler. Doch ich würde nehmen, was ich bekommen konnte... für den Moment.

Ich saß auf Beas Sofa mit dem Sonnenblumenbezug. Kanes Kopf ruhte auf meinem Schoß, während Pyper sich um seine Wunde kümmerte. Sie hatte sein Hosenbein aufgeschnitten und war gerade dabei, die Wunde mit Wasserstoffperoxid zu desinfizieren.

„Vielleicht willst du irgendwas drücken", sagte Pyper.

Kanes Hand schloss sich fester um meine.

„Keine gute Idee. Ich glaube nicht, dass meine armen Knochen eine Chance gegen deinen Griff haben." Ich zog meine Hand sanft aus seiner und bot das dicke Zirkelhandbuch an, das ich durchgeblättert hatte.

Ian nahm das Buch zwar, reichte es dann aber an Bea weiter. Ich funkelte ihn an.

„Was? Sie muss einen Zauberspruch finden", sagte er.

Bea hatte darauf bestanden, dass wir uns bei ihr zu Hause treffen. Dann war sie wie ein pensionierter Stock-Car-Rennfahrer gefahren, über rote Ampeln und hatte andere Fahrer geschnitten. Jetzt suchte sie verzweifelt nach einer Beschwörung – wofür wusste ich nicht. Sie wollte es nicht sagen.

Ian reichte Kane ein Kissen.

Kane starrte es an und schüttelte dann den Kopf. „Ich komm schon klar."

„Wie du meinst." Ian zog sich zurück und stellte sich neben Kat, die vor der Treppe zum ersten Stock auf und ab ging.

Ich strich Kanes Haar aus seinem Gesicht, um ihn abzulenken. Sein Bein hatte nur wenige Augenblicke, nachdem er sich auf dem Beifahrersitz seines Autos niedergelassen hatte, wieder angefangen zu schmerzen. Vielleicht konnte ich einen Betäubungszauber herbeirufen. Zu dumm, dass ich dafür das Zauberbuch brauchte. Ich seufzte. „Bea, können wir denn gar nichts für ihn tun?"

Bevor sie antworten konnte, goss Pyper das Desinfektionsmittel über Kanes Wunde. Sein ganzer Körper verkrampfte sich, als er ein Stöhnen unterdrückte.

„Eis", sagte Bea.

Ich versuchte, unter Kanes Kopf hervor zu rutschen, doch er war erstarrt und presste sich gegen das Sofa und meinen Oberschenkel. „Ian? Eis?"

Er nickte und verschwand in der Küche.

„Ich hab's!" Bea eilte zum Sofa herüber und hielt das Zauberbuch aufgeschlagen. „Pyper, können wir Plätze tauschen?"

Pyper warf einen Blick auf Kanes Wunde, tupfte die Ränder mit einem sauberen Handtuch ab und zog sich einen Schritt zurück. „Kann ich ihn zuerst verbinden?"

„Darum kümmern wir uns gleich. Gleich nachdem ich den Eindämmungszauber gewirkt habe." Bea legte das Buch auf ihren hölzernen Sofatisch und schob die Ärmel hoch.

„Warum hat mein Heilzauber nicht funktioniert? Habe ich irgendwas falsch gemacht?" Ich rutschte vorsichtig zurück, da ich befürchtete, die Sache womöglich schlimmer zu machen.

„Der Zauber hat seinen Zweck erfüllt. Das Problem liegt in der schwarzen Magie. Sie wächst wie Krebs. Kein gewöhnlicher Heilzauber kann da mehr bewirken, als vorübergehende Linderung zu schaffen."

„Krebs?", keuchte Pyper.

Bea tätschelte ihren Arm. „Das war nur als Beispiel gedacht, um euch zu helfen, zu verstehen, womit wir es zu tun haben. Der Eindämmungszauber wird den Fluch lokalisiert halten, bis eine dauerhaftere Lösung gefunden werden kann."

„Und die wäre?", fragte Kane und stützte sich in eine sitzende Position auf. Er drehte sich um und legte seinen Fuß auf den Sofatisch.

„Wir müssen eine finden." Sie drehte sich zu mir um. „Jade, deine Macht lenkt mich ab. Kannst du zu Kat zur Treppe rübergehen?"

Mein Beschützerinstinkt erwachte. Das Letzte, was ich tun wollte, war, Kane zu verlassen. Doch ich vertraute Bea. Sie hatte mich noch nie im Stich gelassen. Mit mehr als nur einem bisschen Angst im Bauch tat ich, was sie verlangte.

Kat umklammerte meine Hand und flüsterte: „Wo ist Philip?"

„Ich weiß nicht", sagte ich abwesend und interessierte mich nicht im geringsten dafür.

Eine Mischung ihrer Frustration und Angst schlug von allen Seiten auf mich ein. Sofort beschwor ich meine gläserne Silobarriere und sperrte sie aus. Ich war im Moment zu erschöpft, um mir um ihren mentalen Zustand Sorgen zu machen.

Sie zerrte an meinem Arm. „Er hat sich geirrt."

„Hm?" Ich behielt Bea genau im Auge, als sie mit einem grob gewickelten Lavendel- und Salbeibündel über Kanes Bein schwenkte und einen Gesang murmelte, den ich nicht verstehen konnte.

„Er hat gesagt, dass du mit schwarzer Magie kompromittiert bist, aber es ist Kane, nicht du."

Pyper drehte sich um und starrte Kat an, dann richtete sie ihren Blick auf mich.

„Nein, ist er nicht", argumentierte ich. Das war unmöglich. Völlig undenkbar. „Hast du das Netz nicht bemerkt, das versucht hat, mich anzugreifen, als ich an Kanes Seite war? Es ist auf dem Weg zu mir abgelenkt worden."

Kat stand mit geradem Rücken und straffen Schultern da und schüttelte langsam den Kopf. „Der Rauch ist durch dich hindurchgegangen und zu Kane zurückgeprallt. Verstehst du nicht? Es ist diese Wunde, die Meri ihm zugefügt hat. Sie hat ihn mit schwarzer Magie verletzt."

Ich rutschte zurück, stieß gegen die unterste Stufe und verlor das Gleichgewicht. Mein Steißbein schrie vor Schmerz, als ich auf der Treppe landete. Tränen brannten in meinen Augen, und eine lief über meine Wange, bevor ich es schaffte, sie zurückzublinzeln. „Verdammt, das hat weh getan", fluchte ich und versuchte, meine Gefühle zu verbergen.

Sie hatte Recht. Kane brauchte Hilfe. Hilfe aus der Kategorie Engel. Ich nahm mein iPhone und schickte Lailah eine SMS: *Dringend. Komm sofort zu Bea. Beeil dich.* Unsere mentale Verbindung schien nur zu funktionieren, wenn wir uns körperlich nahe waren.

Links von mir materialisierte sich eine Nebelwolke aus dem unangezündeten Lavendel- und Salbeibündel, das Bea noch immer hielt. Sie folgte Beas Hand und schoss mit einer Bewegung ihres Handgelenks zu dem Loch in Kanes Oberschenkel. Von dort, wo ich auf der Treppe saß, konnte ich nicht sehen, was passiert war, doch Kanes Gesicht entspannte sich. Er ließ sich auf das Sofa sinken, seine Erleichterung sichtbar in seiner Haltung.

Bea beugte sich vor und strich mit einem Finger über Kanes Bein. „Kannst du das spüren?"

Er schüttelte den Kopf und starrte auf sein Bein. Ich stand auf und streckte den Hals, um besser sehen zu können.

„Und das?" Sie drückte ihre Fingerspitzen direkt über seine Kniescheibe.

„Nein."

Sie runzelte die Stirn. „Vielleicht habe ich dem Zauber ein bisschen zu viel Saft gegeben." Sie legte ihre Hand auf seine Wade und kniff zu.

Er zuckte und zog sein Bein aus ihrem Griff. „Nicht, das kitzelt."

Sie kicherte, und meine Schultern sanken erleichtert herunter. Der Göttin sei Dank.

Ich ging hinüber und setzte mich neben Kane. Er legte einen Arm um meine Schulter und zog mich an sich. Ich drückte meine Wange an seine Brust und hielt ihn fest.

Dann drückte er mir einen Kuss auf den Kopf. „Danke", flüsterte er.

Ich sah ihn an. „Wofür?"

„Den Heilzauber. Ich weiß, dass du nicht gern Magie benutzt, wenn du es nicht musst."

Ich winkte ab. „Ach, das war nichts. Du weißt, ich würde so ziemlich alles tun –"

„Es war schon etwas", mischte sich Bea ein. „Beeindruckend sogar. Du hast unglaublich viel Energie aus dieser Eiche genommen. Genug, dass du sie hättest töten sollen."

„Aber –"

Diesmal hob sie die Hand. „Aber das hast du nicht. Du hast eine Kontrolle ausgeübt, die ich noch nie bei dir gesehen habe. Es war perfekt ausgeführte Magie."

„Warum hat es dann nicht funktioniert?" Ich biss mir auf die Lippe.

„Das hat es." Bea bewegte sich und verdeckte Pyper und Kat. „Doch Meri hat ihm deine Magie gestohlen."

Ich sah sie mit pochendem Herzen an. „Was meinst du …?"

„Meri hat einen Weg gefunden, ihre Kräfte zurückzubekommen."

„Von Kane", sagte ich.

„Durch Kane", korrigierte sie. Ihre intensiv bernsteinfarbenen Augen wurden weich, als etwas, das sich fast wie Mitleid anfühlte, meine Psyche streifte. „Und du bist ihre Quelle."

KAPITEL ZWÖLF

Ich löste mich von Kane und versuchte, mich von ihm zu distanzieren. Seine Arme schlossen sich fester um mich, doch ich duckte mich darunter hinweg.

Frustration wirbelte um ihn herum, als er sich versteifte. „Jade –"

Ich schüttelte den Kopf und unterbrach ihn. Mein Magen verkrampfte sich vor Angst.

Meri tat ihm weh und wurde meinetwegen stärker.

„Wie ist das möglich?", fragte Kat Bea mit verwirrtem Gesicht. „Ich dachte, Meri war geschwächt, als Jade sie zurück in die Hölle verbannt hat."

„Es ist die Wunde", sagte ich. „Sie hat Kane markiert, als sie ihn und Lailah entführt hat. Sie hat eine Verbindung zu ihm." Ich begegnete Beas Augen. „Und weil Kane und ich uns so nahe stehen, ist es auch eine Verbindung zu mir, nicht wahr?"

„Ja." Bea reichte mir das Zauberbuch. „Nimm es. Lerne. Lerne alles, was du kannst. Du wirst es brauchen."

Das Gewicht des Buches lastete in meinen Händen,

schwerer, als ich es in Erinnerung hatte. Ich stand auf und ging zur Haustür.

„Wo gehst du hin?", fragte Kane leise. Anspannung ging von ihm aus und strich über meine Haut.

Ich sehnte mich danach, mich wieder mit ihm zu verbinden, ihm etwas beruhigende Kraft zu geben. Stattdessen öffnete ich die Tür. Es gab nur eine Sache, die ich tun konnte. „Ich muss Philip finden."

Bevor ich es mir ausreden konnte, rannte ich hinaus. Ich blickte nicht zurück, doch ich spürte, dass Kane mir folgte. Seine Frustration holte mich ein, als ich Beas Auffahrt zum schmiedeeisernen Tor hinunterlief.

Ich musste Abstand zwischen uns schaffen. Je stärker Meri wurde, desto mehr Schmerzen würde er leiden, und desto größer war die Gefahr für Dan. Ich konnte es nicht riskieren.

Ich bog um die Ecke und entdeckte die Straßenbahn. Ich würde sie auf keinen Fall erwischen, wenn ich meine Keilabsatzpumps trug. Ich zog sie aus, hob sie mit meiner freien Hand auf und sprintete, sprang in letzter Sekunde auf, bevor sie die Saint Charles hinunterrollte.

Als ich mich umdrehte, begegnete mein Blick dem von Kane. Sein frustrierter Gesichtsausdruck wurde zu traurigem Verständnis, als der Wagen die Allee entlang rumpelte. Allzu schnell verschwand er aus meinem Blickfeld.

Ich ging zu einem Platz ganz hinten, stopfte das Buch in meine Handtasche und schloss dann die Augen.

Kane. Ich war Gift für ihn.

Ich schüttelte den Kopf und verbannte den Gedanken. Handy. Ich brauchte mein Handy. Mit zitternden Fingern scrollte ich durch meine Kontakte und fand Lailahs Nummer.

„Wo bist du?", fragte sie schon nach dem ersten Klingeln.

„Kane hat dich schon angerufen?"

„Es war Kat. Sie machen sich Sorgen."

Das sollten sie. Ich tat es auch. „Ich fahre zu dir nach Hause. Philip ist da, oder?"

„Nein, aber ich weiß, wo er ist."

„Ich dachte, er wäre an dich gebunden. Was ist mit dieser Fessel?"

Sie atmete hörbar aus. „Er ist hier, um auf dich aufzupassen. Ich habe das getan, weil ich wütend war, dass er mir nicht gesagt hat, dass er in der Stadt ist. Ich habe sie ihm letzte Nacht abgenommen."

Ihr zögerlicher Ton sagte mir, dass da etwas Persönlicheres vor sich ging, doch ich ließ es auf sich beruhen. „Oh. Gut. Wo finde ich ihn?"

„Triff mich in zwanzig Minuten am Flussufer vor dem Jackson Square."

„Er ist bei der Kundgebung?" Verdammter … Das Letzte, was ich jetzt brauchen konnte, war eine Menschenmenge. Meine Gefühle liefen Amok. Ich würde nie in der Lage sein, bei einer aufgebrachten Menge von Leuten richtig zu funktionieren.

„Ja. Er betreibt Schadensbegrenzung. Aber danach habe ich keine Ahnung, wo er sein wird. Wenn du ihn also erwischen willst, ist da deine beste Chance."

Ich stöhnte. „Also gut. Seh dich später."

Sie legte auf, ohne sich zu verabschieden. Ich schickte Kane eine SMS und sagte ihm, dass es mir gut ging und ich ihn später anrufen würde. Es wäre zu schwer, jetzt mit ihm zu reden.

ICH TRUG WIEDER MEINE KEILABSATZPUMPS, als ich in der Canal Street aus der Straßenbahn stieg und die vier Blocks bis zur

Uferpromenade ging. Ein Horn ertönte und signalisierte die Abfahrt der Fähre zurück nach Algiers Point. Ich sehnte mich danach, an der Reling zu faulenzen, auf dem Weg in das ruhige Viertel auf der anderen Seite des Flusses. Stattdessen stieg ich die Stufen zum Riverwalk hinauf und ging in Richtung Jackson Square.

Nur wenige Touristen schlenderten den berühmten Mississippi entlang. Ich seufzte erleichtert und ging schneller. Doch als ich mich der Kundgebung näherte, stach eine Welle des Hasses meine Haut. Ich grub meine Nägel in meine Arme und bemühte mich, sie nicht über mein gereiztes Fleisch zu kratzen.

Verdammter Prediger. Ich zwang mich, weiter einen Fuß vor den anderen zu setzen und blieb erst stehen, als ich das schmiedeeiserne Geländer direkt vor dem Jackson Square und der Saint Louis Kathedrale erreichte. Widerliche Wut und Vorurteile erfüllten die Luft.

In der Mitte stand Jonathon – *ein Engel* – und ließ es geschehen.

Und er hielt *mich* für böse?

Ich ließ das Gift auf mich einregnen. Nahm mir Zeit, ihren inneren Aufruhr zu erleben. Dunkelheit erfüllte mich. Mein Herz schmerzte und das Atmen fiel mir schwer. Nach Luft ringend, stieß ich die giftigen Emotionen von mir. Mein Glassilo materialisierte sich, und mein Verstand wurde taub.

„Das war dumm", sagte Lailah hinter mir.

Ich drehte mich nicht um. „Es hilft zu verstehen, gegen wen man kämpft."

Sie gesellte sich zu mir an die Brüstung und winkte der Menschenmasse unten zu. „Du hast vor, Energie dafür aufzuwenden?"

Ich drehte mich um, um in ihre strahlend blauen Augen zu

blicken. „Goodwin muss aufgehalten werden. Wie kannst ausgerechnet du das zulassen?"

Sie runzelte die Stirn. „Es ist nicht an mir, etwas dagegen zu tun."

Ausnahmsweise konnte ich ihre Gedanken nicht in meinem Kopf hören. Ich wusste nicht, ob es daran lag, dass ich in meinem imaginären Silo war oder ob sie sie sich zurückhielt. Ich war erleichtert und genervt zugleich. Das eine Mal, wenn ich wirklich wissen wollte, was in ihrem Kopf vor sich ging, war ich ausgesperrt. „Er verbreitet Hass."

Ihr Gesicht wurde hart, und sie kniff die Augen zusammen. „Hör zu, Jade, lass es einfach auf sich beruhen, okay? Dafür haben wir keine Zeit. Du, Dan und Kane stecken in ernsthaften Schwierigkeiten." Sie starrte an mir vorbei und wies mit dem Kopf auf etwas hinter mir. „Da ist Philip."

Ich drehte mich um. Der Hüter meiner Seele ging die Treppe hinunter in Richtung French Quarter. Ich ergriff Lailahs Hand. „Lass uns gehen."

Mein Glassilo verschwand, und all die aufrichtige Aufregung kroch über meine Haut. Doch das war nicht das, was mich aufhielt.

Lailah zog an meiner Hand. „Komm. Worauf wartest du?"

Ich schloss meine Hand fester um ihre und hielt mich an ihr fest, als ihre Angst mein Bewusstsein überflutete. „Was ist? Wovor hast du solche Angst?"

„Nicht jetzt!", jammerte sie und riss sich los. „Ich gehe hinter Philip her. Du tu, was immer du willst." Sie rannte los und schob sich durch die immer noch wachsende Menge.

„Scheiße", murmelte ich und folgte ihr. Warum in aller Welt hatte ich nicht bequemere Schuhe angezogen? Der unebene gepflasterte Gehsteig drohte mir bei jedem Schritt die Knöchel zu verdrehen.

Denk nicht daran. Die Augen auf Lailah gerichtet behielt ich ihren blonden Kopf im Visier und bemühte mich, niemanden umzurennen. Ich folgte ihr durch die Decatur Street und hatte gerade die Tore des Jackson Square Parks passiert, als mich jemand an der Schulter packte.

„Wo brennt's?", lallte der Mann undeutlich.

Als ich seinen abgestandenen Bieratem roch, drehte sich mir der Magen um. Ich wich zurück. „Tut mir leid. Ich muss meine Freundin einholen."

„Ich bin sicher, sie kann warten. Reverend Goodwin fängt gerade erst an." Er legte wie selbstverständlich einen Arm um mich, während er versuchte, mich zur Ecke des Parks zu führen. „Komm und trink einen mit mir und meinen Kumpels."

Unterdrückte Wut kochte in meiner Brust, als ich mich aus seinem Griff wand. „Ich habe nein gesagt."

„Ich kann mich nicht erinnern, gefragt zu haben." Er lachte. „Warum sonst kommt ein hübsches Ding wie du nach New Orleans? Wir werden uns gut amüsieren, Süße."

Ein anderer Mann, groß und dünn, mit Pferdeschwanz und gelben Zähnen, tauchte auf meiner anderen Seite auf. „Keine Sorge, ein Schluck von Onkel Ds Schwarzgebranntem, und du wirst dich nicht einmal daran erinnern, dass ich dir meine Zunge in den Hals gesteckt habe."

Widerlich.

Ich trat zurück, doch die beiden hatten mich in die Zange genommen. Ich warf einen Blick über meine Schulter und konnte weder Lailah noch Philip sehen. Verdammt ... Mir fiel nur eines ein. Meine Finger fingen an zu prickeln, und ich streckte die Hand aus und zappte ihre Handgelenke. Magie brach in einem elektrischen Schlag aus meinen Fingern. Der mit dem Bieratem schrie auf, als er rückwärts taumelte, während der mit den gelben Zähnen grunzte.

„Was zum Teufel?", knurrte der mit den gelben Zähnen und riss dann die Augen auf. „Du bist eine verdammte Hexe."

„Was?", rief Bieratem vom Boden aus.

Ich rannte los, als die beiden hinter mir her stolperten und aus vollem Halse brüllten. „Hexe! Haltet sie fest!"

Die Menge teilte sich für mich, während ich rannte. Sie starrten mich mit verwirrten Augen an, hörten die Anschuldigungen meiner Angreifer entweder nicht oder verstanden sie nicht.

„Halt sie!", schrie Bieratem.

Niemand tat es. Der Göttin sei Dank.

Dann bekam irgendwie jemand auf der Bühne von der Verfolgung Wind, und Goodwins Stimme dröhnte über den Lautsprecher. „Gute Leute von New Orleans, einer der Sünder scheint hier im Park zu sein. Bitte betet mit mir."

Ich duckte mich hinter einen Busch, als sich ein Chor von Buh-Rufen erhob und ihn übertönte. Ein paar riefen Obszönitäten, doch als eine kleine Gruppe anfing zu rufen: „Verbrennt die Hexe!", begannen meine Hände zu zittern.

Ich hatte Macht, doch wenn die Menge zu einem wütenden Mob wurde, konnte ich es unmöglich mit allen aufnehmen.

„Ruhe jetzt. Schh", fuhr Goodwin fort. „Gewalt ist keine Lösung. Denkt immer daran, hasst die Sünde, nicht den Sünder", fügte er mit nicht wenig Charme hinzu.

Diese sanfte Stimme und all der selbstgerechte Blödsinn, den er von sich gab, weckten in mir den Wunsch, einen magischen Ball direkt in sein perfektes Gesicht werfen zu wollen. Wer war er, sich ein Urteil zu bilden?

Verdammter Engel.

„Aber Vergebung bedeutet nicht, dass sie so weitermachen kann, wie bisher. Wir müssen dieser armen Seele helfen."

Jubel brandete auf, und Goodwin lächelte strahlend.

„Ich habe eine Mission für euch, meine treuen Anhänger.

Einen Wettbewerb, wenn ihr so wollt. Alles, was ihr tun müsst, ist, die Hexe zu finden und unversehrt zu mir zu bringen. Wer das tut, wird bei meinem nächsten Programm als Ehrengast belohnt."

Seine Anhänger verloren kollektiv den Verstand. Jubel und Schreie rauschten durch den Park. Ich erhob mich aus meiner Hocke und entschied, dass ich nur schuldig aussehen würde, wenn ich mich versteckte.

Goodwins Blick begegnete meinem.

Wir sahen uns gerade so lange an, dass er zwinkern konnte. Dann wandte er sich jemandem auf der Bühne zu und tat so, als hätte er mich nie gesehen. Der Bastard hatte mich benutzt, um seine Anhänger aufzuhetzen.

Da Lailah und Philip schon lange weg waren, drehte ich mich um und steuerte auf einen anderen Ausgang zu. Ich kam keine zehn Meter weit, als eine große, gedrungene Frau vor mich trat und mir den Weg versperrte.

„Ich weiß, wer du bist", sagte sie.

Magie rollte sich in meiner Brust zusammen. Ich konnte es nicht mit allen aufnehmen, aber ich würde es versuchen. „Tut mir leid. Ich hab's eilig. Wenn Sie mich entschuldigen würden?"

„Leute warten da auf dich. Du solltest besser hinter der Bühne rausgehen." Sie deutete mit einem dicken Finger in die Richtung. „Geh. Ich werde sie so lange wie möglich aufhalten."

Ich spähte hinter sie. Tatsächlich durchsuchten die beiden Männer von vorhin die Menge. Wann waren sie an mir vorbeigekommen? Wahrscheinlich während ich von Goodwins Rede abgelenkt gewesen war. Da ich keine andere Wahl hatte, warf ich der Frau ein dankbares Lächeln und ging in Richtung Bühne.

Großartig. Das war der letzte Ort, an dem ich sein sollte.

Mein Po begann zu vibrieren, und ich erschrak. Das Handy. Ich nahm mir nicht die Zeit, den Anruf anzunehmen, sondern ging einfach weiter.

Die Leute bei der Bühne waren noch fanatischer als die, die weiter hinten standen. Aber das war gut; alle hielten ihren Blick auf Goodwin gerichtet, nickten und riefen bei jedem Satz, den er sagte, Amen. Ich konnte mich nicht entscheiden, ob ich mich übergeben oder ein paar Schädel einschlagen wollte.

„Wir werden die Stadt zurückholen", versprach Goodwin der Menge. „Die Straßen von Wiccas, Drogendealern und Dieben reinigen."

Wiccas und Verbrecher im selben Atemzug zu nennen? Was für ein Idiot. Wenn das keine religiöse Verfolgung war. Ich sehnte mich nach einem magischen Duell mit diesem „Engel". Was ich nicht tun würde, ihn mit einem Verdauungszauber zu belegen. Verdammter, selbstgefälliger Unruhestifter.

Ich gab meine Beleidigungen auf, als ich den Eingang zum Backstagebereich entdeckte. Direkt hinter den Türstehern war eine Tür, die deutlich mit dem Ausgang gekennzeichnet war. Ich musste dorthin.

Nur, dass die große, gedrungene Frau hinter mir auftauchte und mich aufhielt, als sie flüsterte: „Warte."

„Wieso?"

Sie grinste und zog ein Mikrofon heraus. „Ich habe die Hexe."

Das Herz rutschte mir in die Kniekehlen. Scheiße! Sie hatte mich in die Falle gelockt. Ich wirbelte herum und ging auf das offene Tor zu, doch ein Mann, der der Frau sehr ähnelte, trat mir in den Weg. Meine einzige Möglichkeit war, der Welt meine Macht zu zeigen, indem ich sie zappte, oder –

Ein unheilvolles Grollen vibrierte über den Himmel und

brachte die dunkelste Regenwolke mit sich, die ich je gesehen hatte. Die Sonne verschwand, und innerhalb von nicht einmal zehn Sekunden öffneten sich die Schleusen des Himmels und ließen prasselnden Regen auf die Stadt niedergehen.

Philip tauchte wie aus dem Nichts an meiner Seite auf. „Lauf!", befahl er. „Schnell!"

KAPITEL DREIZEHN

„Hast du das gemacht?", fragte ich, als Philip mich die Saint Peters Street hinunterschleifte. Regen durchweichte meine Baumwollbluse, und ich bekam eine Gänsehaut.

„Nein. Jonathon hat es getan."

Ich schlang meine Arme um mich und versuchte, mich warmzuhalten. „Wieso das denn? Ist das seine Vorstellung von einem kranken Witz?"

Philip blieb unter einem Balkon stehen. „Er musste etwas tun, bevor die Menge dich gelyncht hätte."

„Es ist seine Schuld, dass sie überhaupt hinter mir her waren", protestierte ich.

Er starrte auf mich herab, Ungeduld klebte an seinem nassen Körper. „Nein. Es ist deine. Du bist in eine aufgebrachte Menge geraten und hast deine Magie benutzt. Er hat sein Bestes getan, um dich zu beschützen. Warum, glaubst du, hat er sie aufgefordert, dich zu ihm zu bringen?"

„Damit er für mich beten kann? Um ein Exempel an mir zu statuieren? Woher soll ich das wissen?"

Philip trat einen Schritt vor und schüttelte den Kopf. „Pass auf, Jade. Jonathon will, dass die Menschen ein moralisches Leben führen. Feuer-und-Schwefel-Reden sind es, mit denen er seinen Einfluss geltend macht. Er will nicht, dass jemand verletzt wird. Vor allem du nicht. Er hat die Menge nur aufgefordert, dich zu ihm zu bringen, weil du in Gefahr warst. Vielleicht magst du seine Herangehensweise nicht, du magst sie sogar verabscheuen, aber das war *deine* Schuld. Du hattest kein Recht, hier aufzutauchen."

Ich sah ihn böse und mit klappernden Zähnen an. Es war mir scheißegal, was Philip sagte. Jonathon provozierte Gewalt. „Er allein hat das verursacht! Er ist ins Fernsehen gegangen und hat behauptet, dass Hexen böse sind. Seine Worte bringen die Menschen dazu, einander zu misstrauen. Warum ich? Warum jetzt? Alles, was ich getan habe, war, um Hilfe zu bitten!"

„Du warst der perfekte Katalysator für seine Ziele." Philip ging weiter die Straße hinunter.

Ich folgte ihm. „Und die sind … was? Hexen auf dem Scheiterhaufen zu verbrennen?" Ich duckte mich unter einen anderen Balkon und drückte mich gegen die Wand, um dem prasselnden Regen zu entkommen.

Er blieb stehen. „Die Massen mobilisieren. Medienaufmerksamkeit. Damit die Spenden fließen. Er ist nichts ohne eine Plattform."

„Oh, er ist definitiv was."

Philip zuckte unverbindlich die Achseln, und wir gingen schweigend weiter.

Wir überquerten die Bourbon Street, gingen tiefer in die Wohngegend hinein, und ich fragte schließlich: „Wohin gehen wir?"

„Lailah."

Erleichterung vermischte sich mit Beklommenheit. Wenn

ich woanders hinging, würde Kane wahrscheinlich auftauchen. Natürlich hielt ihn nichts davon ab, bei Lailah nach mir zu suchen. Schließlich wusste er, wo sie wohnte. Doch er würde wahrscheinlich nicht annehmen, dass ich dort sein würde.

Ich hasste es, mich zu verstecken. Ich hasste es, dass ich nicht in seiner Nähe sein und ihn berühren konnte und vor allem, dass meine Anwesenheit ihn tatsächlich leiden ließ. Ich musste mich fernhalten. Es wäre einfach zu schwer, ihn zu sehen, zu wissen, dass wir nicht zusammen sein können. Jedenfalls nicht, solange Meri durch ihn an mich herankommen konnte.

Ich war noch nie in Lailahs Haus gewesen. Das blassrosa Schrotflintenhaus im viktorianischen Stil hatte eine kleine Veranda und eine Schaukel für zwei, war türkis bemalt und mit Gänseblümchen verziert. Ein Paar hellrosa Flip-Flops und eine gelbe Tasse mit der Aufschrift *Schuhe sind der Schlüssel zum Glück*, waren auf der Veranda zurückgelassen worden.

„Bist du sicher, dass das ihr Haus ist?" Ich strich mein durchnässtes Haar aus den Augen und runzelte die Stirn, als ein Rinnsal Wasser über meinen Rücken floss.

Ihr Haus war so … mädchenhaft. Und überhaupt nicht das, was ich erwartet hatte.

Philip nickte, und die Tür schwang auf. Lailah stand mit zwei riesigen, pinkfarbenen Badetüchern im Eingang. Seit wann mochte sie so viel Farbe? Im Kontrast zu den Badetüchern trug sie einen blassgrünen Bauernrock und ein schwarzes Tanktop.

„Hier." Sie reichte uns die Handtücher und scheuchte uns zur Tür. „Rein mit euch. Wer weiß, ob jemand euch gefolgt ist."

Ich warf einen Blick zurück in den strömenden Regen und die dunklen Straßen. Unwahrscheinlich. Ich wickelte mir das weiche Badetuch um die Schultern, zog meine Schuhe aus und ließ sie auf der Veranda liegen.

Die leuchtenden Farben des Wohnzimmers attackierten mich, und ich wäre fast wieder rückwärts hinaus gestolpert. An der Wand stand ein knallrotes Sofa, auf dem bunte Blumenkissen lagen. Auf beiden Seiten standen Beistelltische, die mit verzerrten Gesichtern und psychedelischen Blumen bemalt waren. Und um das Ganze abzurunden, lag ein pinkfarbener Flokati auf dem Eichenparkett. Ich hatte das Gefühl, das schon einmal gesehen zu haben. Mir wurde klar, dass ich in Lailahs Erinnerung schon einmal hier gewesen war.

Das Interieur war jedoch viel greller, als ich es in Erinnerung hatte. Ich kämpfte darum, meine Augen nicht abzuschirmen. Wie konnte jemand in einem solchen Raum denken?

„Folgt mir", sagte sie und führte uns zur Rückseite des Hauses.

Wir gingen durch eine Tür in ein beruhigendes Schlafzimmer in Weiß und Mintgrün. Wenn meine Augen erleichtert seufzen könnten, hätten sie es getan.

Die Küche war zu meiner Überraschung pure Eleganz mit schwarzlackiertem Dielenboden und wunderschönen weißen Schränken. In der Mitte ihres schwarzweißen Schachbretttisches standen frische rote Lilien. Sie war wunderschön, doch ich konnte das Gefühl nicht loswerden, dass wir gerade durch eine Version eines Gruselkabinetts gegangen waren. Ich musterte Lailah und versuchte zu entscheiden, ob ihre Dekoration auf eine manische Störung hindeutete.

„Wie willst du das machen?", fragte Lailah.

„Hm?" Ich riss meinen Blick von den Lilien los und sah zu, wie sie eine altmodische Teekanne füllte.

Philip durchsuchte ihre Schränke nach Tassen und schien sich in ihrem Zuhause sehr wohl zu fühlen. Ich kniff die Augen zusammen und beobachtete sie. Eine Berührung eines Armes, als Lailah an ihm vorbeiging. Keine subtilen Anpassungen, um die Distanzzone des anderen zu riskieren. Verstohlene Momente direkten Blickkontakts.

Lailah hatte was mit Philip!

Halt, Jade, schalt Lailah in meinem Kopf. *Das geht dich nichts an.*

Was ist mit deinem Gefährten?, fragte ich

Das geht dich definitiv nichts an. Kein Wort mehr. Sie wandte sich Philip zu. „Früher ist besser als später."

„Wohl wahr." Philip legte einen Teebeutel in jede Tasse. „Aber sie ist nicht bereit. Wenn wir sie unvorbereitet schicken, verlieren wir beide."

Ich hob meine Hand. „Entschuldigung. Worüber reden wir?"

Beide ignorierten mich.

„Was wird mit Kane passieren?" Lailah nahm die Teekanne und füllte die passenden roten Tassen mit dampfend heißem Wasser.

Philip schloss für einen Moment die Augen und holte tief Luft. „Er wird für immer an sie gebunden sein, wenn Jade keinen Erfolg hat."

Lailah legte eine ihrer zarten Hände auf Philips Unterarm. Ein Rinnsal von Mitleid und Mitgefühl strahlte von ihr aus. „Das tut mir leid."

Er schüttelte den Kopf. „Es ist besser so. Es hätte schon vor Jahren passieren sollen."

„Das ist nicht deine Schuld. Niemand hat erwartet, dass du derjenige bist, der es tut."

Ich stand auf. „Was tut?"

Sie drehten sich beide mit überraschten Mienen um, als hätten sie gerade bemerkt, dass ich auch noch im Raum war.

Philip sprach zuerst. „Meri vernichten. Nur so kannst du sie davon abhalten, dich und Kane zu zerstören." Er stellte sich neben mich und legte sanft eine Hand auf meine Schulter. „Selbst wenn du dich von Kane fernhältst, wird sich ihr Gift irgendwann ausbreiten und … er wird nicht überleben."

Angst drückte mein Herz. Kane war in ernsthaften Schwierigkeiten. Ich hatte es offensichtlich gewusst. Doch ich hatte mir nicht erlaubt, an die Konsequenzen zu denken. Er konnte sterben. Ein Bild von Kane, kalt und leblos, schoss mir durch den Kopf. Entsetzen packte mich.

Ich ballte meine Fäuste und richtete mich auf. Auf keinen Fall würde ich mir Kane von der bösen Brut nehmen lassen. „Wieviel Zeit hat er?"

Philip runzelte die Stirn. „Schwer zu sagen. Es hilft, dass du Abstand zu ihm hältst, doch jetzt, wo die Wunde infiziert ist, hast du wahrscheinlich weniger als eine Woche."

„Willst du damit sagen, dass ich" – ich schluckte – „in die Hölle gehen muss?"

„Ja." Seine Stimme wurde leise, voller Bedauern.

Meri hatte gesagt, dass Philip nicht gekommen war, um sie zu retten. Ich konnte nicht anders, als mich zu fragen, warum. Hatte er sie nicht genug geliebt? Gab es andere Faktoren, die außerhalb seiner Kontrolle lagen? Was auch immer passiert war, ich würde mich von seinen Fehlern nicht aufhalten lassen. Nicht, wenn das bedeuten würde, Kane zu verlieren.

„Sie wird Hilfe brauchen", sagte Lailah sanft.

„Ich weiß." Philip ging in der winzigen Küche auf und ab. „Diesmal habe ich keine Wahl."

Er stand mit dem Rücken zu uns, die Hände auf der Arbeitsfläche. Ich warf Lailah einen Blick zu. „Wovon redet er?"

Sie schüttelte den Kopf und deutete an, dass jetzt nicht die beste Zeit für Fragen war.

Philip drehte sich mit harten Augen um. „Ich muss dich zu

Meri schicken – in die Hölle – und dir helfen, sie zu vernichten."

~

ICH SAß in Lailahs farbenprächtigem Wohnzimmer und starrte auf mein iPhone. Ich hatte mir vorgestellt, eine Art Zauber auszuführen, um Dan aus der Hölle zurückzuholen. Und obwohl ich es als Möglichkeit in Betracht gezogen hatte, die Tore der Unterwelt durchqueren zu müssen, hatte ich es nicht wirklich für eine Option gehalten.

Jetzt, nach Philips Erklärung, war mir klar, dass das der einzige Weg war. Wenn ich nicht hineinging und Meri suchte, würde Kane langsam seine Seele verlieren. Wenn ich versuchte, sie herbeizurufen, würde sie all meine Kraft direkt durch ihn saugen.

Mein Handy vibrierte. Eine weitere Nachricht von Kane: *Wo bist du?*

Ich hatte ihm zuvor eine SMS geschickt, in der ich ihn wissen ließ, dass ich in Sicherheit war, hatte aber nichts weiter gesagt. Das Handy summte wieder. Diesmal war es Pyper: *Erlös ihn aus seinem Elend und ruf ihn endlich an.*

Ich tippte zurück, *Bald.*

Es war nicht so, dass ich ihn meiden wollte. Im Gegenteil, ich sehnte mich danach, mich in seine Armen zu verkriechen. Ich wusste einfach nicht, was ich sagen sollte. Auf keinen Fall würde er damit einverstanden sein, dass ich mich für ihn opferte. Und es war klar, dass ich es tun würde.

Ich tippte auf *Kontakte* und drückte *Anrufen.*

„Wir sind bereit. Sag ein Wort, und wir machen uns auf den Weg", sagte Gwen.

„Ich brauche ... Mom." Ich schluckte ein emotionales Schluchzen herunter.

„Ich rufe sie an –"

„Nein." Es fiel mir schwer normal zu atmen. „Bring sie einfach hierher."

„Verstanden, Sweetheart. Wir kommen mit dem nächsten Flug."

Ich hatte meine Mutter nicht bitten wollen, mitzukommen. Sie brauchte Zeit, um sich von ihren zwölf langen Jahren im Fegefeuer zu erholen. Sie hatte alle Anzeichen einer posttraumatischen Belastungsstörung. Sie dazu zu bringen, diese Erfahrung noch einmal durchzumachen, konnte alle möglichen schrecklichen Folgen für ihre geistige Gesundheit haben, doch sie wusste Dinge, die keiner von uns anderen wusste. Ein lebendes Handbuch der Hölle.

Lailah erschien mit einer lila Decke und einem passenden Kissen. Besaß die Frau abgesehen von ihrer Kleidung irgendetwas in einer neutralen Farbe? „Hier", sagte sie. „Philip und ich sind in meinem Zimmer, wenn du uns brauchst."

Ich zog eine Augenbraue hoch. *Ihr teilt euch ein Bett?*

Sie ignorierte meine mentale Frage. „Im Badezimmer ist eine neue Zahnbürste, und ich habe dir einen Pyjama bereitgelegt." Damit zog sie sich in ihr Zimmer zurück.

„Wusstest du, dass Philip Dans Vater ist?"

Mit dem Rücken zu mir blieb sie in ihrer Tür stehen. „Ist das wichtig?"

„Nicht wirklich."

Sie warf einen Blick über ihre Schulter. „Ja, ich wusste es."

Meine Brust zog sich vor Ärger zusammen. „Ist dir jemals in den Sinn gekommen, dass ihn das anfälliger für Meris Magie machen könnte?"

Sie presste ihre Lippen zu einer dünnen Linie zusammen, als sie den Türrahmen umklammerte, die Fingerknöchel weiß. „Woher sollte ich wissen, dass Meri Philips Gefährtin war? Oder dass wir beide von ihr kontrolliert wurden? Glaubst du nicht, ich hätte manches anders gemacht, wenn ich es gewusst hätte?"

Meri hatte es geschafft, durch ein Porträt, in dem ihre Seele gefangen war, Besitz von Dan zu ergreifen. Mit Dans Energie hatte sie einen Weg gefunden, schließlich auch Lailah zu kontrollieren.

„Das sollte man meinen", sagte ich.

Sie zuckte zusammen, als mein Ton kälter klang, als ich es beabsichtigt hatte.

Ich biss mir auf die Wange. „Tut mir leid."

„Vergiss es. Gute Nacht."

„Warte." Ich musste noch etwas wissen. „Hast du die ganze Zeit mit Philip Kontakt gehabt?"

Sie schüttelte den Kopf. „Niemand weiß jemals, wie man Philip findet, es sei denn, er will gefunden werden." Die Tür schloss sich lautlos hinter ihr, und ich blieb allein im Wohnzimmer zurück.

Ich sank gegen das Samtsofa und schloss meine Augen. Ich hatte Lailah gegenüber nicht so kühl sein wollen. Ich konnte nicht anders. Das Gedankenlesen, dass sie Dans Schutzengel war und ihre Geschichte mit Kane raubten mir den letzten Nerv. Sie war mir und den Menschen, die ich liebte, zu nahe. Irgendwie musste ich meine territorialen Neigungen überwinden. Wir alle brauchten so viel Hilfe, wie wir bekommen konnten.

Ich zog meine Füße an, wickelte die Decke um mich und griff dann noch einmal nach meinem Handy. Ich tippte auf Kanes Nummer und schrieb: *Triff mich in meinen Träumen.*

Ich wartete nicht auf eine Antwort. Er würde mich finden. Das tat er immer.

Das Sofa war überraschend bequem, und ich fiel trotz des Stresses des Tages oder gerade deswegen sofort in einen tiefen Schlaf.

Sonnenblumen. Überall. Das Mondlicht schien in einer wolkenlosen Nacht herab und tauchte die schlafenden Blüten in silbernes Licht. Etwas ließ die Stängel hinter mir rascheln. Ich wirbelte herum und lächelte, als ich Dan sah, seine Augen funkelnd vor Schalk und seine Lippen zu einem albernen Lächeln verzogen.

Er streckte seine Hand aus. Ich ging auf ihn zu, um sie zu nehmen. Als unsere Hände sich berührten, zog er mich an sich und hakte sein rechtes Bein hinter meines, was uns beide zu Boden warf. Wir landeten mit ihm auf mir liegend, seine Lippen nur Zentimeter von meinen entfernt.

„Hallo", sagte ich atemlos.

Sein Grinsen wurde breiter. „Das tut mir leid."

Ich lachte. „Nein, tut es nicht."

Sein Gesichtsausdruck wurde ernst, und das Grinsen verschwand, als sich etwas Urtümliches in seinen Augen regte. Seine Stimme klang tief und heiser. „Du hast Recht."

Mein achtzehnjähriges Herz beschleunigte, pochte schnell, und ich hörte auf zu atmen. Die Sonnenblumen wiegten sich im sanften Sommerwind hin und her und warfen lange Schatten über uns. Selbst wenn uns jemand suchen würde, würden sie uns nicht finden. Nicht zu dieser Stunde.

Ich starrte auf Dans Lippen und benetzte meine eigenen. „Dan?"

„Ja?" Er rutschte von mir und legte sich auf die Seite, ohne den Blick von mir abzuwenden.

„Küss mich."

Er hob seine Hand und streichelte sanft meine Wange. Ich legte meine Hand auf seine und sah ihn mit liebeskranker Anbetung an.

Seine Emotionen spiegelten die wider, die mich durchströmten, und als er seinen Kopf senkte und meine

Lippen berührte, rollte eine kleine Freudenträne über meine Schläfe.

Alles veränderte sich, und plötzlich stand ich allein vor Kanes Haus und starrte auf seine Haustür. Derselbe große Mond hing am Himmel, doch ich war nicht mehr die Achtzehnjährige, die ich noch vor wenigen Augenblicken gewesen war. Ich wartete ein paar Augenblicke, bis die Teenager-Gefühle verflogen waren.

Kane. Der Mann, den ich liebte, war da drin. *Liebte.* Von ganzem Herzen. Dan war Vergangenheit, und das schon seit einiger Zeit.

Ich ging die Stufen hinauf, und die Tür schwang in der Dunkelheit auf. Ich steckte meinen Kopf hinein. „Kane?"

Er saß auf seinem kaffeebraunen Zweiersofa und trank aus einer Tasse. „Entschuldige die Störung."

Ah, Scheiße. Ich hatte von Dan geträumt. Wieder. Doch nicht irgendeinen Traum. Diesmal war es eine Erinnerung gewesen. Bis ins letzte Detail. Aber warum? War es, weil ich mich so darauf konzentrierte, ihn zu finden? Vielleicht drang ich in seine Träume ein? Nein, das war unmöglich. Weder Dan noch ich waren Traumwandler. Das war Kanes Gabe. „Tut mir leid. Ich weiß nicht, warum er immer wieder in meinem Unterbewusstsein auftaucht."

Er stellte die Tasse ab. „Der Geist ist ein mächtiges Ding."

„Wahr genug." Ich trat in sein Haus und schloss die Tür hinter mir. Ich ging hinüber, um neben ihm Platz zu nehmen, überlegte es mir dann jedoch anders und setzte mich auf die Kante des Sofas gegenüber. „Wie geht es deinem Bein?"

Ich betrachtete seinen Oberschenkel, konnte aber durch seine dunkle Jeans nichts sehen. Es war auch nicht wichtig. Das war ein Traum. Kane hatte die Macht, jede Verletzung verschwinden zu lassen, und wahrscheinlich hatte er das auch.

„Ich habe ein Schmerzmittel genommen. Es hat nicht

geholfen." Er senkte den Blick und sah mir dann in die Augen. „Willst du mir was sagen?"

Aufrichtige Empörung durchfuhr mich. „Ich habe dir gesagt, es war nur ein Traum. Du kannst nicht von mir erwarten, dass ich sie kontrolliere, oder? Traumwandeln ist dein Ding, nicht meins."

„Jade", sagte er mit einer gehörigen Portion Ungeduld. „Ich meinte heute. Warum bist du weggelaufen, ohne mit mir zu reden? Oder warum bist du fast in Goodwins Medienrummel geraten? Und warum bist du in Lailahs Haus und nicht in deinem eigenen … oder meinem?"

Ich starrte auf meine Hände, die auf meinem Schoß ruhten. „Ich bin mir nicht sicher, ob es sicher ist, hier im Traum mit dir zusammen zu sein."

Sein Ton wurde weicher. „Vor wem sicher? Dir oder Meri?"

„Beides", flüsterte ich und begegnete seinem besorgten Blick. „Ich bin diejenige, von der sie ihre Macht bezieht. Du bist der Katalysator. Verstehst du das nicht? Je länger ich von dir wegbleibe, desto sicherer bist du." Tränen begannen, unkontrolliert über mein Gesicht zu fließen. „Ich habe in meinem Leben so viele Menschen verloren. Ich könnte es nicht ertragen, dich auch noch zu verlieren."

Kane kam zu mir und schlang seine Arme um mich. „Denk nicht einen Moment, dass ich dich allein kämpfen lassen werde."

Ich schluckte meine Tränen herunter und versuchte, mich von ihm zurückzuziehen, doch er hielt mich nur fester. Mein Gesicht in seinem Hemd vergraben sagte ich: „Es tut mir leid. Ich hätte nicht so weglaufen sollen. Aber Kane" – ich neigte den Kopf – „um sie zu vernichten, muss ich in die Hölle gehen. Da kannst du mir nicht folgen. Mit diesem Mal an deinem Bein ist es zu gefährlich."

„Scheiß drauf." Er küsste mich eindringlich mit fordernden Lippen.

Ich legte meine Hände um seine Arme und hielt mich fest, verzweifelt nach diesem letzten gemeinsamen Moment. Es war egal, was ich sagte. Er würde einen Weg in die Hölle finden. Er hatte alle Verbindungen, die ich hatte, und schlimmer noch, wenn er einen Weg fand, Meri herbeizurufen, würde sie ihn mitnehmen. Nein, ich musste allein gehen. Bald.

Er brach den Kuss ab. „Versprich mir, dass wir gemeinsam einen Plan ausarbeiten."

Ich biss mir auf die Lippe, weil ich ihn nicht anlügen wollte. Doch dann nickte ich.

„Gut. Denn ich will dich auch nicht verlieren. Vergiss das nicht."

KAPITEL VIERZEHN

„Hey, Shortcake", drang die Stimme meiner Mutter durch den Dunst meines Schlafes.

„Hmm", brummte ich, rührte mich aber nicht.

Eine Hand streichelte meine wirre Mähne. „Wach auf, Sweetheart."

Ich öffnete die Augen und blinzelte ins Morgenlicht. Grelle Pink- und Rottöne erschreckten mich genug, um mich vollends aufzuwecken. Ich setzte mich mit einer schnellen Bewegung auf. Meine Wände waren nicht rot. Wo zum Teufel war ich?

Dann konzentrierte ich mich, und mein Blick landete auf meiner Mutter, die auf dem bunt gestrichenen Sofatisch neben Lailahs roter Couch saß. Ich warf meine Arme um sie und umarmte sie fest. „Du bist hier."

„Natürlich sind wir. Du hast angerufen. Wir sind gekommen."

Über ihre Schulter hinweg entdeckte ich Gwen, die in der Nähe von Lailahs Haustür stand. Sie lächelte mich an und winkte ab, um zu signalisieren, dass wir uns etwas später umarmen würden. Ein Anflug von Schuldgefühlen schnitt mir durch den Magen. Gwen war in den letzten zwölf Jahren meine Mutterfigur gewesen. Ich verdrängte das Gefühl und genoss den Moment mit meiner Mutter.

Lailah kam und hielt ein Tablett mit einer Kanne, knallrosa Kaffeetassen und etwas, das verdächtig nach Beignets aussah, in der Hand. „Guten Morgen, Jade. Hast du gut geschlafen?"

Ihr Grinsen sagte mir, dass sie verdammt gut wusste, dass Kane mich im Traum besucht hatte. Ich tat so, als hätte ich es nicht bemerkt. „Sehr gut. Danke."

„Philip ist duschen gegangen. Nachdem er sich angezogen hat, können wir einen Plan ausarbeiten."

Ich rieb mir die Augen und unterdrückte ein Gähnen. „Okay."

Sie verschwand wieder durch ihre Schlafzimmertür und schloss sie hinter sich. Wie nahe standen sich diese beiden Engel? Offensichtlich nah genug, um ein Bett zu teilen. Ich konnte nicht anders, als mich zu fragen, wie Goodwin, ihr angeblicher Gefährte, darüber dachte.

Gwen setzte sich neben mich und legte einen Arm um meine Schultern.

Wärme erfüllte mein Herz, und ich lächelte. „Habt ihr zwei ein Flugzeug entführt oder sowas? Wie habt ihr es geschafft, so schnell hierherzukommen?"

„Deine Mutter hat ein bisschen gezaubert." Gwen nahm einen der kleinen Teller mit einem Beignet und biss die Ecke des mit Puderzucker überzogenen Donuts ab.

„Ein Zauberspruch?", fragte ich beeindruckt. „Wie funktioniert das?"

Mom zuckte mit den Schultern. „Ich habe der Fluggesellschaft einen Schubs gegeben, damit sie uns Plätze auf dem Redeye nach New Orleans geben. Es war nichts."

„Es war nicht nichts", sagte Gwen, nachdem sie ihren

Bissen heruntergeschluckt hatte. „Beeindruckend ist das Wort, das ich verwenden würde."

Mom zappelte und bewegte sich unbehaglich. Ihr Unbehagen streifte kurz meine Haut, bevor sie ihre emotionalen Barrieren wieder aufrichtete.

Ich konnte nicht verstehen, warum ihr das Thema, dass sie einen Zauber benutzt hatte, unangenehm war, doch ihre Unbehagen war offensichtlich. Ich ließ es dabei bewenden. Sie waren hier, und das war alles, was ich wollte. Ich streckte meiner Mutter eine Hand entgegen und Gwen die andere und hielt mich an beiden fest. Mom stand vom Tisch auf und setzte sich neben mich auf das Sofa.

„Ich brauche Hilfe", sagte ich.

„Keine Frage. Das weißt du." Gwen tätschelte meinen Handrücken.

„Wobei, Shortcake?" Mom hielt sich zurück, als wüsste sie, was auf sie zukam.

Ich holte tief Luft, unsicher, ob ich die Nerven hatte, die Worte auszusprechen. Sie starrten mich an, Moms jadegrüne Augen besorgt und Gwens haselnussbraune neugierig, doch argwöhnisch. Die Worte flogen aus meinem Mund. „Ich brauche Informationen über die Hölle. Vor allem den einfachsten Weg, um da reinzukommen."

„Wie bitte?", keuchte Gwen. „Nein. Auf gar keinen Fall. Wir werden einen Beschwörungszauber benutzen, um Dan zurückzubekommen."

Mom zog ihre Hand zurück und betrachtete mich unter halb gesenkten Lidern hervor.

„Kannst du helfen?", fragte sie.

„Nein." Gwen sprang vom Sofa auf. „Sie kann nicht helfen. Selbst wenn sie könnte, ich verbiete es." Sie ballte die Hände an ihren Seiten zu Fäusten. „Hörst du mich, Jade? Ich verbiete es."

Ich ließ mich wieder aufs Sofa sinken, nicht in der Lage, die Energie zum Streiten aufzubringen.

„Gwen", sagte Mom leise. „Kannst du uns eine Minute geben?"

Meine Tante wandte sich mit großen Augen und halb geöffnetem Mund meiner Mutter zu. „Du willst, dass ich gehe?"

Mein Blick wanderte zwischen den beiden hin und her. Gwen wirkte mit ihrem grauen Haar und den geschockten Augen sehr wie die Mutterfigur, während Mom keinen Tag älter als dreißig aussah. Dennoch strahlte sie in diesem Moment Autorität aus.

„Ja, ich brauche einen Moment mit Jade", sagte Mom mit fester Stimme.

Gwen kämpfte darum, ihren Kummer zu verbergen. Sie versagte. Wir waren zu nahe, als dass es mir entgangen wäre. Ich wollte sie umarmen, ihr sagen, dass sie bleiben solle, sie auf dem Laufenden halten, doch etwas an Moms entschlossenem Verhalten brachte mich zum Schweigen.

Mit einem widerstrebenden Blick in meine Richtung trat Gwen aus der Haustür. Ich stellte mir vor, wie sie auf der türkisfarbenen Schaukel saß und lautlos mit ihrer Frustration rang.

Mom ging auf dem Flokati auf und ab, als müsste sie ihre Gedanken sammeln. Dann blieb sie abrupt stehen, breitbeinig, die Hände in die Hüften gestemmt. „Ist er es wert?"

„Wie bitte?"

Sie trat einen Schritt näher und starrte mich aus harten Augen an. „Ist er es wert, dein Leben zu riskieren? In die Hölle zu kommen ist leicht. Wieder herauszukommen ist, was ein Problem darstellt. Ich frage, ob er es wert ist, alles zu verlieren. Denk nach, was du alles aufgibst. Deine Tante, deine Freunde … und mich." Sie sah mich an. Ihre Züge wurden weicher, als sie sich öffnete und mich das Bedauern und die Sehnsucht erleben ließ, die in ihr wirbelten. „Es waren zwölf Jahre, Jade."

Ich stand auf, plötzlich voller Wut. Wer war sie, mir eine solche Frage zu stellen? Sie hatte für eine *Fremde* Blutmagie gewirkt und mich ganz allein gelassen, als Meri sie in die Unterwelt mitgenommen hatte. Es war nur wenige Wochen vor meinem fünfzehnten Geburtstag gewesen und mein Leben hatte sich für immer verändert. „Ja, er ist es wert. Beide sind es."

„Beide?"

„Du bist unglaublich." Gott, sie wusste noch nicht einmal von Kanes Wunde. Was bedeutete, dass sie nicht gefragt hatte, ob ich bereit war, mich für meinen Freund zu opfern. Sie hatte nach Dan gefragt, dem Mann, der sein Leben gegen ihres eingetauscht hatte. Ich ging zur Haustür und riss sie auf. „Gwen, kannst du bitte wieder reinkommen? Ich glaube, unser Mutter-Tochter-Gespräch ist vorbei."

„Natürlich." Sie stand auf und hakte sich bei mir unter. Als wir zurück ins Haus gingen, flüsterte sie: „Alles in Ordnung?"

Ich machte mir nicht die Mühe, leise zu antworten. „Nein. Dan ist in der Hölle. Kane wurde von Meri gezeichnet, und sie benutzt ihn, um mir Kraft zu entziehen. Niemand weiß, wie lange er das ertragen kann. Und Mom will, dass ich alles vergesse, damit wir diese Familie wieder aufbauen können. Was hältst du davon?"

„Jade", seufzte Mom. „Das habe ich nicht gesagt."

„Hat sich für mich sehr danach angehört." Ich ließ mich mit verschränkten Armen auf das Sofa fallen und runzelte die Stirn.

Gwen setzte sich zu mir. „Ich weiß, das ist schwer, aber du bist stark, und wir werden dir helfen. Koste es, was es wolle. Richtig, Hope?"

„Ich …" Mom wich zurück und rieb sich den Nacken. „Ich

glaube nicht, dass ich das kann. Es tut mir leid." Bedauern und Scham streiften mich, als sie an uns vorbei und aus der Tür eilte.

Verdammt. Das war überhaupt nicht so gelaufen, wie ich es geplant hatte. Wie konnte ich nur so blind sein? Mom war nach ihrer eigenen Tortur nicht stark genug, um zu helfen. Ich kniff die Augen zu und schüttelte den Kopf. „Wir sollten ihr wahrscheinlich nachgehen."

„Sie kommt schon klar", beruhigte Gwen mich. „Sie geht nirgendwo hin."

„Ich fürchte, ich habe eine Menge aufgestauten Groll." Ich nahm einen der kleinen Teller, nur, um etwas mit meinen Händen zu machen.

„Kein Scherz", sagte Lailah und lehnte sich an den Türrahmen ihres Schlafzimmers.

Ich hielt krampfhaft den Teller fest. Wie lange stand sie schon da?

„Ein paar Minuten", sagte sie.

„Verdammt, hör auf damit."

Sie zuckte mit den Schultern. „Ich habe nicht die Erfahrung mit mentalen Barrieren wie du." Sie betrat das Zimmer, und Philip folgte ihr.

Er streckte Gwen die Hand entgegen. „Schön, Sie kennenzulernen, Ms. Calhoun. Hope hat mir viel über Sie erzählt."

„Philip, nehme ich an?" Gwen stand auf und schüttelte seine Hand. „Meine Schwester wollte dich unbedingt wiedersehen."

Ein Schatten fiel über sein Gesicht, als er einen Schritt zurücktrat. „Ja, das kann ich mir vorstellen."

Lailah warf einen Blick zwischen den beiden hin und her, Verwirrung strömte von ihr aus. „Du kennst Jades Mutter?", fragte sie Philip.

„Wir haben uns vor langer Zeit kennengelernt."

Sein offensichtliches Unbehagen machte mich nur noch neugieriger. Doch ich hatte dringendere Probleme zu lösen. „Sie ist draußen. Du kannst sie sehen, wann immer du willst."

„Bald", sagte er. „Wir haben zuerst einiges zu besprechen."

„Lass uns in die Küche gehen", sagte Lailah und führte sie zur Rückseite des Hauses.

Ich blieb stehen, ließ die drei vor mir gehen und spähte dann aus dem Fenster. Mom saß starr auf der Schaukel, ihr Gesicht ausdruckslos. Fast katatonisch. Ich öffnete die Tür. „Mom?"

Sie tauchte aus ihren Gedanken auf, und ihr Gesichtsausdruck wurde wieder lebendig. „Hey, Shortcake."

„Bist du okay?"

„Ja. Ich wollte nur ein bisschen die frische Luft genießen."

Nichts an ihrem Tonfall oder ihrem entspannten Lächeln deutete darauf hin, dass sie sich auch nur ansatzweise an die Auseinandersetzung erinnerte, die wir vor ein paar Minuten gehabt hatten. „Mir tut leid, was ich gesagt habe."

Sie stieß sich mit den Füßen vom Boden ab und gab der Schaukel einen sanften Schubs. „Manchmal zanken sich Mütter und Töchter. Das ist normal und Schnee von gestern. Alles ist gut."

Zanken? Wir hatten eine Meinungsverschiedenheit darüber, in die Hölle zu gehen. Was war daran normal? „Nicht alles. Wir wollen mit Philip und Lailah besprechen, was wir als Nächstes tun werden. Willst du reinkommen?"

Der Schwung ließ nach, und sie stieß sich erneut ab. „Nicht jetzt. Ich bin hier, wenn du mich brauchst."

„Äh, okay. Wenn du deine Meinung änderst ..." Die plötzliche Veränderung ihrer Persönlichkeit machte mich sprachlos. In einem Moment war sie meine toughe Hexenmutter. Im nächsten war sie vollkommen verpeilt und hatte nichts beizutragen. Gwen hatte mich gewarnt, dass sie Schwierigkeiten haben würde, sich anzupassen. Ich seufzte. „Wir sind in der Küche."

Sie nickte und starrte die Straße hinunter.

Ich zog mich ins Haus zurück, und die Sorge legte sich um meine Brust. Wir mussten ihre Hilfe besorgen. Und das bald.

In der Küche bedeutete Gwen mir, neben ihr Platz zu nehmen. Ich schüttelte den Kopf, stand auf und starrte Lailah und Philip an. „Wie sollen wir das anstellen?"

„Was?", fragte Lailah.

„In die Hölle gehen."

Stille.

Sie sahen einander an und kommunizierten lautlos.

„Du bist Dans Vater", sagte Lailah zu Philip. „Deine Verbindung sollte ausreichen, um ihn zu finden, wo immer er ist."

Er nickte zustimmend. „Doch du bist der Hüter seiner Seele. Du bist magisch an ihn gebunden. Diese Bindung ist stärker. Wir könnten ihn leichter finden, wenn du den Findezauber wirkst."

Lailah schüttelte den Kopf. „Das bezweifle ich. Nichts ist stärker als Blutsbande."

Er kniff die Augen zusammen. Widerwille ging von ihm aus, als er langsam nickte. „Du hast Recht."

„Wir sollten an einem Plan arbeiten." Lailah nahm ihr Handy. „Ich rufe Lucien an – er kann den Zirkel zusammenrufen. Wir brauchen Verstärkung, um die Tore zur Hölle zu öffnen."

„Warte", sagte er. „Meine erste Priorität ist Jade. Ich sollte nicht einmal daran denken, sie gehen zu lassen, doch wenn ich es nicht tue, wird Meri ihre Macht auslaugen." Er fuhr sich frustriert mit der Hand durch sein dunkles Haar. „Ich kann nicht noch eine Seele an die Dunkelheit verlieren." Die Worte kamen knapp und wütend heraus.

Lailah warf ihm einen mitfühlenden Blick zu.

Ich versteifte mich. „Nicht noch eine? Wie viele hast du verloren?"

Er zuckte zusammen. Wut und Scham erfüllten den Raum, als er mich ansah. „Drei."

Heilige Scheiße! Er hatte drei Leute verloren. Einer war zu viel. Was bedeutete das für meine Chancen?

„Das ist nicht fair, Philip", sagte Lailah. „Dan war nicht deine Verantwortung. *Ich* habe ihn verloren."

„Ist das wichtig?" Er stand auf und ging zum Fenster über der Spüle. „Ich wusste, dass etwas nicht stimmt, doch ich habe das Problem nicht angesprochen, weil ich dachte, du wärst da, um zu helfen. Wie hätte ich wissen sollen, dass Meri dich auch beeinflussen würde? Sie ist meine Gefährtin. Hätte ich sie gerettet, wäre nichts davon passiert." Er klammerte seine Hände an den Rand des Beckens, schloss die Augen und senkte den Kopf.

Ich gab ihm einen Moment, um seine Gedanken zu sammeln, und stellte dann die Frage, die ich bisher zurückgehalten hatte. „Warum hast du es nicht getan?"

Er begegnete meinem Blick. „Ich hatte einen Sohn, auf den ich aufpassen musste."

Mein Herz schlug schneller. Ein schmerzlicher Respekt vor Philips Opfer für seinen Sohn ließ mich ihn mit neuen Augen betrachten. Philip hatte seine Liebe aufgegeben. Hatte Dan eine Ahnung, was sein leiblicher Vater für ihn getan hatte? Ich hoffte es.

„Scheint, es war alles umsonst", fuhr Philip fort.

„Nicht alles", sagte Gwen. „Dan hat sein Leben riskiert für die Frau, die er liebt."

„Gwen." Ich schüttelte den Kopf. Jetzt war nicht die Zeit, all das anzusprechen.

Sie gestikulierte und ignorierte meine Warnung. „Er ist ein guter Mann. Mit deiner Hilfe wird Jade einen Weg finden, ihn zurückzubringen."

Ich starrte sie an. Sie starrte zurück. Etwas in ihrem Ton und das Funkeln in ihren Augen sagten mir, dass sie mehr wusste, als sie zugab. Dass sie etwas gesehen hatte. Doch ich wusste, dass fragen nichts nutzen würde. Seher sprachen normalerweise nicht über ihre Visionen. Das ist viel zu gefährlich. Es ist zu leicht, vom Kurs abzuweichen und eine schwierige Situation zu verschlimmern.

Ihre Worte brachten das Feuer in meinem Bauch zurück. Ich war bereit zu kämpfen, und ich brauchte alle Informationen, die ich bekommen konnte. „Philip, wer war der dritte, den du an die Hölle verloren hast?"

Niemand sagte eine Sekunde lang etwas. Gwen und Lailah tauschten einen Blick aus, und plötzlich verstand ich. Beide wussten, wen er verloren hatte. Das konnte nur eines bedeuten. „Du warst der Hüter der Seele meiner Mutter."

Er holte tief Luft. „Ja."

„Du hast nicht versucht, sie daran zu hindern, Meri zu rufen, obwohl du wusstest, dass Meri schon zum Dämon geworden sein könnte?" Sein Fehler hatte meiner Mutter und Meris Schwestern zwölf Jahre lang im Fegefeuer eingebracht.

Sein Hals wurde rot, als das Blut in sein Gesicht kroch. Schuldgefühle überwältigten seine emotionale Energie, und er presste heraus: „Ich bin derjenige, der ihr den Blutzauber beigebracht hat."

KAPITEL FÜNFZEHN

*E*in Engel, der Hüter der Seele meiner Mutter, hatte ihr Blutmagie beigebracht. Magie, die schreckliche Folgen haben konnte. Magie, die mich letztendlich meine Mutter gekostet hatte, und zwölf Jahre lang hatte ich keine Ahnung gehabt, was mit ihr passiert war. Der begrabene Groll dieser zwölf verlorenen Jahre manifestierte sich, und ich stand kurz davor zu explodieren. Ich öffnete meinen Mund, doch es kamen keine Worte heraus. Empörung packte meinen Verstand.

Die Böden hinter mir knarrten, und ich drehte mich um. Meine Mutter betrat die Küche mit geraden Schultern und ihrer hexenhaften Nerven-aus-Stahl-Haltung. Sie legte mir sanft eine Hand auf den Arm. „Gib Philip nicht die Schuld. Er hat nur versucht zu helfen."

„Aber –"

„Nein. Ich hätte den Zauber mit ihm oder ohne ihn gewirkt. Er hat getan, was er konnte, um mich so gut wie möglich zu schützen." Sie legte einen Arm um meine Taille. „Ich denke, du weißt ein bisschen darüber, wie es ist, wenn man stur ist, wenn es um Menschen geht, die man liebt. Könnte dich irgendjemand davon abhalten, Dan zu helfen?"

Eine Erinnerung blitzte in meinem Kopf auf. Mitten im Kreis des Zirkels von Idaho rief meine Mutter Meri zu sich, nur um herauszufinden, dass sie bereits ein Dämon geworden war, und opferte sich dann selbst, um die anderen zu retten.

Es war genau das, was ich getan hätte, was ich tun würde. Ich konnte einfach nicht verstehen, warum sie den Zauber überhaupt gewirkt hatte.

„Warum hast du es riskiert, mich zu verlassen?", fragte ich sie, und meine Stimme war kleinlaut, kindlich.

Mom umarmte mich und flüsterte: „Meri war meine Freundin."

Ich versteifte mich und zog mich entsetzt zurück. „Du ... du hast sie gekannt?" Hatte sie sie deshalb verteidigt, als wir bei Gwen gewesen waren? Konnte sie nicht sehen, dass Meri nicht mehr zu helfen war?

„Ja. Sie und Philip sind aus Idaho weggezogen, als du klein warst. Ich kann mir nicht vorstellen, dass du dich an sie erinnern würdest, aber Meri war eine sehr enge Freundin." Ihr Blick wanderte und landete auf Philip. „Beide waren es."

Er erhob sich von seinem Stuhl, bittersüße Liebe durchströmte ihn, und er zog Mom in seine Arme. Ich hörte ihn kaum flüstern: „Es tut mir so leid, Hope. Du hast keine Ahnung, wie sehr ich mich wegen dieser Nacht gequält habe."

Sie lehnte sich zurück, neigte den Kopf und schenkte ihm ein Lächeln. „Ich bin mir ziemlich sicher, dass ich eine Ahnung habe."

Philip ließ sie los. Er starrte sie an, betrachtete sie, als ob er sich vergewissern wollte, dass sie wirklich direkt vor ihm stand. Er nahm ihre beiden Hände. „Ich hätte alles getan. Habe alles versucht, was mir eingefallen ist. Außer ..."

„Ich weiß." Sie legte einen Arm um mich und zog mich an

sich. „Du musstest bleiben, um auf mein Mädchen aufzupassen. Und Dan."

„Warte, was?" Ich löste mich aus Moms Umarmung und drehte mich zu Gwen um. „Wovon redet sie?"

Meine Tante warf Mom und Philip einen Blick zu und dann wieder mir. „Er ist immer der Hüter deiner Seele gewesen, Honey."

Jetzt war ich wütend.

Warum hatte ich diesen Mann gerade erst kennengelernt? Er war Dans Vater. Mein Engel. Und der Mann im Zentrum all dieses Wahnsinns. Frustration und das intensive Gefühl von Verrat wirbelten meine Gedanken durcheinander.

Ich konnte mich nicht konzentrieren. Das brauchte ich jetzt wirklich nicht. Wir mussten Dan finden und Kane retten.

Lailah stand auf und trat an meine Seite. „Komm mit mir."

„Wohin?", presste ich heraus, als sie mich nach hinten in die Küche zerrte.

„Nach draußen." Sie zog die Fliegengittertür auf und schob mich auf ihre Terrasse. „Lass uns frische Luft schnappen."

Ich blieb in der Tür stehen. „Ich will keine frische Luft. Ich will Antworten."

„Ich weiß. Beweg dich einfach."

Meine Füße reagierten von selbst, und im nächsten Moment waren wir allein in ihrem winzigen, kargen Hinterhof. Gute Göttin, ihr Haus war ein Mysterium. Unterhalb der Terrasse lag ein trockener Fleck aus Erde mit ein paar Unkräutern. „Warum hast du keine Pflanzen und kein Gras?"

„Wirklich?" Sie warf die Hände in die Höhe. „Darüber willst du reden? Meinen Garten? Wenn du es wissen musst, war ich gerade dabei, den Garten neu anzulegen. Dann sind Dämonen aufgetaucht."

„Oh."

„Ja, ich war ein bisschen beschäftigt."

„Wem sagst du das." Ich setzte mich auf die Stufen der Terrasse und starrte auf einen weißen Stein, der in der Erde glänzte.

Sie stand hinter mir an der Brüstung, Unbehagen ging von ihr aus.

„Sag einfach, was immer du zu sagen hast." Eine rote Feuerameise huschte um den Stein herum. Ich widerstand dem Drang, die zehenbeißende, gemeine Kreatur zu zermalmen.

„Du solltest wissen, dass Engel sich ihren Schützlingen normalerweise nicht offenbaren. Und in Philips Fall gab es auch Dan, was die Sache noch komplizierter gemacht hat."

Ich drehte mich um und wollte eine bessere Erklärung. Wie kam es, dass Philip Dans Mutter verlassen hatte? Warum war Philip nie dagewesen, wenn er auf Dan aufpassen sollte? Warum die Geheimniskrämerei?

„Tut mir leid, das ist ihre Sache, und ich kann nicht darüber reden", sagte Lailah und hörte offensichtlich meine Gedanken. „Wichtig ist, dass Philip all die Jahre dein Hüter war, und wenn du Dan und Kane helfen willst, musst du ihm vertrauen."

Ich drehte mich um und beobachtete die Ameise, die über ein vertrocknetes Blatt kroch. „Ich vertraue dir."

„Wirklich?" Die Überraschung in ihrer Stimme ließ mich kichern.

„Ja. Es ist schockierend, aber ich weiß, dass du nicht erlauben wirst, dass ein Dämon einem von ihnen Leid zufügt." Ich stand auf und begegnete ihrem Blick wieder. „Du kannst mich nicht sonderlich leiden, aber sie sind dir wichtig."

Sie senkte den Kopf und schüttelte ihn. „Das stimmt nicht. Ich mag dich schon." Ihre Lippen verzogen sich zu einem schiefen Lächeln. „Du nervst mich einfach zu Tode."

Überrascht von ihrer Offenheit lachte ich. „Okay", schnaubte ich, immer noch schmunzelnd. „Du treibst mich auch in den Wahnsinn." Ich streckte eine Hand aus. „Waffenstillstand?"

„Waffenstillstand." Sie nahm sie, und kurz bevor sie losließ, schoss ein schwacher Schock durch meinen Arm.

„Was war das?"

„Ein bisschen Magie, um den Deal zu besiegeln." Sie nickte zur Tür. „Komm, wir müssen einen Zauberspruch ausarbeiten, wenn wir dich heute in die Hölle bringen wollen."

„Heute?" Mein Herz schlug schneller.

„Was du heute kannst besorgen …"

Ich folgte ihr zurück in die Küche und fand Mom über den Tisch gebeugt, ein Papier vor sich. Ich spähte über ihre Schulter und fragte: „Was ist das?"

„Wissen." Mom zeigte auf ein Labyrinth, das sie gezeichnet hatte. „Eine Karte von Meris Abschnitt der Hölle."

Ich berührte den Rand des Papiers. „Du weißt, dass ich alles tun werde, um Dan zu retten, einschließlich Meri zu zerstören."

Mom richtete sich auf. „Natürlich. Von meiner Tochter würde ich nichts anderes erwarten. Aber nur weil du es kannst, heißt das nicht, dass du es tun solltest. Nichts ist nur schwarz und weiß."

Ich biss mir auf die Zunge, zuckte mit den Schultern, nahm ihren Rat halbherzig an und wandte mich wieder der Karte zu. „Sieht so aus, als hätte ich was zu tun."

„ICH GLAUBE NICHT, dass das funktionieren wird." Ich warf das Notizbuch auf die Theke und sehnte mich nach einem Guinness. Die an der Wand aufgereihten Flaschen verspotteten mich. Blöder Club voller Alkohol. Ein bisschen flüssiger Mut würde meine Nerven beruhigen. Schade, dass Alkohol und Zaubersprüche nicht gut zusammenpassen.

Pyper griff nach dem Buch und hielt es mir entgegen. „Du hast es noch nicht einmal versucht."

„Uns läuft die Zeit davon." Lailah deutete auf die Digitaluhr, die unter der Theke leuchtete.

Pyper reckte den Hals und nickte. „Ja. Kane wird in einer Stunde zurück sein. Wenn ihr die dunkle Energie des Clubs nutzen wollt, müsst ihr eher früher als später damit anfangen. Denn sobald er auftaucht, geht's hier rund."

Neben dem Zauberspruch war das größte Hindernis, das uns im Weg stand, ein Portal in die Unterwelt finden zu müssen. Idealerweise würden wir den Kreis eines Zirkels verwenden, doch da unserer unter ständiger Medienbeobachtung stand, würde das nicht funktionieren.

Beas Haus war voller alter mystischer Kraft, nachdem Generationen von Hexen dort gelebt hatten. Es wäre meine nächste Wahl gewesen, doch ich war nicht bereit, ihr Zuhause Gefahren durch irgendwelche abtrünnigen Dämonen auszusetzen.

Die Idee, Kanes Club *Wicked* zu verwenden, gefiel mir auch nicht besonders, doch uns gingen die Optionen aus.

Vor ein paar Monaten hatten sich Bea und Lailah zusammengetan, um einen bösen Geist zu vertreiben. Laut Lailah war der Club nun magisch als Portal markiert. Wir mussten es nur in Dans Nähe öffnen. Sonst würde ich mich wahrscheinlich in einer ganz anderen Dimension verlieren.

„Ugh." Meine Nerven schrien angesichts meiner Zuversicht. Ich warf einen Blick auf die Bühne, auf der Philip, Lucien, Kat und Rosalee in einem engen Kreis standen, und wünschte mir, Lailah hätte Kat nicht wegen Dans keltischem Knotenanhänger angerufen. Doch wir brauchten ein Fokusobjekt, und der Anhänger war ideal.

Als Kat erfahren hatte, was wir vorhatten, war sie sofort in den Club gekommen. Sie würde natürlich nicht zu Hause bleiben und vor Sorge die Hände ringen. Nicht, wenn das Leben ihrer beiden besten Freundinnen auf dem Spiel stand. Sie würde mir wahrscheinlich in die Hölle folgen, wenn sie Gelegenheit bekäme.

Doch ich würde sie eher fesseln, als das zuzulassen.

Ich wandte mich an Pyper. „Wenn wir anfangen, erwarte ich, dass du und Kat hier verschwindet. Egal was passiert. Verstanden?"

Sie trank ein Schnapsglas Rum aus, knallte das Glas auf die Theke und stand von einem der blauen Samthocker auf. „Verstanden."

„Und pass auf Kane auf", flüsterte ich und hasste es, dass ich ihn angelogen und Pyper in diese Situation hineingezogen hatte. Sie hatte ihn auf einen Metzgersgang quer durch die Stadt geschickt, um ein angeblich wichtiges Teil für eine ihrer Espressomaschinen zu besorgen.

Ich hatte Kane versprochen, dass wir gemeinsam dagegen ankämpfen würden, doch ich sah keinen Weg, das zu tun, ohne ihn an Meri zu verlieren, und das konnte ich nicht zulassen. Pyper würde die Scherben aufsammeln müssen, wenn irgendetwas schiefging.

Sie schlang ihre Arme um mich und drückte mich fest an sich, dann zog sie sich zurück und legte ihre Hände auf meine Schultern. „Komm bloß zu uns zurück und pass auf ihn und dich auf."

Unfähig zu sprechen, nickte ich.

„Gut." Sie ließ los, und ihr Ton wurde weicher. „Weil du weißt, ich habe selbst ein Leben. Ich kann nicht für immer sein Babysitter sein."

Ich schenkte ihr ein kleines Lächeln und ging durch den

leeren Club, um mich den anderen auf der Bühne anzuschließen.

„Also gut", sagte Lailah. „Lasst uns anfangen." Sie wechselte in einen Drillsergeant-Modus und bellte Befehle. „Philip, stell dich hierhin." Sie manövrierte ihn an genau dieselbe Stelle, an der Bea gesessen hatte, als sie das Portal zum ersten Mal geöffnet hatte. Der keltische Anhänger schimmerte unter einem der Scheinwerfer, als sie ihn mir entgegenhielt. „Nimm den."

„Warum hat sie das Sagen?", fragte Pyper.

„Weil sie die Hüterin von Dans Seele ist, und er ist der, den wir finden wollen", sagte ich. „Sie wird den Zauber anfangen, und dann werden sich alle im Kreis mit ihr zusammentun, um meine Seele zu der von Dan zu führen."

Lucien drehte sich zu mir um. „Sobald du das tust, kannst du keine Macht mehr vom Zirkel beziehen."

„Bis in alle Ewigkeit?" Ein unerwartetes Gefühl des Verlustes erfüllte mich. Ich hatte nicht darum gebeten, die Anführerin des Zirkels zu sein. Hatte den Job gar nicht gewollt. Tatsächlich hatte ich ein paarmal versucht, ihn Bea zurückzugeben. „Heißt das, ich verliere meinen Status?"

„Nicht, falls … ich meine, wenn du zurückkommst, gehört die Position wieder dir." Er warf Rosalee einen Blick zu, seine Haltung steif. Unbehagen strömte von ihm aus.

„Was?", fragte ich.

Rosalee zog ihre Augenbrauen hoch und wartete auf seine Antwort. Als er nichts sagte, kam sie auf mich zu. „Du musst einen von uns als Anführer benennen, bevor du gehst. Sonst wird der gesamte Zirkel verwundbar sein."

„Oh. Ist das alles?" Ich seufzte erleichtert auf. „Okay, kein Problem."

Luciens Kopf schnellte hoch. „Du verstehst das nicht. Die Übertragung zehrt deine Kräfte auf. Es wird ein paar Tage dauern, bis du wieder zu Kräften kommst, doch so viel Zeit hast du nicht. Was bedeutet, dass du in der Hölle und geschwächt sein wirst."

„Ich muss in einem geschwächten Zustand in die Hölle einbrechen? Warum hat es niemand für nötig gehalten, mich auf diese winzig kleine Kleinigkeit hinzuweisen?" Ich ballte meine Hände zu Fäusten und bemühte mich, meine Wut im Zaum zu halten.

Rosalee hob beschwichtigend die Hände. „Es ist wirklich selten, dass der Anführer eines Zirkels seine Machtposition aufgibt. Die meisten von uns haben es noch nie erlebt. Als Bea es getan hat, war sie bereits geschwächt. Wir haben es gerade erst erfahren. Bea hat uns gewarnt."

Pyper stellte sich vor mich, die Hände in die Hüften gestemmt. „Dann kann sie nicht gehen."

Ich schob sie sanft zur Seite und atmete tief durch. „Okay, was meinst du damit, der Zirkel wird verwundbar sein? Was passiert, wenn ich die Führung nicht abgebe?"

„Alles, was du in der Hölle durchmachst, wird sich auf die Mitglieder hier auswirken. Im Wesentlichen, wenn du stirbst, sterben wir", sagte Rosalee mit ausdrucksloser Stimme. „Du kannst das Kollektiv nicht nutzen, weil die Hölle die Kraft neutralisiert, die nötig ist, um Zirkelmagie zu bilden. Als Anführerin ist deine Verbindung zu uns jedoch nicht vollständig getrennt, und Dämonen werden die Verbindung ausnutzen. Sie ernähren sich von körperlichen und emotionalen Schmerzen. Glaub nicht, dass sie die Gelegenheit nicht nutzen werden."

Verdammt ... Ja, sie ernährten sich von Schmerzen.

Es war das, was Kane gerade erlebte.

Bevor jemand noch etwas sagte, ergriff ich Luciens Hände. Mein magischer Funke wurde warm in meiner Brust. „Ich,

Jade Calhoun, übertrage die Führung des Zirkels von New Orleans an dich, Lucien Boulard."

Magie entzündete sich zwischen uns, bis eine Welle winziger Elektroschocks aus meinen Fingerspitzen schoss. Leere breitete sich in meinem Bauch aus. Die Verbindung, der ich nie besondere Beachtung geschenkt hatte, war plötzlich weg.

„Whoa", sagte Lucien leise und trat ein paar Schritte zurück. „Das ist heftig."

Ich beobachtete ihn, sagte nichts. Als Bea mich zur Anführerin gemacht hatte, hatte ich kaum einen Unterschied bemerkt. Hatte ich etwas von meiner Magie auf ihn übertragen? Das war früher schon passiert. Es war das, was die psychische Verbindung zwischen Lailah und mir geschaffen hatte.

Lucien?, fragte ich.

Ich musterte ihn sorgfältig, während er seine Finger bewegte, um die Nachbeben der Magie zu verarbeiten.

Kannst du mich hören?

Nichts.

Lucien!

Schließlich hörte er auf, auf seine Hände zu starren, wich zurück und nahm einen Platz auf dem Kreis ein, den wir auf der Bühne gezeichnet hatten.

Der Göttin sei Dank. Zumindest hatte ich *das* nicht vermasselt.

„Bist du mit dem Schreien fertig, Jade?", fragte Lailah. „Weil ich davon Kopfschmerzen bekomme."

Ich ignorierte ihre Bemerkung. „Lasst uns anfangen. Kane wird jede Minute hier sein."

Pyper zog mich in eine weitere Umarmung. „Pass auf dich auf."

Sie ließ los, drückte mir ein Bündel Kräuter in die Hand

und ging schnell zur Bar. Doch nicht, bevor ich die Tränen in ihren Augen glänzen sah. Ich begegnete Kats Blick und sagte ihr im Stillen, wie sehr ich sie liebte.

Ihre Lippen waren zu einer dünnen Linie zusammengepresst, und sie schüttelte den Kopf. Die Botschaft war klar. Ich würde heute nicht scheitern. Sie hatte es mir verboten.

Ihre heftiges Leugnen erfüllte mein Herz mit Mut. Ich wandte mich Lailah zu. „Ich bin so weit."

Ich stellte mich in die Mitte des Kreises, in der einen Hand Dans Anhänger und in der anderen einen mit Erdmagie durchtränkten Kräutertbeutel, meine einzigen Hilfsmittel, um Dan zu finden und so schnell wie möglich wieder herauszukommen. Sie würden mir jedoch nicht helfen, Meris Verbindung zu Kane zu beenden.

Unsere Recherchen hatten gezeigt, dass die einzige Möglichkeit, Kane zu befreien, darin bestand, Meri entweder zu vernichten oder die Verbindung zu jemand oder etwas anderem umzuleiten. Etwas, das ihr wichtig war, wie ein wertvolles Juwel, das sie unter Verschluss hielt.

Mit der Karte, die Mom gezeichnet hatte, war meine Mission, in Meris „Wohnung" in der Hölle einzubrechen und einen großen Familienrubin zu stehlen, den sie einst als Ring getragen hatte. Sobald ich zurück war, würden wir an dem Umleitungszauber arbeiten. Alles, was ich tun musste, war, das Juwel zu finden … und Dan.

Kein Problem. In die Hölle einzubrechen war kein Problem, oder?

Ein Schwindelanfall ließ mich schwanken. Ich atmete tief durch und zwang mich, mich zusammenzureißen. In wenigen Augenblicken würde Lailah das Tor zur Hölle öffnen. Ich musste bereit sein.

Lailah positionierte sich im nördlichen Abschnitt des

Kreises, Philip im Süden. Lucien und Rosalee füllten den Osten und Westen aus. Lailah hob ihre Hände, und sofort begann der mit Kreide gezeichnete Kreis, den Club zu erhellen.

Ich warf einen Blick auf die Bar. Pypers Gesicht war weiß geworden. Angst lähmte sie, als zweifellos die Erinnerung daran zurückkehrte, wie sie von Roys Geist gefoltert worden war.

„Kat, bring sie hier raus!", rief ich.

Pyper rührte sich nicht, als Kat an ihrem Arm zog. „Ich bin okay. Wir gehen nicht."

„Hör auf, so stur zu sein. Geh. Beschäftige Kane, bis ich zurückkomme." Ich hatte versucht, zuversichtlich zu klingen, aber die Wirkung war ruiniert, als meine Stimme bei Kanes Namen brach. Ich versuchte es noch einmal: „Geh einfach. Bitte. Pass auf dich auf."

Endlich schaffte es Kat, Pyper zur Hintertür zu ziehen. Meine Augen brannten vor unvergossenen Tränen.

Nicht jetzt, Jade. Nicht jetzt.

Ich blinzelte und sah Lailah an. „Lass uns das durchziehen."

Sie nickte und nahm Blickkontakt mit Philip auf. „Bereit?"

„Hast du die Beschwörung im Kopf?", fragte er mich.

„Ja." Ich tätschelte meine Gesäßtasche. „Und ich habe eine Kopie für alle Fälle." Sobald ich auf der anderen Seite ankam, sollte ich einen Ortungszauber wirken. Wenn ich ihn richtig machte, würde Philip in der Lage sein, mich zu finden und mich nach Hause zu holen, wenn irgendetwas schrecklich schief ging.

„Ich hoffe, dass du ihn dir eingeprägt hast. Du weißt nicht, was mit weltlichen Dingen passieren kann, wenn du auf die andere Seite gehst." Seine Augen waren hart, unnachgiebig.

„Verstanden", bestätigte ich und widerstand dem Drang, ihn anzuschnauzen. Je länger sie das in die Länge zogen, desto schwieriger wurde es. Meine Entschlossenheit begann zu schwinden. Ich wusste nicht, ob es an meiner Nervosität lag oder daran, dass ich Lucien zum Anführer des Zirkels gemacht hatte. Jedenfalls konnte ich spüren, wie ich von Sekunde zu Sekunde schwächer wurde.

„Fertig", bestätigte Philip.

Lailah begann einen lateinischen Gesang, dem sich bald die anderen drei anschlossen. *„Porta inferni, porta inferni."*

Vor mir erhob sich eine schwarze Stumpenkerze, und als sie fast auf Augenhöhe war, rief Lailah: *„Accende!"*

Die Kerze erwachte mit einem plötzlichen Funken zum Leben.

Die anderen sangen leise weiter: *„Porta inferni, porta inferni".*

Lailah hob die Arme. Ein schimmerndes Licht erschien um ihre Gestalt und ließ sie im dunklen Gastraum leuchten. „Göttin der Hölle, höre meine Worte. Ich, Lailah Farmoore, Engel von New Orleans, befehle deinem Willen."

Ich starrte auf die Kerze, die immer noch vor mir schwebte, und betete, dass Lailah nicht besessen war. Das letzte Mal, als Lailah eine Göttin angerufen hatte, war sie tatsächlich aufgetaucht ... in Lailahs Körper.

Ziemlich verrückt, das. Natürlich war nichts verrückter, als absichtlich in die Hölle zu gehen. Ich schlang meine Arme um mich und rieb meine Seiten.

Unsichtbare Kraft explodierte von Lailah, drückte sich auf mich ein und ließ meine Glieder vor Verlangen zucken, den magischen Strom aufzunehmen. Ich umklammerte meine Arme und zwang mich, passiv zu bleiben. Wenn ich jetzt meine Magie benutzen würde, würde Meri wahrscheinlich davon zehren. Obwohl ich nicht in Kanes Nähe war, konnte sie mich immer noch durch unsere Bindung erreichen. Sie noch mehr von meiner Macht nehmen zu lassen, war keine Option.

Philips tiefe Stimme erfüllte den Club. „Göttin der

Dunkelheit, höre meinen Ruf. Ich, Philip Pearson, befehle dir, meinen Sohn Dan Toller zu bringen."

Blaue Funken sprangen aus seinen Fingern und kollidierten mit denen von Lailah in einem beeindruckenden eisblauen Feuerwerk. Mein Körper summte und sehnte sich danach, Teil des Kreises zu sein. Ich vermisste die magische Verbindung, den Zusammenhalt des Zirkels.

Ich starrte Lucien an. Seine Arme waren erhoben wie die von Philip, um den Kreis zu schließen. Die heftige Konzentration, die in seiner Haltung deutlich wurde, beruhigte mich. Ich hatte ich die richtige Entscheidung getroffen, ihm den Zirkel zu übertragen. Er hatte die Fähigkeit und die Intelligenz, sich um sie zu kümmern, während ich weg war. So sehr ich Zirkel und Magie mein ganzes Leben lang gemieden hatte, wusste ich jetzt, dass sie ein Teil von mir waren. Notwendig. Ein Teil meines Puzzles, das ich nicht länger ignorieren konnte.

Das Licht tanzte um mich herum, veränderte und wand sich in unerkennbare Formen. Ranken von Magie lösten sich von dem Feuerwerk und schlängelten sich zu den beiden Hexen. Ein Knistern raste wie ein Blitz durch den Raum, und plötzlich verbanden die Fäden die vier Praktizierenden um den Kreis herum, wodurch ein magischer Baldachin über ihnen entstand.

Gebrüll von Energie erfüllte meine Ohren wie statisches Rauschen. Lailahs Mund bewegte sich, als sie zu schreien schien. Luciens Gesicht zeigte eine Art wilde Entschlossenheit, und seine grünen Augen glühten vor Anstrengung. Ihm gegenüber schien Rosalee, die zierliche Rosalee, fünf Zentimeter gewachsen zu sein. Sie balancierte auf ihren Zehenspitzen, das Gesicht zur Decke erhoben, während sie darum kämpfte, die überwältigende Magie aufrechtzuerhalten, die auf sie einschlug. Nur Philip blieb ruhig an seinem Platz stehen, und die Kraft ging in Wellen von ihm aus. Er sah mich an und wartete.

Ich schob mich vor, Arme und Beine schwer, als würde ich mich durch Wasser bewegen. Er nickte und ermutigte mich, während ich gegen die dicke Energie ankämpfte.

Als ich ein paar Schritte von Philip entfernt war, formte er mit dem Mund das Wort *Stopp* und streckte seine Hand nach Dans Anhänger aus. Er baumelte von meiner Faust und blitzte im Licht. Ich ließ nicht los, sondern ließ die Kette einfach aus meinem Griff vor ihm hängen.

Dann rief er ein Wort, das ich nicht verstehen konnte, jedoch den magischen Sturm dazu brachte, sich um uns beide zu konzentrieren, bevor Philip seine Hand ausstreckte und sie auf meine legte.

Das Knistern verschwand. Keuchen und überraschte Laute kamen von meinen Freunden, und Wind kam auf und peitschte mein Haar über meine Augen. Ich schob es zurück und starrte.

Das eisblaue Licht hatte ein unverkennbares Bild von Dan manifestiert, der auf einer Art schwebenden Steinaltar über einem prasselnden Feuer lag. Flammen leckten an den Seiten des Steins, auf dem er lag, und ließen ihn zurückzucken.

„Oh mein Gott. Sie wird ihn bei lebendigem Leib verbrennen", rief ich. Das Bild verzerrte sich, als sich die Magie in sich zusammenfaltete und eine Kugel formte. Einen Moment später breitete sich die Kugel aus und hinterließ ein Loch im Boden des Clubs. Nur diesmal glühte es feurig orange.

Hitze wärmte meinen Körper, als ich näherkam.

Das war es. Mein Portal in die Hölle. Ich musste nur springen. Ich machte zwei Schritte darauf zu. Das Prickeln einer vertrauten Energie streifte meine Psyche und ließ mich erstarren. Zitternd drehte ich mich nach links.

Da war Kane, gehüllt in eine tödliche Kombination aus Angst und Wut, die jeden Zentimeter seines Wesens verschlang. Er vibrierte förmlich, was meine ohnehin schon angegriffenen Nerven dem Zerreißen nahebrachte. Mit einem Blick versuchte ich, ihm die wirbelnden Emotionen in mir zu zeigen – Liebe, Bedauern, Schuldgefühle.

Er reagierte nicht darauf. Zögerte nicht einen Moment, sondern kam mit hartnäckiger Entschlossenheit und Zielstrebigkeit direkt auf mich zu.

Ich starrte in seine lodernden dunklen Augen und sprang.

Alles verschwamm, Hitze und Licht versengten meine Sicht. Ich tastete um mich, suchte vergeblich nach Halt und landete Sekunden später mit einem dumpfen Schlag auf einem kalten, harten Boden.

„Ugh." Ich rappelte mich auf alle Viere und kniff die Augen zusammen. Der dämmrige graue Raum schien leer zu sein.

Gut. Ich war allein.

Bis ich einen dumpfen Schlag, gefolgt von einem Stöhnen, hinter mir hörte. Ich sprang auf, wirbelte herum und wich zurück zur Wand, als Mokkaaugen mich anstarrten.

„Verdammt, Kane. Was zum Teufel machst du in der Hölle?"

KAPITEL SECHZEHN

*K*ane stemmte sich hoch, dieselbe entschlossene Wut strömte von ihm aus. „Dir folgen."

Ich trat unbewusst einen weiteren Schritt zurück.

„Was hast du dir dabei gedacht?", knurrte er, als sein Körper mich überragte.

Diesmal blieb ich standhaft. Er packte meine Schultern, und ich versteifte mich, sicher, dass er mich buchstäblich zur Vernunft schütteln wollte.

Ich starrte in sein finsteres Gesicht und wartete.

Stattdessen drückte er mich an sich und presste mich fest an sein pochendes Herz.

„Du hättest mir nicht folgen sollen", sagte ich an seiner Brust. Ungezügelte Emotionen übernahmen die Oberhand, und ich begann zu zittern, als Tränen meine Augen füllten.

Er streichelte mein Haar und atmete schwer, während wir beide um Kontrolle rangen. Schließlich zog er sich zurück und wischte mir die letzten Tränen von den Wangen.

„Ich musste es tun", flüsterte ich.

„Dan will nicht, dass du dein Leben für seines riskierst." Er strich mit einem Finger über mein Kinn. „Kein Mann, der eine Frau liebt, würde das wollen."

Ich machte mir nicht die Mühe, über die Implikationen zu diskutieren. Vielleicht liebte Dan mich wirklich. Ich liebte ihn. Wie konnte ich auch nicht? Wir waren zusammen aufgewachsen. Waren beste Freunde und dann ein Paar gewesen. Doch ich liebte ihn nicht mehr auf diese Weise, und Kane wusste es. „Ich bin nicht wegen Dan gekommen. Wenn er der einzige Grund wäre, hätten wir zuerst einen Beschwörungszauber versuchen können." Ich warf einen Blick auf Kanes Oberschenkel, der so normal aussah, verdeckt von dunklem Jeansstoff. „Ich bin deinetwegen gekommen."

Ein Muskel pulsierte in seinem Kiefer. „Ich wiederhole, ein Mann, der dich liebt, würde nicht wollen, dass du dein Leben für ihn riskierst." Er hob mein Kinn und ließ mir keine andere Wahl, als seinem Blick zu begegnen. „Glaubst du wirklich, ich könnte mit mir leben, wenn dir meinetwegen etwas zustößt?"

Ein Rinnsal der Empörung strömte durch meine Adern. „Und wenn dir etwas passiert, was glaubst du, wie ich mich fühlen würde? Vor allem, weil ich weiß, dass ich die Mittel habe, um dagegen anzukämpfen." Ich betete, dass dem so war. Schon konnte ich den Funken der Macht, der normalerweise einen Platz in meiner Brust einnahm, nicht spüren.

Wir starrten einander an, beide frustriert.

Ich zog trotzig eine Augenbraue hoch. „Wollen wir den ganzen Tag hier stehen und streiten, oder einem Dämon in den Arsch treten?"

Er schüttelte genervt den Kopf. „Ich bin schon zufrieden, hier einfach in einem Stück wieder rauszukommen. Bitte sag mir, dass du einen Plan hast."

Ich lächelte, als ich Moms Karte aus der Tasche zog. „Eine Art Schatzsuche."

Kane nahm das zerknitterte Papier, drehte es ein paarmal um und gab es mir zurück. „Es ist leer."

Ich fluchte leise und zermarterte mir hektisch das Hirn nach dem Labyrinth von Tunneln, das Mom gezeichnet hatte. Grün. Wir brauchten den grün beleuchteten. *Bitte lass uns in der Nähe sein.* „Hoffentlich kann ich mich an das verdammte Ding erinnern." Ich nahm die unsichtbare Karte und steckte sie wieder in meine Tasche. „Komm."

Durch einen steinernen Bogen schlichen wir aus dem kleinen kargen Raum. In der Ferne leuchtete blasses Licht. Ich musste den Hauptgang finden. Die Karte hatte ein Netz von Tunneln gezeigt, die alle zum Zentrum der Hölle führten, wo Luzifer selbst als König der Unterwelt regierte.

Leider war Meris Quartier gefährlich nah an Luzifers Thron. Wenn wir Glück hatten, hatte uns der Ortungszauber in den richtigen Tunnel geworfen. Wenn nicht, mussten wir irgendwie unbemerkt den öffentlichen Bereich der Hölle durchqueren.

Mit einer Hand umklammerte ich meine verzauberten Kräuter, und mit der anderen hielt ich Kane, als ob mein Leben davon abhinge. Philip hatte mich mit ein paar mächtigen Erdzaubern bewaffnet, doch wenn ich sie anwenden musste, bevor wir Meri begegneten, waren wir dem Untergang geweiht. Sie würde meine Kraft durch Kane aufzehren, und ich würde zu schwach sein, um gegen sie zu kämpfen.

Kane wurde langsamer, und ich blickte zurück. „Was ist los?"

Er rieb sich den Oberschenkel. „Nichts. Nur ein Stich."

Angst blühte in meiner Brust auf. Wusste Meri, dass wir hier waren? Ein Grund mehr zur Eile. Ich nickte, als Kane wieder aufholte.

Der Gang wurde heller, als die Steinmauern näherrückten und der Tunnel enger wurde. Ich blieb stehen. Waren wir in die richtige Richtung gegangen? Ich warf einen Blick über meine Schulter. Hinter uns war Dunkelheit.

Nein, Mom sagte, ich solle dem Licht folgen. Wir wurden langsamer, gingen entlang der Mauer und lauschten auf jede Bewegung von möglichen Dämonen in der Nähe. Nichts lag in der Luft außer dem feuchten Geruch von Schimmel und Fäulnis. Ich rümpfte die Nase und ging weiter.

Wir kamen an zwei verschlossenen Türen vorbei, die beide mit Staub und Spinnweben überzogen waren.

Verlassen. Gut.

Der raue Steinboden wurde glatt, was auf jahrhundertelange Abnutzung hinwies. Wir kamen um eine Biegung zu einer Öffnung in einem größeren Gang. Grellweiße Lichtkugeln blendeten mich.

Scheiße. Wir waren nicht am richtigen Ort. Laut Mom war jeder Abschnitt durch die magischen Kugeln, die unter den Decken schwebten, farblich gekennzeichnet. Meri wohnte in einem mit grünem Licht beleuchteten Abschnitt. Ich hob meine Hand, um meine Augen zu schützen, und wurde plötzlich in den engen Gang zurückgezogen.

„Was zum –?", begann ich, bevor Kane seine Hand auf meinen Mund presste und mich gegen die Wand drückte.

„Schh", flüsterte er kaum.

Sekunden verstrichen. Dann grunzte jemand, und das deutliche Geräusch von etwas, das geschleift wurde, hallte durch den Gang. Ich hörte auf zu atmen. Das Geräusch wurde leiser, und ich zog Kanes Hand sanft von meinem Mund, holte tief Luft und spähte um die Ecke.

Ein gedrungener, runder Mann mit einem Kopf voller dichter, schwarzer Haare ging rückwärts, während er einen Segeltuchsack hinter sich her schleifte. Der Inhalt schien schwerer und größer zu sein als der Mann selbst.

Ich zuckte zurück in den Gang, bevor er mich entdecken

konnte. Seiner schweren Atmung nach zu urteilen, schien er jedoch nicht allzu sehr auf seine Umgebung konzentriert zu sein. „Noch nicht", flüsterte ich.

Als die Geräusche nachließen, wagten wir uns noch einmal in den Gang. Nichts zu sehen. Ohne zu zögern gingen wir weiter. Bilder von Gebäuden auf der Bourbon Street, heruntergekommen und in verschiedenen Verfallszuständen, säumten die Wände. Menschen mit toten Augen füllten die gepflasterten Straßen. Die Illustrationen ähnelten einem postapokalyptischen New Orleans. Ich musste meinen Blick von dem verstörenden, endlosen Wandbild abwenden.

Wir duckten uns in jeden kleineren Gang, zu dem wir kamen, und betrachteten jeden Abschnitt unseres Weges sorgfältig. Die unheimliche Stille zerrte an meinen Nerven. Außer dem Mann, der seine Beute geschleppt hatte, hatten wir niemanden gesehen oder gehört.

„Wohin gehen wir?", fragte Kane schließlich.

„Zu Meris Kerker, wo wir hoffentlich Dan und ein Juwel finden, mit dem wir Meris Verbindung zu dir brechen können. Dann sind wir hier raus." Ich lehnte mich an die Steinmauer und brauchte einen Moment, um mein Bewusstsein auszusenden. Kanes Sorge und Unbehagen erfüllten mich. Ich schob seine Energie beiseite und drang weiter vor. Nur ein Flüstern von Gefühlen erreichte mich, etwas, das an lustvolle Freude grenzte. Von der dunklen Art, die sich von Zerstörung nährte.

Ich schauderte, verschloss mich jedoch nicht, da ich spüren wollte, wann wir uns dem näherten, das diese Emotion nährte.

Wir gingen weiter. Die Luft erwärmte sich, und der verrottende Gestank wich einer ranzigen Rauchwolke. Ich würgte, meine Augen tränten. „Oh Gott."

Kane zog sich den Kragen seines Hemdes über Nase und Mund.

Wohin gingen wir?

Noch eine Biegung, und meine Frage wurde beantwortet. Der Gang öffnete sich zu einem großen, in sich abgeschlossenen Auditorium, dessen Decke mindestens fünf Stockwerke hoch war. In der Mitte brannte ein schneeweißes Feuer von gigantischen Ausmaßen, eingeschlossen von dicken Glaswänden. Eine elektrische Wendeltreppe führte nach oben, wo der gedrungene Mann, den wir zuvor gesehen hatten, mit seiner Segeltuchtasche stand.

Kane und ich wichen zurück in die Schatten des Ganges, aus dem wir gekommen waren, und beobachteten die Szene.

An den Wänden des Auditoriums erwachte ein Rundum-Bildschirm zum Leben. Er war in vier Abschnitte unterteilt, von denen jeder einen anderen verfallenden Teil der Stadt New Orleans zeigte: Ein Haus im Garden District, das von verdorrten Weinreben überwachsen war und von Nagetieren bewohnt; Der Mid-City Park, bar jeder Vegetation und voller Dämonen; ein brennendes French Quarter; und Uptown, menschenleer und geflutet mit Blut.

Ich unterdrückte einen Schrei, unfähig, meinen Blick von dem Alptraum vor meinen Augen zu lösen.

Die Bildschirme wurden schwarz und die Szenen durch eine Nahaufnahme des Mannes am oberen Rand des Lagerfeuers ersetzt, der jetzt in den Sack packte. Direkt hinter ihm stand ein leerer roter Samtstuhl, hoch genug, um über allem Hof zu halten. Luzifers Thron. Was sollte es sonst sein? Den Göttern sei Dank schien er nicht hier zu sein.

Schweiß lief über das Gesicht und den Hals des Mannes. Er grinste böse, als er langsam etwas aus dem Sack zog.

Ich packte Kanes Unterarm, und meine Nägel bohrten sich in seine Haut. „Was ist das?"

Sein Mund öffnete sich, dann schloss er ihn wieder.

„Kane?" Ich starrte wieder auf den Bildschirm. Mein Magen

rebellierte. Ich schluckte, und bemühte mich, mich nicht zu übergeben.

Der Dämon, der jetzt an seinen großen, untertassenähnlichen schwarzen Augen zu erkennen war, hielt einen abgetrennten Arm über seinen Kopf und drehte ihn in alle Richtungen.

Von einer unsichtbaren Menge ertönte Jubel. Mit der Gliedmaße grüßte der Dämon sein Publikum und warf sie dann ins Feuer.

Ich würgte und konnte kaum mein letztes irdisches Essen bei mir behalten.

Das Feuer im Zylinder tobte, loderte empor und wirbelte wie lebendig herum. Es wurde von grellem Weiß zu Orange, wieder zu Weiß und so weiter durch eine Reihe von Farben, als der Dämon weitere Körperteile in das Inferno warf.

Der Jubel wurde lauter und füllte das Auditorium mit einer schauerlichen bösen Atmosphäre. Meine Knie begannen nachzugeben. Kane hielt mich aufrecht und zog mich an seine Seite, wir beide gelähmt von der Szene vor uns.

Als der Sack leer war, warf der Dämon ihn ins Feuer und hob die Arme, um den Applaus der rasenden Menge zu fordern. Der feurige Tanz im Zylinder wurde intensiver und stürzte in einem letzten triumphalen Finale in sich zusammen, um die Gestalt eines großen, mageren beinahe skeletthaften Mannes zu bilden, der eine markante Knochenstruktur hatte. Wut und Stolz bestimmten seinen Gesichtsausdruck, als er aufstand, breitbeinig, und die Arme in einer trotzigen Haltung verschränkt.

Irgendwie wusste ich, dass es der Mann war, den der Dämon gerade an das Feuer verfüttert hatte.

War das Dans Schicksal? Die Vision, die wir im Club von Dan gesehen hatten, der über einem Feuer schwebte, blitzte in meinem Kopf auf. Wir mussten ihn finden, bevor er der Nächste war.

Die Silhouette des Mannes im Zylinder zerplatzte, und das Feuer kehrte zurück, nur jetzt brannte es in einem schillernden Grün. Auf der anderen Seite des Auditoriums leuchtete ein Scheinwerfer in einen Gang.

Aus seinen Tiefen stieg ein großer, weiblicher Dämon mit kantigem Gesicht und langen schwarzen Haaren auf ein kleines Podest. „Ich nehme die Ehre des Feueropfers an. In zwei Nächten sollst du dein Opfer haben."

Meri!

Wir waren gerade rechtzeitig gekommen. Wenn wir Dan nicht hier heraus bekamen, würde er an das Feuer verfüttert werden.

Dämonen aller Formen und Größen strömten aus versteckten Tunneln und Gängen nach vorn. Der Mob drängte sich an uns vorbei und hätte uns gegen die Steinmauer gequetscht, wenn Kane sich nicht bewegt und mich mitgezogen hätte. Er schob mich vor sich her und lenkte uns weiter, bewegte sich schmerzhaft langsam auf Meri und den grünen Tunnel zu.

Als Geplauder und Jubelrufe die Kammer füllten, juckte meine Haut. Der Instinkt zu fliehen war so stark, dass ich zu schlurfen anfing, nicht in der Lage, mich weiterzubewegen.

„Bleib bei mir, Jade", sagte Kane in mein Ohr. „Lass dich nicht von ihnen wegtreiben."

Ich wusste nicht genau, was er meinte, doch ich schaffte es, einen Fuß vor den anderen zu setzen. Nach einem langen Weg durch die Menge fanden wir uns nur einen Durchgang von unserem Ziel entfernt wieder.

Kane zog mich in einen leeren, dunklen Tunnel. „Schaffst du das?"

Ich rang nach Luft. Meine Gliedmaßen waren träge und

bei jedem Herzschlag stachen Dutzende winziger, unsichtbarer Nadeln in meiner Brust. Ich lehnte mich an ihn, stolperte und kippte zur Seite, und fing mich im letzten Moment, als ich mich an seiner Hüfte festhielt. Mein Ellbogen stieß gegen seinen Oberschenkel. Er keuchte und fluchte leise.

„Tut mir leid!" Ich starrte in sein kalkweißes Gesicht. Er litt mehr, als mir bewusst gewesen war. Ich holte die mit Erdmagie angereicherten Kräuter heraus. Mom hatte mir gesagt, ich solle sie sparsam verwenden, doch wenn ich den Abfluss von Energie von uns beiden nicht aufhielt, würden wir nie nach Hause kommen. Ich streckte meine Hand aus, einen kleinen Haufen getrockneter Kräuter in meiner Handfläche. „Hier. Schluck das."

Er diskutierte nicht. Einen Moment später verzog er das Gesicht und hustete, während er versuchte, die Kräuter, die ihm in seinem Mund klebten, herunterzuschlucken.

Ich schluckte meine eigene Portion und schloss den Beutel wieder. So blieb noch eine Dosis übrig. Der Schmerz, der in meiner Brust stach, wurde dumpf. Ich warf Kane einen fragenden Blick zu. „Hat es funktioniert?"

Er beugte sein Bein und biss die Zähne zusammen, doch die Farbe war in sein Gesicht zurückgekehrt. „Wird schon wieder."

Auch wenn meine Energie nicht wiederhergestellt war, konnte ich zumindest wieder denken und funktionieren. Kane schien sich auch etwas leichter zu bewegen. Wir wagten uns wieder aus dem Tunnel hervor, um festzustellen, dass sich die Menge langsam verlief.

Nicht gut.

Wir waren im Vorteil gewesen, indem wir mit der Menge mitgeschwommen waren. Jetzt waren wir ein leichtes Ziel. Eine kleine Gruppe von Dämonen begann, sich zu zerstreuen. Ich sah mich um und suchte verzweifelt nach Deckung. Nichts. Nur der Tunnel hinter uns und Meris Gang vor uns.

Und Meri selbst.

Der Letzte aus der Gruppe ging weg. Meris vertraute graue Augen wurden fast schwarz, als sie auf mich fielen.

Sofort sammelte ich die Erdmagie, die mir Philips Kräuter gegeben hatten. Meine Brust brannte davon, meine Finger funkelten von der fremden Kraft.

Meris hohes Lachen hallte an mein Ohr. „Du machst das so leicht. Wo ist die Herausforderung, weiße Hexe?"

„Bring mir Dan, und wir schließen einen Waffenstillstand", bot ich an, da ich wusste, dass sie es nie akzeptieren würde.

Ihre Lippen verzogen sich zu einem langsamen, zufriedenen Lächeln. „Also ein Handel?" Sie deutete auf Kane. „Einen für den anderen?"

Ich starrte sie mit meinem stählernen Blick an.

„Oder ich kann beide nehmen." Meri breitete die Arme aus, doch ihre Magie entzündete sich kaum in ihr.

Sie zögerte, und in diesem Moment spürte ich einen tiefen inneren Kampf. Etwas hielt sie von einem Angriff ab. Wenn ich es nicht besser gewusst hätte, hätte ich gesagt, dass sie mit ihrem Gewissen rang. Ich blieb standhaft. „Du bekommst Kane nicht. Nicht heute. Niemals."

Meri kniff ihre dunkelgrauen Augen zusammen, und die Magie, die durch mich pulsierte, begann zu schwinden. Ich konzentrierte mich, hielt sie fest und war bereit, sie jeden Moment auf sie loszulassen.

Ihr Lächeln wurde böse. „Du hast nicht einmal eine Ahnung von dem, was passiert."

„Jade", krächzte Kane. Ich wirbelte herum und fand ihn auf einem Bein kniend und seinen Oberschenkel umklammernd. Er biss die Zähne zusammen und sagte: „Sie nimmt mir meine

Kraft. Benutz deine Magie, um zuzuschlagen, solange du kannst."

Meine Magie loderte auf, wütend und verzweifelt. Ich hatte einen Versuch. Jetzt oder nie. Ohne zu zögern ließ ich meine Wut auf den Dämon los. *Zerstör sie. Zerstör sie. Zerstör sie,* sang ich in meinem Kopf. Ich brauchte keinen Zauberspruch; Ich brauchte nur Absichten.

Sie streckte ihre Hände aus und akzeptierte meine Magie. Jedes Gramm zerstörerischer Kraft, das ich ihr schickte, aß sie auf, labte sich und wurde dadurch stärker.

Was zum Teufel?

Die Erdmagie verschwand, und ich konnte wieder kaum atmen, als die unsichtbaren Nadeln in meine Brust zurückkehrten. „Kane?"

Er antwortete nicht.

„Wir müssen gehen", murmelte ich. Ich griff nach seiner Hand, riss meine Augen endlich von Meri los und keuchte.

Kane lag bewusstlos da, ein Loch hatte sich durch seine Jeans gebrannt. Die Wunde pulsierte von hässlicher, grauer Magie.

Meri kam näher und betrachtete mich wie Beute. „Siehst du das Mal? Meine Magie frisst seine Seele auf."

Es konnte nicht sein. Ich würde es nicht glauben. Wir mussten hier raus. Ich versuchte verzweifelt, die letzten Kräuter aus meiner Tasche zu holen. Ich hatte genug Magie für einen weiteren Zauber. Philip und Lailah konnten uns herausholen, wenn ich ihnen den Ortungszauber schickte, den ich zuvor vergessen hatte.

Meri kam zu mir. Mit zitternden Händen warf ich den Rest der Kräuter in meine Hand und rief: „Nimmermehr!"

Die Kräuter stiegen begleitet von einem Rauschen und weißem Rauch auf und verschwanden fast augenblicklich.

Meri hielt inne und kniff die Augen zu. „Mein Gefährte hat

dir diesen Trick beigebracht." Es war keine Frage. Sie war sich sicher. Dann lachte sie. „Er kommt nicht, um dich zu holen. Ich spreche aus Erfahrung."

Als Meri noch ein Engel gewesen war, war sie in der Hölle gefangen gewesen und hatte verzweifelt darauf gewartet, dass Philip sie rettete. Zeit war verstrichen, Philip war nicht gekommen und Meri gefallen. Es war das, was mit Engeln geschah, die in der Hölle festsaßen. Sie hatte jedes Recht zu glauben, dass er nicht kommen würde, um mich zu holen. Was sie nicht wusste, war der Grund, warum er beim ersten Mal nicht gekommen war – genau der Grund, warum er es jetzt tun würde.

Dan.

Ich sagte nichts. Sie durfte nicht wissen, dass Dan Philips Sohn war. Das Potenzial, Dan zu benutzen, um sich zu rächen, war viel zu groß.

Kane bewegte sich neben mir. Den Göttern sei Dank. Ich kniete nieder, bereit, ihm aufzuhelfen, doch er schob mich weg und stand auf.

Meri machte eine Lockbewegung mit dem Finger in seine Richtung. „Komm."

Und das tat er mit allzu vertrauten, ruckartigen Bewegungen. Dieselben, die ich bei Dan gesehen hatte, als er von Meri besessen gewesen war.

Ich starrte Kane an, Entsetzen erfüllte mein Herz.

„Ich habe es dir gesagt", kicherte Meri. „Er gehört jetzt mir."

KAPITEL SIEBZEHN

*J*e näher Kane Meri kam, desto normaler wurde sein Gang. Ich wappnete mich, suchte hektisch in meinem Gedächtnis nach einem Zauberspruch, irgendetwas, um die offensichtliche Besessenheit zu neutralisieren.

Ich konnte einen Trank aus Lupinen herstellen, doch das war eine Blume, die ich wahrscheinlich nicht in der Hölle finden würde. Meri zu binden konnte vielleicht funktionieren, doch da meine Magie und Kraft erschöpft waren, war der Gedanke nutzlos.

Wut brandete in mir auf und vermischte sich mit einem winzigen Funken Kraft. Der Göttin sei Dank hatte ich noch etwas, mit dem ich kämpfen konnte.

Auf keinen Fall konnte ich ihr auch Kane überlassen. Ich würde eher sterben, als ihn mir von ihr nehmen zu lassen.

Meine Finger schmerzten, als die Magie versuchte, die Spitzen zu erreichen.

Meri glitt mit weit ausgebreiteten Armen auf mich zu. Eine dunkle Wolke aus magischer Elektrizität umkreiste sie.

„Ich habe Pläne mit dir, weiße Hexe", sagte sie zuckersüß. „Gemeinsam könnten du und ich hier in der Unterwelt sehr mächtig sein. Du musst nicht einmal deinen Geliebten aufgeben." Ihr Ton wurde neutral, als ihr Blick zwischen Kane und mir hin und her huschte. „Deine Entscheidung. Schließ dich uns an, oder ich setze dem hier und jetzt ein Ende."

Magie pulsierte durch meine Gliedmaßen. Ich hielt sie zurück. Wartete. „Du weißt, dass ich dem nie zustimmen werde", sagte ich mit todernster Ruhe.

Ein Hauch von Ungeduld huschte über ihre ausdruckslosen Züge. Strom knisterte um sie herum, und als sie sich bewegte, war ich bereit.

Rohe Magie kollidierte, schoss Strahlen der Zerstörung und berstende Steine um uns herum. Meine Kraft schwand in alarmierendem Tempo, und in meinem geschwächten Zustand konnte ich sie kaum festzuhalten, geschweige denn, sie überwältigen. Mein magischer Funke hatte nicht mehr zu geben.

Sie trat auf mich zu und nutzte ihren Vorteil. Ich stolperte zurück. Meri war nicht so schwach, wie wir geglaubt hatten. Natürlich nicht. Sie hatte mich durch Kane ausgelaugt – und tat es immer noch.

Eine absolute Wahrheit traf mich. Ich würde sterben.

Kane bewegte sich in mein Blickfeld. Er war dem Dämon gefolgt und stand einen Schritt von ihr entfernt. Seine dunklen Schokoladenaugen begegneten meinen. Alles andere verschwand.

Er starrte mich an, Liebe strömte aus seinem Blick.

Er war nicht besessen. Er konnte nicht. Ich konnte durch ihn hindurch sehen, in ihn hinein, und er gehörte immer noch mir.

Mein Körper schrie vor Anstrengung, als ich mich auf steifen, leblosen Beinen vorwärtsbewegte. Ich griff nach meiner letzten Kraft und riss sie heraus. Sengende Energie durchflutete mich und sandte fremde Kraftranken tief in mein Wesen. Magie explodierte, und mein Inneres schien zu zerreißen. Ich fiel auf die Knie, all meine Kraft verschwunden.

Meri blieb nur wenige Zentimeter vor mir stehen, ihren rechten Arm erhoben, als wollte sie mich schlagen.

Ich starrte sie an, Trotz raste durch jede meiner Zellen. „Tu es!", zischte ich.

„Mit Vergnügen." Sie holte aus.

Kane bewegte sich schnell und rammte einen kleinen Dolch, den er versteckt hatte, in ihre linke Schulter. Sie fiel auf ein Knie, das Gesicht vor Wut verzerrt. Ihre Magie verschwand, und ein Gewicht hob sich von meiner Brust.

Ich rappelte mich auf und eilte an Kanes Seite.

„Lauf!" Er packte meinen Arm und zog mich von Meri weg.

Die kleine Gruppe dämonischer Zuschauer, die die Auseinandersetzung verfolgt hatten, schien vor Verwirrung erstarrt. Wir rannten los.

Wir sprachen nicht, sondern steuerten geradewegs auf den grün beleuchteten Durchgang zu. Gerade als wir unter den Torbogen sprinteten, dröhnte ein lautes Knallen aus dem Auditorium. Ich blieb stehen und spähte zurück ins Auditorium.

„Gute Göttin!", keuchte ich. „Es sind Philip und Lailah."

Die beiden sprangen von irgendwo hoch oben herunter und landeten kauernd in kampfbereiter Haltung. Die Dämonen bildeten sofort einen Kreis um sie. Sie waren auf meinen Hilferuf hin gekommen. Nur hatte ich keine Ahnung, dass sie hier auftauchen würden. Ich hatte erwartet, dass sie einen Zauber wirken würden, um uns zurück in die Welt der Lebenden zu bringen. Für Engel war die Hölle ein viel gefährlicherer Ort als für mich. Ihre Seelen waren extrem anfällig für Korruption durch schwarze Magie.

„Lass sie." Kane zog an meinem Arm, als er den von Gräbern gesäumten Gang hinunterrannte.

„Aber –"

Er wurde nicht langsamer und blickte nicht einmal zurück, als er schrie: „Jetzt ist unsere Chance."

Ich verdrängte die Ängste und Zweifel aus meinem Kopf. Er hatte Recht. Da Meri und ihre Schergen gegen Philip und Lailah kämpften, war das unsere beste Gelegenheit.

Wir kamen an den verfallenen, einst reich verzierten Ruinen von Wasserspeiern, kreischenden Teufelshunden und Menschenstatuen mit vor Qual und Verzweiflung verzerrten Gesichtern vorbei. Ich gab mir größte Mühe, keine genauer anzusehen. Obwohl sie aus Stein waren, drang ihre Qual in mein Wesen ein und riss bei jedem Schritt, den ich machte, an meiner Seele.

Ich konnte kaum atmen, und meine Sicht verschwamm. *Konzentriere dich, Jade.* Fast da. Ich entdeckte den verfallenen Torbogen, den Mom beschrieben hatte. Noch ein paar Schritte, und wir wären in Meris Kerker. Ich ging langsamer, und achtete auf mögliche Wachen, doch ich war zu überwältigt von der Qual und Verzweiflung der steinernen Statuen.

Mir kam ein schrecklicher Gedanke. Waren verlorene Seelen darin gefangen? Ich drehte mich um, um die Statue anzustarren, die mir am nächsten war. Mit erhobenen Armen, wie um einen Angriff abzuwehren, flehten ihre großen, verzweifelten Augen um Hilfe. Ich trat einen Schritt vor und versuchte, den verdrehten, vom Alter runzeligen Körper, nicht wahrzunehmen. Es war nur eine Statue, erinnerte ich mich. Eine groteske Darstellung von Schmerz und Leid.

Ihre Augen schienen jeder meiner Bewegungen zu folgen. Ein weiterer Schritt näher. Ein Rinnsal traurigen Elends, begleitet von einer schwachen Spur Hoffnung, streifte mein emotionales Radar.

Schock ließ mich wie angewurzelt stehenbleiben.

In dieser Statue wohnte eine Seele!

Ich streckte die Hand aus, entschlossen, das leidende Wesen zu beruhigen. Ich konnte nicht viel tun, doch ich konnte ihr ein wenig Trost geben. Gerade als meine Hand die kalte Oberfläche der Statue streifte, sprang Kane zurück und stieß mich zur Seite.

„Autsch." Ich hielt meinen Arm. Er hatte mich hart genug getroffen und genau an der richtigen Stelle, dass ich vorübergehend gefühllos war.

„Tut mir leid." Er zog mich an sich. „Ich denke, es ist keine gute Idee, irgendetwas anzufassen, das du nicht anfassen musst."

„Aber da drin ist jemand gefangen."

Er drehte sich um, um das groteske Wesen zu inspizieren, ein Ausdruck des Entsetzens auf seinen Zügen. „Oh nein. Nicht noch einmal." Er manövrierte mich weiter davon weg. „Ich lasse dich nicht nur nicht eingreifen, sondern wir haben auch keine Zeit dafür. Meris Kammer ist gleich vor uns. Lass uns gehen."

Ich warf der Statue einen letzten Blick zu und folgte Kane. Es schmerzte mich, nichts für jemanden zu tun, der litt, aber was *sollte* ich tun? Es zu meiner Mission machen, alle zu befreien, die in der Hölle gefangen waren? Was, wenn sie dorthin *gehörten*? Ich schüttelte den Kopf und versuchte, die Gedanken zu verdrängen. Wir hatten zu tun.

Als wir um die Ecke bogen, wusste ich, dass wir am richtigen Ort waren. Verdorrte Eichen säumten die Steinmauer in einer auf unheimliche Art und Weise vertrauten Formation. Ich kniff die Augen zusammen und stellte sie mir voller Leben vor. Ja, ich erkannte diese Bäume; es waren die in der Nähe des Kreises unseres Zirkels. Ich berührt die Wand, und eine schwache Spur von Dans ausgeprägter Energie erreichte mich.

Ich drückte Kanes Hand fest und nickte in Richtung der Steintür. „Er ist hier."

Wir starrten beide auf die glatte Oberfläche. Kein Griff. Kein Schloss. Kein offensichtlicher Weg hinein. Mom hatte uns gewarnt, dass wir einen Zauberspruch brauchen würden, um sie zu öffnen.

„Kannst du Dan Energie schicken?", fragte Kane. „Vielleicht merkt er, dass du hier draußen bist, und kann die Tür selbst öffnen."

„Nein. Du vergisst, dass die meisten Leute meine Energie nicht spüren können." Kane konnte es, doch er war ein Traumwandler und hatte mich aus irgendeinem Grund immer gespürt. Dan hatte solche Fähigkeiten nicht. „Außerdem denke ich, dass ein Zauberspruch nötig ist, um die Tür zu öffnen, egal von welcher Seite."

„Richtig." Frustriert fuhr er sich durch sein schweißnasses dunkles Haar. „Verdammt, Jade, der Zauber ist zu gefährlich. Du bist zu schwach nach unserer Begegnung mit Meri. Wir sollten einen anderen Weg finden."

Ich seufzte. „Es gibt keine Alternativen. Wäre es dir lieber, dass ich zurück in die Schlacht mit Meri laufe? So oder so gehe ich ein Risiko ein. Wenn ich das hier versuche, haben wir zumindest eine Chance."

Ein Muskel in Kanes Kiefer zuckte, als er eine Antwort unterdrückte. Trotz seines offensichtlichen Widerwillens trat er beiseite und machte Platz für mich, um den Zauber zu wirken.

Die sanfte Stimme meiner Mutter klang in meinem Kopf. Worte, von denen sie sagte, dass sie sie nie vergessen würde – Meris persönliche Signatur. Worte, die die Tür öffnen würden, wenn ich es schaffte, ihnen genug Magie zu verleihen.

Wo Freiheit verloren geht und Träume zu Alpträumen werden.
Durch diese Tür führt ein Pfad zur Verzweiflung.
Hoffnungslos. Destruktiv. Bequem.
Offen für eine Existenz, in der Enttäuschung aufhört zu existieren.

Ich sprach die Worte immer wieder in meinem Kopf und ließ meine Magie eine Schicht nach der anderen aufbauen. Der Funke war schwach, aber er war noch da. Mit dem Gesang in meinem Kopf wurde mein Körper heiß von der entzündeten Magie und erzeugte ein anderes Gefühl, als ich es gewohnt war.

Panik durchfuhr mich. Hatte ich versehentlich schwarze Magie benutzt? Ich hob meine Hände und betrachtete meine Finger. Als ich das letzte Mal in die Dunkelheit gedriftet war, waren sie schwarz geworden. Hier in der Hölle bemerkte ich außer der extremen Temperaturänderung nichts.

Meris deprimierendes Mantra schoss mir ein letztes Mal durch den Kopf. Ich legte meine Handflächen auf den Stein. Um meine Hände herum leuchtete die Tür orange auf. Die Magie breitete sich wie ein Spinnennetz über die Ebene aus. Ein leises Grollen ertönte von innen. Die Magie krachte und knisterte, als wäre sie lebendiges Feuer. Ich trat zurück und stieß gegen Kane. Seine Arme legten sich um meine Taille und hielten mich fest. Wir starrten beide auf die Tür.

„Heilige Scheiße", sagte ich leise.

Kanes hielt mich fester, als sich die Tür langsam bewegte.

Die Magie verblasste, und schließlich stand die Tür zu drei Vierteln offen.

Ich löste mich vorsichtig aus Kanes Griff und ging auf die Kammer zu.

Mein Herz pochte, und ich atmete kaum. *Bitte lass es Dan gut gehen.* Ich machte einen letzten verängstigten Schritt in den riesigen Raum.

Die Opulenz ließ mich wie angewurzelt stehenbleiben. Der Raum hatte nichts mit den heruntergekommenen Ruinen der Tunnel, durch die wir gekommen waren, gemein. Die Wände waren mit blassrosa Seide beschlagen. Unter Damastdiwans und Bücherregalen aus Mahagoniholz lag ein üppiger, dicker weißer Teppich. Ich verschwendete einen absurden kurzen Gedanken an die Weichheit des Teppichs. Wo kaufte man in der Hölle feine Einrichtung ein? Neben einem Sessel stand ein silbernes Teeservice, aus dem Dampf aufstieg.

Genau das, wovon ich geträumt hatte!

Ich drehte mich zu Kane um und keuchte überrascht auf.

Direkt hinter ihm stand Meri, ihre Augen schmal vor Wut. „Wie kannst du es wagen, meinen Raum zu entweihen!"

Kane fuhr herum und wich zurück, als ob er mich gegen sie abschirmen wollte.

„Gib uns Dan, und wir verschwinden", verhandelte ich, als ich an Kanes Seite trat, da ich wusste, dass wir nicht so leicht hier rauskommen würden.

Sie schnippte mit den Fingern, und die Tür begann sich wieder zu bewegen. Nur diesmal schloss sie sich wieder.

Ich schluckte das „Nein" herunter, das in meiner Kehle aufstieg. Zu flehen würde mich schwach erscheinen lassen. Wir konnten sowieso nicht hier raus. Nicht ohne Dan und den Rubin.

Als Meri auf uns zukam, strömte verzweifelte Wut von ihr aus.

Verzweifelt? Was wollte sie, Philip? Er war ihr Gefährte.

Und was war mit ihm während des Kampfes passiert? Himmel, wir saßen tief in der Tinte.

Ich bewegte mich und wich Meris Schlag aus.

Eine weitere Überraschung. Anstatt mich weiter anzugreifen, ging sie zu einer schmalen Tür am Ende ihrer

Kammer. Kane packte meinen Arm und zog mich wieder an sich.

Nachdem wir Dan gefunden haben würden, würde es nicht leicht sein, schnell wieder hier herauszukommen. Ich zermarterte mir das Hirn nach einem Bannzauber oder einer Möglichkeit, uns selbst in unsere Realität zurück zu zaubern, doch leider materialisierte sich kein Wissen in meinem müden Verstand.

Meri riss die zweite Tür auf und stand Dan gegenüber.

Seine Augenbrauen schossen in die Höhe, die Überraschung war ihm anzusehen. „Das war schnell", sagte er.

Sie packte ihn und klammerte sich an seinen Körper.

„Was ist passiert?", fragte er und streichelte ihr Haar.

Ich keuchte. War er wieder besessen? Hatte Meri einen Weg gefunden, ihn zu korrumpieren? „Dan?"

Er zuckte zurück und versteifte sich.

Meri ließ ihn los und drehte sich um. Sie stand vor Dan genauso wie Kane vorhin vor mir, als er mich beschützen wollte. Sie sagte jedoch nichts. Sie musterte mich nur mit diesen tiefen, fast schwarzen Augen.

Dan trat neben sie und strich mit einer Hand sein zerzaustes braunes Haar zurück. „Jade, was machst du hier?"

„Dir den Arsch retten, du Idiot. Was machst *du*?" Ich deutete auf den Dämon neben ihm. „Hast du den Verstand verloren?"

„Jade", warnte Kane leise.

Ich warf meinem Freund einen Das-soll-wohl-ein-Witz-sein-Blick zu. Wir hatten unser Leben riskiert, um Dans traurigen Arsch aus der Hölle zu retten. Und wir wussten nicht einmal, was mit Philip und Lailah passiert war. Und er faulenzte in Prinzessin Dämons mit Seide ausgeschlagenem Kerker. Und trank *Tee*.

Dan kniff seine grünen Augen zusammen. Er hielt seine

Gefühle fest im Griff, doch ich glaubte, eine leichte Spur von Müdigkeit zu spüren. „Überleben."

„Nicht mehr", sagte ich. „Du kommst mit mir nach Hause."

„Nein!" Meri schien lebendig zu werden. Sie streckte die Arme aus und rief nach mehr Kraft, doch nach ein paar kurzen Funken verpuffte sie. Sie starrte einen Moment lang auf ihre Hände, und Frustration strömte von ihr aus. Seltsamerweise schien sie überhaupt nicht überrascht zu sein, dass ihre Magie versagt hatte. Erholte sie sich noch von unserem Kampf vor einer Woche? Sie ließ Dan stehen und stürzte sich auf mich.

Ich landete hart auf meiner Seite. Meine Knochen schrien vor Schmerz, trotz des weichen Teppichs. Wir kämpften miteinander, und jede versuchte ihr Bestes, die Oberhand zu gewinnen. Fingernägel kratzten über meinen Arm. Ich unterdrückte einen Schrei und rammte meinen Ellbogen in ihren Bizeps. Sie grunzte und stürzte sich auf mich.

„Finde, weswegen wir gekommen sind", schrie ich Kane zu und verschluckte mich dann an Meris langen schwarzen Haaren. Ich kämpfte immer noch gegen ihren unglaublichen Griff um meinen Arm an und begegnete Kanes Blick. Er warf Dan einen Blick zu und zog die Augenbrauen hoch.

Ich schüttelte schnell den Kopf. Wir brauchten zuerst den Rubin. Dann konnten wir uns überlegen, wie wir hier rauskommen würden.

Während Dan dastand und uns mit offenem Mund anstarrte, verschwand Kane in dem kleineren Raum.

Bitte, bitte, bitte lass diesen Stein leicht zu finden sein.

Ich verdrehte mein Handgelenk und versuchte, mich aus Meris Griff zu winden. Vergeblich versuchte ich, meinen Arm zurückzuziehen, doch sie war schneller. Mit einem kaum wahrnehmbaren magischen Faden schlug Meri mich zu Boden.

Ich keuchte und schluckte einen Schrei herunter. Kane

würde ihn niemals ignorieren. Und er musste diesen Rubin finden.

„Meri, hör auf!", verlangte Dan und griff nach ihr, um sie von mir wegzuziehen.

Die Augen des Dämons erhellten sich zu einem klaren Grau. Eine kaum kontrollierte Ruhe legte sich über sie, während sie hart daran arbeitete, das loszulassen, was ich für Angst hielt.

Warum um alles in der Welt sollte sie jeden von uns fürchten? Und warum hörte sie auf Dan?

Was im mächtigen Namen des Teufels ging hier vor? Ich öffnete meinen Mund, konnte die Worte nicht herausbekommen, schluckte und versuchte es erneut. „Dan? Seid du und Meri …?"

Der Dämon blickte erwartungsvoll zu Dan auf.

Was zum …? Meri wartete auf die Antwort auf meine unausgesprochene Frage. Das ungute Gefühl in meinem Bauch wuchs.

„Wir sind Freunde …" Seine Stimme verstummte. Er starrte in Meris blassgrüne Augen.

Mir drehte sich der Magen um. „Dan! Sie ist ein Dämon."

„Du verstehst das nicht", schoss er zurück.

„Natürlich verstehe ich das nicht. Sie hat meine Mutter entführt, dich und Lailah besessen und Kane verletzt. Sie ist ein böser, energiefressender, rücksichtsloser Dämon!"

Kane kam aus dem anderen Raum und schlüpfte unbemerkt an Meri und Dan vorbei, die mich anstarrten. Er drückte sich gegen die gegenüberliegende Wand und lehnte sich daran, als wäre er die ganze Zeit hier gewesen. Zur Bestätigung nickte er kaum merklich mit dem Kopf. Er hatte, was wir brauchten.

„Nicht mehr", sagte Dan leise.

Meri starrte ihn an, etwas, das Anbetung nahekam, strömte von ihr aus.

Ich würde mich übergeben müssen, wenn ich mir das noch viel länger ansehen musste.

Die steinerne Tür begann wieder zu rumpeln. Meri sprang auf und schob Dan zurück in den Nebenraum. Sie versuchte, ihn einzuschließen, doch es war zu spät. Philip und Lailah stürmten in Meris Kammer, verschmiert mit Ruß und Dämonenblut.

Meri sprang auf sie zu und erstarrte dann, sagte und tat nichts.

„Wir müssen einen Weg hier raus finden!", rief ich und rannte zu Kane. „Holt Dan", flüsterte ich.

Er machte zwei Schritte, doch Dan kam von selbst.

„Hast du, was du brauchst, Jade?", fragte Philip und suchte den Raum ab, bis sein Blick auf seinem Sohn landete.

„Jetzt ja." Ich griff nach Kanes Hand.

Lailah begann einen Gesang, den ich als Latein erkannte. Ihre Magie baute sich schnell zu einer kleinen weißen Kugel auf, die vor ihr schwebte. Philip stimmte mit einem zweiten Gesang ein.

Seine Stimme riss Meri aus ihrer Trance. „Philip?", fragte sie mit zittriger Stimme.

Ich dachte, er hätte sie ignorieren können, doch seinen traurigen Blick fest auf ihren gerichtet nickte er ihr zu.

Tränen rollten über ihr kantiges Gesicht. „Du bist gekommen", presste sie heraus. „Endlich bist du gekommen."

„Ja", sagte Philip mit ausdrucksloser Stimme, bar jeder Emotion. „Ich bin für meinen Sohn gekommen."

Lailahs Kugel erhob sich durch den Raum. Das schillernde Licht berührte kurz zuerst meine, dann Kanes, dann Dans und Philips Brust, bevor es zurück zu Lailah flog. In letzter

Sekunde trat Meri ihm in den Weg, sodass die Kugel ihre Schulter streifte. Sie stieß ein Zischen aus und sprang zurück.

„Binde uns an die Erde", rief Lailah. „Bring uns dorthin, wo der Tod nicht wohnt!"

Ein sanftes Prickeln breitete sich in meiner Mitte aus, warm und angenehm. Dann schrie jedes Nervenende vor Schmerzen. Meine Seele streckte sich und kämpfte darum, nicht unter der Kraft dessen zu zerreißen, was auch immer versuchte, mich von innen heraus zu fressen.

Die Welt um mich herum drehte sich, und mir wurde übel. Ein Wirbel von Farben, der mit Rot begann und schließlich zu Blau und Grün überging, nahm mir die Sicht. Wind wirbelte um mich herum auf, als ich mich wand und aus meiner Haut kriechen wollte. Ich kniff die Augen zu und griff wieder nach Kanes Hand.

Nur war es nicht seine. Es war eine kleinere, zartere Hand. Es war mir egal. Ich musste einfach jemanden festhalten. Plötzlich verschwanden Übelkeit und Schmerz, und ich fand mich atemlos auf einer grünen Wiese wieder, die von leuchtenden Ringelblumen gesäumt war.

Nein, keine Wiese. Beas Garten.

Die Finger, um die sich meine immer noch klammerten, zuckten. Ich öffnete die Augen und riss entsetzt meine Hand zurück.

Meri.

KAPITEL ACHTZEHN

*I*ch rappelte mich auf und starrte den Dämon vor mir an. Wir mussten ihre Verbindung zu Kane zerstören und sie zurück in die Hölle schicken.

Jetzt. Bevor sie jemand anderen verletzte.

Ich machte einen Schritt und hielt inne. Meri bewegte sich nicht. Ihre Brust hob sich kaum bei jedem flachen Atemzug. Kane und Dan lagen ausgestreckt zu beiden Seiten von ihr, und Philip und Lailah waren nirgendwo zu sehen.

Ich ging neben Kane auf die Knie. Er richtete seine verwirrten Augen auf mich, offensichtlich immer noch benommen von unserem Sprung.

„Brecht den Kreis nicht!" Luciens vertraute Stimme erregte meine Aufmerksamkeit.

Ich wirbelte herum und bemerkte endlich den ganzen Zirkel, dazu Bea und meine Mutter, die um uns herum standen. Zwischen ihnen sprühte Magie. Ich spürte kaum etwas.

„Steh auf!", forderte ich und zog Kane auf die Füße. Er

schwankte, schaffte es aber, aufrecht zu bleiben. „Hilf mir mit Dan."

Meri setzte sich auf und streckte eine Hand aus, als wollte sie uns aufhalten, ließ sie dann aber sinken und starrte ins Gras.

Was hatte sie vor? War sie zu schwach? Es spielte keine Rolle.

Ich musste Dan von ihr wegbringen. Er blickte zu mir auf, als ein kleines, verspieltes Lächeln über seine Lippen kroch. „War aber auch Zeit", neckte er. „Ich dachte, du kriegst uns da nie wieder raus."

Ich runzelte die Stirn. Offensichtlich war er sich der derzeitigen Situation nicht bewusst. „Komm." Ich streckte meine Hand aus. „Wir müssen gehen."

Er bewegte sich nicht. „Wieso?"

„Dan, bitte", sagte ich und flehte ihn gedanklich an, meine Hilfe anzunehmen.

Schließlich nahm er meine Hand, doch als er sich aufsetzte, bemerkte er Meri. „Bist du okay?", fragte er sie.

Sie blickte nicht auf und schüttelte den Kopf.

Er ließ meine Hand los und kroch an ihre Seite.

„Nein, Dan! Es ist eine Falle." Mein Herz pochte mir bis zum Hals, als er einen Arm um sie legte. „Was zum Teufel tust du?"

Er blickte auf, die Augen weit aufgerissen und die Augenbrauen überrascht hochgezogen. „Was meinst du? Ich helfe ihr. Genauso wie du es für all deine Freunde tust."

„Denkst du immer noch, dass sie deine Freundin ist?" Ich sah mich um und vergewisserte mich, dass wir wirklich in Beas Hinterhof waren. Der Zirkel, Bea und meine Mutter hielten den Kreis aufrecht. Der Göttin sei Dank – sonst wäre Meri frei. Nachdem wir ihre Verbindung zu Kane unterbrochen haben würden, würde sie direkt in die Hölle zurückgeschickt.

Die Gruppe starrte uns mit einer Mischung aus Verwirrung und Erstaunen an. Beas Gefühle waren wie immer verschlossen, doch sie beobachtete Meri und Dan. Meine Mutter sah mich an, Angst und Misstrauen standen ihr ins Gesicht geschrieben.

Ich umklammerte Kanes Arm. „Ist das echt? Ich meine, wir träumen nicht, oder?"

„Nein." Er löste sich von dem Paar, das noch immer im Gras saß. „Es ist so echt wie es nur geht."

„Aber was soll das?" Ich deutete auf Dan und Meri. „Stockholm Syndrom?"

„Vielleicht." Seine Stimme klang angespannt, und mit seiner freien Hand hielt er sein Bein.

Sofort wurde mir schwindelig. Ich versuchte, mich an ihm festzuhalten, doch wir beide fielen ins Gras. Kane landete auf meiner linken Schulter. „Au!", keuchte ich.

„Jade." Die Stimme meiner Mutter drang durch meinen Schwindel.

Kane ließ sich schwer atmend ins Gras fallen.

Meine Energie kam in Wellen und pulsierte mit jedem von Kanes abgehackten Atemzügen durch mich. *Verdammt!* Meri saugte immer noch meine Energie aus ihm. Ich legte meine Hand auf seine Brust. „Hast du den Rubin?"

Mit geschlossenen Augen griff er in seine Tasche und zog das funkelnde Juwel heraus.

Dan sprang auf. „Nein!" Er rannte auf mich zu, hechtete und versuchte, mich zu tackeln.

Ich rollte mich gerade rechtzeitig weg, um zu vermeiden, dass er auf mir landete. Als ich mich aufsetzte, hatte Kane seine Arme bereits von hinten um Dan geschlungen und hielt ihn im Schwitzkasten. Von Kane strömte heißer, intensiver Zorn aus, zweifellos die Quelle seiner plötzlichen Stärke.

„Was ist los mit dir?" Kane kochte. „Sie hat ihr Leben riskiert, um deines zu retten."

„Und ich habe meins für sie aufgegeben." Dan drehte sich um und versuchte, Kanes Griff zu entkommen.

„Hör auf", sagte Meri mit einer Stimme, die so leise war, dass ich sie angesichts des Kampfes vor mir kaum hörte. „Dan, hör auf, gegen sie zu kämpfen."

Wir drehten uns alle um, schweigend in unserem Erstaunen.

Meri war aufgestanden. Ihre Haltung hatte sich geändert. Verschwunden war der rachsüchtige Dämon, und an ihrer Stelle stand eine Frau, vornübergebeugt, mit hängenden Schultern, die Hände hinter dem Rücken verschränkt. Müde. Geschlagen. Voller Trauer.

Wenn sie nicht meine Feindin gewesen wäre, hätte sie mir leidgetan.

Dan hörte auf, sich zu wehren, und Kane stieß ihn weg. Dan rieb sich den Hals und kehrte an Meris Seite zurück.

Sie hob den Kopf, Tränen glitzerten in ihren jetzt grauen Augen. „Lasst sie tun, was sie tun müssen."

Dan packte sie an den Schultern, damit sie sich aufrichtete. „Wenn sie das tun, bist du wieder verloren. Und nach allem, was wir getan haben, um –"

Sie berührte seine Wange, eine zärtliche, liebevolle Geste. „Ich lebe von gestohlener Energie. Das ist nicht richtig. Nichts davon." Sie wedelte mit der Hand und deutete auf Kane und mich. „Sie verdienen es, ihr Leben zu leben. Ich hatte meine Chance. Es ist Zeit für mich, ... zurückzugehen." Sie würgte das Wort heraus und wandte den Blick ab.

Ich hörte ihr Gespräch, doch nichts ergab einen Sinn.

Meri, eine mitfühlende Frau? Aufopferungsvoll? Um Himmels willen, sie war ein Dämon!

Ich wandte mich Bea zu. „Wie ist das möglich?"

Meine Mentorin schien genauso überrascht zu sein wie ich. Sie schüttelte den Kopf und hielt den mächtigen Kreis immer noch aufrecht. Sie ging kein Risiko ein.

Und ich auch nicht. Es musste ein Trick sein. Dan war entweder wieder besessen, oder sie hatte ihn einer Gehirnwäsche unterzogen. Wer wusste schon, was in der Hölle passieren konnte?

Ich konzentrierte mich, atmete tief ein und sandte mein Bewusstsein aus. Normalerweise bemühte ich mich, nicht in die Energie anderer einzudringen. Das Eindringen laugte mich aus. Doch Meri war kein Mensch. Und wenn sie schauspielerte, mussten wir es wissen.

Kanes Emotionen nahm ich auf einer gewissen Ebene immer wahr. Als seine Frustration klarer wurde, drückte ich seine Hand und verdrängte seine Energie in meinen Hinterkopf. Wir waren uns so nahe, dass ich ihn nie ganz blockieren konnte.

Als Dans Angst, Ungeduld und Angst meine Sinne überrollten, kochte mein Blut, und Adrenalin ließ mich nach Taten schreien. Doch ich kannte ihn gut. Sogar besser, als ich Kane kannte. Ich war einmal in der Lage gewesen, seine Energie zur verdrängen. Das hatte sich geändert, nachdem er vor ein paar Monaten von Meri besessen worden war, doch seltsamerweise hatte ich dieses Mal kein Problem. Mit einem Schwung verschwanden Dans Emotionen in meinen Tiefen.

Ich stieß einen kleinen Seufzer der Erleichterung aus. Vielleicht war er nicht besessen. Oder vielleicht war Meri zu schwach, um ihn mit dem Hass zu füllen, den ich vor einer Woche erlebt hatte, bevor ich ihr in den Arsch getreten und sie in die Hölle verbannt hatte.

Ich konzentrierte meine mentale Energie auf Meri. Ihr Kummer rauschte durch meine Glieder und ließ mich zittern. Mein Herz wurde schwer von den Jahren ihrer unvergossenen Tränen. Meine Augen brannten, und ich blinzelte das heftige Verlangen zu weinen zurück.

Meri drehte sich um, wahrscheinlich spürte sie mein Eindringen. Sie sah Dan in die Augen, und eine ängstliche Vorfreude überkam mich, zusammen mit einem nicht geringen Maß an Liebe und Loyalität. All das kam von Meri. Der Dämon hatte Gefühle für Dan. Tiefe Gefühle. Aber wie? Was war passiert, nachdem ich sie letzte Woche gebrochen hatte? Dämonen konnte man nicht töten, doch sie konnten zu einer leeren Hülle ihres einstigen Selbst werden.

Hatte sie irgendwie eine neue Seele bekommen?

Ich blinzelte entsetzt. War das möglich?

Kane ergriff meine Hand. Ein glatter, kalter Stein drückte sich in meine Handfläche, eine kleine Spitze drückte in meine Haut. Der Rubin.

Ich musste ihn zerstören, um die Verbindung zu unterbrechen. Ich hoffte nur, dass ich genug Kraft hatte.

Ich hielt meine Hand mit geöffneter Handfläche vor mich und begegnete Meris Blick. Ihre intensiven Augen suchten meine. Ein überwältigendes Gefühl der Trauer erschütterte mich bis ins Mark. Die Traurigkeit strömte aus ihr und berührte meine Seele.

Ich zögerte. War jede Hoffnung für Meri verloren? Bea hatte mir gesagt, dass dem so war, doch das war, bevor wir diese neue Seite von ihr gesehen hatten. Was würde mit Kane passieren, wenn ich den Stein nicht zerstörte? Ich durfte ihn nicht in Gefahr bringen, nur weil ich nicht sicher war, was mit dem Dämon geschah. Was auch immer es war, sie musste zurück in die Hölle, wo sie hingehörte.

„Los, Jade", drängte Bea hinter mir. „Sag die Beschwörung. Wir sind hier, um dich zu unterstützen."

In all der Verwirrung hatte ich vergessen, dass der Zirkel mich wieder mit Kraft versorgen konnte. Ich griff nach meinem magischen Funken und runzelte die Stirn. Das übliche Flattern unter meinem Brustbein war verschwunden, und es blieb nur eine ungewohnte Leere.

Verdammt, ich hatte mehr Energie verloren, als ich dachte.

Denk nicht darüber nach. Zieh es einfach durch, und alles wird gut. Einen Nervenzusammenbruch konnte ich mir später erlauben.

Der Göttin sei Dank für Bea und den Zirkel. Ich widerstand dem Drang, meine Augen zu schließen, behielt Meri im Auge und streckte meine Hand aus. Der Rubin reflektierte die Strahlen der Sonne.

Meri und Dan erstarrten. Dann tauschten sie einen kleinen Blick aus. Ich musste jetzt den Zauber wirken.

„Bindestein, hör meinen Ruf. Lös' die Fessel." Ein kleiner Faden aus Zirkelmagie pulsierte in meiner Brust. Es funktionierte. „Brich die Verbindung zwischen Traumwandler und Dämon. Lass deine Magie erkalten."

Die Hitze des Steins kühlte sich ab. Die Macht des Zirkels ließ magische Ströme durch meine Adern fließen. Lebendig. Stark. Rein. Mein Körper schien vor Kraft zu vibrieren, bereit, den Stein zu zerstören. Sobald er eiskalt war, konnte ich den Feuersturm der Zerstörung entfesseln, den der Zirkel aufgebaut hatte. Ich konzentrierte mich auf die Mitte des Rubins, bereit zuzuschlagen.

Dan bewegte sich, doch ich spürte, anstatt zu sehen, wie Meri ihn festhielt. Aus irgendeinem Grund wollte sie nicht, dass er sich einmischte. Aus Sorge um ihn? Oder glaubte sie wirklich, dass es an der Zeit war, zurückzukehren?

Ein neuer Kraftstrom durchfuhr mich mit so viel Energie,

dass ich schwankte. Mein Knie schlug auf der weichen Erde auf, und der Rubin fiel zu Boden.

Mein einziger Gedanke war, den Stein zurückzuholen und Meris Macht über Kane zu brechen. Jetzt oder nie. Ich schloss meine Finger um den Stein. Sofort ließ ich die Zirkelmagie los und zwang sie in das Juwel.

Jemand hechtete vor mir ins Gras und schlug den Stein aus meinem Griff, doch es war zu spät. Die Kraft, die ich entfesselt hatte, tat bereits, was sie tun sollte.

Hinter mir stöhnte Kane und flüsterte Obszönitäten, zweifellos, weil die Bindung auf schmerzhafte Weise aus ihm gerissen wurde. Ich drehte mich um und erwartete zu sehen, dass Dan den Stein hielt. Stattdessen wiegte er Meri in seinen Armen.

Wenn Dan nicht versucht hatte, den Rubin zu nehmen, wer dann? Ich drehte mich um und begegnete blassgrünen Augen voller Schuld.

Philip. Wo war er gewesen?

„Siste!", schrie er und packte den Stein. Ein weißes Licht pulsierte in seiner Hand.

„Philip?", sagte Meri mit schwacher, verwirrter Stimme.

Lailah wiederholte Meris Ruf von außerhalb des Kreises. Ihre Augen weiteten sich ungläubig, als sie auf ihn zueilte.

Philip konzentrierte sich auf den Rubin, bis das Leuchten verschwand. Ein scharfer Stich wie aus Eis schoss durch meinen Magen. Ich krümmte mich und hielt meinen Bauch mit beiden Händen. Der Schmerz breitete sich pulsierend durch mein Innerstes aus. Meine Knie gaben nach, und ich fiel zu Boden und rang nach Luft.

Philip schrie: „Geh!"

Schwarze Flecken trübten meine Sicht. Wen schrie er an?

Ich versuchte aufzustehen, bereit zu fliehen, doch die Flecken wurden größer, und alles drehte sich. Stimmen verwandelten sich in ein dumpfes, weißes Rauschen. Ich presste meine Hände an die Schläfen und sank wieder auf die Knie, schwankte vor und zurück und wollte, dass meine Sinne klarer wurden.

„Kane?", rief ich, doch ich hatte keine Ahnung, ob er mich hören konnte.

Jemand packte meine Schultern und zerrte mich auf die Füße. Derjenige sprach, doch durch das Rauschen konnte ich nichts verstehen.

Panik packte mich. Blind und taub tastete ich nach der Person, die mich festhielt. Starke Arme legten sich um mich, und durch meinen Dunst erreichte mich der Duft von frischem Regen.

Kane. Sein Duft. Ich war in Sicherheit.

Ich atmete tief und gleichmäßig ein. Kanes Sorge begann in mein Bewusstsein einzudringen. Ohne nachzudenken, schickte ich ihm eine kleine Dosis Ruhe. Sein Griff um mich entspannte sich, doch er ließ nicht los. Ich lehnte mich an ihn, dankbar für die Vertrautheit.

Er spannte sich erneut an, und bevor ich reagieren konnte, prickelte Magie in mir. Das Rauschen verblasste, und das Licht des späten Nachmittags ließ mich die Augen zusammenkneifen.

„Willkommen zurück", sagte Bea und hing vor mir auf ihrem Rasen in die Hocke.

„Ähm ... danke." Ich sah mich um und bemerkte, dass der Zirkel immer noch den Kreis aufrechterhielt. Nur Bea und Kane waren in der Mitte bei mir. „Wo sind Dan und Meri?"

„Weg." Beas Gesicht war ausdruckslos.

„Weg, wie in ... zurück in die Hölle gegangen?" Ich legte eine Hand an meine Stirn und rieb über die Kopfschmerzen, die über meinen Augen pulsierten.

„Oh nein, Liebes. Nachdem Philip die Trennung unterbrochen hatte, sind die drei in Philips Auto weggefahren."

„Was meinst du mit sind *in seinem Auto weggefahren?*" Ich drehte mich um und entdeckte Lailah. „Was ist los?"

Sie schluckte und presste ihre Lippen zu einer dünnen Linie zusammen. „Offenbar hat Philip beschlossen, seiner Gefährtin doch zu helfen."

Der Schmerz in ihren strahlend blauen Augen weckte in mir das Bedürfnis, sie zu umarmen. Ich schob den Impuls beiseite. „Heißt das, dass er auch kurz davorsteht zu fallen?"

Lailah schüttelte langsam den Kopf. „Nein."

„Wie das? Er hilft einem Dämon!"

Lailahs Blick wanderte zu Bea, und jede von ihnen las etwas im Blick des anderen.

„Was?", fragte ich.

„Etwas Seltsames ist passiert." Lailah ging vor mir auf und ab und blieb nachdenklich stehen.

„Ja?"

Sie begegnete meinem eindringlichen Blick. „Meri ist kein Dämon mehr."

Ich sprang auf und wäre fast wieder umgekippt, doch Kane fing mich auf. „Danke", murmelte ich und drehte mich wieder zu Lailah um. „Wie ist das möglich?"

„Wir wissen es nicht genau", stimmte Bea mit verwirrtem Gesicht zu.

„Irgendetwas ist schiefgegangen, als Philip die Trennung unterbrochen hat. Der Zauber hat nicht richtig funktioniert", sagte Lailah, ihre Augen voller Mitleid.

Ich wirbelte herum und packte Kanes Unterarme. „Was ist passiert? Geht es dir gut?" Hastig musterte ich ihn und runzelte dann die Stirn, als ich keine offensichtlichen Schäden sah. „Hast du ein weiteres Mal von ihr?"

Er lächelte. „Nein. Ich bin so gut wie neu. Siehst du?" Er

verlagerte sein Gewicht auf sein zuvor verletztes Bein und grinste. „Alles gut."

„Gut. Das ist gut." Ich seufzte erleichtert und wandte mich wieder Lailah zu. „Wie ist das möglich? Wir waren bei ihr in der Nacht, als ihre Seele gestorben ist. Wie kann sie etwas anderes sein als ein Dämon ohne Seele?"

„Sie hat jetzt eine. Oder einen Teil von einer."

Ein Schmerz durchzuckte mein Innerstes und setzte sich in meinen Eingeweiden fest. „Ein Teil von einer? Wessen? Dans?"

„Nein, Liebes", sagte Bea sanft. „Nicht Dans. Er ist zumindest im Moment sicher."

„Wessen dann?"

Lailah trat einen Schritt vor und legte mir sanft eine Hand auf die Schulter. „Was auch immer Philip getan hat, als er deinen Zauber gestört hat, es hat zu einem großen Fehler geführt. Kane wurde befreit, aber irgendwie hat sie es geschafft, einen Teil der Seele von jemandem abzusaugen." Mitgefühl strahlte von ihr aus. „Deiner."

„Meiner?" Ich fing an zu zittern und suchte hektisch nach den Rändern meiner Seele. Ich hatte sie einmal berührt, während Bea mich darin unterrichtet hatte, meine innere Magie zu finden. Sie musste da sein. „Bin ich … ich meine, könnte ich … ist sie weg?"

Lailah schüttelte den Kopf. „Nein."

„Gott sei Dank." Die Hölle war kein Ort, den ich jemals wieder besuchen wollte.

„Aber auch nicht ganz hier."

„Was bedeutet das?"

„Du und Meri … nun, ihr teilt euch deine Seele."

KAPITEL NEUNZEHN

„Wie ist das überhaupt möglich?", fragte ich auf Kanes Schoß liegend. Nachdem Lailah die Nachricht überbracht hatte, hatte ich nicht mehr stehen können. Ich würde immer noch die Wiese mit einer Marienkäferkolonie teilen, wenn Kane mich nicht in Beas Wohnzimmer in Sicherheit gebracht hätte.

Stille.

Ich wandte meine Aufmerksamkeit Bea zu. Sie hielt einen dicken Wälzer aufgeschlagen auf ihrem Schoß, während sie mit einem Finger über den Text strich, während sie nach Informationen suchte. Ein paar Sekunden vergingen, bevor sie aufblickte und meinem Blick begegnete. Ihr Gesichtsausdruck wurde mitfühlend, und sie schüttelte den Kopf. Sie hatte keine Antworten.

Auf der anderen Seite des Raums schritt Lailah auf und ab und tippte schnell eine Nachricht auf ihrem iPhone. Irgendwann hatte sie es geschafft, sich ihrer blutgetränkten Kleidung zu entledigen, und sich eine kaffeebraune Bluse und einen weißen Baumwollrock angezogen. Sie runzelte die Stirn, und ihre Lippen bewegten sich zu einem stummen Fluch.

Alle anderen waren noch draußen. Gwen, die von der Veranda aus zugesehen hatte, und meine Mutter halfen dem Zirkel, Beas Garten zu reinigen. Sie mussten ihn von allen Übeln befreien, die wir bei unserer Rückkehr aus der Hölle mitgebracht hatten.

Ich setzte mich auf. „Lailah?"

Sie wirbelte herum und wirkte erschrocken, als ob ihr gerade erst bewusst wurde, dass sie nicht allein war. Ihr Handy summte, und nach einem kurzen Blick auf eine Nachricht stieß sie einen frustrierten Schrei aus und warf das Handy auf einen Ohrensessel.

„Was ist los?" Ich drückte Kanes Hand, weil ich etwas Festes spüren musste.

Sie runzelte die Stirn. „Der Nationale Orden hat mich gerade damit beauftragt, Philip aufzuspüren."

„Und warum ist das ein Problem?" Auf die eine oder andere Weise mussten wir Meri finden, denn ich war nicht bereit, meine Seele mit irgendjemandem zu teilen … vor allem nicht mit einem ehemaligen Dämon.

„Wenn Philip nicht gefunden werden will, wird er nicht gefunden." Sie warf die Hände in die Höhe. „Niemand steht ihm so nahe. Nicht mal ich." Sie holte tief Luft und murmelte: „Besonders nicht ich."

Der herzzerreißende Schmerz, der tief in ihr saß, ließ mich zusammenzucken. Zu schwach, um meine Barrieren aufzubauen, wandte ich mich Bea zu und schluckte meinen Stolz hinunter. „Kann ich was von deinen Heilkräutern bekommen?"

Bea zog eine Augenbraue hoch und nickte. Unter allen anderen Umständen hätte ich die Zähne zusammengebissen und meinen geschwächten Zustand ertragen. Doch nachdem ich die Hölle überlebt hatte, wäre ich ein Idiot, wenn ich so ein bisschen magische Hilfe ablehnen würde. Die Wahl war, entweder die verdammte Pille zu schlucken oder zu riskieren, ohnmächtig zu werden.

Mit zitternder Hand nahm ich den Tee, den Bea mir angeboten hatte, und schluckte die Pille herunter, bevor ich es mir anders überlegen konnte. Fast augenblicklich hörte das Zittern auf, und die Unschärfe in meinem Kopf klärte sich. Lailahs Schmerz drückte immer noch auf mich, doch im nächsten Moment zog ich mich ich mein imaginäres Silo zurück.

„Besser?", fragte Lailah mit einem Anflug von Verärgerung in ihrer Stimme.

„Wenn du so fragst, ja." Ich stellte das Getränk auf den Tisch, da ich sicher war, dass ihr Ärger von meinem Eindringen in ihre turbulenten Gefühle herrührte.

Sie sah mich an. *Ich habe ein Recht auf ein wenig Privatsphäre. Ich bin nicht absichtlich eingedrungen.*

Sie schnaubte und stürmte nach draußen, wobei sie die Tür so fest zuknallte, dass ein silbergerahmtes Foto von der Wand fiel. Es fiel zu Boden und das Glas zerbarst.

Sowohl Kane als auch Bea sahen mich anklagend an.

„Hey!", protestierte ich. „Ich habe versucht, ihre Gefühle auszublenden. Was glaubt ihr, warum ich um die Pille gebeten habe? Ich war zu schwach, um meine emotionalen Barrieren aufzubauen. Ich habe nicht versucht, sie auszuspionieren."

Kane entspannte sich neben mir und tätschelte mein Bein. „Tut mir leid."

Bea stieß einen schweren Seufzer aus. „Es war ein langer Tag. Alle sind ein bisschen angespannt."

Kein Witz. Ich unterdrückte den Wunsch, mit den Augen zu rollen. Wenn der Zirkel nicht zu Hilfe gekommen wäre, wären Kane und ich immer noch in der Hölle. Auch wenn das

Ergebnis in einem Riesendurcheinander geendet hatte, wurde Kanes Seele zumindest nicht verzehrt, und Dan war wieder in unserer Realität.

Dann teilte ich eben meine Seele mit einem Dämon. Es gab Schlimmeres, oder? Wie zum Beispiel tatsächlich ein Dämon zu *sein*. Zumindest war das Leben nicht so schlimm geworden … noch nicht.

Ich verzog das Gesicht und stand vom Sofa auf. „Ich werde Lailah finden."

Kane stand auf und folgte mir.

Als ich die Tür erreichte, drehte ich mich um. „Ich denke, es ist besser, wenn ich allein mit ihr rede. Macht es dir was aus?"

Ein Anflug seiner Angst berührte mich.

Ich stellte mich auf Zehenspitzen und küsste seine Wange. „Mir passiert schon nichts. Ein Haufen Hexen da draußen. Was denkst du könnte passieren?"

Skepsis rollte von ihm ab, als er eine Augenbraue hob.

„Okay, es kann also alles passieren, doch deine Anwesenheit wird das wahrscheinlich nicht ändern. Und jetzt muss ich unter vier Augen mit ihr reden." Ich warf ihm einen entschuldigenden Blick zu. „Bei den Fragen, die ich stellen muss, würde deine Anwesenheit unser Gespräch bestenfalls noch unbehaglicher machen."

Er trat einen Schritt zurück und nickte, als er begriff, was ich meinte. „Ich verstehe."

„Danke." Ich umarmte ihn und ging dann hinaus.

Bevor die Tür zufiel, hörte ich Bea sagen: „Sie müssen ihre Differenzen selbst lösen. Je früher sie einen Weg finden, zusammenzuarbeiten, desto besser. Wenn nicht –"

Klick.

Verdammt. Wenn nicht, was? Ich hielt inne und überlegte, die Tür wieder zu öffnen. Nein. Ich konnte Bea immer noch später danach fragen. Ich ging zur Brüstung der Veranda und sah mich um.

Die Mitglieder des Zirkels waren immer noch in einem Kreis versammelt. Meine Mutter und Gwen standen innerhalb des Kreises und reinigten ihn mit Salbeibündeln. Ich hätte fast gelacht. Ich bezweifelte stark, dass Salbei jedes Übel aus der Hölle abwehren würde, doch ich war mir sicher, dass der Prozess Mom beruhigte. Reinigen war früher eine ihrer Spezialitäten gewesen. In ihrer Vorstellung war eine Umgebung nie richtig, bis sie ordentlich gereinigt war. Und dazu gehörte eine Menge verbrannten Salbeis.

Lucien begegnetem meinem Blick und trottete herüber. „Fühlst du dich besser?"

„Ein bisschen. Bea hat mir ihre Heilkräuter gegeben."

„Das sollte auch helfen." Er ergriff meine Hände. „Ich, Lucien Boulard, übertrage dir die Führung des Zirkels von New Orleans, Jade Calhoun."

Ein kleiner Machtschub prickelte in meinen Fingern und wanderte bis in meine Brust. Die Zirkelmagie füllte die leere Stelle, an die ich mich noch nicht ganz gewöhnt hatte. Ich seufzte erleichtert. „Danke. Das hilft auch."

Er umarmte mich unbeholfen. „Schön, dass du sicher zurückgekommen bist."

Mit einem kurzen Nicken trat er wieder in den Zirkel, während ich die Stufen hinunterging und nach Lailah Ausschau hielt. Nach einer kurzen, erfolglosen Suche auf der Veranda hintern Haus ging ich die Auffahrt entlang am Haupthaus vorbei. Bea wohnte im Kutschenhaus auf einem alten Plantagengrundstück mitten im Garden District. Satte violette und rosa Blüten säumten den makellosen, gepflegten Rasen. Sie hatte uns erzählt, dass ihre Cousinen im Haus der Familie wohnten, doch ich hatte noch keinen von ihnen gesehen. Kannte Lailah sie? Vielleicht war sie dorthin geflohen.

Ein schmaler Steinpfad führte an der Seite der Auffahrt in einen üppigen Garten. Aus einem Impuls heraus folgte ich ihm. Es konnte nicht schaden, nachzusehen, bevor ich Leute belästigte, die ich noch nie getroffen hatte. Tiefweinrote Rosenbüsche umrahmten den Gehweg, bis ich zu einer Kurve kam, wo mir links ein großer, dicker Orangenbaum die Sicht auf den Rest des Gartens versperrte.

Noch bevor ich um die Ecke kam, wusste ich, dass ich den Engel gefunden hatte. Ihr innerer Aufruhr, eine düstere Mischung aus Schuldgefühlen und Angst, drang laut und deutlich zu mir.

Ich machte mir nicht die Mühe, leiser zu gehen. Denn als ich sie spürte, hörte sie zweifellos meine Gedanken. Was für ein Paar.

„Hast du den Teil verpasst, als ich rausgestürmt bin?", fragte sie, als ich sie auf einer grün gestrichenen schmiedeeisernen Bank sitzen sah. „Oder bist du zu ahnungslos, um zu begreifen, dass ich allein sein wollte?"

„Ich habe es bemerkt." Die Kälte des Metalls sickerte durch meine Jeans, als ich mich neben sie setzte. Ich sackte erleichtert zusammen, dankbar, mich nicht länger auf den Beinen halten zu müssen. Beas Kräuter hatten nicht so geholfen, wie ich gehofft hatte.

Lailah starrte geradeaus und beobachtete einen zwitschernden roten Vogel, der am Fuß des Orangenbaums saß. „Spuck's aus."

Normalerweise würde ich mir Zeit nehmen, den emotionalen Zustand von jemandem einzuschätzen, bevor ich eine so persönliche Frage stellte, doch Lailah musste wissen, was ich dachte. Das war ihre Art, mich dazu zu bringen, mich zu winden. Ich hasste es, neugierig zu sein, doch es war meine Seele, die hier auf dem Spiel stand.

Es hatte keinen Zweck, um das heiße Jambalaya herumzureden. „Was für eine Beziehung hast du zu Philip?"

Sie machte ein leises Geräusch im hinteren Teil ihrer Kehle.

„Oh, komm schon. Du wusstest bereits, dass ich das fragen würde. Es tut mir leid, aber angesichts der Umstände halte ich das für eine berechtigte Frage."

Ihr blasses Gesicht errötete rosa. „Wir sind Freunde."

„Und?"

Sie drehte sich zu mir um, die Augen zusammengekniffen und wütend. „Das ist alles. Er ist definitiv nicht *mein* Freund, wenn du das meinst."

Genau das hatte ich gefragt. Hatte er nicht mit ihr in ihrem Bett geschlafen? Ich war nicht davon überzeugt, dass ihre Beziehung rein platonisch war. Der Röte auf ihren Wangen nach zu urteilen, lag ich richtig. „Ihr seid also Freunde, doch ihr schlaft zusammen. Richtig?"

Sie presste die Lippen aufeinander und biss sich in die Wange. Dann nickte sie kurz.

„Göttin, Lailah. War das so schwer? Es ist nicht so, dass ich dich eine Schlampe oder sowas nennen würde."

Sie zupfte an einem unsichtbaren Fussel von ihrem weißen Baumwollrock. „Er hat eine Gefährtin", sagte sie leise.

„Einen Dämon. Was soll er tun, für den Rest seines Lebens zölibatär leben?"

Sie schüttelte den Kopf. „Er kann tun und lassen, was er will. Aber da ist etwas, das du über Engel nicht verstehst."

Ich wartete darauf, dass sie mich aufklärte. Als sie nicht fortfuhr, fragte ich: „Und das wäre?"

Sie begegnete meinem Blick mit ihrem intensiven. „Wenn ein Engel seinen Gefährten an die Hölle verliert, ist er unfähig, einen anderen wirklich zu lieben. Etwas Entscheidendes geht verloren. Ein Stück von ihm stirbt." Eine Träne glänzte unter ihrem rechten Auge. Sie hob einen Finger und wischte sie weg.

„Du bist in ihn verliebt." Es war keine Frage, sondern eine Aussage.

Sie reagierte nicht. Sie musste nicht. Der Schmerz, der ihr Herz gepackt hatte, sagte alles.

Ein langer Moment verging, in dem wir beide ins Nichts starrten. Schließlich drehte ich mich zu ihr um. „Warum warst du dann so auf Kane fixiert?"

Sie lachte. „Philip hat die schlechte Angewohnheit, in meinem Leben ein- und auszugehen, wie es ihm beliebt. Ich weiß nie, ob oder wann er da sein wird. Als er das letzte Mal gegangen ist, habe ich mir geschworen, nicht mehr auf ihn zu warten. Da fing ich an, mit Kane auszugehen."

Sie stand auf und ging wieder auf und ab. „Unsere Beziehung hat nicht lange gehalten. Wie könnte sie auch? Ich meine, ich habe immer von Philip geträumt. Und da Kane ein Traumwandler ist … nun, es hat nicht lange gedauert, bis wir uns getrennt haben."

Schuldgefühle krochen meinen Rücken empor. Die ganze Zeit war ich eifersüchtig auf ihre Beziehung gewesen, und Kane hatte nie ein Wort über Lailahs Gefühle für einen anderen verloren. Natürlich würde er ihr Vertrauen nie enttäuschen, aber trotzdem. Die Informationen hätten einiges an Spannung entschärft.

Sie lächelte wehmütig. „Vielleicht hätte uns das Wissen um Philip Spannungen erspart, aber wahrscheinlich nicht."

„Warum nicht?"

Sie fuhr sich mit der Hand durch ihre langen Haare. „Die Sache ist die, ich mochte Kane. Es war einfacher, sich nach ihm zu sehnen als nach Philip."

Ich runzelte die Stirn, verstand nicht.

Sie setzte sich wieder neben mich und drehte sich um, sodass ihre Knie fast meine berührten. „Siehst du, mein Herz war sicherer, wenn es sich nach Kane gesehnt hat. Ich wusste, dass wir nie wieder zusammenkommen würden. Doch wenn ich ihm meine Energie widmen würde, müsste ich nicht an Philip denken, und gleichzeitig wäre ich frei, wenn Philip jemals wieder in die Stadt kam."

Ihr Herzschmerz begann mit ihrem Geständnis zu verblassen. Plötzlich überwältigte Mitleid mit ihr alle meine anderen Gefühle. Wie schrecklich, in jemanden verliebt zu sein, der diese Liebe nie erwidern könnte.

„Genau." Sie stand auf und reichte mir ihre Hand. „Ich muss mich bei dir entschuldigen. Wenn ich mich früher der Realität gestellt hätte, hätte es nie eine starke Verbindung zwischen Kane und mir gegeben, in die Meri ihre Krallen hätte schlagen können. Er hätte nie ihr Mal bekommen, und du wärst nicht in diesem Schlamassel."

„Das weißt du nicht." Ich schüttelte den Kopf, als ich ihre Hand ergriff und aufstand. „Außerdem ist nichts davon deine Schuld. Wir können Meri die Schuld geben, aber es ist auch nicht ihre Schuld. Sie wollte nicht fallen und ihre Seele verlieren. Es ist einfach passiert, und jetzt müssen wir uns mit den Konsequenzen befassen."

Sie nickte und ging zurück zu Beas Haus. „Du hast Recht. Die Frage ist, wo fangen wir an?"

„Du kennst Philip besser als jeder andere von uns", sagte ich und folgte ihr. „Wenn ihn jemand finden kann, dann du."

„Bei der Göttin, ich hoffe es." Sie blieb stehen und hob ein heruntergefallenes Rosenblatt auf. Sie hielt es mit der Handfläche hin und blies es weg. Als es im milden Wind dahinglitt, flüsterte sie: „Das hoffe ich wirklich sehr."

KAPITEL ZWANZIG

*I*ch folgte Lailah den schmalen Pfad entlang zur Auffahrt. Ihre Sandalen knirschten auf dem Kies und füllten die Stille zwischen uns. Ich starrte auf meine schmutzigen Sneakers und zerbrach mir den Kopf, wie ich Dan ausfindig machen konnte.

Konnte Kane mich im Traum zu ihm bringen? Ein kleines Schaudern durchlief mich. Das Letzte, was ich wollte, war, Kane zu bitten, in Dans Träume einzudringen.

Lailah schnaubte. „Viel Glück damit."

„Verschwinde aus meinem Kopf." Ich kickte einen kleinen Stein in ihre Richtung. Der Kiesel verfehlte sein Ziel und landete im Dreck.

Am Rande der Auffahrt blieb sie stehen und hob entschuldigend die Hände. „Tut mir leid. Ich kann nicht anders."

Ich verdrehte die Augen und ging an ihr vorbei.

„Weißt du ..." Sie holte mich ein und stieß einen übertriebenen Seufzer aus. „Es gibt eine Möglichkeit, sie auszuräuchern, doch sie ist ziemlich drastisch."

Ich warf ihr einen Seitenblick zu und zog meine Augenbrauen hoch.

Sie massierte ihre Schläfe, bevor sie antwortete. „Ich könnte sie auf Goodwins Rettungsliste setzen. Dann würden sich alle seine Anhänger auf die Jagd machen."

Ich erstarrte. „Meinst du das ernst?"

„Ja, natürlich. Es ist nicht so, dass wir eine Suchfahndung für sie ausgeben können oder so. Das ist das Nächstbeste."

Mir drehte sich der Magen um bei dem Gedanken, Hunderte von „Rettern" auf sie loszulassen. Zu dumm, dass die Idee ihre Berechtigung hatte. Ich schloss meine Augen und atmete tief durch. „Lass uns zuerst mit Bea und Lucien sprechen. Wenn sie keine Vorschläge haben, können wir es versuchen."

„Großartig", sagte sie mit ausdruckslosem Ton.

„Glaubst du nicht, dass sie dir helfen können?"

Sie schüttelte den Kopf. „Nein, das ist nicht … schau, ich bin einfach nicht verrückt danach, mit Goodwin zu arbeiten."

„Ich bin auch nicht verrückt nach der Idee, aber es war dein Vorschlag."

„Ich weiß." Sie pflückte ein Blatt von einem nahen Baum. „Nur weil es der einzige Vorschlag ist, der mir einfällt, heißt das nicht, dass ich es tun will."

Während ich sie beobachtete, kniff ich meine Augen zusammen. Wie war ihre Beziehung genau? Waren sie Gefährten oder nicht? Kaum zu glauben, wenn Lailah Gefühle für Philip hatte.

Sie wirbelte herum. „Goodwin ist definitiv nicht mein Gefährte. Auch wenn er sich das in seinem Wahn einbildet."

Ihre Empörung brachte mich zum Lächeln. „Warum sollte der gute Reverend sich so etwas einbilden, wenn es nicht im Bereich des Möglichen liegt?"

Sie schien den Widerstand aufzugeben, als sie ihre

Schultern hängen ließ und die Verärgerung aus ihrem Gesicht verschwand. „Wir haben als Teenager gedatet."

„Im Ernst?" Es fiel mir schwer, mir den erzkonservativen religiösen Prediger und den wilden Freigeist zusammen vorzustellen. „Wie lange?"

Sie schluckte. „Drei Jahre."

„Heilige Scheiße!" Mir blieb der Mund offenstehen. „Kein Wunder, dass er denkt, dass ihr beide Gefährten seid."

„Du warst jahrelang mit Dan zusammen. Glaubst du, du bist dazu bestimmt, den Rest der Ewigkeit mit ihm zu verbringen?"

„Natürlich nicht, aber ich bin kein Engel."

Sie schüttelte genervt den Kopf. „Engel sind nur dann Gefährten, wenn sie sich in einer offiziellen Zeremonie gegenseitig beanspruchen." Ihre Stimme wurde weicher, als sie fortfuhr: „Ich habe Jonathon nie beansprucht."

Ich hatte sie noch nie so verletzlich gehört. Ich trat einen Schritt näher und berührte sanft ihren Arm. „Aber er dich."

Tränen füllten ihre hellblauen Augen, und sie nickte.

„Was ist passiert?"

Sie wischte sich mit der Hand über die Augen und setzte ein künstliches Lächeln auf. „Das klassische Szenario der Braut, die sich nicht traut. Ich habe es bis zur Zeremonie geschafft, doch als ich an der Reihe war, bin ich davongelaufen. Als ich den Mut gefunden hatte, ihm wieder unter die Augen zu treten, war er der Kirche beigetreten und zu jemandem geworden, den ich nicht kannte."

Oh Gott. Wie schrecklich. „Wie viel Zeit war seit deiner Flucht vergangen?"

„Sechs Monate."

„Armer Jonathon." Die Worte waren heraus, bevor ich die Zeit hatte, sie herunterzuschlucken. Mist. „Tut mir leid."

Sie schüttelte den Kopf. „Du hast Recht. Es war eine

schreckliche Sache, aber ich war jung und bin in Panik geraten. Danach wusste ich nicht, was ich zu ihm sagen sollte. Seitdem … Nun, wir sind sehr verschieden. Doch ich wünschte, er würde sich damit abfinden, dass es einfach nicht mehr sein soll."

„Und Philip ist der richtige Engel?"

Sie zuckte mit den Schultern. „Wahrscheinlich nicht. Vor allem, nachdem er Meri jetzt hilft." Traurigkeit blitzte in ihren Augen auf, doch sie zog ihre Hand zurück und hielt den Kopf hoch erhoben. „Lass uns anfangen. Wir müssen einen ehemaligen Dämon finden."

Ich folgte Lailah zurück zu Bea. Wir stiegen die Verandastufen hinauf, als ein roter VW-Käfer die Auffahrt hinaufbrauste und hinter Beas silbernem Prius schlitternd zum Stehen kam. Kat sprang heraus, rannte zu mir und umarmte mich heftig. „Gott sei Dank geht's dir gut."

„Whoa." Ich lachte und schob sie sanft weg. „Hat Gwen dich angerufen?"

„Lucien." Sie nickte Lailah zu. „Danke, dass du dich um sie gekümmert hast."

„Das war doch nichts Besonderes." Lailah lächelte und ging auf die Veranda.

Kat drehte sich zu mir um. „Wo ist Dan?"

„Lucien hat es dir nicht gesagt?" Ich verfluchte ihn innerlich. Ich hasste es, der Überbringer schlechter Nachrichten zu sein … schon wieder.

Sie schüttelte den Kopf.

„Er ist –" Ein lähmender Zornesblitz durchzuckte mich. Die seltsam vertraute und doch fremde Energie ließ meine Knie nachgeben, und ich packte Kats Arm, um nicht zu Boden zu gehen. Unkontrollierbare Wut überwältigte meine Sinne. Ich grub meine Finger in Kats Fleisch, bis sie aufschrie.

„Jade, was tust du!"

Ihr Schrei schnitt durch die ungewollte mentale Energie, und ich kam wieder zu mir. Ich ließ sie los. „Oh Gott. Tut mir leid."

Kat wiegte ihren Arm an ihrer Brust. „Was war das denn?"

Ich trat einen Schritt zurück, als die Wut wieder versuchte, mich zu packen. Schnell zog ich mich in mein geistiges Silo zurück, das mir immer Ruhe gab. Doch diesmal war die Wut nur noch stärker. Und schlimmer noch, ich konnte Kat nicht lesen. Normalerweise war sie die einzige, auf die ich mich verlassen konnte, wenn ich Kraft brauchte. Ich hielt meinen Kopf mit beiden Händen und versuchte, das heftige Pochen zu kontrollieren, das durch die wilde Wut verursacht wurde.

„Jade!", rief Kat wieder und schüttelte mich. „Was ist los?"

Meine Barrieren lösten sich auf, und Kats Panik begann, die fremde Energie zu verdrängen. „Schon okay", sagte ich und atmete tief aus. „Mir geht's gut."

Ich ging zu Lailah, die Kane jetzt auf der Veranda hielt. Wann war er nach draußen gekommen? Ich schenkte ihm ein schwaches Lächeln. Er versuchte, sie wegzuschieben, doch sie stellte sich vor ihn. „Sie muss selbst damit klarkommen."

Ich begegnete ihrem besorgten Blick. „Das kommt von Meri?"

Sie nickte. „Ich fürchte ja. Je früher du lernst, die Verbindung zu kontrollieren, desto stärker wirst du sein."

Ugh. Mein Glassilo würde dann also nicht funktionieren. Wie sollte ich Emotionen ausblenden, die mit meiner eigenen Seele verbunden waren?

ICH LEHNTE mich an den Tresen im *The Grind*, dem Café, in dem ich arbeitete, und schluckte zum sechsten Mal an diesem

Tag magisch angereicherte Vitamine. Mein Cha verbrühte mir den Gaumen, als ich die Vitamine herunterwürgte.

„Schon wieder?", fragte Pyper, während sie die Espressomaschine mit Kaffeebohnen füllte.

„Ja. Ich halte nicht mehr als ein paar Stunden durch, bevor ich wieder eine brauche."

Sie verzog das Gesicht. „Dein *Zustand* verschlechtert sich zusehends."

Ich drehte mich um und streckte meinen Rücken. „Ich weiß, aber bis wir Meri gefunden haben, kann ich nicht viel mehr tun."

Fünf Tage waren seit unserer Reise in die Hölle vergangen. Nach stundenlanger Recherche hatten weder Bea noch Lucien einen praktischen Weg gefunden, die drei zu finden. Bea versuchte es mit einem Findezauber, doch wie vermutet schien Philip sie durch einen speziellen Zauber, den nur Engel anwenden konnten, abzuschirmen. Lailah kannte den Gegenzauber, konnte seinen jedoch nicht rückgängig machen, da sie zu weit entfernt waren.

Wir versuchten auch denselben Ortungszauber, den wir in der Nacht benutzt hatten, in der wir Philip und Jonathon in den Kreis des Zirkels transportiert hatten. Er ging jedoch nach hinten los, und Bea hatte ein Spiegelbild ihrer selbst beschworen. Das war merkwürdig. Zumal Bea Nummer zwei zwölf Stunden lang nicht verblasst war. Es war, als ob ihr eine Doppelgängerin überallhin gefolgt war.

„Haben der gute Reverend und seine fröhliche Schar von Missionaren Glück gehabt?" Pyper reichte mir ein Schokoladen-Zimt-Croissant. „Du siehst aus, als bräuchtest du Energie."

Ich nahm es, schob mir ein Stück in den Mund und kaute kaum, bevor ich es herunterschluckte. Ich hatte die ganze Woche Heißhunger auf Zucker gehabt. Ernsthafte

Heißhungerattacken. So intensiv, dass ich beispielsweise um zwei Uhr morgens aufgestanden und zur Tankstelle in der Nachbarschaft gelaufen bin, weil ich Heißhunger auf Eis hatte. Danach fühlte ich mich immer ein bisschen stärker. Ich war mir jedoch sicher, dass das nur zu einem zukünftigen hypoglykämischen Crash führen konnte, aber was sollte ich tun? Ich teilte meine Seele mit einem Dämon. Ich denke nicht, dass es eine bessere Entschuldigung für den übermäßigen Genuss von Süßigkeiten gibt.

Widerstrebend legte ich das Croissant auf den Tresen. Appetit auf Schokolade und Zimt zu haben war eine Sache. Mein Essen zu verschlingen wie eine Verhungernde eine andere.

Ich drehte mich wieder zu Pyper um. „Noch kein Glück mit Goodwin oder seinen Anhängern. Heute Morgen hat er Bilder von den dreien in seiner Fernsehsendung gezeigt. Wir hoffen, dass sein Publikum bei der Jagd helfen kann."

Ihre Augen wurden groß. „Goodwin hat eine religiöse Suchfahndung nach ihnen eingeleitet?"

Ich schnitt eine Grimasse. „In gewisser Weise schon. Ich meine, er hat es für uns getan. Doch seine Anhänger glauben, die drei hätten freiwillig Bilder mit der Bitte um Gebete geschickt. Er hat nicht gesagt, dass sie vermisst werden, nur dass seine Zuschauer für sie beten und ihnen Hilfe anbieten sollen, falls jemand sie sieht. Dann hat er eine Hotline-Nummer genannt und die drei gebeten, ihn direkt anzurufen, damit er sie persönlich retten kann. So, wie ich Goodwins Eiferer einschätze, wird jemand anrufen, sobald Philip, Dan oder Meri gesehen werden."

Pyper schüttelte den Kopf. „Erinnere mich daran, mir Goodwin nie zum Feind zu machen. Ich kann mir nichts Schlimmeres vorstellen, als von einem Haufen religiöser Fanatiker gejagt zu werden."

„Ich weiß, dass es extrem ist, aber mir gehen die Ideen aus. Lailah telefoniert ständig mit irgendwelchen anderen Engeln, aber es war kein Witz, als sie gesagt hat, dass wir Philip nicht mit Magie finden werden, wenn er nicht gefunden werden will."

Die Glocke läutete, und Charlie, die Managerin des Stripclubs, kam herein. „Hey, Ladys. Sexy wie immer, wie ich sehe."

Ich lachte, und Pyper verdrehte die Augen. „Du brauchst neue Kontaktlinsen", sagte Pyper und musterte die milchfleckige Schürze, die sie trug. Sie nickte zur Kanne mit dem frisch gebrauten kolumbianischen Kaffee. „Kaffee?"

„Nein danke. Ich bin hier auf einer Mission." Sie ging hinter die Theke, nahm einen Metallkrug und kramte dann im Kühlschrank.

Ich ging zu ihr. „Brauchst du Hilfe?"

„Nein, passt schon." Sie streckte die Hand aus und band meine Schürze los. „Du siehst aus, als könntest du eine Pause gebrauchen. Ein bisschen Entspannung. Ich kann für dich übernehmen."

Ich band meine Schürze wieder fest. „Das ist lieb von dir, aber nein danke. Ich muss Pyper helfen. Wir schließen in einer Stunde, und es gibt noch viel zu putzen."

Charlie setzte ein Managergesicht auf, das ich noch nie zuvor gesehen hatte. „Das ist keine Bitte. Der Boss hat mich geschickt, um nach dir zu sehen." Sie musterte mich von oben bis unten. „Tut mir leid, das zu sagen, obwohl ich dich heißer finde als eine frittierte grüne Tomate, muss ich darauf bestehen, dass du Feierabend machst. Wenn Kane hier reinkommt und dich so sieht, bin ich diejenige, die sich den ganzen Abend mit seiner schlechten Laune rumschlagen muss." Sie goss Sojamilch und Chai-Teekonzentrat in einen

Becher, füllte ihn mit Eis auf und drückte ihn mir in die Hand.
„Jetzt geh. Ich helfe Pyper beim Saubermachen."

Ich warf Pyper einen fragenden Blick zu.

Sie schüttelte den Kopf. „Ich will mich auch nicht mit seiner schlechten Laune rumschlagen müssen. Geh in deine Wohnung. Wir kommen schon klar."

Mit meinem Chai in der einen und meinem Croissant in der anderen Hand ging ich durch die Hintertür hinaus und die erste der drei Treppen hinauf, die zu meinem Studioapartment führten. Bei jedem Treppenabsatz musste ich eine Pause einlegen und von meinem Snack essen, um Energie zu tanken. Verdammter seelenstehlender Dämonenengel – oder Engelsdämon? Egal. Ohne immense Zuckerzufuhr erreichte ich nicht einmal meine Wohnung.

Als ich endlich vor meiner Tür ankam, runzelte ich die Stirn, als ich den winzigen Rest meines Croissants sah, der übrig war. Verdammt. Ich hätte noch eines für später mitnehmen sollen. Da es zu umständlich war, das Gebäck zu halten und gleichzeitig meine Tür aufzuschließen, schob ich den Rest in meinen Mund.

Ich ruckelte mit meinem Schlüssel und zwang ihn in das klebrige Schloss, das seit über zwei Wochen nicht richtig funktioniert hatte. Da ich nicht oft zu Hause war, hatte ich vergessen, Kane, der zufällig auch mein Vermieter war, davon zu erzählen. Ich nahm mir vor, das bald zu tun. Er brauchte etwas anderes als mich, worauf er sich konzentrieren konnte.

In meiner Wohnung blieb ich nicht stehen, um meine Arbeitskleidung auszuziehen. Alles, was mich interessierte, war mein Bett.

Fünf Schritte später ließ ich mich auf die Gänsedaunendecke fallen. Ah, die weichen Kissen waren besser als der Himmel. Noch besser als das Schokoladen-Zimt-Croissant. Das Bett schaukelte. Ich blinzelte Duke an, meinen

Golden Retriever/Geisterhund, der jetzt neben mir lag, den Kopf auf dem zweiten Kissen. „Genieß es, solange du kannst, Kumpel. Sobald Kane kommt, bist du wieder auf dem Sofa."

Der Hund schnaubte und begann innerhalb von Sekunden zu schnarchen.

Ich schloss die Augen, mehr als bereit, ihm ins Traumland zu folgen.

Meine Realität verblasste, und einen Moment später fand ich mich in einer rustikalen Hütte wieder, in der weiße Farbe von den holzbeplankten Wänden abblätterte. Die Böden waren aus denselben dicken Holzbohlen gebaut, doch niemand hatte sich die Mühe gemacht, sie zu streichen. Verzogen von jahrelanger Feuchtigkeit waren sie rau unter meinen nackten Füßen, als ich zum einzigen Fenster des alten Gebäudes ging.

Dummerweise war das Glas mit Schichten von festgebackenem Schmutz verdeckt. Ich ging auf und ab, die Hände hinter dem Rücken verschränkt. Eine erdrückende Angst packte mich, doch ich wusste nicht warum.

Frauenstimmen drangen vom Flur in den kleinen Raum. Nervöse Energie ließ mich an meinen Nägeln kauen, doch ich nahm meine Finger schnell aus dem Mund, als die Tür knarrend aufging.

Ich stand stocksteif da, Angst und Hoffnung rangen um meine dominierende Reaktion.

Enttäuscht zog ich die Schultern hoch, als Dan im Türrahmen erschien. Es machte mir nichts aus, ihn zu sehen. Ich hatte nur jemand anderen erwartet.

Er lächelte beruhigend. „Mach dir nicht so viele Sorgen. Alles wird gut."

Ich verzog das Gesicht. Er hatte leicht reden. Er war nicht derjenige, der seine Seele teilen musste.

„Du wirst sehen." Er trat ins Zimmer, ließ die Tür weit offen und deutete auf mich. „Ladys, Meri wartet."

Meri?

Heilige Scheiße! Er meinte mich. In meinem Traum war ich wieder Meri. Geschah das gerade jetzt, und ich erlebte es live mit? Meine Aufregung wurde durch ihren inneren Aufruhr unterdrückt.

Einen Moment später trat eine Frau mit langen, hellblonden Haaren und auffallend karibischblauen Augen zögernd auf die Türschwelle. Meri hielt den Atem an. Als sie ihre Schwester das letzte Mal gesehen hatte, hatte sie genug Magie eingesetzt, um den halben Bundesstaat Louisiana zu vernichten.

Eine unglaubliche Erleichterung durchströmte Meri. Felicia war sicher und lebte.

„Wo ist Priscilla?", fragte Meri mit leiser und angespannter Stimme.

Ein Lächeln huschte über Felicias Gesicht, und sie ging direkt auf sie zu.

„Felicia!" Eine grimmige Stimme ertönte aus dem Flur, dann stapfte Priscilla ins Zimmer, die Hände in die Hüften gestemmt, die Augen zusammengekniffen. „Geh nicht näher ran."

„Ich kann euch versichern, dass es sicher ist", sagte Dan sanft.

Priscilla warf ihm einen skeptischen Blick zu und wandte dann ihren Blick wieder Felicia zu. „Wenn das, was er sagt, wahr ist, ist ihre Seele immer noch kompromittiert."

Felicia seufzte, und Meri konnte sie fast um Geduld beten hören. „Ja, aber sie ist nicht verdorben."

„Noch nicht", sagte Priscilla.

Felicia trat näher und musterte Meri sorgfältig von Kopf bis Fuß. Sie blinzelte. „Deine Haltung ist anders."

„Was?" Sie richtete sich auf und zog ihre Schultern zurück.

„Du verhältst dich anders." Felicia ging im Kreis um sie

herum und nickte. „Ja, das ist es. Du bist weniger selbstbewusst, und das merkt man."

„Du hast Recht." Meri ließ niedergeschlagen die Schultern hängen. „Das kann nicht von Dauer sein. Zwei Menschen sollten nicht dieselbe Seele teilen. Einer von uns wird den anderen irgendwann übernehmen. Was passiert dann? Ich will ein normales Leben, aber nicht auf Kosten anderer."

Dans Miene trübte sich. „Was meinst du damit, einer von euch übernimmt den anderen?"

Meri starrte ihn einen Moment lang an, Traurigkeit drückte ihr Herz.

„Sie meint, dass zwei Menschen nicht ewig dieselbe Seele teilen können." Philip lehnte am Türrahmen. Wie lange stand er schon da? Meris Herz begann vor Aufregung zu hämmern, schnell ersetzt durch Enttäuschung und Ablehnung.

Er stieß sich vom Türrahmen ab, stand aufrecht, die Hände in den Taschen vergraben. „Das geht für eine Weile gut, aber wenn eine zu schwach wird, wandert die Seele zur stärkeren der beiden."

„Glaubst du, Meri ist stärker?", fragte Dan.

Philip nickte. „Sie ist ein Engel."

„Nein, bin ich nicht", sagte Meri.

„Du bist kein Dämon mehr. Was solltest du sonst sein?", widersprach Philip.

„Was ist mit Jade?" Dan runzelte besorgt die Stirn. „Was wird mit ihr passieren?"

„Das muss der Rat entscheiden." Philip stellte sich vor Meri, seine Augen voller Sehnsucht, Bedauern und etwas, das wie Qual aussah.

Meris Schwestern zogen sich aus dem Zimmer zurück. Dan blieb in der Nähe der Tür, die Unsicherheit in seiner Miene deutlich.

Mit Philips Blick auf ihr, fragte Meri: „Warum bist du nicht gekommen, um mich zu holen?"

„Ich …" Er schluckte. „Ich wollte, aber ich musste auf Dan aufpassen. Als ich einen Plan hatte, war es zu spät." Er schloss die Augen. „Ich kann mir gar nicht vorstellen, was du –"

„Nein, das kannst du nicht. Also versuche es nicht einmal!" Sie ballte ihre Hände zu Fäusten, Nägel bohrten sich in ihre Handflächen, als sie von ungezügelter Wut durchflutet wurde. Meris Geist füllte sich mit zahllosen unerwünschten Erinnerungen, alles geteilte und gestohlene Momente mit Philip. Die beiden händchenhaltend auf einer Verandaschaukel. Ihr erster Kuss. Ihr erstes …

„Du bist nicht mein Gefährte", spie sie. „Was auch immer die Hexe mit mir gemacht hat, hat unsere Verbindung getrennt. Einschließlich der Paarungsbindung, von der alle sagen, dass sie unzerbrechlich ist. Du Glückspilz. Jetzt kannst du mit deiner dämlichen Hippie-Freundin verschwinden und mich vergessen. So wie du es in den letzten zwölf Jahren versucht hast."

Philip kam näher.

Sie brauste auf. „Lass mich in Ruhe, Philip. Pass auf die Seele deiner Hexe auf. Hier ist nichts mehr für dich übrig."

Es dauerte lange, bis er antwortete. Als er es tat, hob er sein Kinn und begegnete ihrem gequälten Blick. „Ich habe dich einmal aufgegeben. Ich werde es nicht wieder tun."

KAPITEL EINUNDZWANZIG

Meine Augen flogen auf, und mein Überlebensinstinkt meldete sich, Adrenalin raste durch meine Adern.

Meri konnte meine Seele auf keinen Fall behalten. Es war meine, verdammt nochmal. *Meine.*

Die Tatsache, dass ich diejenige war, die zerstört hätte, was von ihr übrig war, änderte nichts daran. Damals war sie ein Dämon gewesen. Es war gerechtfertigt. Sie hatte versucht, Bea mit schwarzer Magie zu korrumpieren. Das geschah nun einmal mit gefallenen Engeln. Sie wurden Dämonen.

Meine Atmung normalisierte sich wieder, und nach einer Weile berührte ein kleines bisschen Schuldgefühl mein Herz. Hatte ich nicht gesagt, dass Meri auch ein Opfer war?

Sicher, sie hatte mir meine Mutter genommen, Dan in der Hölle gefangen und mir einen Teil meiner Seele gestohlen, doch sollte sie dafür zur Rechenschaft gezogen werden? Sie war kein Dämon mehr. Vielleicht war sie für den Seelenraub verantwortlich, doch ich war mir nicht sicher, ob sie die Kontrolle über die Verbindung hatte.

„Die Aufgabe eines erdgebundenen Engels war es immer, alles in seiner Macht Stehende zu tun, um die Seele eines Menschen zu retten." Lailah hielt einen Moment inne, wahrscheinlich, um ihre Gedanken zu ordnen. „Es gibt selten eine Debatte darüber, wem eine Seele gehört, weil jeder eine eigene hat. Für den Hohen Rat ist die Person nicht wichtig. Das Gefäß interessiert sie nicht. Beim Kampf um die Seelen geht es darum, die Welt vom Bösen zu befreien. Zum Wohl aller. Es geht nicht darum, eine einzelne Person zu schützen."

Kats Hand schloss sich fester um meinen Arm. Ein dicker Film der Empörung umkreiste sie. „Du meinst, sie könnten Meri Jades Seele geben?"

Lailah presste ihre Lippen zu einer flachen Linie aufeinander. Sie holte tief Luft und starrte mir in die Augen. „Da Meri ein ehemaliger Engel ist …"

Sie brauchte nichts mehr zu sagen. Die Realität meiner Situation raubte mir all meine Tapferkeit und machte mein Herz wund und verletzlich. Engel waren selten. Wenn der Rat die Chance hätte, einen von ihnen zu retten, würde er es tun.

Kat stand auf, die Hände in die Hüften gestemmt, wutentbrannt. „Warum sollten sie Meri Jades Seele geben? Warum können sie ihr nicht die von jemand anderem geben, wenn Meri so wichtig ist? Nicht, dass ich denke, dass sie irgendjemandem die Seele herausreißen sollten, aber es ist kaum fair, einfach Jade ihre zu nehmen."

Lailah holte frustriert tief Luft und drehte sich zu Kat um. „Weil Meri bereits ihre Seele teilt. Der Rat hat nicht die Macht, Menschen ihre Seelen ganz zu entreißen. Doch da Jades kompromittiert ist, können sie helfen, sie an die eine oder andere zu binden."

Jeglicher Kampfgeist wich aus Kat, als ihre Wut in Angst umschlug. Dann fasste sie in Worte, was ich nicht den Mut hatte, zu fragen. „Wenn sie Meri Jades Seele geben, was passiert dann mit Jade?"

Ich konzentrierte mich auf Lailah, als alles verblasste außer ihrem schmerzerfüllten Gesicht. Unsere Blicke trafen sich, und Stille erfüllte den Raum.

Dämon. Ich würde ein Sklave der kranken Unterwelt werden.

„Nein." Lailahs raue Stimme drang durch das statische Rauschen in meinen Ohren. „Du würdest kein Dämon werden. Du würdest ins Koma fallen, und dein Körper würde anfangen, dichtzumachen. Lebenserhaltende Maßnahmen könnten dich stützen, doch irgendwann würde dein Herz aufgeben." Ihr Ton wurde sanft und fast entschuldigend. „Der einzige Teil von dir, der bleiben wird, sind unsere Erinnerungen."

Die Augen immer noch auf Lailah gerichtet blieb ich sitzen, zu geschockt, um etwas zu sagen.

„Sei nicht lächerlich." Kat stapfte durch den Raum, bevor sie sich abrupt hinter meinen Stuhl stellte und beschützend über mich ragte. „Meri hat ihre Seele verloren und ist nicht gestorben."

Stirnrunzelnd fragte ich mich, warum das überhaupt wichtig war. Ohne meine Seele würde ich so oder so nicht leben wollen.

Lailah sackte zusammen und warf Bea einen müden Blick zu.

Meine Mentorin tätschelte ihre Hand und schenkte Kat ihre volle Aufmerksamkeit. „Nur Engel werden Dämonen. Menschliche Seelen können durch schwarze Magie korrumpiert werden, doch ihre Essenz verhindert, dass sie zu Dämonen werden. Ohne Essenz und Seele kann ein Mensch nicht leben."

„Und Priscilla und Felicia? Wie kommt es, dass sie nicht

gestorben sind, als ihnen ihre Seelen und Essenzen genommen wurden?", fragte ich.

Beas Augen wurden vor stillem Unbehagen kalt. „Meri hat sie im Fegefeuer gefangen gehalten. Wenn sie hier gewesen wären, in unserer Welt, wären sie gestorben."

Ich nickte benommen. So viel zum Austausch von Informationen mit Meri. Wenn ich überleben wollte, musste ich einen Weg finden, ihr meine Seele zu entreißen, bevor der Rat der Engel eingreifen konnte.

Kat brodelte hinter mir. Aufrichtige Empörung explodierte aus ihrer Brust und ließ die Raumtemperatur um ein paar Grad steigen. „Das erzählt ihr uns erst jetzt? Es ist fünf Tage her! Ich kann nicht glauben, dass ihr uns diese Informationen vorenthalten habt. Jade hat jedes Recht, es zu wissen. Ihr hättet –"

Ich presste meine Finger an meine hämmernden Schläfen und bemühte mich, meine Freundin auszusperren, während sie weiter wütete. Ich nahm an, wenn ich an ihrer Stelle wäre, wäre ich genauso wütend, wenn nicht noch wütender. Ich hatte jedoch keine Ahnung, was es geändert hätte, wenn sie es mir gleich gesagt hätten.

Kat begann wieder auf und ab zu gehen und beschimpfte immer noch unsere Freunde. Sie schwiegen und wirkten angemessen betreten.

Während sie immer noch beschäftigt waren, schlüpfte ich aus der Haustür und blieb am Geländer der Veranda stehen. Ich atmete die kühle Luft ein und wünschte, sie könnte alles reinigen, was meinen geschwächten Körper quälte.

Nach ein paar Augenblicken kramte ich eine Tüte M&Ms aus meiner Tasche und aß meine schokoladige Energiequelle. Ich würde eine neue, größere Garderobe brauchen, wenn ich weiter so viel Zucker konsumierte.

Die Haustür öffnete sich knarrend, und obwohl ich ihre

Bis ich die Gelegenheit bekommen würde, mit ihr zu reden, hatte ich mehr Fragen als Antworten.

~

MEINE NEUESTE MISSION WAR ES, Meri zu finden, damit wir Informationen austauschen konnten.

Natürlich dachten alle meine Freunde, ich hätte den Verstand verloren, doch sie hatten nicht den Vorteil, Meris Gefühle im Traum zu teilen, wie ich es getan hatte. Ich hatte ihre Abneigung, meine Seele zu behalten, aus erster Hand miterlebt. Warum sie immer noch daran festhielt, wusste ich nicht. Vielleicht hatte sie keine Wahl. Was würde mit ihr passieren, wenn sie es nicht täte?

„Jemand muss wissen, wie man das repariert", jammerte ich vor Lailah, Bea und Kat. Wir hatten uns bei Bea getroffen, um über meinen Traum zu sprechen.

Lailah und Bea kommunizierten lautlos, bevor sie beide den Kopf schüttelten.

„Glaub nicht, dass ich das nicht gesehen habe." Ich wedelte anklagend mit der Hand. „Was ist mit dem Engelsrat? Oder von wem auch immer du deine Befehle bekommst?", fragte ich Lailah.

„Das ist keine gute Idee", sagte sie langsam.

„Für wen?" Ich stach meine Gabel in eine Ofenkartoffel. „Dich oder mich?"

„Nun, Jade", sagte Bea. „Es ist nicht nötig –"

Lailah hob ihre Hand. „Es ist okay. Sie hat jedes Recht, frustriert zu sein." Sie drehte sich zu mir um. „Der Rat ist unberechenbar. Sie um Hilfe zu bitten, kann … zu einem unerwünschten Ergebnis führen."

Ich verzog das Gesicht. „Unerwünschtes Ergebnis? Was soll das heißen?"

Energie nicht spüren konnte, wusste ich irgendwie, dass es Lailah war.

„Sind deine Kopfschmerzen besser?" Sie blieb neben mir auf der Veranda stehen.

Ich nickte. Während ich Beas Ringelblumen studierte, fragte ich: „Was würdest du tun?"

Sie beugte sich über das Geländer und sagte mit leiser Stimme: „Ich würde jede freie Sekunde mit denen verbringen, die ich liebe, und meine Angelegenheiten regeln. Dann würde ich mit allem, was mir zu Verfügung steht kämpfen, um meine Seele zu behalten."

Ich riss meinen Blick vom Blumengarten los und drehte mich überrascht zu ihr um. Ich hatte mich so daran gewöhnt, dass sie meine Gedanken las, dass ich nicht das Bedürfnis verspürt hatte, meine Frage zu klären. „Ich meinte, wenn du Philip wärst."

„Oh." Sie warf mir ein schiefes Lächeln zu. „Ich habe dir gesagt, dass unsere Verbindung langsam schwächer werden würde. Ich bekomme jetzt nur noch Schnipsel mit."

Endlich. Zumindest bewegte sich etwas in die richtige Richtung. „Also, wenn ich dein Auftrag gewesen wäre und du dich zwischen einem Engel und einem Menschen entscheiden müsstest, was würdest du tun?"

Ihr Lächeln verblasste, und sie zuckte mit den Schultern. „So einfach ist das nicht."

„Ich weiß. Meri ist seine Gefährtin. Das verkompliziert die Situation. Doch versuch's trotzdem." Ich würde das nicht auf sich beruhen lassen. Würden alle Engel einen Menschen für einen der ihren opfern? Wenn es an der Zeit war zu kämpfen, musste ich wissen, wem ich vertrauen konnte.

Sie wand sich und ließ sich Zeit, bevor sie antwortete. „Engel, die hier auf der Erde im Einsatz sind, sind ganz anders als die im Rat. Der Rat lebt in einer von unserer Welt getrennten Realität. In gewisser Weise sind Menschen für sie austauschbar. Für diejenigen von uns, die unter den Menschen leben, ist es nicht so einfach. Wir leben und lieben wie alle anderen. Ich kann dich nicht ansehen und nur eine beliebige Seele sehen. Ich sehe Jade, die aus ihrer eigenen einzigartigen Seele und ihrem eigenen Geist besteht. Ohne beides bist du nicht du."

„Du sagst also, wenn Meri meine Seele bekommt, übernimmt ihr Geist und meiner stirbt. Wie du schon gesagt hast, höre ich dann auf zu existieren."

„Ja, aber das habe ich gerade nicht gemeint. Ich meine, dass du meine Freundin bist. Egal, wie hart die Reise in unserer holprigen Beziehung war, ich bin nicht bereit, dich aufzugeben."

Die Überzeugung in ihrer Stimme ließ mich mich aufrichten. Sie folgte meiner Bewegung, und ich schlang meine Arme um sie. Sie versteifte sich kurz und erwiderte dann meine Umarmung.

„Danke", flüsterte ich ihr ins Ohr. „Du hast keine Ahnung, wie viel mir das bedeutet."

„Ich glaube, ich habe eine Ahnung."

Ich trat zurück und grinste. „Psychische Verbindungen sind hin und wieder doch zu was gut."

Sie lachte und schüttelte den Kopf. „So weit würde ich nicht gehen."

Wir lachten immer noch, als die Haustür aufgestoßen wurde. Kat stand auf der Schwelle, und die Aufregung ging von ihr aus. „Er wurde gesichtet."

Das Lachen erstarb auf meinen Lippen. „Dan?"

„Philip?", fragte Lailah gleichzeitig.

„Philip", sagte sie. „Er ist in Cajun Cove."

Nachdem ich seit weniger als einem Jahr in Louisiana gelebt und die meiste Zeit im Umkreis von zehn Meilen verbracht hatte, sagte mir der Name der Stadt nichts. „Wo ist das?"

Lailah zückte ihr Handy und tippte eine Nummer ein. „Südlich von hier, mitten im Bayou."

Ich ging ins Haus und holte meine Handtasche. Als ich mich zum Gehen umdrehte, kam Lailah wieder herein und setzte sich an den Tisch. „Was tust du?", fragte ich.

Sie schnappte sich ein Blatt Papier und einen Stift. „Eine Liste, Dinge, die wir brauchen, damit wir morgen früh aufbrechen können."

Ich schloss meine Finger fester um den Tragegurt meiner Handtasche. „Morgen? Wir müssen jetzt los."

„Wir können nicht im Dunkeln gehen", sagte Lailah. „Cajun Cove ist eine Insel mitten im Bayou. Wir brauchen ein Airboat, einen Führer und Ausrüstung. Ich kann mir nicht vorstellen, dass Philip dort untergeschlüpft ist. Zu viele Leute. Er wird sich irgendwo in einem Lager verschanzen und nur zum Einkaufen oder so in die Stadt gehen."

Langsam löste ich meinen Griff um meine Handtasche und stellte sie wieder ab. Trotz des Drangs, meinem sogenannten Schutzengel sofort hinterherzujagen, setzte ich mich an den Tisch. „Was kann ich tun?"

Sie hörte auf zu schreiben und sah mich an. „Nichts, worum wir uns nicht kümmern können. Geh nach Hause, Jade. Ruh dich ein bisschen aus. Verbring einen ruhigen Abend mit Kane. Wir fahren morgen früh los. Mit ein bisschen Glück kannst du das Lager finden, da du es durch Meris Augen gesehen hast."

Ich bewegte mich nicht. Wie konnte ich sie verlassen, wenn wir endlich eine Spur hatten? Ich warf Kat einen Blick zu.

Sie stand auf. „Komm. Ich fahre dich."

Nach all den Tagen, in denen sie sich Sorgen um Dan

gemacht hatte, wollte sie nicht bleiben, um zu helfen? „Was wirst du tun?"

„Dich nach Hause bringen und Lucien anrufen, um ein paar Karten zu studieren."

Ich nickte. „Klingt nach einem guten Plan. Ich werde helfen."

Sie schüttelte den Kopf, und Lailah sagte: „Erinnerst du dich, was ich vorhin gesagt habe? Was ich an deiner Stelle tun würde?"

Mein Magen drehte sich. Sobald ich Meri gefunden hatte, würde eine von uns die Begegnung nicht überleben. Wie lange konnten sich zwei Wesen eine Seele teilen? So geschwächt, wie ich war, war ich klar im Nachteil. Ich ging durch das Zimmer, stellte mich hinter Bea, legte meine Hände auf ihre Schultern und beugte mich vor, um ihr ins Ohr zu flüstern: „Was auch immer passiert, bitte kümmere dich um sie." Meine Stimme klang leise und angespannt.

Sie legte ihre rechte Hand auf meine und drückte sie. „Wenn irgendjemand das überleben kann, dann du."

Tränen brannten in meinen Augen, doch ich blinzelte sie zurück. Ich richtete mich auf und ging zurück zu Kat. „Lass uns gehen."

～

WIR ÜBERQUERTEN die Canal Street und fuhren ins French Quarter. „Kannst du mich in meinem Studio absetzen?", fragte ich.

„Du willst heute Abend arbeiten? Was ist mit Kane? Wartet er nicht auf dich?"

„Das tut er, doch ich muss mich zuerst um ein paar Sachen kümmern. Ich brauche nicht lange."

Sie zog skeptisch eine Augenbraue hoch, bog aber in

Richtung Werkstatt ab. Ein paar Minuten später parkte sie den Wagen davor. „Soll ich warten?"

„Nein, danke. Von hier aus kann ich laufen." Ich stieß die Tür auf.

Kat hielt mich am Arm fest. „Ich komme morgen mit dir."

„Ich weiß." Nichts, was ich sagen könnte, würde sie aufhalten. Die beiden Menschen, die sie auf der Welt am meisten liebte, steckten tief in der Tinte. Außerdem wollte ich sie – so egoistisch es auch war – unbedingt dabeihaben.

„Gut. Jetzt tu, was immer du tun musst, und dann geh nach Hause. Du brauchst Ruhe."

„Ja, Mama Kat." Ich lächelte und stieg aus.

„Und Jade?"

Ich beugte mich hinunter und sah sie an. „Ja?"

Sie warf mir eine neue Packung Junior Mints zu. „Lass dich von deinem Mann nicht allzu müde spielen."

Lachend warf ich die Tür zu und sah ihr hinterher, als sie davonfuhr. Mein Lachen schwand, als ich mich fragte, ob sie jemals wieder die Chance bekommen würde, mich aufzuziehen. Ich biss mir auf die Lippe und eilte in meinen Rückzugsort, wobei ich mir eine Handvoll Minzschokolade in den Mund warf. Das sollte ausreichen, um mich zumindest durch ein paar Stunden in der Werkstatt zu bringen.

Ich tippte Kanes Nummer auf meinem Handy. Nachdem ich ihn darüber informiert hatte, dass Philip gesichtet worden war, ließ ich ihn wissen, dass ich ein paar Stunden für mich brauchte.

„Natürlich, Liebes", sagte er. „Aber komm nicht zu spät. Ich mache Abendessen."

„Okay." Ich lächelte bei der Vorstellung, dass er in seiner Küche werkelte. „Und, Kane?"

„Ja?"

„Ich liebe dich."

„Ich liebe dich auch, meine hübsche Hexe."

Ich legte auf und setzte mich an meine Werkbank. Glas war jahrelang meine persönliche Flucht vor meiner Empathengabe gewesen. Stellen Sie sich vor, durchs Leben zu gehen und nicht nur die Emotionen aller anderen zu kennen, sondern sie direkt mit ihnen zu erleben. Sicher, Freude und Glück waren nett. Wer würde diesen kleinen Schub nicht wollen? Doch leider kam ein paar Stunden später, genau wie bei einem Zuckerrausch, der Crash. Und ich will gar nicht erst von denen anfangen, die mit ihren eigenen Dämonen zu kämpfen hatten. Ich hatte selbst genug Ballast. Die Welt war voll mit viel zu vielen unglücklichen und zutiefst verletzten Menschen.

Um all das auszublenden, hatte ich mich dem Glas zugewandt. Allein in meinem Atelier rief mich die Verlockung der Flamme. Der perfekte Weg, um meine Nerven zu beruhigen.

Nachdem ich es zwei Wochen vernachlässigt hatte, musste ich zuerst den Druck an meinen Sauerstoffflaschen und dann an der Gasleitung überprüfen. Zufrieden, dass alles in Ordnung war, legte ich den Schalter um, um meinen Ofen einzuschalten, und zündete den Bunsenbrenner an.

Die kleine Flamme erwachte zum Leben, stark und stetig. Ich tauchte das Ende eines Glasstabes in die zweitausend Grad heiße Hitze, und als es zu einem Tropfen schmolz, löste sich die Spannung aus meinen Schläfen, und meine Kopfschmerzen verschwanden.

KAPITEL ZWEIUNDZWANZIG

*E*in paar Stunden später ragte ein Dutzend mit Glasperlen geschmückter Stahlstäbe aus meinem Ofen. Ich stellte den digitalen Controller ein und setzte mich wieder hin, um ein paar spaghettidünne Glasstringer zu ziehen. Es war ein Ritual, das ich mir im Laufe der Jahre angewöhnt hatte. Ich liebte es, mich auf das nächste Mal vorzubereiten.

Der simple Akt, mich auf die Zukunft vorzubereiten, beruhigte mich. In meiner Kindheit hatte mir meine Mutter immer gesagt, dass der beste Weg, sein Ziel zu erreichen, war, in die Richtung zu blicken, in die man sich bewegen wollte.

Nun, ich wollte eine Zukunft. Eine mit meiner Mutter, Tante Gwen, Kat und dem Rest meiner Freunde. Und vor allem wollte ich einen in New Orleans mit Kane.

Kane. Heute Nacht könnte meine letzte Nacht mit ihm sein. Mein Herz schmerzte. Was tat ich hier? Abrupt legte ich den Glasstab ab und schaltete meinen Brenner aus. Ich hatte ein Dutzend Perlen gemacht. Das war genug Bestätigung für eine Zukunft. Jetzt war es an der Zeit, das zu tun, was Lailah gesagt hatte. Zeit mit meinen Lieben zu verbringen.

Ich blieb am Empfang stehen, um Dave, dem Werkstattleiter, gute Nacht zu wünschen, und verdrängte den unwillkommenen Gedanken, dass ich auch ihn vielleicht nie wiedersehen würde. Stattdessen winkte ich und sagte: „Bis in ein paar Tagen."

„Gute Nacht!", rief er, als ich das Gebäude verließ.

Ich drehte mich um, um zu winken, und zwang mich zu einem Lächeln. Eines war sicher; Ich hatte vor, diese Nacht zu einer unvergesslichen zu machen.

Zehn Minuten später betrat ich Kanes Haus. Trotz der Unmengen an Junior Mints, die ich während des kurzen Spaziergangs gegessen hatte, lief mir das Wasser im Mund zusammen, als mir der köstliche Duft von Knoblauch und berauschenden Cajun-Gewürzen in die Nase stieg. Ich ging in die Küche und blieb in der offenen Tür stehen, bewunderte sein Profil, während er mit einer Hand rührte und mit der anderen eine Sauce probierte.

„Hey, Pioneer Man. Was kochst du?"

Seine Lippen verzogen sich zu einem sanften Lächeln. „Etwas, das dich garantiert dazu inspiriert, mir auf vielfältige kreative Weise zu danken."

„Ach so?" Ich schlenderte hinüber, spähte in den Topf und rümpfte die Nase. „Spaghettisauce?"

„Spaghettisauce?" Er drehte sich mit gespieltem Entsetzen um. „Sag mir, dass du das nicht gerade gesagt hast."

Ich schlang meine Arme um ihn und zuckte halb mit den Schultern. „Ups, habe ich mich wohl geirrt."

Er kniff die Augen zusammen. „Wenn meine Großmutter dich jemals dabei erwischt hätte, wie du ihr Étouffée-Rezept so derart verunglimpfst ..."

Ich grinste. „Étouffée, sagst du?"

„Du weißt verdammt gut, dass es Étouffée ist." Er trat näher und presste seine Lippen auf meine, unterbrach mein Lachen.

All die Verspieltheit verschwand, als er mich näher zog. Ein kleiner Schauer lief über meinen Rücken. Ich schmiegte meinen Körper an seinen und wollte jeden Teil von ihm spüren. Er strich mit der Nase meinen Kiefer entlang, bis er die empfindliche Stelle an meinem Hals direkt unterhalb meines Ohrs erreichte.

Ich seufzte und schmolz dahin.

„Jade", flüsterte er und hielt mich fester, als ob er mich nie wieder loslassen wollte.

„Ich bin hier", flüsterte ich zurück.

„Und da bleibst du. Hier. Bei mir. Für immer." Er vergrub seinen Kopf an meinem Hals, seine großen Hände auf meinem Rücken gespreizt.

„Für immer", stimmte ich zu und fuhr mit meinen Fingern durch sein kurzes, dunkles Haar.

Wir hielten uns lange fest, bis wir Schritte auf dem Parkett hörten. Ein paar Sekunden später erschienen Mom und Tante Gwen. Gwen warf mir ein entschuldigendes Lächeln zu. „Tut mir leid, aber deine Mutter hat endlich Hunger."

„Kein Grund, sich zu entschuldigen, Ms. Calhoun. Setzen Sie sich doch." Kane deutete auf den Tisch. „Ich habe genug für alle gemacht."

„Nenn mich Gwen. Familie muss nicht so förmlich sein."

Kane warf mir einen Blick zu, Freude in seinen Augen. Ich ging zu Gwen, drückte ihre Hand und sagte „Danke!"

Sie zuckte mit den Schultern, doch ein wissendes Lächeln umspielte ihre Lippen.

Was genau dachte sie? Ich hatte keine Zeit zu fragen, denn Kane stellte eine große Schüssel Reis und den Étouffée-Topf auf den Tisch.

Dann nahm er eine Flasche Wein und verkündete: „Abendessen ist fertig."

Ich setzte mich, lehnte mich zurück und sah zu, wie Kane alle bediente.

„Das riecht köstlich, Kane", sagte Mom.

„Oh, das ist fantastisch", seufzte Gwen nach ihrem ersten Bissen.

„Danke." Kane goss den Wein ein und setzte sich neben mich. Er warf mir einen Blick zu, Sorge in seinen Augen. Er beugte sich vor. „Alles in Ordnung?"

Mit feuchten Augen nickte ich. In diesem Moment war das Leben einfach perfekt.

Er nickte und gab mir einen zärtlichen Kuss auf die Schläfe. „Die erste von vielen Nächten in der Zukunft."

Mom und Gwen hoben ihre Gläser und wiederholten seine Worte.

Liebe wärmte mein Inneres, und ich schloss mich ihnen an. Was auch immer der morgige Tag für mich bringen würde, heute Abend war ich von denen umgeben, die ich am meisten liebte. Nichts konnte mir das nehmen.

In der nächsten Stunde monopolisierten Gwen und Kane den größten Teil des Gesprächs. Gwen sprach von ihrer Farm und Kane von seinem Leben in New Orleans als Kind. Meine Mutter trug ein paar nostalgische Momente meiner Kindheit bei. Ich saß schweigend da und saugte ihre Worte auf.

Schließlich, nachdem die Teller leergegessen waren, stand ich auf und begann, das Geschirr abzuräumen.

„Entschuldigt mich bitte", sagte Kane und kam zu mir an die Spüle. „Du bist den ganzen Abend so still gewesen."

Lächelnd stellte ich einen Teller auf die Arbeitsfläche. „Ich habe einfach die Atmosphäre genossen."

Er nahm mir das Geschirr ab und räumte es in die Spülmaschine. Seine warme Hand legte sich um meine, und zog mich zurück zum Tisch. „Der Abend ist noch nicht ganz zu Ende." Er rückte meinen Stuhl zurecht. „Nimm Platz."

Ich sah ihn an. „Was hast du vor?"

Er hob eine Augenbraue und nickte in Richtung des Stuhls.

„Hmm." Ich setzte mich und wandte meine Aufmerksamkeit Mom und Gwen zu. „Seid ihr eingeweiht?"

Mom lächelte, und Gwen schüttelte unschuldig den Kopf.

„Ja, du hast definitiv irgendwas vor", sagte ich zu Kane. „Also?"

„Gib uns nur eine Minute."

Alle verschwanden in die Küche und sammelten verschiedene Gegenstände ein. Mom kam mit vier Stumpenkerzen zurück, Gwen mit zwei Weingläsern und einer Flasche Riesling. Sie stellte ein Glas vor mich und eines auf Kanes Platz.

„Seid ihr plötzlich zu Abstinenzlern geworden?"

Sie lachte. „Kaum."

„Wir treffen uns mit deiner Freundin Pyper auf einen Schlummertrunk", sagte Mom.

Ich zog eine Augenbraue hoch. „Schlummertrunk?"

„Pyper und Ian bringen sie in einen Jazzclub", rief Kane hinter der Kühlschranktür hervor.

„Heute Abend?" Ich stand auf, schob mich zwischen Mom und Gwen und hakte mich bei beiden unter. „Aber wir sollten den Abend zusammen verbringen."

„Haben wir doch, Shortcake." Mom legte ihre Hand an meine Wange. „Wir kommen bald zurück. Im Moment braucht ihr beide ein bisschen Privatsphäre."

Ich verspannte mich. Ging meine Mutter wirklich, damit mein Freund mich verführen konnte?

„Entspann dich, Jade. Das ist eine gute Sache." Gwen löste sich sanft aus meinem Griff und sah Mom an. „Bereit?"

Mom umarmte mich kurz und anstatt sich zum Gehen

umzudrehen, zog sie sich zum Tisch zurück und stellte die Kerzen so um, dass sie in der Mitte jedes Tischsets standen. „Jade, Schatz, würdest du sie bitte anzünden?"

„Sicher." Ich streckte mich und nahm eine Schachtel Streichhölzer von der Arbeitsfläche.

„Nein." Mom hob eine Hand. „Ich meinte magisch."

„Oh. Ich werd's versuchen." So schwach, wie ich in den letzten Tagen gewesen war, hatte ich keine Zauber gewirkt. Meine Magie war erschöpft. Ich sparte so viel wie möglich, doch da Mom mich darum gebeten hatte, konnte ich kaum nein sagen. Zumal sie sich so normal zu benehmen schien.

Ich richtete meinen Fokus nach innen und suchte nach meinem Funken. Zu meiner Überraschung erwachte er sofort zum Leben. Ein Lächeln umspielte meine Lippen, als ich flüsterte: „Accendite."

Vier blaustichige gelbe Flammen taten genau das, was ich verlangte. Gwen griff an den Lichtschalter und dimmte die Beleuchtung. Die weißen Kerzen glühten.

„Was geht hier vor?", fragte ich noch einmal.

„Das müsst ihr zwei besprechen. Jetzt stell dich hinter deinen Stuhl." Sie warf einen Blick über ihre Schulter. „Gwen, Kane, ihr auch."

Alle gehorchten, und wir alle starrten Mom erwartungsvoll an. Ich hatte den deutlichen Eindruck, dass ich die Einzige war, die nicht wusste, was als Nächstes passieren würde.

Mom stand mir gegenüber. Ihr Blick begegnete meinem, als sie Kane und Gwen die Hand reichte. Sie griffen sich bei den Händen, und ich streckte meine nach ihnen aus und schloss den Kreis. Ein Kloß schloss meine Kehle, als ich den Segen erkannte. Es war einer, der dazu diente, die Familienbande zu stärken.

Mom hatte die Beschwörung während meiner Kindheit bei jeder Sonnenwende und bei jedem wichtigen Ereignis rezitiert. Doch sonst war nie jemand außer Gwen und mir jemals dazu eingeladen worden. Entweder waren es nur Mom und ich oder wir drei gewesen.

Ich warf Kane einen Blick zu. Hatte er eine Ahnung, welche Bedeutung das Ritual hatte? Der Stolz und die Nervosität, die von ihm ausgingen, deuteten darauf hin. Ich drückte seine Hand und starrte auf die Kerze, die lebendig vor mir tanzte.

„Vier Seelen, vier Flammen. Heute Nacht ziehen wir einen Kreis der Kraft. Einen, der durch Vertrauen und Liebe verbunden ist."

Eine nach der anderen wuchs jede der Flammen zu doppelter Größe und brannte fast weiß.

„Wir stehen zusammen als eine Einheit, eine Familie."

Die Flammen wurden elektrisch blau, viel heller als das Eisblau, das sonst aus Moms Worten entstand. Eine Woge der Aufregung durchfuhr mich. Moms Magie war mächtig, doch ich hatte noch nie erlebt, dass sie dieses Ritual mit solcher Kraft durchführte. Vielleicht lag es daran, dass ich endlich meine eigene Magie akzeptiert hatte. Der Grund war mir egal. Ein starkes Familienband würde mir nur bei meiner Mission, meine Seele zu retten, helfen.

„Göttin Hera, schließe dich unserem Segen an. Beehre uns mit deinen Gaben. Zwei Flammen, zwei Seelen verbunden und getragen von zwei Flammen, zwei Seelen."

Ich hob abrupt den Kopf, und meine Augen bohrten sich in die meiner Mutter.

Sie lächelte und sagte: „Zwei Flammen, zwei Seelen."

Kane und Gwen wiederholten ihre Worte.

Ich blieb stehen, mit offenem Mund, unfähig, Worte herauszubringen.

Das Lächeln meiner Mutter wurde breiter. „Jade, du musst die Worte sagen, um den Segen zu vollenden."

Ich schluckte und wagte es nicht, Kane anzusehen. Wenn

ich mich nicht irrte, hatte Mom gerade einen sehr besonderen Segen gewirkt. Einen, von dem ich gelesen, ihn aber nie erlebt hatte.

„Jade?", sagte Kane leise.

Ich begegnete seinem besorgten Blick. Seine Lippen verzogen sich zu einem sanften, hoffnungsvollen Lächeln, Liebe strömte aus ihm heraus, als hielte er sein Herz in seiner Hand.

Mein eigenes Herz schwoll an, und mein Atem stockte. Alles um mich herum erstarrte, und ich flüsterte die Worte, auf die sie alle warteten. „Zwei Flammen, zwei Seelen."

Ein kurzer Luftstoß kam aus dem Nichts und löschte die Kerzen. Dann war alles still, während Kane und ich uns anstarrten.

Gwen ließ meine Hand los, und ich hörte sie sich aus weiter Ferne verabschieden, als sie und meine Mutter das Haus verließen.

Als die Tür mit einem Klick ins Schloss fiel, ergriff Kane meine andere Hand, drehte beide um und küsste meine Handflächen. „Sag noch nichts. Ich habe was für dich."

Völlig sprachlos nickte ich nur und ließ mich von ihm zurück auf den Stuhl führen. Erst als ich mein Wasserglas in die Hand nahm, bemerkte ich mein Zittern. Bevor ich es umwerfen konnte, stellte ich das Getränk ab und verschränkte die Hände auf meinem Schoß.

Kane kehrte mit einem kleinen runden Käsekuchen mit einer Dekoration aus schokoladenüberzogenen Erdbeeren und Schlagsahne zurück. Er hatte alle meine Lieblingsdesserts zu einem köstlichen Stück Perfektion kombiniert. Doch das war nicht das, was mir ins Auge stach.

Mittendrin, umgeben von den schokoladenüberzogenen Erdbeeren, saß eine rote, goldgeprägte Schmuckschatulle.

Das war es! Ich hatte es gewusst, als Mom die Göttin Hera

– die Göttin der Ehe – in ihrem Segen angerufen hatte. Plötzlich weigerte sich meine Lunge, Luft aufzunehmen.

Kane stellte den Teller vor mich und zog seinen Stuhl herum, bis wir uns fast berührten. Ich starrte weiter auf den Käsekuchen und hatte Angst, ihn anzusehen.

„Jade?"

„Hmm?" Das Licht der gedimmten Lampen über uns wurde von den rot glänzenden Teilen der kleinen Schmuckschatulle reflektiert.

Er tauchte die Gabel in das Dessert und hielt sie mir entgegen. „Iss ein Stück."

Ich presste meine Lippen aufeinander, irgendwie überzeugt, dass wir für immer in diesen Moment eingefroren bleiben würden, solange ich meinen Mund nicht öffnete. Ich würde nie hören, was er als Nächstes sagen würde, und ich würde nicht antworten müssen.

Tränen brannten in meinen Augen. Trotz aller Bemühungen gelang es mir nicht, sie zurückzublinzeln.

Langsam legte Kane die Gabel auf den Tisch und legte zärtlich seine Arme um mich. „Schh, alles ist gut, Liebes."

Ich schmiegte mich an seine Schulter, dankbar, dass er mich nicht gefragt hatte, was los war. Er wusste es schon. Wie konnte ich mich von ihm bitten lassen, ihn zu heiraten? Jeden Moment könnte mir mein Leben gestohlen werden.

Als er mich hielt, verwandelte sich meine Verzweiflung schnell in Wut. Das war nicht gerecht. Das Leben war nicht gerecht! Schon einmal hatte mir ein Mann, den ich geliebt hatte, einen Heiratsantrag gemacht, doch damals hatte ich Geheimnisse gehabt. Und als ich sie ihm offenbart hatte, hatte Dan sie nicht verkraften können.

Kane dagegen wusste alles über mich. Ich wollte das. Es war mir nicht bewusst gewesen, doch jetzt, wo der Moment gekommen war, wollte ich es mehr als alles andere.

Verdammte Meri und ihr Seelendiebstahl. Sie konnte meine nicht haben. Sie gehörte bereits jemand anderem.

Ich löste mich von ihm und wischte die restlichen Tränen aus meinen Augen. Dann beugte ich mich vor. „Ich glaube, du wolltest mich was fragen."

Seine Lippen verzogen sich zu einem schiefen Lächeln. „Bist du sicher, dass du es hören willst?"

„Mehr als alles andere."

Er griff nach der Gabel, die er auf den Tisch gelegt hatte. „Zuerst isst du eine Gabel voll."

Kichernd öffnete ich meinen Mund. Der süße, cremige Kuchen ließ mich vor Freude seufzen. „Oh meine Göttin, das ist gut", sagte ich, nachdem er die Gabel wieder auf den Tisch gelegt hatte.

„Besser?"

Ich nickte und war mir des Zuckerschubs, der mir Energie gab, sehr bewusst.

„Gut." Er nahm die kleine rote Schachtel aus der Mitte des wunderschönen Käsekuchens. Mit einer schnellen Bewegung schob er seinen Stuhl zurück und ließ sich auf ein Knie nieder.

Mein Herz schlug schneller, und ich konnte meine Augen nicht von seinen lösen.

„Bevor ich frage, sollte ich dir sagen, dass ich diesen Ring gekauft habe, kurz nachdem du aus dem Koma aufgewacht bist, das du Roy zu verdanken hattest."

„Du machst Witze." Er konnte das nicht ernst meinen. Wir waren erst ein paar Wochen zusammen gewesen, als Roy, der Vorbesitzer des *Wicked* und ein abgrundtief böser Geist, mich in einer alternativen Realität gefangen gehalten hatte. „Da haben wir uns kaum gekannt."

Er hob eine Schulter, wahrscheinlich, um zu demonstrieren, dass die Tatsache nicht von Bedeutung war. „Ich wusste da schon, dass du die Richtige für mich bist. Und ich weiß es jetzt. Ich soll verdammt sein, wenn ich dich gehen lasse. Egal, was passiert, ich bin bereit, mein Leben mit dir zu verbringen. Ein *langes* Leben. Ich bin mir bewusst, dass du tief in deinem Inneren an deiner Stärke zweifelst, aber ich tue es nicht. Du kannst dagegen ankämpfen. Wir gemeinsam. Zusammen."

Ein Schwarm Schmetterlinge flatterte in meinem Bauch.

Er öffnete die kleine Schachtel. Ein wunderschöner ovaler Smaragd, gefasst in einem Kreis aus Diamanten, funkelte mich an. „Jade, meine hübsche Hexe, ich liebe dich mehr, als ich es in Worte fassen kann. Ich bin hier auf einem Knie und biete dir alles an, was ich habe. Körper, Geist und Seele." Er nahm den Ring aus seinem Samtbett. „Willst du mich heiraten?"

Alle meine Vorbehalte lösten sich in Luft auf. Auch, wenn wir nur für einen Tag glücklich wären, das war es wert. Außerdem kannte er das Risiko. Er hatte in den letzten Monaten dieses verrückte Leben direkt neben mir gelebt. Ich zögerte keinen Moment. „Ja."

Er steckte den Ring auf meine linke Hand und betrachtete ihn, als ob er bewunderte, wie er an meinem Finger aussah. Seine Freude schickte Funken durch meinen Arm, und mein Herz flatterte, als ich spürte, wie wichtig ihm dieser Moment war.

Kane stand auf, zog mich in seine Arme und wirbelte mich herum. Ich lachte und umarmte ihn stürmisch. In einer Sache hatte er Recht; Ich würde dagegen ankämpfen. Mit allem, was ich hatte, denn ich wollte ihn auch nicht verlieren.

Er drückte mich an seine Brust und ging in Richtung Flur. „Komm, hübsche Hexe. Es ist an der Zeit, dass ich dir zeige, wie sehr ich dich brauche."

„Warte", sagte ich.

Er hielt inne, drehte sich aber nicht um.

„Ich will meinen Käsekuchen."

„Natürlich." Er kehrte zum Tisch zurück, und ich nahm den Kuchen und die Gabel. „Lass mir wenigstens ein oder zwei Bissen übrig", sagte er.

Ich schickte ihm ein sündiges Grinsen. „Keine Sorge, Pioneer Man. Wenn wir damit fertig sind, wirst du nicht unbefriedigt sein."

KAPITEL DREIUNDZWANZIG

*M*it Hilfe der zuckersüßen Güte des Käsekuchens gelang es mir, mein Energieniveau die ganze Nacht über aufrechtzuerhalten, während ich viele kreative Möglichkeiten fand, meinem Verlobten zu zeigen, wie sehr ich ihn liebte.

Meinem *Verlobten*. Allein das Wort ließ mir das Herz bis zum Hals pochen.

Die Badezimmertür knarrte. Kane kam mit nassen Haaren und einem grünen Handtuch, das tief auf seinen Hüften hing, heraus. „Guten Morgen."

Ich ließ mir Zeit, seine gut definierte Brust, seine schlanke Taille und die dunkle Spur von Haaren zu bewundern, die unter dem Handtuch verschwand. Gott, er war wunderschön. Und er gehörte ganz mir. Meri hätte mir sofort den Rest meiner Seele entreißen können, und ich wäre glücklich gewesen, mich in meiner Wolke höchster Zufriedenheit in Nichts aufzulösen.

„Morgen." Das Bett schaukelte, als Kane sich neben mir niederließ. Ich schlang meine Arme um seinen Nacken und zog ihn für einen zärtlichen Kuss zu mir herunter. Ich strich kaum mit meinen Lippen über seine und murmelte: „Ich könnte für immer hier bei dir bleiben."

Er liebkoste meinen Nacken, seine federleichten Küsse ließen meinen nackten Körper erschauern. Seine magischen Lippen erreichten meine, und der Kuss wurde heiß, bis er sich von mir löste. Er schenkte mir ein wehmütiges Lächeln. „Verlockend. Vor allem, weil du durch und durch hinreißend und verdammt sexy aussiehst."

„Also, was hält dich davon ab?" Ich strich ihm eine nasse Haarsträhne aus der Stirn. Ein Wassertropfen lief von seinem Hals über seine Schulter. Liebevoll strich ich mit dem Finger über die Spur.

Er holte zitternd Luft und schloss seine Hand um meine. „Die Leute, die im Wohnzimmer auf dich warten, werden vielleicht ein bisschen ungeduldig."

Ich stöhnte. Ein Blick zum Fenster bestätigte, dass die aufgehende Morgensonne durch die Jalousien zu spähen begann. Verdammt. Meine perfekte Nacht mit Kane war zu Ende, und es war Zeit, in den Bayou zu fahren. Ich stützte mich auf meine Ellbogen und gab ihm einen letzten Kuss, bevor ich aufstand. Ich hielt inne, bevor ich ins Bad ging.

Kane runzelte die Stirn, und Sorgenfalten erschienen um seine Augen.

Ein seltsames Gefühl der Endgültigkeit überkam mich, als wären wir am Ende von etwas angekommen. Das Ende von *uns*, wie wir es kannten. Ein scharfer Pfeil durchbohrte mein Herz und hinterließ ein kleines, ausgefranstes Loch genau dort, wo die ganze Wärme der Nacht zuvor gewesen war.

Ich packte den Türrahmen und hielt mich fest.

„Jade?"

„Alles okay." Meine Antwort klang selbst in meinen eigenen

Ohren verhalten und unsicher. Ich räusperte mich. „Nichts, wogegen ein kleines Frühstück nicht helfen würde."

Ich schloss die Badezimmertür und lehnte mich an die Tür, während ich hörte, wie Kane sich in seinem Zimmer bewegte. Verdammt, was war das gerade gewesen? Eine Art Vorahnung? Oder war das meine Angst, die sich manifestierte? Ich war kein Seher. Niemals hatte ich auch nur annähernd die Zukunft gesehen. Empathen waren normalerweise nicht mit solchen Fähigkeiten ausgestattet.

Stress. Das war alles. Zeit, das zu Ende zu bringen. Zehn Minuten später, sauber, aber ein bisschen geschwächt von der Anstrengung des Aufstehens, verließ ich die Dusche. Auf der Ablage am Waschbecken standen eine Tasse mit Chai, ein Schokomuffin und ein Zettel.

Das Frühstück ist fertig, wenn du soweit bist, aber hier ist ein morgendlicher Muntermacher. Ich liebe dich, K

Ich würde den perfekten Mann heiraten. Großartiger Sex, Liebe und Schokolade. Nachdem ich den Muffin gegessen hatte, zog ich ein T-Shirt, Jeans und Turnschuhe an. Stiefel wären besser gewesen, doch ich besaß keine ohne Absätze, und die, die ich hatte, wollte ich nicht dem Bayou opfern.

Ich öffnete Kanes Schlafzimmertür. Geschnatter drang in den Flur und vermischte sich mit dem Klappern von Besteck auf Tellern.

Ich warf einen Blick auf die Uhr – 06:25 Uhr. Heilige Geister! Es hörte sich an wie eine Dinnerparty in Kanes Küche. Ich war mir überhaupt nicht sicher, ob ich in Stimmung war, mit irgendjemandem zu sprechen, steckte aber dennoch meinen Kopf um die Ecke.

Acht Leute saßen zusammengepfercht an seinem Sechsertisch: Kane, Mom, Gwen, Ian, Pyper, Lucien, Lailah und Kat. Was machten sie alle hier? Auf keinen Fall würde ich sie alle mitnehmen, um mit Meri und Philip abzurechnen.

„Da ist sie ja!" Pyper sprang auf, rannte zu mir und zerrte mich zurück in den Flur. Sie schlang ihre Arme um mich und drückte mich, bis ich keine Luft mehr bekam.

„Morgen auch", brachte ich mit einem halben Lachen hervor.

„Oh mein Gott, er hat es getan." Sie ließ mich los, trat einen Schritt zurück und tupfte die Tränen weg, die in ihren tiefblauen Augen glitzerten. „Jetzt werden wir Schwestern."

Ich grinste. „Als ob wir das vorher nicht gewesen wären."

Sie nickte. „Richtig, aber jetzt wird es offiziell."

Pyper und Kane waren nicht verwandt, doch sie standen sich so nah wie Bruder und Schwester. Freude erwärmte mein Herz. Vor ein paar Monaten hatte ich nur zwei Menschen auf der Welt, denen ich nahegestanden hatte: Kat und Gwen. Jetzt hatte ich eine ganz neue Familie, und Pyper war ein sehr wichtiger Teil davon. Diesmal umarmte ich sie. Wir klammerten uns lange aneinander und ließen uns dann lachend los.

Kat kam um die Ecke, blieb stehen und stemmte die Fäuste in die Hüften. „Was ist denn hier los?"

Ich warf Pyper einen Blick zu. „Weiß sonst niemand davon?"

„Ähm, ich habe es Ian gesagt, aber nur, weil wir Gwen und Hope gestern Abend mitgenommen haben."

Natürlich wussten Mom und Gwen Bescheid. Kane hatte sie um Erlaubnis gebeten, bevor er mich gefragt hatte. Die Formalität war total altmodisch, doch ich liebte ihn noch mehr dafür, weil er meiner Familie das Gefühl gab, so wichtig zu sein.

„Ich hoffe, es macht dir nichts aus." Pyper verzog das Gesicht, als sich ihre Schuldgefühle in mein Bewusstsein drängten.

„Nein, schon gut." Ich drehte mich zu Kat um, nahm ihre

Hände und vergewisserte mich, dass mein Ring gut sichtbar war, als ich mit einem kurzen Nicken darauf hinwies. „Kane hat mir den gestern Abend gegeben. Wir sind verlobt."

Sie wandte den Blick ab, und eine Welle ihres Schocks brandete durch mich, als wäre es mein eigener. Genau dieselbe Reaktion hatte ich gehabt, als er mich gefragt hatte. Nur, dass nach ihrem Schock keine Freude folgte. Ein Gefühl, das sich verdächtig wie Wut anfühlte, brodelte um sie herum.

Ich ließ ihre Hände los und wich zurück. Die ganze Begeisterung, meine Neuigkeiten zu teilen, floss aus mir heraus. „Stimmt was nicht?"

„Hm? Oh nein." Sie schüttelte den Kopf. „Nur überrascht. Weißt du, bei allem, was um uns rum passiert."

Pyper drehte sich um, um Kats Blick zu begegnen. „Scheint mir der perfekte Zeitpunkt zu sein."

„Wirklich?", sagten Kat und ich wie aus einem Mund. So glücklich ich auch war, ich stimmte Kat irgendwie zu. Genau genommen hatten wir nicht einmal Zeit für dieses Gespräch. Ich sollte schon mit Lucien unterwegs sein, um Philip und Meri aufzuspüren.

„Natürlich." Pyper sah mich an. „Wenn Meri Tauziehen mit deiner Seele spielt, denkst du nicht, dass dich eine tiefere Verbindung zu Kane besser erdet? Dir mehr Kraft zum Kämpfen gibt? Außerdem hat Hope mir gesagt, dass Planung für die Zukunft dazu beiträgt, die Existenz deines Morgen zu festigen."

Sie hatte Recht. Mit allem. Mit der Verbindung und der Bestätigung von morgen. Hatte ich nicht am Abend zuvor dasselbe getan, als ich Perlen gemacht und Glas für das nächste Mal vorbereitet hatte?

„Wann hat Mom das gesagt?" Hatte Kane mich nur gefragt, um meine Seele zu retten, und nicht, weil er mich wirklich heiraten wollte?

„Gestern Abend im Club. Wieso?"

Ich schüttelte schnell den Kopf und verdrängte den Gedanken. Er hätte seine Absichten nicht vor mir verbergen können. Schließlich war ich ein Empath. Obwohl ich geschwächt war, hatte meine Gabe kein bisschen gelitten. Nicht ein einziges Mal hatte ich während seines Antrags etwas anderes als reine Liebe und Hoffnung gespürt. „Nur so."

„Jade?", rief Kane. „Bereit?"

Ich warf Kat einen besorgten Blick zu und ging in die Küche.

Der frische Duft von Kaffee, Waffeln und Ahornsirup erfüllte die Luft und ließ mir das Wasser im Mund zusammenlaufen. Ich nahm zwischen Mom und Gwen Platz. Beide sahen mich mit fragenden Augen an. Ganz lässig legte ich meine linke Hand auf den Tisch und ließ den leuchtenden Smaragd antworten.

Gwen grinste, umarmte mich und flüsterte: „Herzlichen Glückwunsch!"

Mom versuchte zu lächeln, doch es sah eher aus wie eine Grimasse. Der letzte Rest meines Glücksgefühls löste sich auf.

„Hope?" Gwens Sorge hüllte mich ein.

„Entschuldigung", sagte Mom mit leiser Stimme, die für uns beide bestimmt war. „Es fällt mir schwer, mich damit abzufinden, dass mein Baby verlobt ist. Ich sehe sie immer noch als Teenager. Ich werde mich daran gewöhnen."

Ich wollte mich an Gwen lehnen, mich vor Moms und Kats ungerechtfertigter Negativität schützen. Konnten die, die mir am nächsten standen, nach allem, was wir alle durchgemacht hatten, nicht einfach glücklich sein? Da ich mir von nichts und niemandem die Laune verderben lassen wollte, stand ich auf und ging zum Küchentresen. Mom runzelte die Stirn. Ein kleiner Faden Schuld strömte von ihr aus, doch sie sagte nichts mehr. Niemand sonst schien mein Gehen zu bemerken. Gott sei Dank. Das Letzte, was ich brauchte, war noch jemand, der mich runterzog.

Ich hatte eine halbe Waffel gegessen, als Lailah an meiner Seite auftauchte. Ihre beige Cargohose und ihr beiges T-Shirt waren typische Lailah-Farben. Was würde ich nicht geben, um sie in Pastellfarben zu sehen.

„Es ist Zeit", sagte sie.

„Okay." Ich ließ meine Serviette auf meinen Teller fallen und folgte ihr zur Haustür. Das Geplapper verstummte, Stühle scharrten über den Fliesenboden, und hinter uns hörte ich Schritte. „Wohin gehen sie?", fragte ich Lailah.

„Scheinbar mit dir."

Meine Augen weiteten sich, als ich sie anstarrte. „Wie in aller Welt sollen wir mit einem solchen Gefolge auf Aufklärungsmission gehen?"

Sie zuckte mit den Schultern. „Ich habe versucht, es ihnen auszureden."

Ich wich zurück und wäre fast mit Kane kollidiert.

Er packte meine Schultern, hielt mich fest und bückte sich, um mir ins Ohr zu flüstern. „Hast du auch nur für eine Sekunde gedacht, dass ich dich allein gehen lassen würde?"

„Nein. Aber warum alle anderen?", flüsterte ich zurück. „Ich habe kaum genug Kraft, um auf mich selbst aufzupassen, geschweige denn ein halbes Dutzend andere."

Pyper und Kat traten zu uns und nahmen mich zwischen sich und Kane in die Zange. Ihre kollektive Entschlossenheit lag deutlich in der Luft.

Ich hatte einen Vortrag von Pyper erwartet, da das ihre übliche Nummer war, doch Kat war schneller und wedelte mit dem Finger vor meinem Gesicht. „Warum bekommst du nicht in deinen dicken Schädel, dass du uns brauchst? Hat Pyper dir nicht beim ersten Mal geholfen, Meri zu zerstören, als ihre Liebe dir geholfen hat, die schwarze Magie zu überwinden?

Und bin ich nicht immer da, um dir meine Energie zu leihen, wenn du schwach bist? Du bist nicht die Einzige, die in einer Krise was zu bieten hat."

Sanft schloss ich meine Hand über ihrem Finger. „Ich weiß. Du hast Recht, es tut mir leid."

„Wo Pyper hingeht, gehe ich auch hin", mischte Ian sich ein. „Ganz zu schweigen davon, dass ich das Bayou sehr gut kenne. Das Letzte, was du willst, ist, dich da zu verirren."

Ich hob kapitulierend die Hände. „Okay, okay."

Lucien war unser offizieller Bayou-Führer. Bei all den Leuten, die helfen wollten, würden wir zwei Airboats brauchen. Ian konnte auf einem mitfahren, während Lucien das andere kommandierte. Damit blieben Gwen und meine Mutter.

Ich begegnete Gwens haselnussbraunen Augen und neigte fragend meinen Kopf. Sie schüttelte den Kopf und sah Mom an.

Dieser eine Blick machte alles klar. Mom war nicht bereit, sich dem bevorstehenden Kampf zu stellen, und Gwen würde sie auf keinen Fall gehen lassen.

„Gib mir einen Moment. Ich bin gleich wieder da", sagte ich zu Kane. Ich ging durch den Raum zurück und schlang meine Arme um Gwen. „Pass auf sie auf, okay?"

„Mach dir keine Sorgen um uns. Schau nur sicher, dass du wieder nach Hause kommst. In einem Stück."

„Ja, Ma'am."

Sie lachte und wurde dann ernst, als Mom zu uns kam.

Gwen zog mich noch einmal in ihre Arme und flüsterte mir ins Ohr: „Sag ihr, dass sie hierbleiben und an Zaubersprüchen oder Segnungen oder irgendsowas arbeiten soll. Sie kann nicht mit dir gehen, Jade. Sie ist zu zerbrechlich."

„Ich weiß." Sie ließ mich los, und ich tat genau das.

Nur Mom wollte nichts davon hören. „Jade, ich habe mehr

Wissen über Dämonen und Engel als jeder andere hier – na ja, abgesehen von den Engeln selbst. Doch meine Erfahrung in der Hölle ist mehr wert als das. Ich komme mit. Wenn du versuchst, mich aufzuhalten, wirke ich einen Zauber, und du bist wieder da, wo du angefangen hast."

Nachdem ich fünf Minuten lang mit ihr gestritten hatte, gab ich schließlich auf. „Also gut. Dann komm mit." Ich warf Lailah einen Was-soll-ich-sonst-tun?-Blick zu und drehte mich zu Gwen um. „Ich habe eine Bitte an dich."

„Was?" Sorge trübte ihre Augen.

„Geh zu Bea und halte sie über alles, was du siehst, auf dem Laufenden."

„Jade –"

„Bitte, Gwen? Wir haben im Moment so wenig Werkzeuge zur Verfügung. Ich weiß, dass du nicht gern über deine Visionen sprichst, aber wenn du siehst, dass etwas schrecklich schiefgeht ... Na ja, Bea kann dann vielleicht helfen."

Gwen ließ sich Zeit, bevor sie antwortete, doch schließlich nickte sie. „Okay, ich mache das für dich." Sie zog sich zurück, drehte sich dann um und kam zielstrebig zu mir zurück. „Ich habe schon etwas gesehen."

Mir blieb der Mund offenstehen. Gwen sprach so gut wie nie über ihre Visionen. Sie sagte, die möglichen Konsequenzen seien ein zu großes Risiko. Entscheidungen, die aufgrund frühzeitigen Wissens über die Zukunft getroffen wurden, konnten einen Menschen auf den falschen Weg führen.

Nervös benetzte sie ihre Lippen. „Die Details sind vage, aber das Gefühl ist stark. Erinnere dich daran, okay?"

Ich nickte. Die Wahrscheinlichkeit, dass ich dieses Gespräch vergaß, war ungefähr so groß, wie die, dass ich absichtlich meine Seele und alle, die ich liebte, aufgeben würde.

Ihre Finger schlossen sich um mein Handgelenk. „Wenn

der Moment kommt, wird eine Wahl getroffen. Und keine einfache. Jemand, der dir nahesteht, wird dich verraten. Ein anderer wird alles opfern … doch es wird umsonst sein." Sie ließ los und ging zum Gästezimmer.

„Gwen?"

Sie blieb in der Tür stehen. „Wenn du achtgibst, wird er sich selbst entlarven."

Wird er sich selbst entlarven. Mein einziger Hinweis, *er.* Ich ballte meine Hände zu Fäusten und versuchte, nicht zu schreien. Verdammt noch mal zur Hölle und zurück. Sie konnte jeden meinen. Ich sah die Männer um mich herum einen nach dem anderen an. Mein Blick landete zuerst auf Ian, dann auf Lucien und schließlich auf Kane.

Mein Herz schmerzte. Nichts war schlimmer als ein kryptischer Rat, der einen dazu brachte, zu zweifeln und sich Sorgen um seine Freunde zu machen. Ich lehnte mich an Kane, legte einen Arm um seine Taille und verdrängte die Unterhaltung aus meinem Kopf. „Bereit?"

„Bereit."

„Bayou … wir kommen", sagte ich. „Weil ich eine Seele zu retten habe, und diesmal ist es meine."

KAPITEL VIERUNDZWANZIG

*I*nnerhalb einer halben Stunde fuhr unsere kleine Kolonne auf einen kleinen Parkplatz neben einem metallverkleideten Gebäude. Auf einem verblassten grünen Schild mit einem Mann, der auf einem Alligator saß, stand *Jeans Alligator Tours. Keine Angst vor seichten Gewässern.*

Kane folgte mir. Ich versuchte, durch die dreckverkrustete Glastür zu spähen. Innen sah ich kein Licht, und ich konnte keine fremden menschlichen Gefühle spüren.

„Ich glaube nicht, dass Jean hier ist", sagte ich.

„Er ist hier." Lucien tippte eine Nachricht in sein Handy. Ein paar Sekunden später summte es mit einer Antwort. Er nickte mit dem Kopf. „Hier lang."

Alle waren relativ ruhig, als wir Lucien zu einem Metalltor mit Kettengliedern folgten. Er drückte einen Knopf, der einer Türklingel ähnelte, und ein nerviger Summer ertönte. Lucien stieß das Tor auf und führte zu seinem mysteriösen Bekannten Jean.

Hinter dem Gebäude versteckt lag ein alter, verwitterter

Steg mit einem weiteren Schild, auf dem stand: *Schwimmen mit den Alligatoren. 5 Dollar pro Nase. Keine Rückerstattung.*

„Hat Humor, der Typ", sagte Pyper mit einem Grinsen.

Ein lauter Motor erwachte zum Leben. Ich fuhr herum und sah mich nach einem Fahrzeug um.

„Es ist da draußen." Kane zeigte auf den Fluss, der gegen den Steg plätscherte.

Tatsächlich wurde das Grollen lauter, als ein verbeultes graues Airboat in Sicht kam, das rückwärts in die schmale Anlegestelle rechts vom Steg einfuhr. Die gesamte linke Seite schien verdellt und dann so gut wie möglich ausgebeult worden zu sein. Das deformierte Metall schien der Grund zu sein, dass das Boot beim Schweben ein bisschen Schlagseite nach links hatte.

Ich wurde blass. „Auf dem Ding fährt er nicht mit uns raus aus, oder?"

„Nein." Lucien schmunzelte.

„Oh gut." Ich seufzte erleichtert.

„Wir fahren alleine."

Ich drehte mich zu Kane um und warf ihm einen verzweifelten Blick zu. Er schenkte mir ein mitfühlendes Lächeln und legte seinen Arm um meine Schulter bevor er mich fest an sich zog.

„Meine Güte, Lucien. Hättest du ein größeres Stück schwimmenden Schrott finden können?", rief Pyper über den Lärm hinweg.

Ein weiteres Airboat glitt in Sicht. Ein paar Überreste blauer Farbe waren zwischen dem Rost am Rumpf dieses Bootes zu sehen. Der zweite erschien, sofern das überhaupt möglich war, noch weniger seetüchtig zu sein. Ich stellte mir vor, dass selbst ein winziger Stoß das rostzerfressene Metall brechen lassen könnte, von einer Kollision mit irgendetwas ganz zu schweigen.

Lucien drehte den Booten den Rücken zu und funkelte uns an. „Spar dir deine Bemerkungen für später auf. Es sei denn, du willst, dass dich ein angepisster Cajun in den Bayou wirft."

Pyper zog skeptisch eine Augenbraue hoch, schwieg aber.

Die Motoren erstarben mit rauem Gestotter, und ein dicker, dunkelhaariger Mann mittleren Alters mit schiefen Zähnen sprang auf den Steg. Er stolperte auf uns zu und streckte Lucien die Hand entgegen. „Mein Junge! Ich hab dich seit dem Crawfishball bei Nannaks nicht mehr gesehen!"

Lucien lächelte und schüttelte seine Hand. „Viel zu lange her."

„Du hast dich in der Stadt versteckt. Du kommst nächsten Freitag für Garnelen zu mir nach Hause, ja?"

„Das würde ich gerne. Danke für die Einladung." Lucien winkte in unsere Richtung. „Onkel Pete, darf ich dich meinen Freunden vorstellen?"

Jeder von uns wand sich in Onkel Petes furchteinflößend festem Händedruck und dankte ihm für seine Hilfe.

„Die Boote sind bereit." Er gab Lucien zwei Schlüsselbunde. „Kümmere dich um sie." Onkel Pete sagte noch ein paar Worte zu Lucien und dann verschwanden er und sein Helfer im Metallgebäude.

„Dieser süße Mann würde mich in den Bayou werfen?" Pyper lachte. „Klar doch."

Lucien gab Ian einen Schlüsselbund, bevor er sich auf Pyper konzentrierte. „Ich habe Gerüchte gehört, dass Pete Verbindungen zur *Familie* hat. Mach nicht den Fehler, ihn zu unterschätzen. Er ist ein hartgesottener Cajun, der seit seiner Kindheit vom Bayou lebt. Ohne einen gewissen Ruf überlebt man eine solche Existenz nicht."

„Die *Familie*?" Pyper senkte ihre Stimme. „Familie wie *Mafia*?"

Lucien ignorierte sie und ging auf das verbeulte graue Boot.

„Scheiße." Pyper warf einen Blick zurück zum Gebäude.

Luciens Lippen zuckten, als bemühte er sich, nicht zu lachen.

Ich verdrehte die Augen. „Können wir losmachen?"

„Warte." Mom nahm mich beiseite. „Ich möchte, dass du das trägst." Sie hielt die Perle, die ich ihr gegeben hatte in der Hand, und befestigte sie um meinen Hals. „Du brauchst sie mehr als ich."

Ich griff nach dem glatten Glas und öffnete meinen Mund, um zu protestieren, doch sie unterbrach mich.

„Ich habe meinen eigenen Schutz hinzugefügt. Tu deiner Mutter einen Gefallen und streite nicht." Sie ergriff meine Hände und wärmte sie mit ihrer Berührung.

Meine Augen wurden feucht. Ich nickte. "Okay."

„Das ist mein Mädchen." Sie gab mir einen Kuss auf die Wange und folgte Ian, Pyper und Kat auf das verrostete Boot. Kane, Lucien, Lailah und ich nahmen das graue.

Ian warf mir ein Funkgerät zu. „So können wir in Verbindung bleiben und uns über Sichtungen und unserem Aufenthaltsort auf dem Laufenden halten."

„Bist du sicher, dass du das machen willst?", fragte Lucien ihn. „Der Bayou kann ein gefährlicher Ort sein. Und damit meine ich nicht nur das Gelände und die Tierwelt. Ein Großteil des Landes ist in Privatbesitz, und die Leute hier sind nicht zimperlich mit Eindringlingen."

„Das weiß ich. Mein Großvater hatte hier draußen ein Haus."

Lucien nickte und ließ den Motor an.

Ich wäre fast von meinem Sitz gesprungen. Die Vibration, zusammen mit dem ohrenbetäubenden Geräusch, ließ mich die Zähne zusammenreißen. Wie sollten wir uns bei all dem Lärm an ein Versteck heranschleichen?

Nach ein paar Fehlversuchen hat Ian endlich seinen Rostkübel in Gang gebracht. Bevor er auf den offenen Fluss hinausglitt, bedeutete Lucien ihm, zu warten, und kletterte wieder auf den Steg. Lailah folgte ihm.

Kane und ich warfen Lucien fragende Blicke zu, doch wir wurden ignoriert.

Die beiden gingen in einem engen Kreis, ihre Lippen bewegten sich zu etwas, das wie ein Gesang aussah, doch ich konnte nichts über das Dröhnen der Motoren hören. Macht begann sich aufzubauen, und durch meine Verbindung zu Lucien als Anführerin seines Zirkels pulsierte ein kleiner magischer Ball in mir, und meine Haut prickelte vor Vorfreude.

Lailah warf den Kopf zurück, die Arme weit ausgestreckt. Um sie herum materialisierte sich ein weißes Licht. Lucien ahmte ihre Bewegungen nach. Das Licht breitete sich aus, schloss ihn mit ein. Ich keuchte, als Kraft aus meiner Mitte explodierte. Mir wurde schwindelig, und ich klammerte mich an Kane, um nicht von meinem Sitz zu fallen. Heilige Scheiße. Sie hätten mich warnen können.

Die Magie um sie herum schoss in die Höhe und hüllte beide Boote in eine Kuppel. Das Motorgeräusch wurde zu einem leisen Grollen. Lucien und Lailah kamen zurück an Bord.

Lailah lächelte. „Besser?"

„Oh ja. Wenn ich nicht das Gefühl hätte, dass du mein letztes bisschen Energie verbraucht hast", brummte ich.

Sie runzelte die Stirn. „Was?"

„Ich bin die Anführerin des Zirkels, erinnerst du dich? Ihr zwei habt gerade einen mächtigen Zauber gewirkt und jetzt brauche ich eine Pille oder einen Schokoriegel."

Lucien hörte auf, an den Tauen herumzufummeln. „Jade, der Zauber war einfach. Da nur Lailah und ich ihn gewirkt haben, hättest du nichts spüren sollen."

„Dann ist was schiefgelaufen, denn der Zauber hat einen großen Teil der Magie verbraucht, die ich noch hatte." Ich lehnte mich an Kane und kämpfte gegen die Panik an, die in meinem Bauch wuchs. „Ich werde kaum noch einen Funken übrig haben, wenn wir sie finden."

Lailah trat an meine Seite. Sie legte eine Hand auf meinen Arm und runzelte die Stirn. „Deine Abwehr ist zu schwach." Sie wandte sich Lucien zu. „Sie sollte nicht mit uns gehen. In diesem Zustand dürfte es Meri leicht fallen, ihre Seele zu beanspruchen."

„Nein!" Ich stand auf wackeligen Beinen auf. „Es wird nur schlimmer, wenn wir warten. Ich mache jetzt keinen Rückzieher. Lucien, bring das Boot raus und fahr Ian hinterher, bevor er verschwindet."

Da ich die Anführerin des Zirkels war, hatte Lucien keine andere Wahl, als meinen Befehlen zu folgen. Einen Moment später glitt das Boot von der Anlegestelle weg und schaukelte auf das Wasser hinaus. Die kühle Morgenluft trug den Duft von Zypressen und Moos zu mir herüber.

„Lass mich wenigstens ein bisschen Energie auf dich übertragen." Lailahs Gesicht verzog sich besorgt.

„Äh..." Das war etwas, was ich mit Kat, meiner besten Freundin, die in solchen Situationen immer für mich da war, zu tun bereit war. Aber Lailah? Ich biss meine Zaehne zusammen und holte scharf Luft. „Ich weiß nicht."

„Entspann dich." Sie packte meine beiden Arme und obwohl ich mir sicher war, dass sie dazu überhaupt nicht befugt war, so etwas zu tun, begann sie, ihre saubere Energie in mein Wesen zu leiten.

Pure Glückseligkeit. Ich schloss meine Augen und saugte

die Energie auf, als jedes letzte Nervenende zum Leben erwachte. *Gute Göttin, fühlen sich Engel die ganze Zeit so?* Ich würde sofort mit ihr tauschen, wenn ich könnte, und Gott bitten, mich niederzustrecken, wenn ich mich jemals über irgendetwas beschweren sollte. Ich war bereit, die Welt zu erobern.

Lailah versuchte, mich loszulassen, doch ich umklammerte ihren Arm. „Noch nicht." Das Gefühl war zu gut, um es aufzugeben.

„Jade!" Sie schüttelte mich ab. „Du bist zu gierig! Du wirst mich auslaugen. Und das hilft uns sicher nicht weiter."

Ich setzte mich gerade in meinem Stuhl auf und strich mir meine windgepeitschten Haare aus den Augen. Ich blinzelte. Alle starrten mich an, Sorge und Schock gingen von ihnen aus.

Kane legte einen Arm um meine Schulter. „Bist du okay?"

Ich nickte. Himmel. Ich war betrunken von Lailahs Energie. Fühlten sich andere etwa auch so, wenn ich einen Energieschub schicke?

„Nein, tun sie nicht", sagte Lailah und las meine Gedanken. Seit wann war unsere mentale Verbindung wieder zurück? Seit der Energieübertragung? „Sie bekommen nur ein Rinnsal von dir. Sie wissen nicht, wie sie deine Energie packen und dich aussaugen können." Sie runzelte die Stirn. „Was du gerade getan hast."

Oh Scheiße. Ich verzog das Gesicht. „Tut mir leid, das wollte ich nicht."

„Nächstes Mal bessere Manieren." Sie kramte in ihrem Rucksack herum, holte eine angereicherte Pille heraus und spülte sie mit Wasser aus einer Plastikflasche herunter.

Ich lehnte mich in meinem Sitz zurück, Schuldgefühle fraßen an meiner wiedergewonnenen Kraft. Ich musste mich zusammenreißen. Zeit, mich zu konzentrieren. Irgendwo da draußen stand ein verfallendes weißes Haus mit einem Engel und einem ehemaligen Dämon, die uns einiges zu erklären hatte.

„Wie lange dauert es bis nach Cajun Cove?", fragte ich Lucien.

„Ungefähr eine halbe Stunde."

„Okay." Ich zog ein Notizbuch aus meinem Rucksack und beobachtete aufmerksam die Umgebung. Die Bäume hatten begonnen, ihre Blätter zu verlieren. Stümpfe längst abgestorbener Zypressen säumten die Ränder des Bayou. Große Libellen summten darüber, und ein Falke kreischte und flog in die entgegengesetzte Richtung davon.

Ein unheilvolles Gefühl des Verlustes überkam mich. Der Fluss wurde still bis auf das leise Summen des Airboats, und ich hatte das unheimliche Gefühl, dass wir ganz allein waren.

Doch das war nicht richtig. In dieser Gegend war man nie ganz allein. Anwohner und Fischer verließen das Wasser nie lange. Von der Fülle an Wildtieren ganz zu schweigen.

Lucien verlangsamte das Boot und bog in einen engen Seitenarm ein. Kahle Äste drohten auf beiden Seiten den Rumpf zu zerkratzen. Die Luft begann sich zu erwärmen und brachte eine erstickende Feuchtigkeit mit sich. Obwohl ich das Wasser kein einziges Mal berührt hatte, fühlte ich mich plötzlich überall klamm.

Ian winkte, als sie den Hauptkanal weiter entlang fuhren.

„Sie folgen uns nicht?", fragte ich.

„Nein." Lailah zog eine handgezeichnete Karte heraus und zeigte auf einen blau markierten Abschnitt. „Sie suchen diesen Bereich ab." Sie zog eine identische Karte heraus, diese mit einem gelb umrandeten Abschnitt. „Und den hier nehmen wir. Halt Ausschau nach dem Camp."

„Werd ich tun." Ich hoffte, dass Kat meine hastig gezeichnete Skizze reichen würde. Sie hielt vom Boot aus Ausschau nach dem Haus. Ich war keine Zeichnerin, also hatte sie mit meinem eher dürftigen Talent und den vagen Details nicht viel, auf das sie sich stützen konnte.

Ich betete, dass sie nicht das falsche Lager stürmten. Ich konnte mir vorstellen, wie die vier in das Haus irgendeiner Familie hereinplatzten. Eines von zwei Dingen würde passieren; Entweder würden sie die Bewohner zu Tode erschrecken oder diese Bewohner würden erst schießen und dann Fragen stellen.

Die an der Oberfläche treibenden Algen wurden dichter, und Lucien fuhr langsamer, um das Airboat durch die dichte Vegetation zu manövrieren. Etwas bewegte sich und erschreckte mich, als es rechts in den Fluss platschte. *Alligator.* Es hinterließ eine beträchtliche Spur, als es auf das Airboat zu glitt.

Meine Muskeln spannten sich an und ich umklammerte Kanes Bein.

„Mach dir keine Sorgen. Er wird nicht ins Boot klettern", lachte er.

„Bist du dir sicher?" Ich konnte meinen Blick nicht von der massiven Kreatur lösen. „Wie robust ist dieses Boot?"

„Stabil genug, um uns durch den Bayou zu bringen", sagte Lucien.

Ich warf einen Blick auf die linke Seite und schnappte nach Luft, als der Alligator das Maul öffnete und nach der Seite des Bootes schnappte. „Fahr schneller!", rief ich und klammerte mich an Kane.

Kane legte seine Arme um mich und versuchte, sein Lächeln zu verbergen. Ich schnitt eine Grimasse und wandte meine Aufmerksamkeit Lucien zu.

„Können wir nicht." Lucien schien unbeeindruckt von dem fünfhundert Pfund schweren Monster, das versuchte, das Airboat zu fressen.

„Aber–"

„Bleib weg vom Rand", sagte Lailah. „Er kann nicht ins Boot springen."

„Bist du sicher?" Ich starrte auf das stille Wasser und fragte mich, wohin das Biest verschwunden war.

„Absolut. Während der Touristensaison werden sie darauf trainiert, zu den Booten zu kommen. Solange du ihm nicht deine Hand fütterst, wird nichts passieren."

Ich biss mir auf die Lippe und rutschte einen Sitz weiter, sodass ich genau in der Mitte des Bootes saß. Für den Rest dieser Fahrt hatte ich vor, so still wie möglich zu sitzen, eingefroren auf meinem Platz.

„Ich bin mir sicher, dass du dort viel sicherer bist", feixte Kane.

Ich warf ihm einen tödlichen Blick zu, doch er lachte nur.

Das Morgensonnenlicht prallte von den Bäumen ab und warf lange Schatten. Ich war davon überzeugt, dass der Alligator oder, schlimmer noch, eine Wassermokassinotter ihren Weg auf das krängende Airboat finden würde. Ehrlich gesagt, so, wie der Rumpf verbeult war, waere das wahrscheinlich nicht allzu schwer. Ich war schockiert, dass das Boot so gut über das Wasser glitt.

Das Funkgerät knisterte mit einem Update von Ian. Sie befanden sich ein paar Meilen flussabwärts und umkreisten den Ort Cajun Cove. Wir waren auf den kleinen Wasserstraßen rund um die Insel unterwegs. Bisher hatten wir uns an einem Dutzend verlassener Lager vorbeigearbeitet, von denen keines auch nur annähernd dem ähnelte, von dem ich geträumt hatte.

Lailah und Lucien saßen zusammen und machten sich Notizen auf der Karte. Kane legte eine Hand auf mein Knie. Er nahm das Fernglas und suchte das Ufer nach Anzeichen von Aktivität ab. Trotz Lailahs Energieübertragung wurde mein Körper vor Müdigkeit schwer. Selbst die Süßigkeiten, die ich mitgebracht hatte, halfen mir nicht, munter zu werden. Meine Lider wurden schwer und ich fing an, mitten im Bayou abzudriften. Niemand hielt mich davon ab, obwohl ich eigentlich nach Philips Versteck suchen sollte. Ich war so lange still gewesen, dass sie aufgehört hatten, mir Beachtung zu schenken.

Ein Prickeln durchströmte mich und ich schoss auf meinem Sitz hoch. Im Stehen blickte ich nach Westen und starrte in die Vegetation. Etwas hinter der Kurve rief mich.

„Lucien." Ich zeigte auf einen kleinen Seitenarm, der fast überwuchert war. „Bieg hier ab."

Er schaltete herunter. „Bist du sicher?"

„Ja." Ich wandte mich Lailah zu. „Ich spüre es. Der Rest meiner Seele ist da. Mit Meri."

KAPITEL FÜNFUNDZWANZIG

*D*as verzogene, holzverkleidete Haus lag verborgen im überwucherten Sumpfland. Da die meisten Fenster mit Brettern vernagelt waren, wirkte das Lager verlassen. Es gab weder ein Boot noch einen Fußweg, der durch das dichte Gebüsch vom Anlegesteg bis zur Haustür führte. Kein Licht, keine Bewegung, kein Leben.

Ich wusste es jedoch besser. Mein emotionaler Radar lief auf Hochtouren. Ich konnte Philip nicht spüren, doch ein winziger Faden von Dans Energie erreichte mich. Er war in der Hütte. Unruhig, aber nicht nervös. So, als fiele ihm die Decke auf den Kopf. Wer könnte ihm das verdenken?

Am wichtigsten war, dass Meri und der Rest meiner Seele drinnen waren. Meine Müdigkeit verschwand sofort und ich fühlte mich zum ersten Mal seit Tagen wieder ganz. Konnte Meri es auch spüren? Wusste sie, dass ich in der Nähe war? Es spielte keine Rolle. Wir waren schon hier. Ich trat auf den klapprigen Steg. „Lass uns das hinter uns bringen."

„Warte." Lucien gab Ian unseren Standort per Funk durch und verstaute dann das Gerät unter einem Sitz.

Ich warf einen Blick auf das Funkgerät und zog dann fragend die Augenbrauen hoch.

„Der schalldämpfende Zauber funktioniert nur, solange wir auf dem Boot sind. Das Letzte, was wir brauchen, ist, dass Ian versucht, uns zu erreichen, bevor wir sie im Gebäude gesichert haben", sagte Lailah.

„Gesichert haben?" Was war das – eine Razzia? Alles, was ich tun wollte, war Meri zu stellen. Sicherlich würde meine Seele bei einer von uns ein Zuhause finden, wenn wir es ausfochten. Und diese eine von uns würde ich sein, wenn ich etwas dazu zu sagen hätte.

„Ja." Lailah deutete auf das Haus. „Damit Philip sie nirgendwohin transportieren kann."

„Das kann er?"

Sie seufzte. „Ja. Er ist ein extrem mächtiger Engel."

Mächtiger als sie. Der Gedanke tauchte in meinem Kopf auf, bevor ich ihn stoppen konnte. Ich zuckte zusammen und warf ihr einen Blick zu, doch entweder ignorierte sie mich, oder unsere mentale Verbindung war wieder schwächer geworden. „Du beeilst dich besser. Meine Seele fühlt sich wieder ganz. Wenn Meri aufmerksam ist, weiß sie vielleicht schon, dass ich hier bin."

Lailah nickte und trennte sich von Lucien, als die beiden in entgegengesetzte Richtungen am Ufer entlang schlichen. Ihr magisches Kollektiv streifte meine Haut kaum in einer federleichten Liebkosung. Magie strömte in einem silbernen Strom auf das Haus zu, spaltete sich und kreiste darum herum, bis sich die beiden Fäden trafen und verschmolzen. Eine transparente Blase hüllte die Hütte ein. Es war dieselbe Art von Zauberspruch wie der, den sie benutzt hatten, bevor wir mit den Airboats losgefahren waren. Allerdings berührte mich die Magie diesmal überhaupt nicht. Der Unterschied musste an meiner Seele liegen.

Lailah nickte. „Jetzt gehen sie nirgendwo hin."

Damit ging ich geradewegs zur Haustür, ohne darauf zu achten, wer mich sah. Ich klopfte nicht einmal an. Warum auch?

Ich stieß die Tür auf, überrascht, dass sie sich nicht einmal die Mühe gemacht hatten, sie abzuschließen. Nicht, dass mich ein Riegel aufgehalten hätte. Ich hatte meine Kraft zurück. Glaubte ich zumindest.

Mein Blick begegnete Meris entschlossenen grauen Augen und ein innerer Kampf begann. Meine neu gewonnene Kraft schwand genauso schnell, wie sie zurückgekehrt war.

Meri schien mit jedem verstreichenden Moment größer und selbstbewusster zu werden. Meine Augenlider wurden schwer und meine Beine schmerzten vor Müdigkeit. Ich wollte nur auf den Boden sinken. Ein hohles Gefühl wuchs in meinem Bauch, und dann begriff ich. Meri saugte mich aus.

I musste etwas tun. Irgendetwas.

Ich hechtete auf sie zu.

Überraschung huschte über ihr Gesicht, als sie mir auswich, doch es war zu spät. Ich packte sie und wir stürzten auf den rauen Holzboden. Mein rechter Ellbogen pochte vor Schmerz. Ich grunzte und umklammerte Meris Arm. Ihre Energie und meine Seele begannen die leeren Spalten meines Seins zu füllen. Alles summte vor Möglichkeiten. Ich hatte mich noch nie so ... mächtig gefühlt.

„Gib auf", knurrte ich und packte die ausgefransten, prickelnden Ränder meiner Seele. Ich griff fester zu, bereit, die letzten Fäden aus dem ehemaligen Dämon zu saugen.

Ihre traurigen grauen Augen starrten mich direkt an, als würde sie meine verborgenen Tiefen durchsuchen. Dann sprach sie mit gebrochener Stimme, besiegt. „Pass für mich auf ihn auf."

„Nein!" Dan sprintete aus einem anderen Raum und stürzte sich auf mich.

Ich verlor meinen Halt, und ein Hauch von Hitze schoss durch meinen Magen, was ein vages Gefühl des Verlustes verursachte. Meine Kraft schwankte leicht und stabilisierte sich dann. Ich suchte die Ecken und Kanten meiner Seele ab und stellte fest, dass ein kleiner Teil in Meri zurückgeschnappt war.

Ein leises überraschtes Keuchen entkam ihren Lippen etwa zur gleichen Zeit, wie es meinen entfleuchte.

„Dan, runter von mir", knurrte ich und versuchte, unter ihm hervorzukriechen, als Kane ihn an den Armen packte.

„Fass sie nicht noch einmal an, Toller." Kanes Stimme war leise und gefährlich, passend zu seinem wildentschlossenen Gesicht. Ich schauderte ein bisschen. Ich hatte ihn schon einmal wütend gesehen, doch noch nie so. „Das nächste Mal hast du keine gerade Nase mehr."

Ich sprang auf und rieb mir mein angeschlagenes Knie. „Dan! Was tust du? Sie hat dich in die Hölle gezwungen."

„Du verstehst es nicht." Dan versuchte, sich aus Kanes Griff zu winden. Kane hielt ihn fester und drehte Dans Arme hinter dessen Rücken. „Autsch! Verdammt, lass los. Ich werde niemandem weh tun."

Ich stapfte auf ihn zu. „Ich habe versucht, dich von dem Moment an zu retten, in dem du dich selbst geopfert hast, und so revanchierst du dich dafür?"

„Es ist nicht seine Schuld", sagte Meri und hielt Abstand.

„Oh, ich weiß", spie ich sie an. „Ein Dämon ist schuld."

Sie zuckte zusammen und eine knochentiefe Scham erfüllte sie, die in meinem Wesen widerhallte.

Ich schloss für einen Moment meine Augen und seufzte schwer. „Kane, du kannst Dan gehen lassen. Sie hat Recht, es ist nicht seine Schuld."

„Bist du sicher?", fragte er.

Ich nickte.

„Wenn du es sagst." Er zerrte zur Sicherheit noch einmal Dans Arme zurück und beugte sich vor, um in sein Ohr zu zischen: „Fass sie noch einmal an, und ich werde nicht zögern, dich in der Luft zu zerreißen."

Dan nickte und schnitt eine Grimasse.

Kane ließ ihn los und stieß ihn von sich. Dan stolperte. Er fing sich an der Lehne eines Holzstuhls auf und starrte Kane böse an.

„Was ist los mit dir?", fragte ich und zeigte mit dem Finger auf Dan. „Warum hilfst du ihr?"

Dans Augen verfinsterten sich. „Sie ist kein Dämon mehr."

„Aber sie hat meine Seele gestohlen!", protestierte ich.

Meri zuckte zusammen. Dan runzelte mitfühlend die Stirn und wandte sich dann wieder mir zu. „Das hat sie nicht mit Absicht getan. Sie kann nicht kontrollieren, was passiert. Verstehst du nicht? Sie ist jetzt ein Mensch, vielleicht sogar ein Engel. Du kannst nicht einfach … Das hat sie nicht verdient."

Ich schüttelte den Kopf und beobachtete Meri. Sie hatte immer noch ein Stück meiner Seele, doch sie versuchte nicht mehr, mich auszulaugen. Was sollte ich tun, mein Leben für ihres aufgeben? Sie lehnte an der rauen Wand, ihre bordeauxrote Bluse hing zerknittert aus ihrer Jeans und die Jeans selbst waren an den Knien zerrissen. Sie blickte durch eine offene Tür, die nur wenige Meter von ihr entfernt war.

Gedämpfte Stimmen drangen in den Raum, eine davon gehörte Lailah. Ich behielt Meri wachsam im Auge und ging langsam zur Tür. In der kleinen, erbsengrünen Küche stand Lucien mit vor der Brust verschränkten Armen ein Stück hinter Lailah, während sie fortfuhr, jemandem die Leviten zu lesen. Ich konnte die fragliche Person nicht sehen, doch ich brauchte kein Seher zu sein, um herauszufinden, wer es war.

„Ich fass' es nicht!" Ihr normalerweise blasses Gesicht war vor Wut rot gefleckt. „Du hast kein Recht, dich auf diese Weise in Jades Leben einzumischen."

„Du weißt das es nicht so einfach ist." Philips Stimme war leise, aber fest.

Ich trat näher an die Tür heran und war mir Kane in meinem Rücken und Dan, der ein paar Meter entfernt schützend neben Meri stand, sehr bewusst. Lailah hielt sich so angespannt am Rand der Spüle fest, dass ihre Knöchel weiß hervortraten. „Sie war ein *Dämon*, Philip. Jetzt versuchst du sie zu retten, indem du jemand anderen für sie opferst."

„Der Rat wird das nicht so sehen."

Ich spannte mich an. Wollte er sie zu dieser Party einladen?

„Ich war mir dessen nicht bewusst", sagte Meri, ihr Tonfall fast entschuldigend. „Dass wir uns deine Seele teilen, meine ich." Sie rutschte an der Wand hinunter, als könnten ihre Beine sie nicht länger tragen.

Ich machte einen langsamen Schritt auf sie zu, nahm die dunklen Ringe unter ihren Augen und die Art und Weise wahr, wie ihre Hand zitterte, als sie ihr zerknittertes Hemd glattstrich. Sie war schwach. Erschöpft. Konnte kaum stehen. Genau wie es mir gegangen war, als sie den größeren Teil meiner Seele in ihrem Besitz gehabt hatte. Im anderen Raum diskutierte Lailah weiter mit Philip, während der geduldig versuchte, mit ihr zu argumentieren.

Ich ignorierte sie und konzentrierte mich auf Meri. „Wie ist es passiert?"

Sie starrte auf den morschen Boden. Nach einem Moment warf sie Dan einen Blick zu. Er nickte. „Nachdem du mich zerstört hast…"

Ich zuckte zusammen. Sie war ein Dämon gewesen. Meine Wahl war entweder sie oder Bea gewesen. Heiliger Geist auf einem Cracker, warum fühlte ich mich bei dieser Bemerkung so schuldig?

Sie räusperte sich. „Ich war nur eine Hülle, ein Nichts, gefangen in meinen luxuriösen Gemächern in der Hölle. Kein Dämon, aber auch kein Engel. Nur Leere in menschenähnlicher Verpackung."

„Du warst nicht nichts", warf Dan ein.

Ich funkelte ihn an. „Du weißt, wenn es ihr gelingt, meine Seele zu stehlen, werde ich aufhören zu existieren, oder?"

„Nein. Philip hat gesagt, das würde nicht passieren." Er fuhr herum und starrte durch die offene Tür, wo Lucien Lailah zurückhielt.

Himmel. Hatte sie ihn schon geschlagen?

Dan schnaubte frustriert und drehte sich zu mir um. „Philip hat gesagt, der Rat würde das Beste für alle tun."

„Das werden sie nicht." Meri hob den Kopf. „Der Rat tut, was für den Rat am besten ist."

„Und mehr Engel sind in ihren Augen das Beste, nicht wahr?"

Sie zuckte mit den Schultern. „Ich war lange weg. Vielleicht haben sich die Dinge geändert."

„Jade." Kane legte seine Hand um meinen Arm und zog mich an seine Seite. „Ich denke, du solltest das jetzt beenden. Tu, was du tun musst."

Da Lailah Philip beschäftigte, würde ich keine bessere Gelegenheit bekommen. Kane hatte Recht. Meri war schwach; das war meine beste Chance.

In drei großen Schritten war ich an Meris Seite und kniete mich neben sie auf den Boden.

Sie zuckte zusammen und versuchte, von mir weg zu rutschen, doch ich packte ihren Arm und hielt sie fest.

Sofort begannen die letzten Reste meiner Seele in mich zu fließen, eine kühle Salbe auf meinem angeschlagenen Inneren.

Zuerst langsam, dann schneller, um ihren rechtmäßigen Platz einzunehmen.

Ganz. Ich wäre wieder ganz. Bereit für mein neues Leben mit Kane. Ich würde meine Mutter neu kennenlernen. Dan würde frei sein. Mein Körper prickelte vor Vorfreude und hieß willkommen, was Meri mir gestohlen hatte.

Durch meinen schwindelerregenden Dunst verengte sich mein Fokus auf ihren blassen, zusammengesunkenen Körper. Ich riss meine Hände zurück, entsetzt, als ich merkte, dass ich ihr das letzte bisschen Leben entzog.

Ich war im Begriff, sie zu töten.

„Meri!", jammerte Dan, als er zu ihr rannte und sie in seine Arme nahm.

Sie lag regungslos da, ihr Körper schlaff.

„Ich … ich habe nur versucht, mir meine Seele zurückzunehmen." Wütende Tränen stiegen mir in die Augen. Mom hatte Recht. Nichts war schwarz-weiß. Meri hat es nicht verdient, ein Dämon zu werden. Und jetzt, wo sie keiner mehr war, verdiente sie es auch nicht, zu sterben. Obwohl ich wusste, dass es eine Sie-oder-ich-Situation war, konnte ich es nicht tun.

Kane rutschte neben mir auf den Boden und zog mich an sich. „Es ist okay."

„Kane, ich…"

„Ich weiß, hübsche Hexe. Ich weiß."

Wir saßen an der Wand, mein Kopf an seiner Schulter. Ich starrte auf den smaragdgrünen Stein an meiner linken Hand und versuchte nur, positive Gedanken für die Zukunft zu haben. Obwohl die Übung nutzlos war, wenn ich mich nicht dazu bringen konnte, meine Seele restlos für mich zu beanspruchen. Doch könnte ich mit mir selbst leben, wenn ich es täte? Ich hatte nie eine Gedanken darauf verschwendet, dass ich es nicht übers Herz bringen könnte. Ich hatte mir nicht erlaubt, Meri als Person zu betrachten.

Dan hob Meris leblose Gestalt auf und trug sie in Richtung Schlafzimmer. Als sie an mir vorbeigingen, glitt ein Stück meiner Seele von mir zu ihr. Ihre Augen flatterten auf. „Was ist passiert?" „Schh." Dan lächelte sie an. „Du bist ohnmächtig geworden."

Philip stürmte in das kleine Wohnzimmer, hinter ihm Lailah.

Sie rannte um ihn herum und bettelte: „Tu das nicht. Das ist nicht fair."

„Nichts von alldem ist fair." Die Verzweiflung in seiner Stimme war unverkennbar. „Ich habe meine Gefährtin verloren. Verstehst du, was das bedeutet? Meine Gefährtin! Es war meine Schuld, dass ich nicht zu ihr gegangen bin, um sie zu retten. Ich kann nicht dasitzen und sie mir wieder entgleiten lassen. Das werde ich nicht tun."

„Aber Philip." Lailah machte einen Schritt auf ihn zu. „Sie ist nicht mehr deine Gefährtin. Die Bindung ist gebrochen. Du weißt genauso gut wie ich, dass es sehr unwahrscheinlich ist, dass du es reparieren kannst."

Heiße Wut brach aus ihm heraus und ließ die Temperatur in der alten Hütte merklich ansteigen. „Darum geht es nicht, Lailah. Bist du so egoistisch –"

Lailah holte aus und schlug zu. Das laute Klatschen ihrer offenen Handfläche gegen Philips Gesicht hallte durch den Raum.

Er wich verblüfft schweigend zurück.

Alle anderen erstarrten.

„Wie kannst du es wagen?", zischte sie. „Hältst du mich für so oberflächlich, dass ich mir Sorgen um unser *Arrangement* mache, was auch immer das ist? Das, in dem du beschließt, alle vier bis sechs Monate für eine Nacht in die Stadt zu kommen und erwartest, dass ich alles fallen lasse, um dir in meinem Bett Gesellschaft zu leisten? Fick dich, Philip." Sie gestikulierte wütend mit der Hand in meine Richtung. „Ich mache mir Sorgen um meine Freundin und was mit ihr passieren wird. Nicht deine gottverdammte Ex-Dämonen Ex-Gefährtin. Es ist nicht Jades Schuld, dass Meri in der Hölle festgesessen war und ihre Seele korrumpiert worden ist. Es war *deiner*. Und jetzt bist du hier und benutzt eine Hexe, um deine Fehler zu korrigieren. Du solltest dich schämen."

Seine Augen waren während Lailahs Tirade immer größer geworden. Ich hatte das Gefühl, dass mein eigener Gesichtsausdruck seinem sehr ähnlich war. Ich hatte sie noch nie so reden gehört, und ich war bereit zu wetten, er auch nicht.

Seine Lippen verzogen sich zu einem traurigen, fast hoffnungslosen Lächeln. Er griff nach ihrer Hand, ließ sie jedoch los, als sie wegzuckte. Ein Sonnenstrahl fiel durch das Fenster und über sein Gesicht und erhellte die tiefe Traurigkeit in seinen Augen. „Du hast Recht. Ich schäme mich." Sein besorgter Blick flackerte zu mir. „Es tut mir so leid, Jade. Das hast du nicht verdient."

„Verdammt richtig, das hat sie nicht", sagte Kane und machte sich nicht die Mühe, die Wut zu verbergen, die von ihm ausging.

„Du hast keine Ahnung, wie sehr mich das schmerzt", sagte Philip.

Ich begann zu nicken. Doch als Philip seine Hände hob und ein eisblauer Kreis um mich herum wusch, schreckte ich zurück und versuchte, herauszuspringen. Keine Hexe will jemals in einem nicht sanktionierten Kreis gefangen werden. Alles konnte passieren. Meine Schulter krachte gegen etwas, das genauso gut ein Betonblock hätte sein können. Ich stieß einen Schmerzensschrei aus.

Ich umklammerte meinen Arm und bemerkte, dass Kane nicht mehr an mich gedrückt war. Er saß außerhalb meines Kreises und hämmerte gegen die unsichtbare Wand. Ich hörte kein Geräusch, nur eine unheimliche Stille, während ich beobachtete, wie sich sein Mund bewegte und er verzweifelt versuchte, mit mir zu kommunizieren.

Jade!, las ich von seinen Lippen, dann drehte er sich in Richtung Philip um.

Der Engel stand mitten im Zimmer, helles Licht schien auf ihn herab wie ein Sonnenstrahl vom Himmel. Die Qual schien klar auf seinem Gesicht, als seine blassgrünen Augen mich durchbohrten.

Fast wie in Zeitlupe schwang die Haustür hinter ihm auf und unsere Freunde erschienen: Ian. Pyper. Kat.

Und gleich dahinter meine Mutter.

Ihr jadegrüner Blick war das Letzte, was ich sah, bevor ich von Philips strahlendem Sonnenlicht geblendet wurde.

KAPITEL SECHSUNDZWANZIG

*D*as blendende Licht verblasste und ich blinzelte, um die Feuchtigkeit aus meinen brennenden Augen zu vertreiben. Eines wurde sofort klar – ich war nicht mehr in der Hütte draußen im Bayou. Lailahs und Luciens Anti-Transport-Zauber war gescheitert. Der kalte, harte Boden glänzte im Sonnenlicht. Sein gold-weißes Schachbrettmuster erstreckte sich vor mir und führte zu weißen Marmorstufen. Ich blinzelte.

Aufgereiht, auf einem Podest, saßen sechs Gestalten in Roben, die alle mit ernstem Mienen in meine Richtung starrten.

Ich rappelte mich auf und unterdrückte einen Schrei, als mir jemand eine Hand auf die Schulter legte.

„Ich bin es, Jade", flüsterte Dan.

„Wo zum Teufel sind wir?"

Ein kollektives Keuchen hallte durch den Raum. Langsam drehte ich mich um und konzentrierte mich auf meine Umgebung. Reihen von wunderschönen, perfekt gepflegten, makellosen Gesichtern starrten mich aus dem Zuschauerraum an, die hinter uns in unverkennbaren Kirchenbänken saßen. Sie waren alle in dieselben weißen Gewänder gekleidet, die mit aufwendig gestickten goldenen Runen geschmückt waren.

Wer waren diese Leute und warum waren wir in einer Kirche? Ich sah mich um und suchte verzweifelt nach einem Hinweis, wo wir gelandet waren.

Bitte, Gott, lass uns noch in Louisiana sein.

Ich blickte nach oben zu der gewölbten Decke und den vertrauten Wandgemälden. Sofort dämmerte es mir. Ich hätte es gleich wissen müssen, als ich den Fliesenboden gesehen hatte, doch die Farben waren falsch. Tatsächlich gab es im gesamten Gebäude überhaupt keine Farben außer Weiß- und Goldtönen. Sogar die Gemälde waren so.

Entsetzt hielt ich mir die Hand vor den Mund. Was war mit dem bemerkenswertesten Wahrzeichen von New Orleans passiert – der Saint Louis Cathedral? Und wer waren die Drohnen, die die Kirchenbänke füllten?

„Was geht hier vor sich?", fragte ich.

„Jade." Lailah, die aus irgendeinem verrückten Grund eine der mit Goldfäden bestickten Roben trug, erhob sich aus der ersten Reihe und trat zu Dan und mir. „Wir wurden zum Engelsrat berufen."

Philip, der neben ihr gesessen hatte, stand auf und trug dieselbe Robe. Meri, immer noch in ihrer burgunderroten Bluse und zerrissenen Jeans, folgte seiner Bewegung und wandte sich dem Podest zu.

Heilige Cherubim. Wir waren nicht in der Saint Louis Cathedral im French Quarter. Wir befanden uns in einem alternativen Engelsreich, genau wie wir in einer alternativen Unterwelt von New Orleans gewesen waren, als wir in der Hölle gewesen waren. War das der Himmel?

Eine bedrohlich klingende Glocke läutete und alle standen auf. Dan machte ein paar Schritte auf Philip und Meri zu und sah mich dann mit deutlicher Unentschlossenheit an. Sein innerer Konflikt beunruhigte mich.

Ich wandte den Blick ab, unfähig seinen inneren Aufruhr zu ertragen. Was tat er überhaupt hier? Hatte der Rat ihn auch gerufen? Und wenn ja, warum?

Ein großer, weißhaariger Engel trat vor, ätherisch in ihren anmutigen Bewegungen. Ihre unbestreitbare Schönheit löste in mir den starken Drang zu weinen aus. Ich würde mich glücklich schätzen, mich für immer in ihrer Gegenwart sonnen zu dürfen. Dann hefteten sich ihre kalten blauen Augen auf meine und jagten eine Welle der Angst durch mich. Ich schauderte und machte einen unwillkürlichen Schritt zurück. Wie konnte jemand gleichzeitig so schön und so furchteinflößend sein?

Lailah schob wieder nach vorn und flüsterte in einem harten Ton: „Zeige keine Schwäche."

„Jade Calhoun", sagte die Frau mit ausdruckslosem Gesicht. Ihre Gefühle waren mir ebenso verborgen wie die der meisten Engel. „Wie genau hat der ehemalige Dämon Meri ein Stück deiner Seele bekommen?"

Ich war mir nicht sicher, was ich sagen sollte. Hätte mich nicht jemand auf die richtige Antwort vorbereiten können? Ich warf Lailah einen Blick zu, doch sie starrte geradeaus, genauso ausdruckslos wie meine Inquisitorin. Also gut. Was war das Schlimmste, was sie mir antun konnten? Meine Seele war bereits kompromittiert.

Ich hob mein Kinn. „Sie hat sie gestohlen."

Der kalte Blick wurde nicht wärmer oder weicher. „Sprich die Wahrheit, oder du wirst die Konsequenzen tragen."

Hatte sie mich gerade einen Lügner genannt? Ich kniff die

Augen zusammen, zu gereizt, um meine Reaktion zu zügeln. „Ich sage die Wahrheit. Als Meri ein Dämon war, hat sie meinem Verlobten in den Oberschenkel gestochen. Obwohl die Wunde geheilt ist, hat sie irgendwie eine Verbindung zu ihm aufrechterhalten. Durch hat sie langsam angefangen meine Seele auszusaugen. Wir haben es geschafft, seine Verbindung zu ihr zu trennen, doch meine blieb. Heute Morgen hätte sie es fast geschafft, mich zu töten, als sie versucht hat, den Rest meiner Seele zu beanspruchen. Ich verlange, dass Sie dem ein Ende setzen."

„Jade!", keuchten Dan und Lailah gleichzeitig. Während Lailahs Stimme tadelnd war, war Dans Tonfall überrascht.

Ich ignorierte beide und machte einen Schritt vorwärts.

„Dazu kommt, dass Philip da drüben" – ich gestikulierte angewidert mit einer Hand in seine Richtung – „der, den Sie für den Schutz meiner Seele verantwortlich gemacht haben?"

Die Frau warf Philip einen Blick zu.

„Ja, er. Er hat mich im Stich gelassen und sich stattdessen entschieden, sich um seine ehemalige Gefährtin zu sorgen. Irgendwie unethisch, nicht wahr?"

Eines der anderen Ratsmitglieder schloss sich der Eiskönigin an. Er hatte langes Haar, vollkommen glatt, und das blasseste Blond, das ich je gesehen hatte. Seine Mähne bewegte sich kaum, keine Strähne fehl am Platz, als er an das Mikrofon trat. „Ms. Calhoun", dröhnte seine Stimme. „Sie werden den Rat mit Respekt ansprechen, oder Sie werden überhaupt nicht sprechen."

Ich öffnete meinen Mund, um etwas zu sagen, doch Dan kam herüber und hob eine Hand, als wollte er um eine Auszeit bitten. „Was meinst du mit, sie hat dich fast umgebracht?"

„Genau das, was ich gesagt habe, Dan. Sie hat nur überlebt, weil sie von mir gezehrt hat. Wir können meine Seele nicht ewig teilen. Eine von uns wird sterben. Und als ich heute in die Hütte gestürmt bin, hatte Meri schon fast gewonnen."

Sein Gesicht wurde so blass wie die weißen Roben der Ratsmitglieder. Angst und eine überwältigende Wut gingen von ihm aus. Der scharfe Stich seiner Gefühle traf mich tief. Ich presste die Hände auf meine Brust und versuchte, den Schmerz zu beruhigen, als er sich abrupt zu Philip umdrehte.

„Ist das wahr?" Dan machte drei Schritte auf ihn zu, die Fäuste geballt.

Philip begegnete seinem Blick und starrte ihn ohne jede Reue an. „Ja. Deshalb sind wir jetzt hier, damit der Rat über die beste Vorgehensweise entscheiden kann."

„Du verdammter Hurensohn!" Dans rechte Faust flog, gefolgt von einem grässlichen Knirschen, als er Philip die Nase brach. Philip erholte sich schnell, versuchte mit einer Hand den Blutfluss zu stoppen und hob die andere zur Verteidigung, als Dan erneut ausholte. „Die ganze Zeit war dir bewusst, dass Jades Leben in Gefahr war und du hast nie etwas gesagt?"

Lailah schob sich zwischen Dan und Philip. Meri stand abseits und starrte mich an. Ich begegnete ihrem Blick und bemühte mich, ihre Gefühle zu spüren. Doch ich fand nichts. Man hätte meinen sollen, bei unserer Verbindung wäre sie die eine Person, die ich lesen könnte.

„Verdammter Bastard", spie Dan und griff um Lailah herum.

„Dan!", rief sie. „Jetzt ist nicht die rechte Zeit."

„Es ist die perfekte Zeit." Dan packte Lailah an der Taille und hob sie vom Boden hoch.

„Hör auf. Lass mich runter." Sie schlug mit Armen und Beinen um sich, als sie versuchte, sich zu befreien.

Er stellte sie ab. „Halt dich da raus, Lailah. Das ist eine Angelegenheit zwischen mir und meinem Vater."

„Es ist eine Angelegenheit der Engel", argumentierte sie, doch er hatte ihr bereits den Rücken zugekehrt.

„Du hast mich benutzt!", beschuldigte Dan ihn und ging noch einmal auf seinen Vater zu. „Du hast mich und meine Mutter verlassen und erst Kontakt zu mir aufgenommen, als du geglaubt hast, ich könnte dir helfen, deine Gefährtin zurückzubekommen."

„Das ist nicht so passiert", sagte Philip mit ruhiger, fester Stimme, obwohl weiter Blut aus seiner Nase tropfte. „Ich bin nie mehr als einen Anruf entfernt gewesen."

Dans Wut wusch, und mir drehte sich der Magen um. „Hier geht es nicht um meine Vaterprobleme", sagte er angewidert. „Es geht um Jade. Eine Freundin von mir. Jemand, der mir sehr am Herzen liegt. Wie kannst du es wagen, sie zu benutzen? Mich zu benutzen, um an sie heranzukommen?"

Als Dan diesmal zu einem weiteren Schlag ausholte, konterte Philip und rammte ihm seinerseits die Faust in den Bauch. Dan taumelte, fing sich jedoch schnell wieder. Nach einem kurzen Moment, in dem er nach Atem rang, stürzte er sich auf Philip, und die beiden gingen zu Boden und prügelten sich mitten in der Kirche, während der Engelsrat zusah.

Meri eilte zu ihnen hinüber und schrie: „Hört auf damit. Ihr beide."

Keiner von ihnen schenkte ihr Beachtung. Sie waren zu weit weg, und kämpften die persönliche Schlacht, die sie auszufechten hatten. Für Dan ging es teilweise um mich, doch nicht nur. Das meiste davon konnte ich wahrscheinlich nicht einmal erahnen

Meine Schultern sackten zusammen, als mich eine knochenmüde Erschöpfung überkam. Würde es irgendjemanden interessieren oder es bemerken, wenn ich zu Boden sank?

Lailah trat vor und machte einen großen Bogen um die

streitenden Männer. „Mitglieder des Rates, bitte, ich bitte Sie, dieser unproduktiven Darstellung männlicher Aggression ein Ende zu setzen. Vor Ihnen stehen zwei Frauen mit einer Seele. Ich bitte demütig um Ihre Weisheit und Hilfe um eine Lösung für diesen ungewöhnlichen Umstand zu finden."

Der blasse, langhaarige Ratsangehörige machte eine Handbewegung zur Seite und nickte Philip und Dan zu, die grunzend auf den Fliesen herumrollten und angestrengt versuchten, sich gegenseitig umzubringen. Oder zumindest schien Dan seinen Vater töten zu wollen. Philip gab sich größte Mühe, Dan so lange wie möglich zurückzuhalten und weitere knochenbrechende Schläge zu vermeiden.

Von den Seiten tauchten zwei große Türstehergestalten auf, beide hünenhaft. Schnell hatten sie Dan und Philip getrennt. Dan bemühte sich, sich aus dem Griff seines Türstehers zu winden. Philip entspannte sich, obwohl sein Türsteher seine Arme hinter seinem Rücken festhielt.

„Bringt sie nach unten", sagte der Engel mit den langen Haaren.

Dan drehte sich um und rief mir zu: „Ich wusste es nicht."

Ich nickte, und ein Stück meines Herzens heilte. Obwohl Dan Meri geholfen hatte, hatte er sie mir nicht vorgezogen. Meine turbulenten Emotionen überwältigten mich. Ich sehnte mich nach einem ruhigen Ort, um mich in der Fötusstellung zusammenzurollen.

Die Türsteher führten die beiden Männer aus dem Raum.

Lailah schien meine Müdigkeit zu spüren, denn sie trat neben mich und legte ihren Arm um mich. „Lehn dich an mich, wenn du es brauchst."

„Ms. Farmoore", sagte die Eiskönigin auf dem Podium. „Wurde Ihnen nicht Mr. Tollers Seele zugewiesen?"

„Ja."

„Dann schlage ich vor, dass Sie sich ihm anschließen." Sie

deutete mit der Hand auf den Gang, der aus der Kathedrale führte.

Lailah hielt mich fester. „Das werde ich nicht tun. Philip wurde Ms. Calhoun zugeteilt, doch er hat sie im Stich gelassen. Im Augenblick ist Ms. Calhoun in weitaus größerer Gefahr als Mr. Toller. Sie verdient einen Engel an ihrer Seite."

Sie starrte auf Lailah hinunter während eine unheimliche Stille die Kirche erfüllte. Keiner der Zuschauer sprach oder bewegte sich. Schließlich murmelte sie dem Engel zu ihrer Linken etwas zu. Er nickte und kam auf uns zu. Er blieb neben Lailah stehen und flüsterte ihr etwas ins Ohr.

Lailah ließ sich nicht anmerken, ob sie ihn gehört hatte. Der kalte Blick der Eiskönigin glitt über mich hinweg und sagte dann: „Obwohl wir nicht der Meinung sind, dass Mr. Pearson seine Pflicht vernachlässigt hat, Ms. Calhouns Seele zu bewachen – da ein Teil davon im ehemaligen Engel Meri wohnt – halten wir … Ihre Bitte für akzeptabel."

„Danke", sagte Lailah.

„Sie haben die Erlaubnis, die Seele von Ms. Calhoun zu beschützen", bestätigte der Engel neben ihr. „Ihnen ist bewusst, dass, nachdem Sie diesen Wunsch geäußert haben, Sie ihr Schicksal teilen?"

Lailah nickte ernst. „Das ist mir bewusst."

Schicksal teilen? Heilige Scheiße, was hatte sie gerade getan? Ich umklammerte ihren Arm fester. „Lailah?"

„Nicht jetzt, Jade." Mein neuer Schutzengel stellte sich vor Meri. Sie stand mit den Füßen schulterbreit auseinander, die Hände in den Hüften. „Du weißt, was das bedeutet, oder?"

Meri hob den Kopf und warf Lailah ein grimmiges Lächeln zu. „Ja, ich weiß, was das bedeutet."

„Gut. Dann weißt du, dass ich nicht aufgeben werde."

Meri starrte zu Boden und murmelte: „Das hätte ich auch nicht erwartet."

Die Vorsitzendes des Rates trat an ein Mikrofon. „Angesichts der jüngsten Ereignisse vertagt sich der Rat. Ms. Farmoore, Sie und Ihre Begleiter werden in die Gästequartiere geführt. Wir rufen Sie, wenn Ihre Anwesenheit erforderlich ist."

Hinter uns erschien ein kleiner rothaariger Engel. Sie gestikulierte mit einer Hand in Richtung Flur und nickte, um uns zu bedeuten, dass wir ihr folgen sollten. Wir gehorchten und ich ging neben Lailah her. „Willst du mir sagen, was das bedeutet? Dass mein Schicksal deins ist?"

Sie seufzte. „Wenn ein Engel einen Auftrag für einen anderen aufgibt, ist er gezwungen, die Prüfungen seines neuen Schützlings zu erleiden. Das heißt, alles, was dir passiert, werde ich mit dir erleben."

Ich erstarrte vor Entsetzen. „Du meinst, wenn ich meine Seele verliere, wirst du auch deine verlieren?"

„Bitte nicht trödeln", rief die Rothaarige über ihre Schulter, ohne langsamer zu werden.

Lailah nahm mich am Arm und trieb mich vorwärts. „Nein, ich bleibe, wie ich bin, aber ich werde die Extraktion erleben, als wäre es meine eigene."

Oh Gott. Was hatte sie getan? „Also wirst du all meinen emotionalen und körperlichen Schmerz spüren?"

Sie nickte mir kurz zu. „Es ist was es ist."

Ich starrte sie mit offenem Mund an. Das war schlimmer, als ein Empath zu sein. „Aber warum sollten sie dir das antun? Du versuchst nur, mir zu helfen."

„Engel sind dazu konditioniert, Seelen in Not helfen zu wollen, doch wir können unmöglich allen helfen. Der Rat teilt uns unsere Aufgaben nach Wichtigkeit zu. Die Bindung ist eine Art Bestrafung dafür, dass wir unseren Fokus von unserem Auftrag abwenden. Es soll uns davon abhalten, zu tun, was wir für richtig halten und jeder armen Seele zu helfen, die uns über den Weg läuft."

„Aber Dan ist hier und Bea ist nicht in Gefahr." Zumal ich der Grund war, warum Bea einen Schutzengel hatte. Solange ich hier war, sollte sie in Sicherheit sein.

Lailah warf mir einen verwirrten Blick zu. „Du hast nicht geglaubt, dass das meine einzigen Aufgaben sind, oder?"

„Also ... ja. Ich meine, du hast nichts über andere gesagt."

„Das ist vertraulich, erinnerst du dich?"

Ach ja. Engel offenbarten sich ihren Schützlingen nicht. Und sie gingen sicherlich nicht damit hausieren, wer ihre Schützlinge waren. Ich fragte mich, wie viele Seelen Lailah gerade vernachlässigte. Ich öffnete den Mund, um weitere Fragen zu stellen, doch sie unterbrach mich.

„Lass es auf sich beruhen. Bitte, Jade?" Sie steckte die Hände in die versteckten Taschen ihrer Robe. „Obwohl es unangenehm werden könnte, ist mein Leben nicht in Gefahr. Deines schon. Ich würde mich gerne darauf konzentrieren, dich am Leben zu halten, wenn das für dich in Ordnung ist?"

Ich nickte und ließ sie vor mir gehen. Meine Schritte wurden langsamer und meine Gliedmaßen fühlten sich taub an. Ich war geschockt und ich spürte die Wirkung körperlich.

Die weißen Flure, durch die wir gingen, waren bis auf die goldenen Wandlampen und die sanften gelben Flammen, die darin flackerten, kahl. Alle Flure waren gleich weiß mit goldenen Akzenten. Ich konzentrierte meinen Blick auf die Füße unserer Eskorte. Gerade als ich dachte, ich könnte keinen weiteren Schritt mehr gehen, blieb sie stehen und holte einen goldenen Schlüssel hervor.

Sie schloss unser Zimmer auf und öffnete die goldene Tür. Dahinter lag eine luxuriöse Suite mit eleganten, weiß gepolsterten Sofas und Sesseln. Ein Haufen goldener Seidenkissen ruhte auf dem plüschigen gold-weißen Schachbrett-Teppich, und vier separate Schlafzimmer waren um den gemeinsamen Wohn- und Küchenbereich angeordnet. Die einzigen Farbtupfer im ganzen Raum stammten von den Tellern mit frischem Obst, die auf dem Esstisch standen. Ich ging hinein, ließ mich auf eines der Sofas fallen und seufzte erleichtert.

Meri und Lailah zögerten im Flur.

Ich zog fragend die Augenbrauen hoch.

„Nicht alles ist, wie es scheint", sagte Lailah und wandte sich dann unserer Eskorte zu. „Wie lange werden wir hier festgehalten?"

Der Engel sagte nichts und schien nicht zur Kenntnis zu nehmen, dass Lailah sprach. Sie hielt die Tür auf und wartete darauf, dass sie eintrat.

Lailahs Gesicht wurde finster. „Sprich, junges Ding."

Diesmal zuckte unsere Eskorte zusammen und sah sie mit großen, flehenden haselnussbraunen Augen an, während sie den Kopf schüttelte.

„Sie ist an ihr Schweigegelübde gebunden", sagte Meri und zeigte auf einen dünnen goldenen Ring an der Hand des Engels. „Sie darf dir nicht antworten. Außerdem hat sie wahrscheinlich keine Antwort."

Lailah entfernte sich noch einen Schritt vom Zimmer. „Oh, sie weiß es."

Ich setzte mich auf. „Was ist los?"

„Diejenigen, die sich zum Schweigen verpflichtet haben, wissen alles", fuhr Lailah fort, als hätte ich nichts gesagt. „Sie erledigen die Besorgungen des Rates und folgen jeder ihrer Launen."

„Wir sind gerade erst hier angekommen. Sie kann es nicht wissen", argumentierte Meri. „Und warum ist es dir überhaupt wichtig?"

Lailah drehte sich zu Meri um, ihre Miene angewidert. „Hast du in der Engelsausbildung nichts gelernt? Dieser Raum liegt außerhalb der Zeit. Wir könnten glauben, fünf Minuten da drin gewesen zu sein, dabei könnte ein ganzes Jahr vergangen sein."

„Oh Scheiße." Meri machte einen Schritt zurück. „Ich hatte davon gehört, doch ich dachte nicht, dass sie Engel da rein stecken."

„Haben sie es dir nicht gesagt? Technisch gesehen ist dein Engelsstatus bis nach der Anhörung anhängig, und ich bin an Jades Schicksal gebunden", sagte Lailah gereizt.

Meri schüttelte den Kopf. „Niemand hat mir irgendwas gesagt."

Ich sprang vom Sofa auf, bereit, mich der Gruppe im Flur anzuschließen. Ich wollte nicht an einem Ort festsitzen, an dem die Zeit stillstand. Ich hatte ein Leben zu führen, verdammt. Doch als ich versuchte, die Schwelle zu überschreiten, konnte ich es nicht. Eine unsichtbare Wand hielt mich gefangen. Panisch schlug ich dagegen und schrie dem kleinen rothaarigen Engel wütend Obszönitäten zu.

Ihre Lippen verzogen sich zu einem traurigen, schiefen Lächeln, als sie direkt vor meinen Augen zu wachsen begann. Sie wuchs einen Meter und ihr Körper wurde zu einem transparenten Bild ihres früheren Selbst. Als sie wieder in feste Form zurückflimmerte, war sie nicht mehr allein.

Sie und ihr Zwilling bewegten sich schnell und drängten auf Lailah und Meri zu. Entsetzt bewegten sich beide, obwohl ihre steifen Bewegungen deutlich machten, dass sie gezwungen wurden. Was machten die Zwillinge mit ihnen?

Sie mussten eine Art Engelsmagie anwenden. Langsam machten Lailah und dann Meri winzige, widerstrebende Schritte. Beide lieferten den Engeln einen gewaltigen mentalen Kampf. Ihre wilde Entschlossenheit sickerte durch die unsichtbare Wand und pulsierte um mich herum. Doch die Eskorte war für beide zu stark. Mit einem letzten Stoß trieben die Zwillinge die beiden Engel in die Suite und legten eine Handfläche auf die unsichtbare Barriere. Sie blitzte weiß auf und wurde sofort zu einem nahtlosen Teil der Wand.

Die goldene Tür war verschwunden. Wir drei waren in einem goldenen Käfig gefangen.

KAPITEL SIEBENUNDZWANZIG

*S*tille erfüllte den Raum, als wir die nahtlose Wand anstarrten. Ich nahm die Umgebung auf und bemerkte zum ersten Mal das Fehlen von Fenstern. Wir hätten genauso gut in einem Kerker sein können. Für mich war es einer.

„Scheiße!" Lailah drehte sich um und ging auf eines der Schlafzimmer zu. Sie murmelte: „Verdammte machthungrige, nutzlose Ratsschleimer."

Ich ging dorthin, wo gerade noch die Tür gewesen war, legte meine Hände an die Wand und suchte mit den Fingern nach Anzeichen einer Öffnung. Nichts. Nicht eine kleine Beule in der perfekt konstruierten Wand. Verdammte Engelsmagie. Methodisch arbeitete ich mich von oben nach unten vor und ging dann nach rechts, um jeden Zentimeter der Oberfläche zu überprüfen.

„Du verschwendest deine Zeit", sagte Meri mit ausdrucksloser Stimme.

„Ich muss was tun." Ich beäugte sie, als sie sich auf dem schneeweißen Sofa ausstreckte, die Füße unter den goldglänzenden Kissen versteckt. „Das Leben einer gefangenen Prinzessin zu leben ist nicht meine Vorstellung von Glücklichsein."

Sie schnaubte. „Glücklichsein. Ja, darum mache ich mir Sorgen."

Ich schluckte, als mir bewusst wurde, dass ich gerade mit beiden Beinen mit Schwung in den Fettnapf getreten war. Fünfzehn Jahre in der Hölle ohne Seele musste ihre Perspektive von verändert haben. „Ja. Tut mir leid."

Sie zuckte die Achseln und nahm ein goldenes, in Leder gebundenes Buch vom Tisch.

Kopfschüttelnd setzte ich mich neben sie. „Kannst du mir eine Frage beantworten?"

Sie blickte über den Rand des Buches und zog die Augenbrauen hoch.

„Ich bin mir ziemlich sicher, dass Philip mich hierher transportiert hat, aber was ist mit dem Rest von euch? Seid ihr freiwillig gekommen? Was ist mit Dan?"

„Philip hat mich auch mitgebracht. Lailah und Jonathon wurden gerufen, und da Dan von Engelsblut abstammt, konnte er mich begleiten. Er ist nicht geladen gewesen, doch jetzt, wo er hier ist, wird sich der Rat anhören, was er zu sagen hat." Sie wandte sich wieder ihrem Buch zu und wollte eindeutig nicht mehr mit mir reden.

Jonathon war bei der Ratssitzung gewesen? Wo hatte er sich versteckt?

Ich zappelte und war mir sehr bewusst, dass ich meine Freunde nicht an meiner Seite hatte. Was ich jetzt nicht für Pypers Sarkasmus und Beas Weisheit gegeben hätte. Ganz zu schweigen von Kanes ruhiger Präsenz.

Ich verdrängte die wehmütigen Gedanken und konzentrierte mich darauf, einen Weg aus der goldenen Zelle zu finden. Gefühlte Stunden später hatte ich jeden Zentimeter der Wände im Hauptraum berührt. Wie viel Zeit war in der realen Welt vergangen? Stunden? Tage? Monate?

Der Gedanke daran, dass Kane es aufgeben könnte, auf mich zu warten, machte mir das Herz schwer. Wie lange war zu lange? Irgendwann musste er über mich hinwegkommen. Nein. Wir würden hier rauskommen. Ich stürmte in Lailahs Zimmer. Sie lag mit dem Gesicht nach unten auf der luxuriösen weißen Daunendecke mit goldenen Nadelstreifen. „Steh auf!"

Sie rollte sich auf die Seite, um mich mit einem Auge anzusehen. „Wofür?"

„Wir brauchen einen Plan, um hier auszubrechen."

Als sie sich aufsetzte, hingen ihre Schultern niedergeschlagen herunter. „Der Raum ist versiegelt. Keine Magie kann uns befreien – nicht meine und schon gar nicht deine. Wir sitzen hier fest, solange der Rat es für richtig hält. Jeder Plan ist nutzlos. Glaub mir. Niemand ist je hier rausgekommen."

Hartnäckige Irritation kroch meine Wirbelsäule hinauf. „Ich bin eine weiße Hexe. Niemand weiß, wozu ich fähig bin. Nicht einmal ich."

„Und das wollen wir herausfinden", sagte eine unbekannte tiefe Stimme hinter mir.

Ich sprang auf und hob meine Hände, um mich zu verteidigen.

Ein schwarzhaariger Mann, etwa so groß wie ich, streckte mir die Hand entgegen. Er trug eine rot-goldene Robe – juhu Farbe! – und trug ein langes Schwert an einem Gürtel.

Ich wich zwei Schritte zurück. „Wo kommen Sie her?"

„Devon." Lailah schob sich vor mich. „Ich bin überrascht, dich hier zu sehen."

„Ah, süße Lailah, das bezweifle ich sehr." Seine dünnen Lippen verzogen sich zu einem süffisanten Lächeln.

Sie verschränkte die Arme vor der Brust. „Da hast du wohl Recht, doch ich bin überrascht, dass der Rat es für notwendig erachtet hat, die Vernehmung mit einer so aggressiven Note zu beginnen."

Anerkennend neigte er den Kopf. „Deine Hexe scheint sehr wertvoll zu sein. Ganz zu schweigen von der Aussicht, dass ein Engel zur Herde zurückkehren wird."

„Das hatte ich befürchtet." Lailah drehte sich zu mir um und umarmte mich fest.

Überrascht sträubte ich mich und versuchte, ihrem Griff zu entkommen. „Was tust du?"

„Schon gut, Jade. Hab keine Angst", gurrte sie und flüsterte mir dann ins Ohr. „Was auch immer passiert, kämpfe nicht gegen ihn. Kooperiere, egal was er verlangt. Die Konsequenzen wären zu schrecklich."

Ich hörte auf, mich zu wehren und versuchte, ihre Warnung zu verarbeiten.

„Alles wird gut", fuhr sie in ihrer mütterlichen Farce fort. „Geh mit Devon. Ich bin direkt hinter dir." Sie ließ mich los und starrte den Kriegerengel finster an. „Wenn ihr irgendetwas zustößt, musst du dich vor mir verantworten."

Er lachte, ein leiser und verführerischer Laut. „Führe mich nicht in Versuchung."

Ich schauderte, bereit, aus meiner Haut zu kriechen.

Mit einem letzten langsamen Lächeln in Lailahs Richtung schnippte er mit den Fingern und tauschte meine weiße Realität gegen eine graue aus. Vor mir standen Reihen von Liegesesseln. Dahinter, an den Wänden standen eine Reihe von Computern mit baumelnden Kabeln. Mein Blick fiel auf ein Tablett mit Injektionsnadeln.

Oh Gott. Ein Testlabor.

Ich wirbelte herum und stieß mit Meri zusammen.

„Autsch", protestierte sie, als unsere Schädel gegeneinander schlugen.

Weiße Flecken tanzten vor meinen Augen und mir wurde schwindelig. „Du bist auch hier?"

„Offensichtlich." Sie rieb sich mit einer Hand die Stirn und sah mich finster an. „Besser hier als unser Gästequartier."

„Weil es viel besser ist, Laborratte zu spielen, als auf weichen Betten zu liegen und Berge von Obst zu essen", schnaubte ich.

Ein weiterer rot-goldener Engel materialisierte sich und führte Meri zu einem der Stühle.

„Was tust du?", flüsterte ich eindringlich, als sie nicht einmal protestierte.

Sie warf mir einen ungeduldigen Blick zu. „Das hinter mich bringen. Sie bekommen so oder so, was sie wollen. Je länger du gegen sie ankämpfst, desto länger werden wir in unserem goldenen Gefängnis eingesperrt."

„Und? Wir müssen es versuchen." Ich griff nach der Fessel, die der Engel um ihr Handgelenk legen wollte.

Er hob den Kopf und sah mich streng an.

Meri schlug meine Hand mit ihrer freien weg. „Um Himmels Willen, Jade. Verstehst du nicht? Der Raum außerhalb der Zeit wird nicht ohne Grund so genannt. Uns mag es wie fünf Minuten vorkommen, doch es könnten fünf Jahre vergangen sein. Jahre – nicht Monate, nicht Wochen, nicht Tage. *Jahre.*"

Ich erstarrte, als mir bewusst wurde, was sie sagte. „Aber warum?"

„Engel *wollen* Menschen nicht verletzen oder Schmerzen verursachen. Ihr Hauptanliegen sind Seelen. Das weißt du. Der Raum soll es dir so angenehm wie möglich machen. Doch sie werden dich dort lassen, bis sie eine Entscheidung treffen, und das könnte sofort oder auf unbestimmte Zeit gar nicht sein. Es hängt alles davon ab, wie der Rat abstimmt. Wir wissen nicht, wie viel Zeit vergangen ist."

Panik stieg in mir auf und ich begann zu zittern. „Du meinst, es könnten schon Jahre vergangen sein?"

Sie begegnete meinem erschrockenen Blick und nickte. „Ja. Das ist der Grund, warum ich, so ungern ich auch mit Nadeln gestochen werden will, bereit bin, dies zu ertragen, um mit dem Leben fortzufahren, das ich führen kann oder nicht. Ich rate dir, dasselbe zu tun. Je länger du dagegen ankämpfst, desto länger halten sie dich hier."

Kanes Bild blitzte in meinem Kopf auf. Ich starrte auf den Smaragd an meinem Finger, und mein Magen schmerzte vor Übelkeit.

Meri lehnte sich in ihrem Stuhl zurück und schloss die Augen.

Ich bemerkte es kaum, als Devon mich zu dem neben ihr führte. Sie waren Engel. Sie konnten mir meine Seele nehmen, doch sie würden mich nicht quälen. Oder doch?

Ich musste nach Hause. Zu Kane und meiner Familie. Gwen musste krank vor Sorge sein. Ein Nadelstich in meinem Arm brachte mich zurück in die Realität und ich zuckte zusammen, doch die Fesseln hielten mich fest. Magie loderte in meiner Brust auf, als mich der Drang zu entkommen überkam. Die Maschine rechts begann zu blinken, und ein schriller Alarm hallte durch den Raum.

„Gut. Es funktioniert." Devon stellte die Lautstärke ein wenig leiser als ohrenbetäubend ein.

Ich sah ihn gereizt an, hielt an der Magie fest und hatte keine Angst, sie zu benutzen, wenn es sein musste.

Er zwinkerte und drückte einen Knopf.

Heißes Feuer brannte durch meine Adern. „Ahhh!"

Neben mir grunzte Meri. Ich versuchte, mich umzudrehen und sie anzusehen, doch meine Sicht verschwamm und mein ganzer Körper fühlte sich schwer an. Ein letzter Gedanke blitzte in meinem Kopf auf; Ich war unter Drogen gesetzt worden.

Ich war in einem gemütlichen Bauernhaus. Ein Gefühl der Vertrautheit beruhigte mich, nur dass ich die Einrichtung nicht wiedererkannte und sicher war, dass ich das Haus nie betreten hatte. Ich fand mich an der alten weißen Emaillespüle wieder und wusch einen Suppentopf von Hand. Sauberes Geschirr stand neben mir auf einem Gestell und trocknete in der warmen Sommerluft.

Die Hintertür flog auf, und Philip trat ein, ein breites Grinsen auf dem Gesicht. „Da bist du ja. Komm wieder raus. Alle warten auf dich."

„Einen Moment nur, ich bin fast fertig."

„Das Geschirr kann warten." Er ergriff meine Hand und zog mich mit sich.

Der Topf entglitt meinen Händen und fiel laut klappernd ins Spülbecken. Ich lachte und strich mir eine dunkle Haarsträhne aus den Augen. „Okay, doch wenn ich es vergesse und alles antrocknet, machst du am Morgen den Abwasch."

„Meri, beeil dich!" rief eine weibliche Stimme. „Es ist Zeit für den Kuchen."

Irgendwo in den Tiefen meines Bewusstseins wurde mir klar, dass das Meris Erinnerung war, nicht meine, doch ich konnte nichts dagegen tun.

Philip lachte und küsste Meri auf die Schläfe. „Komm, Geburtstagskind. Um das Geschirr kann sich jemand anderes kümmern."

Sie lächelte und ließ sich von ihm in den Hinterhof führen, wo ihre Freunde und Familie versammelt waren.

Ein paar Minuten später hatte Meri ein Stück Kuchen in der Hand, während sie an einem Pool saß und sich einen Moment Zeit nahm, um Philip aus der Ferne zu beobachten.

Er unterhielt sich mit ihren Schwestern Felicia und Priscilla, lachte und beschrieb einen Zauberspruch, den Meri vor ein paar Tagen verpatzt hatte. Sie lächelte, Wärme und Liebe erfüllten ihr Herz.

Ein heftiger Beschützerinstinkt regte sich in ihr und sie wusste, dass sie alles für ihre Familie tun würde. Ganz gleich was.

Die Szene veränderte sich und Panik breitete sich in Meris Brust aus, als sie eine dunkle Straße entlanglief und verzweifelt versuchte, Philip einzuholen. Er war in Lebensgefahr.

Ihre Lungen schrien, als sie schneller rannte und das Seitenstechen ignorierte. Ein Dämon war in der Stadt los. Und Philip war zu einem Treffen mit ihm geschickt worden, doch er war nicht vorbereitet. Er glaubte, es ging um eine Hexe. Seine Anweisungen waren falsch gewesen.

Sie bog um eine Ecke und blieb an der Mündung einer Gasse stehen. Philip kniete vor ihr und nutzte sein letztes bisschen Magie, um nicht nur einen, sondern zwei Dämonen abzuwehren. Sie hatten ihn zwischen sich gefangen, beiden warfen Seile invasiver schwarzer Magie.

Es war zu spät. Den Dämonen war es gelungen, ihn zu fesseln. Seine Kraft würde in wenigen Sekunden aufgebraucht sein.

„Nein!", schrie sie und stürmte auf ihn zu, entfesselte all ihre Kraft und Liebe, die sie in sich trug. Weiß traf auf Schwarz in einer beeindruckenden Explosion.

Philip brach zu ihren Füßen zusammen. Wut und Angst brandeten auf und vermischten sich mit ihrer mächtigen Liebe. Eine schwarze Nebelwolke hüllte sie ein, und als sie sich auflöste, war Meris Magie schwarz geworden.

Die Erkenntnis kam ihr sofort und trotz Philips Stöhnen senkte sie die Arme und wich zurück. Trotz ihrer Wut wusste sie, dass Philip nie wollen würde, dass sie sich der schwarzen Magie zuwandte. Eher würde sie sterben.

„Meri." Philip öffnete die Augen und starrte sie an.

„Ich bin hier", sagte sie, bevor die Dämonen auf sie zukamen.

„Lauf!" Philip rollte sich herum, und ein Blitz schoss aus seinen Fingern, direkt auf den nächsten Dämon.

Die Kreatur der Hölle taumelte und erstarrte, kurz bevor sie umfiel.

„Und mir die Action entgehen lassen?", lachte Meri, als ihre Magie wieder weiß wurde. Sie schleuderte einen Energieball auf den verbliebenen Dämon.

Doch er war bereit und saugte ihn irgendwie auf, nutzte ihn als Energiequelle. „Du gehörst jetzt mir, Engel. Ich dachte, heute würde es keinen Spaß machen. Sieht so aus, als wären es zwei zum Preis von einem."

Der Dämon lenkte Meris Magie um und griff Philip an, doch sie warf sich vor ihn bevor sie ihn traf. Ihr Körper verkrampfte sich. Sie ging zu Boden, ihre Gliedmaßen waren wie gelähmt. Bei vollem Bewusstsein konnte sie nichts tun, außer beten, dass Philip sie aus diesem Schlamassel herausholen würde.

Philip stieß einen Schrei aus, seine Magie knisterte und er stürzte sich auf den Dämon.

Der Dämons riss die Augen auf, dann verschwand er und entging dem Angriff im letzten Moment, bevor er nur wenige Zentimeter von Meri entfernt wieder auftauchte.

Sie starrte zu ihm auf, Angst wirbelte durch ihre Adern.

Mit einer Bewegung hob der Dämon Meri hoch und verschwand.

In die Hölle, wo Meri darauf wartete, dass Philip kommen würde, um sie zu retten.

Monatelang.

Doch er kam nie, und die Hölle vereinnahmte ihre Seele.

Die Szene verblasste. Vertraute Energie erreichte mich, bevor ich wieder sehen konnte. Abgestandene Lust und verzweifelte Erregung. Es gab nur einen Ort, den ich mit diesen Gefühlen assoziierte.

Kanes Club.

Es war wie in jeder anderen Nacht – Tänzerinnen, die an der Stange arbeiteten, während Männer Dollarnoten nach ihnen warfen. Charlie mixte Getränke mit einer Hand und ließ mit der anderen Flaschenverschlüsse knallen, und Musik dröhnte durch den Gastraum.

Nur, dass ich jetzt über einer gläsernen Kiste in der Luft schwebte und Kane auf der anderen Seite des Raumes versuchte, einen Geist zu verprügeln. Wir schwebten, weil Kane uns hierher geträumt hatte. Unter mir war Pyper in der Glaskiste gefangen, Hände und Füße am Boden festgenagelt.

Mein Herz raste, als ich die schreckliche Nacht durchlebte, in der ich mit Pyper Plätze getauscht hatte und die Gefangene des Geistes geworden war. Die lebhafte Erinnerung daran, gefangen gehalten zu werden und mit Roy zu kämpfen, um ihn davon abzuhalten, mich zu quälen, versengte mein Inneres und ließ mich zittern. Als die Szene verblasste, wollte ich mich nur noch zu einer Kugel zusammenrollen und weinen.

Nur konnte ich nicht, weil ich wieder in eine von Meris Erinnerungen gezwungen wurde.

KAPITEL ACHTUNDZWANZIG

Ich zwang meine schwere Zunge von meinem Gaumen und versuchte zu schlucken. „Wasser?", krächzte ich.

Einer der Labortechniker brachte mir einen Becher und hielt mir einen Strohhalm an die Lippen. Es war mir egal, ob die Flüssigkeit mit einer anderen Art von Droge versetzt war, ich trank so lange, bis Luft im Strohhalm gurgelte.

„Besser?", fragte Meri.

Sie saß bereits, ihre Fesseln waren verschwunden. Jemand hatte ihr frische Kleider gegeben, eine weiße Baumwollbluse und eine weiße Leinenhose. Ich blickte an mir herunter und runzelte die Stirn. Schlamm verkrustete meine Turnschuhe und Schmutz befleckte meine Jeans. Ganz zu schweigen davon, dass ich immer noch auf dem Laborstuhl gefesselt war.

„Wie kommt es, dass du die Spa-Behandlung bekommen hast?", fragte ich.

Sie lächelte. „Die traumauslösende Droge lässt bei Engeln schneller nach ... oder ehemaligen Engeln. Ich bin sicher, sie werden dich vor der Anhörung duschen lassen."

Ich versuchte mich aufzusetzen und stöhnte besiegt. „Der was?"

„Sie werden heute ihre Entscheidung treffen." Das Lächeln verschwand aus ihrem Gesicht und ihre Stimme wurde kaum noch ein Flüstern. „Wir werden erfahren, wer von uns deine Seele behalten darf."

Anstatt in Panik zu geraten, wurde mein Körper taub. Die Drogen hatten uns durch eine weitere Runde von Meris Erinnerungen und eine meiner eigenen geführt. Beide konzentrierten sich auf das gleiche Thema: Jede von uns opferte sich für einen anderen.

Nachdem ich ihre Angst um ihre Lieben und ihren unerschütterlichen Mut erlebt hatte, konnte selbst ich nicht sagen, wer es mehr verdiente. Wenn Meri gerettet und wieder ein Engel sein konnte, wäre sie dann nicht besser in der Lage, Menschen zu helfen? Ich sagte eine Weile nichts. Schließlich drehte ich mich zu ihr um. „Zumindest müssen wir nicht zurück in das Zimmer außerhalb der Zeit."

Sie zuckte unverbindlich die Achseln. „Nehme ich zumindest an."

Traurigkeit blühte in meiner Brust auf. Zimmer oder nicht, so oder so hatte ich eine Fifty-Fifty-Chance, Kane nie wiederzusehen. Meine Arme um ihn zu schlingen. Die sanfte Liebkosung seiner Lippen zu spüren. Ich schlug mit der Faust auf die Armlehne. Ein Metalltablett landete lautstark auf dem Boden, der Lärm hallte von den Wänden wider.

Meri zuckte nicht einmal zusammen.

Ich biss die Zähne aufeinander, mein Kiefer schmerzte vor Anspannung. Scheiß auf den Rat. Ich würde nicht kampflos untergehen.

～

Ich bekam tatsächlich meine Spa-Stunde. Nicht lange, nachdem ich aufgewacht war, kamen zwei junge Engel und führten mich in ein Zimmer, in dem ich gebadet wurde und essen durfte und dann in ein wunderschönes grünes Seidenkleid gekleidet wurde. Meine schmutzigen Kleider wurden mir weggenommen und meine wenigen Habseligkeiten in der versteckten Tasche meines Rocks verstaut.

Sie lockten und stylten meine Haare, und als sie fertig waren, führten sie mich zu einem Ganzkörperspiegel. Ich keuchte, als ich das Spiegelbild sah, das mich anstarrte. Ich hatte noch nie so gut ausgesehen. Meine Haut strahlte und meine Augen leuchteten im tiefsten Jadegrün, das ich je gesehen hatte.

Ein trauriges, ironisches Lächeln hob kaum meine Mundwinkel. Wenn das meine letzte Nacht in meinem Leben wäre, würde ich zumindest mit Stil gehen.

Ich sah Meri nicht wieder, bis ich zurück in die Kathedrale geführt wurde. Sie saß auf einen von zwei thronartigen Stühlen, die beide vor den beiden Kirchenbänken aufgestellt waren. Jeder Platz war mit weiß-golden gekleideten Engeln besetzt. Eine nervöse Aufregung erfüllte den Raum.

Meine Engel führten mich zu dem Thron gegenüber Meri. Ich setzte mich, legte meine Hände auf die hölzernen Armlehnen und starrte geradeaus, aus Angst, mich jeden Moment übergeben zu müssen.

Der Rat betrat nach und nach das Podium. Ein winziger Engel, nicht größer als eins fünfzig, eilte von einem der Seitenschiffe ans Mikrofon. Sie zog an einem langen Samtseil und ließ damit Glocken fast ohrenbetäubend läuteten. „Die Sitzung des Gerichts hat begonnen. Der Engel Drake Davidson hat den Vorsitz."

Sie eilte davon und stolperte über ihre zu lange Robe. Ihr hohes, klirrendes Lachen hallte durch den Raum.

Davidson, der Engel mit dem langen weißen Haar, warf ihr einen ungeduldigen Blick zu, bevor er sich an seinen Platz am Ratstisch setzte. Fünf weitere Engel folgten ihm und nahmen ihre Plätze neben ihm ein.

Die Glocken läuteten wieder, nur dass diesmal niemand an den Seilen zog.

Stille breitete sich aus. Eine unheilvolle monotone Stimme kam aus dem Nichts und sagte: „Die Verhandlung hat begonnen."

Davidson klopfte mit einem Hammer auf den Tisch und wandte sich an seine Ratskollegen. „Wir haben Gleichgewicht, zwei Charakterzeugen für jede der Damen, die vor diesem Gericht stehen. Madeline, bitte rufen Sie den ersten Zeugen auf."

Madeline, ein älterer Engel mit Fältchen um die Augen, stand auf und ging langsam zum Podium. „Ich rufe den Engel Philip in den Zeugenstand."

Neben dem Podest flimmerte die Luft, und ein goldener Stuhl tauchte aus dem Nichts auf. Philip trat durch eine dicke goldene Tür hinter dem Podest ein und ließ sich anmutig auf dem Stuhl nieder.

„Sie verstehen, dass Sie, wenn Sie freiwillig aussaugen, keine andere Wahl haben, als wahrheitsgemäß zu antworten?", fragte Davidson.

Philip warf einen Blick in Meris Richtung. „Ich verstehe."

Der Richter nickte Madeline zu. „Sie können fortfahren."

Die ältere Frau holte eine Brille hervor und setzte sie sich auf die Nase. Sie blätterte ein paar Unterlagen durch und entschied sich schließlich für ein Dokument. „Engel Philip, bitte geben Sie Ihre Beziehung zu den beiden Frauen vor Gericht an."

Er räusperte sich. „Ich habe Jade Calhoun vor ein paar Wochen kennengelernt, nachdem ich ihr als Hüter ihrer Seele zugewiesen wurde. Engel Meri ist meine ehemalige Gefährtin."

„Ich habe gehört, dass Sie ein Zeuge für den ehemaligen Dämon sind?"

„Ja."

„Und sie hat ihre eigene Seele verloren? Sie überlebt, indem sie die von Ms. Calhoun teilt?"

Philip nickte. „Das ist korrekt."

Madeline spähte über ihre Brille und musterte zuerst Meri und dann mich. „Sagen Sie mir, warum würden Sie für einen ehemaligen Dämon anstatt für die Hexe aussagen? Liegt es daran, dass Meri früher Ihre Gefährtin war? Mit anderen Worten, stützen Sie Ihre Entscheidungen auf Emotionen oder Logik?"

Er brauchte eine Sekunde, bevor er antwortete und als er dann Madeline ansah, war ihm der Schmerz ins Gesicht geschrieben. „Es ist kein Geheimnis, dass ich die Verantwortung für Meris ursprünglichen Fall von Dämonismus trage. Ich denke, in gewisser Weise betrachte ich es als meine Pflicht, ihr so gut wie möglich zu helfen, doch deshalb bin ich heute nicht hier. Der Rat hat mir die Verantwortung übertragen, die Seele von Ms. Calhoun zu schützen, und das ist letztendlich das, was ich versuche." Er holte tief Luft. „Im Moment ist Meri ein halbes Wesen. Irgendwo zwischen Engel und Mensch. Durch einen seltsamen Glücksfall kam es dazu, dass sie die Seele von Ms. Calhoun teilt."

Einen seltsamen *Glücksfall*? Als Meri ein Dämon war, hatte sie alles in ihrer Macht Stehende getan, Seelen zu stehlen. Sie hätte Kanes, Lailahs, Dans und die meiner Mutter bekommen, wenn ich sie nicht aufgehalten hätte. Der einzige Grund, warum sie jetzt einen Teil von meiner hatte, war, dass sie Kane verletzt hatte. Seltsamer *Glücksfall*, mein Arsch! Meri, der Dämon, hatte sich diesen Glücksfall selbst geschaffen als sie Kane den Pfahl ins Bein gerammt hatte. Danach war es mir fast gelungen, sie zu zerstören. Jetzt, als Pseudoengel würde sie mich zerstören.

Philip schluckte und fuhr mit seiner Aussage fort: „Das geschah ohne Meris Wissen, und sie hat es in ihrem gegenwärtigen nicht-dämonischen Zustand nicht ausgesucht. Wenn sie die Chance bekommt, bin ich zuversichtlich, dass sie wieder zu dem mächtigen Engel werden kann, der unzählige andere gerettet hat. So unangenehm es mir auch ist, die Existenz von Ms. Calhoun zu verurteilen, ich glaube, Meri sollte das Gefäß sein, das diese gemeinsame Seele zugesprochen bekommt."

Madeline machte sich ein paar Notizen und sah Philip dann eindringlich an. „Sie sagen, Sie glauben nicht, dass die weiße Hexe es verdient, ihre eigene Seele zu behalten?"

Philip warf mir einen traurigen Blick zu. „Nein, das habe ich gar nicht gesagt. Ich bin gezwungen, eine Entscheidung zu treffen. Angesichts aller Fakten glaube ich, dass Meri der Welt effektiver helfen kann."

Ich ballte meine Fäuste und beherrschte mich gerade so. Ich würde meine Gelegenheit bekommen, mich zu äußern. Oder nicht?

„Sie dürfen Platz nehmen, Philip. Engel Lailah, würden Sie bitte Ihren Platz auf dem Zeugenstand einnehmen?"

Lailah kam durch die goldene Tür, und als sie aneinander vorbeigingen, versuchte Philip, ihr tröstend die Hand auf die Schulter zu legen, doch sie wich ihm aus. Sie starrte ihn mit zusammengekniffenen Augen an, als er sich hinter Meri setzte. Ich fing eine schwache Spur ihrer Gedanken auf. *Seine Schuld. Er hat das alles eingefädelt.*

Lailah setzte sich und wurde vereidigt. Es wurde erklärt,

dass sie als Zeugin für mich aussagen würde. Das hatte ich erwartet. Es musste sie sein und ... wer, Dan? Ich wünschte mir von ganzem Herzen, dass das keine Frage wäre. Doch wer sonst würde für mich aussagen?

Ein anderer Ratsengel trat hervor. Er war ein gutaussehender, blonder Mann, der Anfang zwanzig zu sein schien, obwohl das Alter bei Engeln grundsätzlich schwer einzuschätzen war. Genau wie Hexen hatten sie Mittel und Wege, die biologische Uhr zu verlangsamen.

Er nickte. „Schön, Sie wiederzusehen, Lailah."

„Peter." Sie nickte ihm skeptisch zu.

Seine Lippen verzogen sich zu einem wissenden Lächeln, als wüsste er genau, was sie dachte. Ich vermutete etwas in der Art wie *„ich würde lieber lebende Langusten essen, als mit dir im selben Raum zu sein."* Doch sie behielt einen neutralen Gesichtsausdruck bei und wartete auf seine Fragen.

„Sie sind mit Ms. Calhoun befreundet?", fragte Peter mit einem ziemlich vorwurfsvollen Ton.

„Ja, das könnte man sagen."

„Und Sie haben eine romantische Beziehung zu Philip, Meris ehemaligen Gefährten?" Er hob selbstgefällig eine Augenbraue.

Lailah funkelte ihn an. „Ja."

Peters Gesichtsausdruck wurde ernst und fast wütend. „Haben Sie darum Ihren Auftrag, über Mr. Tollers Seele zu wachen, vernachlässigt und sich stattdessen entschlossen, alles in Ihrer Macht Stehende zu tun, um den ehemaligen Engel Meri loszuwerden?"

Wut, so stark, dass sie den ganzen Saal erfüllte, strahlte von Lailah aus. „Nein! Das ist nicht so passiert."

„Also, Mr. Toller ist nicht mit Meri in der Hölle gelandet?"

„Nun ... ähm", stammelte sie. „Doch, das ist er, aber nur, weil er sich selbst geopfert hat."

Peter spitzte die Lippen. „Sie haben also nicht nur Ihren Auftrag nicht erfüllt, sondern Ihr Auftrag hat mehr Mut bewiesen als Sie."

Lailah stand auf und wandte sich an den Rest des Rates. „Er stellt Vermutungen an, die keinen Einfluss auf diesen Fall haben. Ich bitte respektvoll um einen anderen Vernehmer."

Davidson stand auf, um ihr zu antworten. „Ich fürchte, das ist nicht möglich. Die Dringlichkeit dieser Situation hat uns gezwungen, jede Befragung einem Ratsmitglied zu übertragen. Peter ist für Sie zuständig. Der Rat ist in der Lage, unnötige Informationen auszusortieren." Er nickte Peter zu. „Fahren Sie bitte fort."

Peter fuhr fort, Lailah darüber zu verhören, wie sie in den letzten Monaten gearbeitet hatte, und ging sogar so weit, ihr vorzuwerfen, dass sie die Ursache für Dans Besessenheit durch Meri war. Sie bemühte sich, seine Fragen zu beantworten, während sie versuchte, ihre Meinung zu dem, was gerade geschah, kundzutun.

„Ich verstehe nicht, was das damit zu tun hat, dass Jade ihre Seele behält. Sie gehört ihr. Es ist nicht richtig, dass wir entscheiden, sie ihr wegzunehmen, weil es einem Dämon gelungen ist, irgendwie in den Besitz eines Teils davon zu gelangen." Lailah winkte den Engeln, die vor ihr saßen, ungeduldig zu. „Ist nicht genau das unsere Aufgabe? Die Seelen der Menschen davor zu schützen?"

„Das habe ich nicht gefragt, Lailah", sagte Peter geduldig.

„Nun, das ist die Antwort, die Sie bekommen ", blaffte sie.

„Ein letztes Mal. Sind Sie mit Ms. Calhouns Partner im Fegefeuer gelandet oder nicht?"

Sie holte tief Luft und atmete langsam aus, offensichtlich versuchte sie ihre Frustration in den Griff zu bekommen. „Ja", seufzte sie.

Er wandte sich an den Rat. „Ich erkläre den Engel Lailah als ungeeignet als Charakterzeugen. Ihre Verbindungen zu Ms. Calhoun und den anderen an dieser Untersuchung beteiligten Personen haben ihr Urteilsvermögen deutlich getrübt."

Ich keuchte. Meine wichtigste Zeugin wurde abgewiesen.

„Zur Kenntnis genommen", sagte Davidson und wandte sich dann an Lailah. „Sie dürfen den Zeugenstand verlassen."

„Aber–"

„Jetzt, Lailah. Nehmen Sie Platz."

Wenn in diesem Moment ein Eimer Wasser auf ihr gelandet wäre, hätte Dampf das Podium eingehüllt. Sie blieb sitzen, wo sie war. Offensichtliche Empörung hielt sie fest. Schließlich kamen zwei Wachen auf sie zu. Sie warf ihnen einen verächtlichen Blick zu und ging dann zu einem Platz hinter mir.

Jonathon betrat als nächstes den Zeugenstand.

Ich schloss meine Augen und betete, dass er verschwunden waere, sobald ich sie wieder öffnete. Kein Glück. Da saß er auf dem Zeugenstuhl und blickte mit zusammengekniffenen Augen auf mich herab. Gott. Konnte das noch schlimmer werden? Wenn dieser nichtsnutzige Scharlatan etwas sagen würde, um zu meinem bevorstehenden Untergang beizutragen, würde ich aus dem Jenseits zurückkehren und seinen Arsch bis ans Ende der Zeit verfolgen.

Wenige Augenblicke später wurde er vereidigt, und die erste Frage wurde von einer weiteren Ratsfrau gestellt. Endora. Der Name passte perfekt zu ihr, blauer Lidschatten eingeschlossen.

„Jonathon, bitte erzählen Sie uns von Ihrer Beziehung zu denen, die vor Gericht stehen."

„Ich habe keine mit Meri. Ms. Calhoun ist eine meiner Gemeindemitglieder."

Wie bitte? Ich wirbelte herum und starrte Lailah an. *Mach, dass er aufhört!*, schrie ich in Gedanken. *Mach, dass er aufhört.*

Sie schien mich nicht zu hören. Verdammte Verbindung. Warum funktionierte sie nie, wenn man sie wirklich brauchte. Ich wollte auf keinen Fall mit Goodwins Verrückten in Verbindung gebracht werden.

„Wollen Sie damit sagen, dass Sie als Charakterzeuge für Ms. Calhoun hier sind?"

„Das ist richtig." Jonathon lächelte auf mich herab.

Ich biss mir auf die Lippe, um nicht zu schreien. Das konnte nicht gut enden. Szenen aus meinem Leben schossen mir durch den Kopf: Gestohlene Momente mit Kane, Lachen mit Kat, Tanzen mit Pyper, Erdbeerkuchenbacken mit Mom. Spaß, besondere Momente. Alle fingen an, mir zu entgleiten. Der Anfang vom Ende.

Endora fragte Goodwin nach seiner Meinung, und er sprach immer weiter über Gottes Plan und darüber, dass es nicht die Aufgabe eines Engels war, meine Seele zu nehmen, um sie jemand anderem zu geben. Gott allein habe die Macht, solche Entscheidungen zu treffen. Wir dienten ihm, und wir alle sollten auf die Knie gehen und ihn um Vergebung bitten. Seine Argumentation war tatsächlich ziemlich stark, auch wenn er das Gottargument zu oft benutzte.

Jedes Mal, wenn er das *Höchste Wesen* zur Sprache brachte, wurde Endora gereizter. „Ihr religiöser Fanatismus ist hier nicht willkommen, Jonathon. Bitte halten Sie sich an die Fakten, wie Sie sie sehen."

Ich musste zugeben, ihre Bemerkung verblüffte mich. Sie waren Engel, um ... na ja, um Gottes willen, oder nicht?

Jonathon fixierte sie mit einem ungläubigen Blick. „Ich wurde nach meiner Meinung gefragt. Ich sage sie Ihnen."

„Ich versichere Ihnen, Ihre Überzeugungen werden im Rat diskutiert." Endora verzog das Gesicht. „Alle. Bevor ich Sie entlasse, möchte ich Ihnen einen Rat mit auf den Weg geben. Wenn Sie in der Gemeinschaft der Engel weiterhin ein gutes

Ansehen genießen möchten, suchen Sie sich eine neue Beschäftigung unter den Menschen."

Die Farbe wich aus Jonathons Gesicht. „Wieso?"

„Engel sind Beschützer der Seelen, Mr. Goodwin."

„Genau das versuche ich zu tun."

Sie fixierte ihn mit einem angewiderten Blick. „Nein, *Reverend* Goodwin, Sie sitzen zu Gericht über diejenigen, die sie zu beschützen geschworen haben. Echte Kirchenmänner und Frauen sind berufen, zu dienen, weil sie die Menschheit lieben. Sie dienen aus Wut. Finden Sie eine neue Karriere oder Ihre Tage als Vertreter dieser Organisation sind gezählt."

Jonathons Gesicht war fassungslos.

Endora stapfte zu ihrem Platz zurück und starrte geradeaus auf die Zuschauer.

Autsch. Ich glaube, er hatte einen Nerv getroffen.

„Sie dürfen den Zeugenstand verlassen", sagte Davidson und entließ ihn.

Goodwin öffnete den Mund, um etwas zu sagen, doch der warnende Blick des älteren Engels brachte ihn zum Schweigen. Er seufzte frustriert und setzte sich neben Lailah.

„Dan Pearson Toller?"

Was? Meine beiden Zeugen hatten bereits ausgesagt.

Da dämmerte es mir.

Dan war für Meri da.

Heiße, wütende Tränen brannten in meinen Augen. Nach allem, was wir durchgemacht hatten, war er bereit, meine Seele einer anderen zu überlassen? Was war passiert? Als wir das letzte Mal vor dem Rat gestanden waren, hatte er mich verteidigt, als er erkannt hatte, dass meine Seele in Gefahr war.

Ich wischte die Tränen weg und konzentrierte mich auf Davidson.

Er sah meinen Ex an und runzelte die Stirn. „Sie sind kein Engel."

Dan stand in der Nähe des Podiums. „Nein, Sir, das bin ich nicht."

Der Richter wandte sich seinen Untergebenen zu. „Wie ist dieser Sterbliche als Zeuge zugelassen worden?"

Ein hagerer, blasser Engel am äußersten Rand des Podiums stand auf. Sie strich ihr lockiges schwarzes Haar zurück und band es zu einem losen Knoten zusammen. „Mr. Toller ist Philips leiblicher Sohn. Er ist eng mit den beiden Frauen verbunden, die heute vor Gericht stehen."

Eng verbunden? Welche Art von Beziehung hatten er und Meri? *Bitte, Göttin, sag mir nicht, dass Dan und Meri ein Paar sind. Das wäre einfach nur krank.*

„Aha. Werden Sie ihn befragen, Selma?"

„Ja."

„Also gut. Mr. Toller, nehmen Sie bitte Platz." Davidson setzte sich wieder.

Nachdem Selma Dan vereidigt hatte, fragte sie: „Beschreiben Sie Ihre Beziehung zu Meri und Ms. Calhoun."

Er sah mich an, seine Augen voller Trauer. „Jade und ich waren Freunde aus Kindertagen, bis wir anfingen, zu daten. Wir waren über vier Jahre zusammen und hätten uns fast verlobt, bevor unsere Beziehung zerbrach." Er holte tief Luft. „Meri hat mich als Dämon besessen und mich als ihren Diener in der Hölle gefangen gehalten. Jade hate es geschafft, sie zu brechen, sie fast vollständig zu zerstören, doch irgendwie hat Meri überlebte und war kein Dämon mehr. Wir haben uns in der Hölle umeinander gekümmert, bis Philip kam, um uns zu befreien."

„Meine Notizen zeigen, dass Sie als Zeige für Meri hier sind, korrekt?"

Dan schluckte. Öffnete den Mund. Schloss ihn wieder. Schließlich nickte er und murmelte „Ja".

Mein Herz zog sich zusammen und drohte, in zahllose

Stücke zu zerbrechen. Ich starrte auf meine weißen Fingerknöchel und wusste, wenn ich ihn ansah, würde ich entweder schreien oder in Tränen ausbrechen. Beides schien im Moment keine angebrachte Strategie zu sein.

„Sagen Sie uns, warum Sie sich für einen ehemaligen Dämon einsetzen, anstatt für jemanden, der in Ihrem Leben offensichtlich wichtig war", sagte Selma.

Dan räusperte sich. „Das ist leicht. Meri ist kein Dämon mehr, oder? Ich möchte klarstellen, dass ich Meris Leben nicht dem von Jade vorziehe. Ich denke nur, Meri braucht jemanden, der für sie spricht."

Meine Frustration wuchs so sehr, dass ich fast zitterte.

„Und warum haben Sie diese Rolle übernommen?"

Dans Stimme wurde hart, wütend. „Meri hat sich für meinen Vater geopfert und er hat sie in der Hölle zurückgelassen. Sie. Hat. Sein. Leben. Gerettet. Und er hat sie dort gelassen."

Etwas, das Hass sehr nahe kam, strömte von Dan aus. Ich blickte auf und beobachtete, wie er versuchte, sich zu beruhigen.

Er begegnete meinem Blick und als er sprach, waren seine Worte für mich. „Meri verdient eine zweite Chance. Sie hat das ultimative Opfer dargebracht. Ich hoffe, der Rat findet einen Weg, beide zu verschonen."

Ich konnte nicht anders. Es war nicht so, dass ich ihm nicht zugestimmt hätte. Meri hatte eine Chance im Leben verdient, doch ich sah nicht, wie sie seine Bitte erfüllen sollten. Ich stand auf, mein Stuhl scharrte laut über den Fliesenboden.

Der Druck der Anhörung und die bevorstehende Entscheidung über mein Schicksal ließen mich die Beherrschung verlieren. „Aber es gibt nur eine Seele! Meine. Was sollen Sie deiner Meinung nach tun? Die eines anderen nehmen? Einen armen Unschuldige verurteilen? Du kannst nicht beides haben. Verdammt, Dan, du musst dich entscheiden. Meri oder ich?"

Bei meinem emotionalen Ausbruch sammelte sich ein winziger Magieschub in meinen Fingerspitzen. Der ganze Raum stieß ein kollektives Keuchen aus. Ich unterdrückte die Magie sofort, doch es war zu spät. Davidson gab einen Befehl, und zwei Wachen kamen auf mich zu. Lailah sprang an meine Seite. Jonathon folgte ihr und blieb direkt vor ihr stehen.

Dan stand im Zeugenstand, sein Gesicht verzerrt von einer Mischung aus Verwirrung und Entsetzen. „Natürlich nicht. Ich will niemanden verurteilen." Er wandte sich dem Podium zu. „Ihr seid Engel. Sicherlich könnt ihr was tun, um beide zu retten." Anscheinend war er nicht über die Regeln dieses speziellen Spiels informiert worden.

Niemand antwortete ihm.

„Keinen Schritt weiter", befahl Lailah den Wachen.

Sie ignorierten sie und kamen näher.

Jonathon trat einen Schritt auf sie zu. „Das ist nicht nötig. Ich bin sicher, Jade wird sich beruhigen."

„Ergreift sie", verlangte Davidson.

Die Wachen packten Lailah und Jonathon und entfernten sie.

Ich hob meine Hände. „Jetzt mal einen Moment. Ich habe gerade meine Beherrschung Dan gegenüber verloren. Nicht gegenüber dem Rat. Nehmen wir uns alle einen Moment Zeit, um uns zu beruhigen."

„Ms. Calhoun, Ausbrüche sind hier niemandem erlaubt. Vor allem keiner Hexe. Sie werden auf Ihr Zimmer gebracht, um unsere Entscheidung dort abzuwarten."

„Dort, wo die Zeit stillsteht?" Ich keuchte. „Nein–"

Dan tauchte direkt hinter den Wachen auf. „Das ist nicht nötig. Jade würde niemals jemanden verletzen."

Meri bahnte sich einen Weg durch die kleine Menge und

stieß Dan zur Seite. „Ich bitte demütig, Ms. Calhoun für den Rest der Anhörung bleiben zu lassen. Ich bin sicher, sie wird ihr Wort geben, dass sie hier keine Magie anwenden wird." Sie drehte sich zu mir um. „Nicht wahr, Jade?"

„Ja. Natürlich. Es ist nicht mein Wunsch, jemandem zu schaden."

Das sechste Mitglied des Rates trat vor. Sie war so schön, dass Licht aus ihrem Inneren zu strahlen schien. Ihre Haut leuchtete, und das einzige, was ich von ihr spürte, war Liebe, was ich seltsam fand in einem Raum voller scheinbar emotionsloser, politischer Engel. Sie legte eine sanfte Hand auf Davidsons Arm. „Ms. Calhoun darf bleiben."

Stille legte sich über die Menge. Dieser Engel musste wichtig sein. Und obwohl ich dankbar war, beunruhigte mich die Macht, die sie über alle anderen Engel hatte. Ich kämpfte gegen den Drang an, meine Arme schützenden um mich zu legen.

„Bitte, nehmen Sie alle wieder Platz", sagte die Schöne, und alle außer Lailah kehrten zu ihren Plätzen zurück.

„Wenn es dem Rat gefällt, möchte ich Ms. Calhoun für den Rest des Verfahrens beaufsichtigen", sagte sie.

Davidson warf ihr einen verärgerten Blick zu. „Also gut. Wir haben von Ms. Calhoun gehört. Es ist Zeit, von Meri zu hören."

Ich öffnete meinen Mund, um zu protestieren, doch Lailah stieß mich mit dem Ellbogen an und schüttelte leicht den Kopf.

Meri stand auf. „Danke."

„Ehemaliger Engel Meri, bitte sagen Sie uns, warum wir Ihnen die Seele von Ms. Calhoun zuweisen sollten."

Sie starrte Davidson direkt in die Augen und sagte mit starker Stimme: „Das sollten Sie nicht."

KAPITEL NEUNUNDZWANZIG

*I*ch starrte Meri an. Ihre Worte trafen mich hart und hinterließen ein schmerzendes Schuldgefühl in meiner Magengrube. Sie hatte sich für mich geopfert. Etwas, das sie nicht hätte tun müssen.

Der wunderschöne Lichtengel hob ihre Hand, um Davidsons Reaktion zu unterbinden, und trat wieder auf das Podium. „Würden Sie das näher erläutern, Meri?"

„Wenn Sie es wünschen."

Der Engel nickte. „Bitte."

„Nach der Erinnerungsextraktion ist mir klar, dass Ms. Calhoun ein guter Mensch ist. Sie liebt ihre Mitmenschen und setzt sich regelmäßig für Leute ein, die Hilfe brauchen. Engel sind nicht die einzigen, die Seelen retten können. Ich hatte meine Chance. Es ist nicht fair, ihr ihre zu nehmen."

Alle Luft entwich meiner Lunge. Sie hatte ihre letzte Chance, ihr Leben zurückzubekommen, verwirkt, weil sie mir meines nicht nehmen wollte. Ein roher Schmerz überwältigte mich. Ich wünschte mit jeder Faser meines Herzens, ich könnte einen Weg finden, uns beide zu schonen.

„Ich verstehe." Der Lichtengel drehte sich um und sagte etwas zu Davidson.

Einen Moment später verkündete er: „Der Rat wird sich jetzt zurückziehen, um eine Entscheidung zu treffen."

Zusammen verschwanden die sechs durch die goldene Tür hinter dem Podest.

Im Saal brandete Geplapper auf.

Philip runzelte die Stirn und ging zu Meri hinüber, offensichtlich verärgert über ihre Aussage.

Dan rannte auf mich zu, packte meinen Arm und zog mich besitzergreifend an sich.

„Lass mich los!" Ich drehte mich um und versuchte, mich aus seinem Griff zu befreien.

Er tat, was ich verlangte, sichtlich erschüttert. „Was ist gerade passiert?"

„Du hast dich nicht auf meine Seite gestellt." Heiße Tränen brannten in meinen Augen. „Jetzt muss sich der Rat zwischen Meri und mir entscheiden. Eine von uns wird … sterben."

„Nein! Ich …" Er trat einen Schritt zurück und funkelte Philip an, Wut dominierte seine oberflächlichen Emotionen. Langsam ging er zu seinem Vater und tippte ihm auf die Schulter.

Philip drehte sich um, und sein Gesicht verzog sich vor Schuldgefühlen. „Dan, ich –"

Dan spannte sich an, bereit für einen weiteren Kampf.

Philip trat einen Schritt zurück und hielt seine Hände kapitulierend hoch.

Ich sah mich nach den Wachen um, doch sie waren nirgends zu sehen. Sie mussten direkt nach den Ratsmitgliedern gegangen sein.

Dan ging weiter auf ihn zu. „Du Hurensohn! Du hast gelogen und mir gesagt, der Rat könnte sie beide retten. Wie konntest du von mir verlangen, Jade derart den Wölfen zum

Fraß vorzuwerfen? Sie ist meine Familie, seit ich fünfzehn bin!"

„Hört auf." Meri schob sich dazwischen. „Kämpfen löst das Problem nicht."

„Nein, aber ich werde mich besser fühlen." Dan ballte wieder seine Hände zu Fäusten, blieb aber stehen.

„Dan", sagte Philip. „Hier geht es nicht um eine Person –"

„Oh das sicher nicht!", schrie Dan. „Hier geht es darum, dass du versuchst, deine Fehler auf Kosten anderer wiedergutzumachen. Verdammt nochmal! Die ganze Zeit hast du mir erzählt, dass du nicht zu ihr gegangen bist, um mich zu beschützen, dass du deine Gefährtin nicht gerettet hast, weil du mich im Auge behalten musstest." Er ging um Meri herum und machte einen kleinen Schritt vorwärts. „Aber das hast du nicht. Du warst nie da, wenn ich dich brauchte. Nicht an dem Tag, an dem ich mit fünfzehn fast zu Tode geprügelt worden bin. Nicht, als ich von einem Dämon besessen war, und schon gar nicht heute, als du mich überredet hast, für Meri in den Zeugenstand zu gehen. Das hätte ich nie getan, wenn ich gewusst hätte, welche die Konsequenzen das haben könnte. Nein, Dad, hier dreht sich alles um *dich* und was *du* willst. Nicht um das Allgemeinwohl. Du und dein Gewissen können euch ins Knie ficken."

Dan wirbelte herum und marschierte zu mir zurück. Immer noch vor Wut, rammte er seine Hände in seine Hosentaschen und versuchte sichtlich, sich zurückzuhalten. „Es tut mir Leid. Ich würde nie … Also, wenn ich es gewusst hätte, hätte ich andere Entscheidungen getroffen."

„Und was wäre das für Entscheidung?", fragte ich leise.

„Jetzt mach mal halblang, Jade. Du kennst mich." Die Frustration, die er zu begraben versucht hatte, schoss heraus und wirbelte um uns herum. „Du weißt, ich hätte –"

„Deine Seele für meine geopfert?" Erleichterung linderte

den Groll und den Verrat, an den ich mich geklammert hatte. Was er über die Jahre getan hatte, hatte mir bereits gezeigt, was für ein Mann er war. Mein Dan, mit dem ich aufgewachsen war, war zurück.

Er sah mir in die Augen und nickte.

Ich legte sanft eine Hand an seine Wange. „Ich weiß."

Da zog er mich an sich und nahm mich in die Arme, Verzweiflung und Trauer drangen durch seine Abwehr.

„Schon gut", flüsterte ich. „Was auch immer passiert…" Ich unterdrückte ein Schluchzen. „Kümmere dich einfach um Kat für mich."

Er zog sich zurück, seine Augen lodernd und voller Entschlossenheit. „Wir drei werden aufeinander aufpassen."

Ich rang nach Luft und zwang heraus: „Es besteht eine sehr reale Chance, dass sie sich für Meri entscheiden."

„Versprich mir, egal was passiert, dass du nicht aufgeben wirst. Ich werde an deiner Seite sein und mit dir kämpfen. Jeder Schritt des Weges."

Er hatte diese Form der Entschlossenheit schon einmal vor langer Zeit unter Beweis gestellt – am 4. Juli in Idaho. Er hatte eine innere Stärke besessen, die ich vorher oder nachher bei niemandem erlebt hatte. Ich starrte in seine leuchtendgrünen Augen und wusste, dass er mich nicht aufgeben würde. Wenn der Rat Meri meine Seele zusprechen sollte, würde Dan alles tun, um mich zu retten, einschließlich sein eigenes Leben zu riskieren. Das konnte ich nicht noch einmal von ihm verlangen. Ich musste ihn überzeugen, dass ich mich diesmal selbst retten konnte. „Okay. Ganz gleich, was passiert, ich werde nicht aufgeben."

„Versprich es mir."

„Ich verspreche es", sagte ich mit fester Stimme.

So standen wir zusammen, Dan umarmte mich und ich

hielt mich fest und versuchte, den dringend nötigen Mut zusammenzukratzen.

Das Geplapper wurde ohrenbetäubend. Dennoch hörte ich, wie Lailah Philip beschimpfte. Ich kniff meine Augen zu und wünschte mir, dass alle verschwanden. Ein Loch der Verzweiflung tat sich in meiner Magengrube auf. Würde ich mein Happy End mit Kane bekommen oder verschwinden, als ob ich nie existiert hätte? Ein Bild von Kane und mir, zusammen an unserem Hochzeitstag, schoss mir durch den Kopf, und ein kleiner Funke Entschlossenheit erwachte in mir zum Leben. Ich konzentrierte mich auf das vage Leuchtfeuer der Hoffnung und wartete.

Ein paar Sekunden später legte sich eine Stille über die Menge. Ich hatte beinahe Angst, meine Augen zu öffnen. So sehr ich auch befürchtete, die Menge magisch beruhigt zu haben, ich wusste es besser. Magie pulsierte in meiner Brust, beherrscht, wie ich es versprochen hatte.

Die Glocken läuteten und verkündeten, dass der Rat zurück war.

Dan ließ mich los. Ich starrte die Ratsmitglieder an, am ganzen Körper zitternd vor Angst und angespannter Erwartung.

Der Lichtengel trat vor. „Würden bitte alla auf ihre Plätze zurückkehren?"

Schritte und Gemurmel folgten als das Publikum sich niederließ. Dan stand links von mir und Lailah und Jonathon auf der anderen. Meri blieb an ihrem Tisch, Philip nur einen halben Schritt von ihr entfernt.

Der Engel starrte auf uns herab und sie unterdrückte ein Seufzen, als sie zweimal blinzelte. „Sehr gut. Eine Entscheidung wurde getroffen."

Ich vergrub meine Hände in den versteckten Taschen

meines Rocks, um nicht herumzuzappeln. Meine rechte Hand schloss sich über etwas Hartes und Kühles. Eine Perle. Die, die ich meiner Mutter geschenkt hatte. Ich zog es heraus und rieb mit den Fingern über die glatte Oberfläche wie über einen Sorgenstein. Das beruhigte mich und obwohl mein Herz immer noch raste, empfand ich nicht mehr den Drang, aus der Haut zu fahren.

Der Lichtengel holte eine Pergamentrolle hervor.

Sie räusperte sich und begann zu lesen. „Fall Nummer acht vierundsiebzig D. Engel gegen weiße Hexe. Eine Entscheidung wurde getroffen. Nach sorgfältiger Analyse unserer Tests und der heute hier gehörten Aussagen ist dieser Rat der Meinung, dass die betreffende Seele in der Person wohnen soll, die sich am meisten für den Schutz der Seelen und Lieben eingesetzt hat, mit denen sie in Kontakt gekommen ist. Es war keine leichte Entscheidung. Beide Parteien haben eine bewundernswerte Geschichte der Selbstaufopferung. Doch eine Rede fand im Rat besonderen Anklang. Die des ehemaligen Engels Meri."

Oh, mein Gott. Bedeutete das, dass sie auf sie hörten? Wollten sie mir wirklich meine Seele zusprechen? Ich sah zu Meri hinüber und hielt ihren Blick fest. Ich sandte eine Welle der Dankbarkeit aus und hoffte, dass sie mein geistiges Danke spürte.

„Meris aufrichtige Worte und begründete Argumente haben uns gezeigt, welchen Weg wir einschlagen sollten. Obwohl Meri – in ihrem gegenwärtigen Zustand – nicht um die Last gebeten hat, die Seele eines anderen zu teilen, hat sie Anmut und Mitgefühl gezeigt. Sie ist so weit gegangen, sich wieder einmal für einen Mitmenschen zu opfern. Aus diesem Grund hat der Rat beschlossen, Meri die fragliche Seele zuzuweisen."

„Was?", keuchten Lailah, Dan und Meri alle gleichzeitig.

Das Blut schien aus meinem Körper zu fließen, meine Glieder wurden schwer und taub. Schock war die einzige Erklärung. Ich hielt die Perle in meiner Hand und meine Finger prickelten. Um zu sehen, ob ich in meiner anderen Hand etwas spüren konnte, begann ich, meinen Verlobungsring um meinen Finger zu drehen. Wärme breitete sich durch meine Unterarme aus.

Ich konzentrierte mich auf meine Atmung, um nicht ohnmächtig zu werden. Dann begann auf einmal meine Lebensenergie aus mir zu entweichen. Ich schrie auf, sank auf ein Knie und starrte zu Lailah auf. Sie nahmen mir bereits meine Seele.

Das Gesicht meiner Freundin war schmerzverzerrt. Sie hob die Arme und warf einen Film silberner Magie über mich. Ich hatte nicht einmal die Kraft zusammenzuzucken. Doch sobald sie mich traf, reagierte mein Körper auf ihre Magie. Nein, keine Magie. Energie. Sie hatte mir das eine gegeben, was ich brauchte, um um meine Seele zu kämpfen.

Die Wachen gingen auf Lailah zu, als sie vor ihnen zusammenbrach. Oh Gott. Sie war an mich gebunden. Meine Energie war aufgebraucht, und sie hatte mir den letzten Rest ihrer gegeben. Einer der Männer hob ihren schlaffen Körper auf und fing an, sie wegzuzerren.

Lailah!?, schrie ich in Gedanken. *Wach auf. Das kannst du jetzt nicht tun. Du kannst nicht sterben!*

Keine Antwort. *Fuck!* Sie würde nicht wirklich sterben, oder? Sie mussten sie retten. Sie waren Engel verdammt nochmal!

Dan stand schreiend über mir, doch ich konnte nicht hören, was er sagte. Ich konnte nichts hören und trotz Lailahs Hilfe floss meine Seele weiter zu Meri. Jedes letzte bisschen.

Ich konzentrierte mich auf Lailahs Energie und nahm ihre mächtiges Geschenk in mich auf, doch es wurde sofort aus mir herausgesaugt. Ich fühlte mich kalt, gleichgültig, bereit loszulassen.

Ich umklammerte den Smaragdring und die Perle, die Mom mir gegeben hatte, und versuchte verzweifelt, die letzten Stücke meiner Lieben festzuhalten. Beides wogen schmerzlich schwer in meinen Händen.

Das Leben war so grausam. Ich hatte Mom gerade zurückbekommen, und jetzt hatte ich nur noch eine dumme Perle übrig. Ich konzentrierte mich auf das Gewicht. Ein seltsames Gefühl, zu Hause zu sein überkam mich. Trost. In meinen letzten Momenten hatte Mom einen Weg gefunden, mich zu beruhigen.

Ich schluchzte und wandte meine Gedanken Kane zu. Der Mann, der mich in den letzten Monaten bedingungslos geliebt hatte. Der Mann, dem ich mein Herz geschenkt hatte. Der Mann, den ich nie wiedersehen würde. Mein Herz schmerzte und ich drückte seinen Ring an meine Brust. Ich hätte wahrscheinlich sofort aufgegeben, doch jemand riss mich vom Boden hoch.

Meine Augen flogen auf und Dan starrte mich an. Emotionen, die von Angst bis Wut reichten, verzerrten sein Gesicht. Er umklammerte meine Schultern und er schrie frustriert. Ich versuchte, den Kopf zu schütteln, um ihn wissen zu lassen, dass ich nicht verstand, was er sagte. Nichts geschah. Ich war zu schwach.

Dan bewegte sich, zog mich näher, seine Augen flehten. *Gib nicht auf*, formte er mit den Lippen.

Ich hatte es versprochen. Ich würde kämpfen, egal was passierte.

Etwas geschah in mir. Ich hatte keine Energie, gegen die Übertragung der Seele anzukaempfen. Stattdessen konzentrierte ich mich auf die Gegenstände, die ich in meinen Händen hielt. Sie repräsentierten das, was mir in diesem Leben am wichtigsten war. Liebe. Familie. Zuhause. Mit vollem Herzen suchte ich tief in mir nach den Überresten meiner Seele.

Ich hatte es schon ein paarmal berührt. Ich konnte sie wiederfinden. Und ich tat es. Fast sofort. Direkt unter meinem Herzen, wo normalerweise meine Magie saß.

Ich packte sie und hielt mich daran fest, während sie zerrte und zog und darum kämpfte, meinen Körper zu verlassen. Die restlichen Stücke waren ausgeleiert, doch als ich mich mental fester daran klammerte, setzte sich meine Seele unter meiner Brust fest.

Ich ballte meine Fäuste, als könnte es mir helfen, das, was mir noch geblieben war, körperlich festzuhalten. Das Tauziehen kam ins Stocken, und meine angeschlagene Seele regte sich nicht.

Engelsmagie brach meine Rippen. Die Luft rauschte aus meinen Lungen von den Schlägen. Der Lichtengel trat vor und streckte ihre Hand aus, als wollte sie etwas greifen, und unsichtbare Haken gruben sich in meine Brust und zerrten.

Ich stieß einen Schrei aus und stolperte auf sie zu. Wie durch ein Wunder rührte sich der Teil meiner Seele, den ich festgehalten hatte, nicht. Ich würde auf keinen Fall loslassen. Sie würden meine Seele aus meinen kalten, toten Händen reißen, wenn sie sie wollten.

Als meine Entschlossenheit wuchs, traf mich eine gewaltige Welle der Macht, so stark, dass sie mich fast lähmte. Instinktiv wusste ich, dass das das Ende war. Ich hatte es versucht. Ich hatte getan, worum Dan gebeten hatte, doch ich war nur eine weiße Hexe, die es nicht mit einem Rat von Engeln aufnehmen konnte.

Meine Brust verkrampfte sich und mein Innerstes schien in

zwei Teile zu reißen. Feuer brach in meinen Knochen aus, als ich krampfend zu Boden sank. Sie hatten es geschafft. Ich hatte verloren. Meine Seele gehörte Meri.

Schreiend rollte ich mich in Fötusstellung zusammen und wiegte mich, bis sich meine Welt in Nichts auflöste.

KAPITEL DREISSIG

*I*ch wachte auf, als ich leise Stimmen hörte und jemand meinen Kopf streichelte. Ich blinzelte und versuchte, meine verschwommene Sicht zu klären. „Meri?" Meine Stimme kam zittrig heraus.

„Jade! Der Göttin sei Dank. Du hast überlebt!"

„Nein", murmelte ich. „Ich bin gestorben. Engel haben mich ermordet." Ein kleines, hysterisches Keuchen entkam meinen Lippen.

„Jade?" Jemand, blond und gesichtslos, beugte sich über mich.

„Lailah?" Eine vage Erinnerung daran, wie sie von bösen Engeln weggezerrt wurde, kehrte in meinen Kopf zurück. War sie auch gestorben? Armes Ding.

„Ja, ich bin hier."

„Tut mir Leid." Ich schloss meine Augen, erschöpfter als je zuvor in meinem ganzen Leben. Statisches Rauschen summte in meinen Ohren und meine Gedanken begannen, zu verblassen.

„Jade!", rief eine vertraute Männerstimme.

Kane. Er hatte mich gefunden. Ich runzelte die Stirn.

Wie konnte er mich unter den Engeln finden? Da wusste ich mit Sicherheit, dass ich verloren hatte. Er musste eine Ausgeburt meiner Fantasie sein.

„Wo bist du?", fragte ich und hoffte, seinen mokkabraunen Augen ein letztes Mal sehen zu dürfen.

„In der Saint Louis Kathedrale", sagte er.

Ich öffnete meine Augen und versuchte mich umzusehen, doch ich konnte meinen Kopf nicht heben. Ich sah den schwarz-weißen Fliesenboden vor mir. Seltsam. Ich dachte, es wäre gold-weiß gewesen.

Starke Arme hoben mich vom Boden auf. Ein Gefühl des Friedens breitete sich in meinem Innersten aus und wieder hüllte Dunkelheit mich ein.

~

JEMAND UMKLAMMERTE MEINE HAND, und ich zuckte zusammen. Die winzige Bewegung jagte mir Schmerzen durch mich. „Au."

„Jade?"

Ich kniff die Augen zusammen, während sich meine Augen an das Licht in dem fremden Raum gewöhnten. „Kane?"

Er drückte meine Hand fester und stieß einen langen, erleichterten Seufzer aus. „Gott sei Dank." Er lächelte. „Willkommen zurück."

Stirnrunzelnd warf ich einen Blick auf meine Hand in seiner. Es fühlte sich auf jeden Fall echt an. „Bist du wirklich hier?"

„Was?" Verwirrt runzelte er die Stirn. „Natürlich bin ich hier. Ich war die ganze Zeit hier."

„Okay." Ich schloss meine Augen, um ihnen eine Pause zu gönnen. Sehen tat weh.

Das Bett bewegte sich, als Kane sich neben mich setzte und seine Finger zärtlich über meine Wange strich. „Ruhe dich aus, Liebes. Wir können später reden."

Der Vorschlag war so einladend, dass ich fast wieder das Bewusstsein verlor. Doch irrationale Panik zwang mich, die Augen zu öffnen. „Geh nicht."

„Das werde ich nicht. Versprochen." Er strich mein Haar aus meinem Gesicht und drückte mir einen zärtlichen Kuss auf die Lippen, als ich wieder einschlief.

Als ich das dritte Mal aufwachte, hörte ich zwei Leute streiten. Ich konnte nicht ganz verstehen, was sie sagten, doch der eindringliche Ton rüttelte mich wach.

„Hey", sagte ich mit trockenen Lippen. „Wasser bitte?"

Der Streit hörte sofort auf.

„Oh mein Gott, Jade, natürlich." Obwohl ich sie noch nicht sehen konnte, kannte ich die Stimme. Kat. Meine beste Freundin. Sie eilte zu mir und hielt mir eine Tasse an die Lippen.

Ich trank einen Schluck. "Danke."

„Mehr?"

Ich schüttelte den Kopf und betrachtete ihr Outfit. Sie trug ihre verwaschenen Lieblingsjeans und einen Wollpullover, den sie seit unserem ersten Jahr am College hatte. Wenn sie eine Ausgeburt meiner Fantasie war, hatte ich sie wenigstens bequem angezogen. „Also, heißt das, ich bin nicht tot?"

Sie schnaubte. „Zum Glück nicht. Du erholst dich langsam."

„Und Lailah?" Mein Herz pochte, während ich auf die Antwort wartete.

Kat runzelte die Stirn. „Sie ist okay. Allerdings noch ein bisschen schwach. Was auch immer sie ihr angetan haben, sie ist ziemlich mitgenommen. Die ersten vierundzwanzig Stunden konnte sie kaum wach bleiben. Bea hat darauf bestanden, dass sie für ein paar Tage hierbleibt, doch gestern hat sie sie nach einer massiven Dosis Energiepillen nach Hause gehen lassen."

„Der Göttin sei Dank." Ich versuchte, mich aufzusetzen, doch meine Brust schmerzte zu sehr, als dass ich mich bewegen konnte. Ich keuchte.

„Hier." Kat reichte mir eine große gelbe Pille. „Das wird helfen."

Ich runzelte die Stirn. „Sag mir nicht, dass sie mit einem Zauber belegt ist."

Sie warf mir einen strengen Blick zu. „Du weißt verdammt gut, dass es eine von Beas Heilpillen ist. Schluck sie. Es sei denn, du willst die nächsten ein oder zwei Monate so hier liegen."

Ein oder zwei Monate. Ihre Worte lösten eine Erinnerung aus. „Wie lange war ich weg?"

Sie setzte sich neben mich. „Du bist jetzt seit vier Tagen immer wieder kurz aufgewacht."

„Nein. Wie lange war ich weg?"

Sie starrte auf ihre Hände und sagte nichts.

„Kat, sag es mir."

Sie biss sich auf die Unterlippe. „Vier Wochen."

Vier Wochen. Nur einen Monat. Ich atmete erleichtert auf. Das war viel besser als ein Jahr oder länger.

Sie zog fragend die Augenbrauen hoch. „Das ist okay für dich?"

„Nicht wirklich, aber ich habe mit viel Schlimmerem gerechnet." Ich sah mich um und erkannte den geschmackvollen Nachttisch aus dem 18. Jahrhundert und den Sonnenblumenquilt aus Beas Gästezimmer. „Ist während meiner Abwesenheit etwas passiert, wovon ich wissen sollte?"

Sie stieß ein ersticktes Lachen aus. „Ich erzähle dir später alles. Jetzt nimm die Pille oder ich werde–"

„Petzen?"

Sie lachte. „Definitiv."

Ich gehorchte, aber nur, weil das Gewicht auf meiner Brust das Atmen schwer machte. Sekunden, nachdem ich die Pille geschluckt hatte, ließen die Schmerzen nach. Ich durfte nicht vergessen, Bea zu danken. Als ich diesmal versuchte, mich aufzusetzen, schaffte ich es, das Kissen so weit unter meine Schultern zu schieben, dass ich den Rest des Zimmers sehen konnte. „Mit wem hast du eben gestritten?"

„Mach dir jetzt keine Sorgen. Darüber reden wir später."

„Kat", sagte ich. „Was ist los? Warum lebe ich noch?"

Sie zappelte nervös mit den Fingern. „Vielleicht sollte Bea deine Fragen beantworten."

Ich streckte die Hand aus und drückte sanft ihre. „Bitte, Kat, mir wäre lieber, wenn du es mir erzählst."

Sie zog ihr Knie an, um es sich bequemer zu machen. „Okay, die offizielle Variante ist, dass sich deine Seelen geteilt hat. Also, du hast ein Stück und Meri hat eins."

Dan tauchte direkt hinter ihr auf. „Doch was wir nicht wissen ist, ob die beiden Teile deiner Seele versuchen werden, sich wieder zu verbinden, wenn du und Meri euch nahe genug seid."

„Dan!" Kat sprang auf. „Ich habe dir doch gesagt, jetzt ist nicht die Zeit."

Ich hob schwach eine Hand. „Schon gut. Ich will es wissen." In Wahrheit war ich zu müde, um mich darum zu scheren. Ich war am Leben, und das reichte für den Moment.

„Kane wird mich umbringen", murmelte sie, ging zur Tür und spähte hinaus.

Mein Herz hämmerte und ich reckte den Hals in der Hoffnung, ihn zu sehen. „Ist er hier?"

„Nein, er ist nach Hause gegangen, um zu duschen und sich umzuziehen, doch er kommt gleich wieder. Dan sollte unten warten." Sie warf ihm einen Blick zu.

Ich schmunzelte. Es war fast wie in alten Zeiten. Ich starrte Dan an, so dankbar, ihn zu sehen. Lächelnd streckte ich meine Hand aus.

Er drückte sanft meine Hand. „Es tut mir Leid. Ich hatte nie die Absicht –"

Ich unterbrach ihn. „Ich weiß, Dan. Es ist vorbei. Können wir das hinter uns lassen? Versuchen, wieder Freunde zu sein?"

Er stand still, stumm in seinen Gedanken versunken. Ich hätte alles gegeben, um zu wissen, wie er sich gerade fühlte. Doch er projizierte nicht einmal eine winzige Emotion. Auch nicht durch unsere Hände. Normalerweise war es unglaublich schwer, jemanden auszublenden, wenn ich ihn berührte. Ich runzelte die Stirn. Vielleicht war ich noch zu schwach, um Emotionen zu spüren.

Schließlich huschte ein kleines, zaghaftes Lächeln auf Dans Gesicht. „Ich würde es gerne versuchen."

„Gut, ich auch." Ich hätte ihn umarmt, wenn Kat nicht angefangen hätte, ihn wegzuziehen.

„Zeit zu gehen", sagte sie. „Ich denke, das ist Kanes Auto, das ich in der Auffahrt höre."

„Aber was ist mit Meri?", fragte Dan.

„Dafür ist Jade noch zu schwach. Geh." Sie schob ihn auf den Flur hinaus. „Wir reden später darüber."

Sie schloss die Tür hinter ihm und kam zurück zum Bett, lächelnd, als wäre nichts passiert.

„Worüber?", fragte ich.

Sie fing an, mir zu sagen, ich solle mir keine Sorgen machen, doch sie hielt inne, als ich sie mit einem intensiven Blick durchbohrte. „Er will Meri herbringen, damit wir herausfinden können, ob eine von euch noch in Gefahr ist."

„Ich verstehe. Also, ich kann nicht sagen, dass das im Moment ganz oben auf meiner Bucket List steht."

„Genau. Darum kümmern wir uns später. Jetzt gehe ich

erst einmal runter, um Bea zu sagen, dass du wieder wach bist. Sie wird nach dir sehen wollen." Kat zwinkerte mir zu, dann verschwand sie.

Ich atmete tief aus, schloss die Augen und wünschte mir von ganzem Herzen, ich wäre in Kanes Haus. Ich öffnete meine Augen und starrte auf seinen Ring. In diesem Moment traf ich die Entscheidung, bei ihm einzuziehen. Sofort. Ich wollte nicht warten, bis wir verheiratet waren. Er hatte mich schon einmal gefragt, doch ich hatte mich geweigert, meine Wohnung aufzugeben. Nicht mehr. Ich wollte nur, dass er mich nach Hause brachte. In unser Zuhause.

IN DEN NÄCHSTEN Tagen hielten Bea, Gwen, meine Mutter und Kat abwechselnd Wache über mich. Es wäre ärgerlich gewesen, wenn ich nicht so glücklich gewesen wäre, einfach am Leben zu sein. Endlich hatte ich auch meine Abneigung gegenüber Beas Kräuterpillen überwunden. Verdammt, manchmal bat ich sogar darum. Sie waren kleine Wunder in einer Pillenform.

„Nein", sagte Bea, nachdem ich sie gebeten hatte, mir ein paar Extra zu geben, damit ich sie zur Hand hatte. „Du wirst süchtig."

„Nein, werde ich nicht." Ich setzte mich im Schneidersitz im Bett auf. „Ich will nur sichergehen, dass ich sie nach Plan nehme."

„Das glaube ich kaum, nachdem ich dich gestern Nacht dabei erwischt habe, wie du dich nach unten geschlichen hast."

„Ich hatte Durst!", protestierte ich gespielt beleidigt, doch dann fing ich an zu lachen. Sie hatte Recht. Ich liebte den kleinen Energieschub, den sie mir gaben. Sie waren besser als Espresso.

„Dann solltest du dir nächste Mal hier Wasser holen." Sie zeigte auf das Badezimmer auf der anderen Seite des Flurs.

„Es wird kein nächstes Mal geben. Kane bringt mich heute nach Hause."

Sie blieb in der Tür stehen. „Glauben Sie nicht, dass ich den Behandlungsplan nicht schon mit ihm durchgegangen bin."

Ich nickte, wohl wissend, dass sie keine Witze machte. Bea hatte die Rolle von Schwester Ratchet gespielt, während sie mich gepflegt hatte. Ich hatte eine strenge Diät eingehalten, kombiniert mit kurzen Spaziergängen durch den Flur, um wieder zu Kräften zu kommen, und sie hatte alle meine Freunde außer Kat und Kane ferngehalten. So, wie Mom und Gwen hier herumlungerten, sei meine Tanzkarte schon voll, hatte sie gesagt.

Ein kleiner Anflug von Sorge überkam mich bei dem Gedanken zu gehen. Bei Bea war ich sicher. Keine abtrünnigen Dämonen oder Engel konnten mich erreichen. Wenn ich noch hundert Jahre leben würde, wäre ich zufrieden, keinen davon je wiederzusehen. Außer Lailah. Sie war mir ans Herz gewachsen.

Nachdem Bea gegangen war, stand ich auf und duschte. Das herrlich heiße Wasser wirkte Wunder auf meine vom Liegen geschwächten Muskeln. Sicher, ich hatte kurze Spaziergänge gemacht, doch eine ganze Woche im Bett war zu lang … zumindest, wenn ich dabei nicht mit einem wunderschönen, nackten Mann unaussprechliche Dinge tat.

Ich lächelte vor mich hin. Kane hatte wieder angefangen, mich in meinen Träumen zu besuchen. Nach dem, was wir in den letzten Nächten im Traum getan hatten, konnte ich es kaum erwarten, ihm die Kleider vom Leib zu reißen und irgendwo in die Horizontale zu gehen. Vorzugsweise nicht in einem Bett.

Ich packte in Rekordzeit, was nicht viel sagte, wenn man

bedachte, dass ich hier nur einen Pyjama, eine Jeans und ein T-Shirt hatte, die mir Mom am Abend zuvor mitgebracht hatte. Das Schleppen des kleinen Koffers die Treppe hinunter erwies sich schon als schwieriger. Als ich die unterste Stufe erreichte, schwitzte ich und rang nach Luft.

„Musst du gleich so übertreiben?", sagte Bea trocken.

„Irgendwie muss ich meine Ausdauer wieder aufbauen", keuchte ich.

„Du hättest wahrscheinlich warten sollen." Sie nickte zum Fenster, wo ich Leute herumlaufen sah.

Ich stellte den Koffer ab und ging, um nachzusehen.

Kane, Mom, Gwen, Lailah, Dan … und Meri. Ich erstarrte. „Warum ist sie hier?"

Bea trat neben mich. Sanft legte sie ihre Hand auf meine Schulter. „Es ist Zeit, deine Seele zu testen."

Ich wollte nicht. Ich wollte nach Hause in Kanes Haus gehen und vergessen, dass das je passiert war. „Aber ich bin noch nicht wieder hundert Prozent."

„Deshalb ist heute perfekt. Du wirst es sofort wissen." Sie zog an meinem Arm. „Komm mit nach draußen. Wenn irgendetwas schiefgeht, werde ich es aufhalten. Ich habe schon ein oder zwei Zaubersprüche vorbereitet."

Widerstrebend ließ ich mich von ihr zur Tür hinaus ziehen. Meri stand abseits der Gruppe am anderen Ende der Terrasse.

Alle umarmten mich – außer Meri. Sie blieb, wo sie war. Doch das war es nicht, was mich verunsicherte. Alle hatten mich berührt, und ich hatte nicht eine einzige Emotion gespürt.

Etwas stimmte nicht. Ich hatte noch nie einen Tag in meinem Leben erlebt, ohne in die Gefühle von jemandem gespürt zu haben.

In Beas Haus war ich zu dem Schluss gekommen, dass sie mein Zimmer mit einem Schutzzauber versehen hatte, um die

Emotionen meiner Besuchers zum Schweigen zu bringen. Doch hier war ich draußen, im Kreis der Menschen, die mir gegenüber am offensten waren, und ich konnte nichts spüren. Nicht von Kane, Kat oder Gwen. Stirnrunzelnd versuchte ich, mein Bewusstsein auszusenden und stellte fest, dass ich nichts greifen konnte. Ich konzentrierte mich stärker und verzog dabei mein Gesicht.

Kane legte seinen Finger auf meine Stirn und strich sie glatt. „Was ist?"

„Ich kann nichts spüren", flüsterte ich. „Ich meine, keine Emotionen. Meine Gabe ist … kaputt." Ein Gefühl des Verlusts packte mich. Genau wie damals, als ich Lucien zum Anführer des Zirkels gemacht hatte. Doch das war tausendmal schlimmer. Ich hatte schon immer die Fähigkeit gehabt, die Menschen um mich herum zu spüren. Mein sechster Sinn war verschwunden.

Er legte einen Arm um mich. „Du musst dich wahrscheinlich noch erholen. Keine Sorge, ich bin sicher, sie wird zurückkehren."

„Ich glaube nicht", sagte Meri hinter uns und ich zuckte zusammen.

„Meine Güte, Meri. Wie wäre es nächstes Mal mit einer Warnung", sagte ich.

„Du wusstest nicht, dass sie da war?", fragte Kane, Verwirrung stand ihm ins Gesicht geschrieben.

„Nein. Ich habe es dir doch gesagt. Ich kann niemanden spüren."

Kane muss sich endlich an diese kleine Macke gewöhnt haben. Die Fähigkeit, Emotionen zu spüren, bedeutet, dass ich mir der Menschen um mich herum normalerweise sehr bewusst war.

„Ich schon", sagte Meri.

Ich wirbelte herum, um ihr in die Augen zu sehen. „Du bist ein Empath?"

„Ich bin jetzt ... so scheint es zumindest." Ihr Ton deutete darauf hin, dass sie über die neue Entwicklung nicht glücklich war.

„Heilige Scheiße!", sagte Kat und packte Dans Arm. „Wusstest du das?"

Er nickte. „Ja, wir glauben, sie hat es von Jade."

Heilige Scheiße traf es gut. Irgendwie war meine Gabe während der Seelenübertragung auf Meri übergegangen. Himmel, könnte ich noch Magie benutzen? Panik erfasste meinen Verstand und ich suchte verzweifelt nach meinem magischen Funken. Seine Kraft durchzuckte meine Brust und schickte eine Welle von Strom durch meine Gliedmaßen. Ich stieß einen langen, erleichterten Seufzer aus. Zumindest das funktionierte noch.

„Oh mein Gott", sagte Kat gedämpft. Sie war offensichtlich zum gleichen Schluss wie ich gekommen. „Glaubst du, es ist von Dauer?"

Meri zuckte die Achseln. „Ich hoffe nicht. Dem emotionalen Zustand aller ausgesetzt zu sein, ist nicht meine Vorstellung von Spaß."

Ich konnte ihr nicht widersprechen. Die Gabe war eine Last, und meine Woche war herrlich ruhig gewesen. Trotzdem fühlte ich mich ohne meine einzigartigen Fähigkeiten nicht wie ich selbst. Was hatte sie sonst noch von mir bekommen? Ich konnte immer noch Magie wirken, doch konnte sie das auch? „Heißt das, du bist jetzt eine Hexe, da du einen Teil meiner Seele hast?"

Meri schüttelte den Kopf. „Nein. Als du mich fast zerstört und in die Hölle zurückgeschickt hast, hast du eigentlich nur den dämonischen Teil von mir zerstört. Ich weiß nicht, was ich damals war. Doch als ich einen Teil deiner Seele bekommen habe, bin ich wieder zu einem Engel geworden. Der Rat hat meinen Status erst heute Morgen bestätigt."

Ich starrte sie an und versuchte zu verstehen, was sie gerade sagte. Ich hatte den Dämonenteil von ihr zerstört. Bea hatte mir gesagt, dass es unmöglich sei, Dämonen zu töten. Doch war es das, was ich getan hatte? Nein, unmöglich. Durch einen Glücksfall hatte Meri überlebt. Doch wer hätte gedacht, was mit ihr passiert wäre, wenn sie nicht ein Stück meiner Seele bekommen hätte? Ich schüttelte meinen Kopf und versuchte, den Gedanken zu verdrängen. Ich wollte in diesem Moment nicht darüber nachdenken.

„Lass uns gehen", sagte Bea und bedeutete Meri und mir, ihr zu folgen.

Ich zögerte, als mir klar wurde, dass sie auf den Garten zusteuerte. Genau dort, wo ich Meri besiegt und ihre dämonische Seite zerstört hatte. Meri hielt sich zurück, als wollte sie davonlaufen.

„Kommt mit mir, Ladys. Alles ist ziemlich sicher, das verspreche ich euch", erklärte Bea.

Wir beide nahmen unsere Plätze neben ihr ein.

„Was jetzt?", fragte ich.

„Wir warten", sagte sie.

„Worauf?" Ich kickte eine Ameise von meinem Schuh und fragte mich, was mit Beas Anti-Insekten-Zauber passiert war. Ameisen in Louisiana beißen.

„Wir wollen sehen, wie eure Seelen reagieren." Bea streckte uns beiden jeweils eine Hand entgegen.

Wir standen für eine gefühlte Ewigkeit zusammen, obwohl es wahrscheinlich eher fünf Minuten waren. Schließlich ließ sie unsere Hände sinken und erklärte: „Ihr müsst euch keine Sorgen machen. Eure Seelen sind zufrieden, wo sie sind."

Sie ging, bevor ich fragen konnte, was das bedeutete.

„Das bedeutet, kein Teil sehnt sich nach dem anderen. Sie passen sich an", sagte Meri.

Ich starrte sie an und fragte mich, was es bedeutete, dass sie jetzt einen Teil meiner Seele besaß. Ich fühlte mich nicht anders gefühlt, nur mitgenommen. Könnte es später seltsame Komplikationen geben? Wie ungewollte psychische Verbindungen? „Hast du gerade meine Gedanken gelesen?"

„Nein. Deine Verwirrung." Sie zuckte mit den Schultern. „Tut mir leid, ich kann nicht anders."

Die Situation war so absurd, dass ich fast gelacht hätte. All die Jahre hatte ich meine Fähigkeit gehasst. Gehasst, dass ich anders war. Und jetzt war ich mir sicher, dass ich sie vermissen würde. Ich war ein Empath seit … na ja, schon immer. „Mach dir keine Sorgen", versicherte ich ihr. „Wenn es jemand versteht, dann ich."

Wir unterhielten uns noch ein paar Minuten und dann legte Meri plötzlich ihre Arme um mich und drückte mich an sich.

Halb lachend, halb keuchend brachte ich schließlich heraus: „Wofür war das?"

„Dafür, dass du mir mein Leben geschenkt und gleichzeitig an deinem festgehalten hast." Sie ließ mich los und trat einen Schritt zurück. „Wenn sie mir deine Seele gegeben hätten und du gestorben wärest, hätte ich nicht mit mir selbst leben können. Es war nicht richtig, was sie getan haben."

Ich nickte. „Du hast Recht, das war es nicht. Doch so, wie es ausgegangen ist, bin ich froh, dass du eine zweite Chance bekommen hast."

Sie schüttelte den Kopf. „Nach allem, was ich getan habe, verdiene ich sie nicht."

„Hey! Was dir passiert ist, war nicht deine Schuld." Ich trat einen Schritt auf sie zu. „Hörst du mich? Nicht. Deine. Fehler."

Sie begegnete meinem Blick mit Tränen in den Augen.

Ich senkte meine Stimme. „Nimm einfach diese zweite Chance und nutze sie mit Bedacht. Okay?"

Eine Träne rollte über ihre Wange. „Ich werde mein Bestes geben."

Diesmal überraschte ich sie mit einer Umarmung. Sie war seltsam und unbeholfen, doch auch sehr nötig. Als wir uns voneinander lösten, trat sie ein paar Schritte zurück, nickte ein unausgesprochenes Versprechen und ging.

Ich fragte mich, ob ich sie je wiedersehen würde. Bei meinem Glück? Ja. Wahrscheinlich eher früher als später.

∼

NACHDEM WIR ZWEI Tage lang in Kanes Haus herumgelegen waren und die meiste Zeit nackt verbracht hatten, fing Kane an, von einer Ausfahrt zu reden „Ich möchte, dass du etwas siehst."

„Okay, okay. Ich dachte nur, wir würden uns heute nicht anziehen."

Er küsste meine nackte Schulter. „Wird nur ein paar Stunden dauern. Danach können wir hierher zurückkommen und so viele Kleidungsstücke ausziehen, wie du willst."

Er sagte mir nicht, wohin wir fahren würden, nicht einmal, als wir im Auto saßen. Tatsächlich hatte er vorgeschlagen, mir die Augen zu verbinden. Den Schwachsinn habe ich schnell verweigert. Ich wollte nicht reisekrank werden wegen seiner Schnapsidee.

Als wir den Mississippi überquerten und den Highway 90 entlang fuhren, hatte ich sowieso keine Ahnung, wo wir waren. Ich war nur einmal südlich von New Orleans gewesen, und das war die Fahrt zu den Airboats gewesen.

Nach etwa zwanzig Meilen fuhr er vom Freeway ab und auf einen Highway. Fünf Minuten später fuhren wir in die malerischste kleine Stadt, die ich je gesehen hatte. Holzverkleidete Cottages säumten die Straßen. Die Main Street sah aus wie aus einem Filmset, und die Leute winkten uns zu, als wir vorbeifuhren.

„Kane? Kennen dich diese Leute?"

Er lächelte geheimnisvoll. „Du wirst sehen."

Kein Drangen konnte ihm irgendwelche Informationen entlocken, also lehnte ich mich zurück und genoss den Südstaatencharme. Schon bald kamen wir zu einer historischen Plantage. Eine riesige Eiche wuchs im Vorgarten überwuchert mit einer Menge Louisianamoos.

„Es sieht aus wie ein Gemälde", sagte ich, als Kane in die Auffahrt einbog.

„Es gefällt dir?"

„Ob es mir gefällt? Ich liebe es. Es ist wunderschön. Machen wir eine Tour?"

Er antwortete nicht, als er den Wagen parkte. Ein paar Sekunden später stieg er aus, kam auf meine Seite und öffnete meine Tür.

„Was hast du vor?", fragte ich und sah ihn mit zusammengekniffenen Augen an.

Sein Lächeln wurde zu einem Grinsen.

Die Tür schwang auf, als wir die Treppe zu der großen runden Terrasse erklommen, und eine gut gekleidete Südstaatenlady kam heraus, ein Klemmbrett in der Hand. Ihre blaue Seidenbluse und der schwarze A-Linien-Rock passen perfekt zu ihrer schlanken Figur. „Willkommen in Summer House. Einen besseren Tag für einen Besuch hätten Sie sich nicht aussuchen können."

Ich lächelte sie an. „Ich freue mich darauf."

„Hier entlang bitte." Sie führte uns in das Antebellumhaus, dessen Foyer größer war als meine ganze Wohnung. Wir gingen in den atemberaubenden Empfangsraum, von dem aus sich eine Eichentreppe anmutig in den zweiten Stock emporschwang. Ich seufzte und stellte mir vor, wie Scarlett O'Hara die Stufen hinunter in Rhetts Arme lief.

„Hier, bitte", sagte die Führerin und machte sich nicht die Mühe, uns eine Geschichte über das Haus zu erzählen. Das Haus war wunderschön, die Tour war jedoch scheiße.

„Gott steh ihr bei, wenn ich am Ende dieser Führung eine Kommentarkarte zum Ausfüllen in die Hand gedrückt bekomme", murmelte ich Kane zu.

Er unterdrückte ein Lachen. Wir betraten einen Raum, den man nur als Salon bezeichnen konnte, und ich keuchte. Mom und Gwen und all meine Freunde Kat, Pyper, Ian, Lucien, Charlie, Lailah und Bea saßen um einen großen Mahagonitisch.

„Überraschung!", riefen sie alle.

„Was ist das denn?", fragte ich fassungslos.

Kane legte seinen Arm um mich. „Eine Art Verlobungsbrunch."

Wärme breitete sich in meinem Herzen aus und ich lächelte. „Ein was?"

Er zuckte mit den Schultern. „Du musstest raus aus dem Haus und alle wollten dich sehen, also haben wir statt einer Party einen Brunch arrangiert."

„Komplett mit Strategien zur Hochzeitsplanung." Pyper wedelte mit einem Notizbuch. „Los, jetzt erzähl ihr den Rest."

Kane grinste mich verlegen an und führte mich zurück in den Empfangsraum. „Was hältst du davon?"

Ich sah mich um. „Wovon? Dem Haus?"

„Hier zu heiraten."

Das war das Letzte, was ich von ihm erwartet hatte.

„Wir müssen die Hochzeit nicht hier feiern", fuhr er fort. „Hier hatten meine Großeltern ihre Zeremonie, und ich dachte immer, es muss magisch gewesen sein. Das will ich für uns, aber nur, wenn du es auch willst."

Die Liebe, die in seinen Augen strahlte, als er diese Worte sagte, war mehr als genug, um mich von neuem in ihn zu verlieben. Ich stellte mich auf Zehenspitzen küsste ihn liebevoll auf die Lippen. „Das würde ich gerne."

Er zog mich an sich und küsste mich langsam.

Nach dem Kuss schmiegte ich mich an seine Brust. „Ich denke, das bedeutet, dass wir ein Datum auswählen müssen. Ich wette, sie sind auf Monaten ausgebucht", sagte ich wehmütig.

Er räusperte sich.

Ich blickte zu ihm auf. „Sag mir nicht, dass du schon reserviert hast."

„Nicht wirklich. Das Haus steht normalerweise nicht für Hochzeiten zur Verfügung. Zum Glück kenne ich die Eigentümerin."

„Und diese Eigentümerin ist …?"

Er grinste.

„Kane?"

Er zog mich wieder an sich und flüsterte mir ins Ohr. „Du. Das Haus ist mein Hochzeitsgeschenk für dich."

„Was?" Ich trat einen Schritt zurück und hielt mich am Treppengeländer fest. „Du hast dieses Haus für mich gekauft?"

Lachfältchen tanzten um seine Augenwinkel. „Nein, es hat mir schon gehört. Großmutter hat es mir vererbt. Du hast gesagt, du wolltest schon immer in einem Farmhaus wohnen. Ich dachte, das könnte dem nahe genug kommen."

Mir fielen fast die Augen aus dem Kopf. „Du … ich meine … Wieso hast du mir nicht gesagt, dass du noch ein anderes Haus hast?" Ich wedelte mit der Hand. „Sieh dich um. Es ist … es ist surreal."

Ein schuldbewusstes Lächeln umspielte seine Lippen. „Ich habe gesagt, ich noch andere Immobilien."

„Ja! Ich dachte, du meinst, du hättest andere Geschäftsgebäude. Keinen verdammten historischen Schatz."

„Dann gefällt es dir? Du nimmst es als Hochzeitsgeschenk an?"

Ich starrte ihn an und fragte mich, ob er den Verstand verloren hatte. „Du kannst mir dieses Haus nicht schenken. Es ist das Haus deiner Familie."

„*Du* bist meine Familie, Jade." Er zog mich sanft zurück in seine Umarmung. „Der Monat, in dem du weg warst? Das mache ich nicht noch einmal durch. Du hast mich an der Backe. Heirate mich. Lebe mit mir hier oder in der Stadt oder in Idaho. Es ist mir egal. Alles, was mein ist, ist dein, solange du versprichst, meine Frau zu werden."

Ich starrte in diese wunderschönen schokoladenbraunen Augen und schmolz wieder. Ich räusperte mich. „Ist die Führerin immer da?"

„Du meinst, Jillian? Die Hausverwalterin?" Kane runzelte verwirrt die Stirn. Offensichtlich hatte er die Frage nicht erwartet.

„Ja, sie."

„Nein, sie kommt nur, wenn es eine Veranstaltung zu koordinieren gibt. Wieso?"

Ich schmunzelte. „Ich frage mich nur, wie schnell wir alle loswerden und das Schlafzimmer einweihen können. Ich würde gerne meine Rolle als Mrs. Rouquette ausprobieren."

Kane stieß einen Jubelschrei aus, hob mich hoch und wirbelte mich herum.

Ich lachte, und er setzte mich wieder ab und presste seine Lippen auf meine.

Als wir endlich Luft holten, stand Pyper etwas abseits und tippte mit dem Fuß. „Meine Güte, seid ihr notgeile Teenager oder was? Nichts da. Wir haben viel Zeit damit verbracht, diesen Brunch zu planen. Schwingt eure Ärsche zurück zur Party, damit wir feiern können."

Ich salutierte. „Ja, Ma'am."

Sie drehte sich auf dem Absatz um und wir folgten ihr. Kurz bevor wir zu den anderen kamen, flüsterte Kane mir ins Ohr. „Eine Stunde, höchstens."

Kichernd zog ich ihn in den Salon, wo die Menschen, die uns am nächsten standen, warteten. Die Familie, von der ich nie gedacht hätte, dass ich sie haben würde. Die Familie, die ich schätzte. Und nachdem ich eine zweiten Chance bekommen hatte, würde ich sie nie wieder loslassen.